陈文忠 著

安徽师范大学文学院学术文库

WEI JIESHOUSHI BIANHU

为接受史辩护

安徽师范大学出版社

ANHUI NORMAL UNIVERSITY PRESS

· 芜湖 ·

图书在版编目（CIP）数据

为接受史辩护 / 陈文忠著 . — 芜湖：安徽师范大学出版社，2021.1
（安徽师范大学文学院学术文库）
ISBN 978-7-5676-4531-8

Ⅰ．①为… Ⅱ．①陈… Ⅲ．①中国文学—接受学—文学批评史 Ⅳ．①I206.09

中国版本图书馆CIP数据核字（2019）第301894号

安徽师范大学文学院高峰学科建设经费资助项目

为接受史辩护　　　　陈文忠◎著

责任编辑：李克非
责任校对：胡志恒
装帧设计：丁奕奕
责任印制：桑国磊
出版发行：安徽师范大学出版社
　　　　　芜湖市北京东路1号安徽师范大学赭山校区　　　邮政编码：241000
网　　址：http://www.ahnupress.com/
发 行 部：0553-3883578　5910327　5910310（传真）
印　　刷：江苏凤凰数码印务有限公司
版　　次：2021年1月第1版
印　　次：2021年1月第1次印刷
规　　格：700 mm×1000 mm　1/16
印　　张：21.5
字　　数：345千字
书　　号：ISBN 978-7-5676-4531-8
定　　价：98.00元

作者简介

　　陈文忠，1952年生，上海市人。安徽师范大学文学院教授，安徽师范大学诗学研究中心研究员，中国中外文艺理论学会理事。安徽省高校省级教学名师，安徽省高校师德标兵。国家级精品课程"文学理论"建设项目主持人。曾赴美国、缅甸、马来西亚诸国讲学。发表论文多篇；出版《中国诗歌接受史研究》《美学领域中的中国学人》《文学美学与接受史研究》《走向学者之路》等论著多部；主编《文学理论》《艺术与人生》《文艺学美学研究导论》等教材多部。

总　序

　　安徽师范大学文学院的前身是1928年建立的省立安徽大学中国文学系，是安徽省高校办学历史最悠久的四个院系之一。1945年9月更名为国立安徽大学中文系，1949年12月更名为安徽大学中文系，1954年2月更名为安徽师范学院中文系，1958年更名为合肥师范学院中文系，1972年12月更名为安徽师范大学中文系，1994年10月更名为安徽师范大学文学院。这里人才荟萃，刘文典、陈望道、郁达夫、朱湘、苏雪林、周予同、潘重规、宗志黄、张煦侯、卫仲璠、宛敏灏、张涤华、祖保泉、余恕诚等著名学者都曾在此工作过，他们高尚的师德、杰出的学术成就凝成了我院的优良传统，培养出了一大批出类拔萃的各类人才。

　　文学院现设有汉语言文学、秘书学、汉语国际教育、戏剧影视文学等4个本科专业，文学研究所、安徽语言资源保护与研究中心、辞赋艺术研究中心、传统文化与佛典研究中心等4个研究所（中心）。拥有中国语言文学博士后科研流动站，中国语言文学一级学科硕士学位点、博士学位点；设有学科教学（语文）、汉语国际教育两个专业硕士学位点；有1个安徽省一流学科（中国语言文学，2017），安徽省A类重点学科（中国语言文学，2008），3个安徽省B类重点学科（中国古代文学、汉语言文字学、中国现当代文学）；有1个国家级特色专业建设点（汉语言文学专业），1个国家级教学团队（中国古代文学），3门国家级精品课程；1个教育部卓越教师培养计划改革项目；主办1种省级刊物（《学语文》）。

文学院师资科研力量雄厚，现有在岗专任教师77人，其中教授26人，副教授32人，博士52人。至2019年末，本学科在研省部级以上科研项目119项，其中国家社科基金项目93项（含重大招标项目2项和重点项目3项）；近两年获得省部级以上奖励17项。教师中，有国家首届教学名师1人，享受国务院特殊津贴12人，皖江学者2人，二级教授8人，5人入选省级学术和技术带头人，6人入选省级学术和技术带头人后备人选。

走过九十年的风雨征程，目前中文学科方向齐全，拥有很多相对稳定、特色鲜明的研究领域。唐诗研究、古代文论研究、儿童语言习得研究、古典诗歌接受史研究等，在全国居于领先地位或在学术界有较大影响。特别是李商隐研究的系列成果已成为传世经典，国务院学位委员会委员、北京大学教授袁行霈先生说，本学科的李商隐研究，直接推动了《中国文学史》的改写。

经过几代人的薪火相传，中文学科养成了严谨扎实的学术传统，培育了开拓创新的学术精神，打造了精诚合作的学术团队，形成了理论研究与服务社会相结合、扎根传统与关注当下相结合、立足本位与学科交融相结合、历代书面文献与当代口传文献并重的学科特色。

21世纪以来，随着老一辈学者相继退休，中文学科逐渐进入了新老交替的时期，如何继承、弘扬老一辈学者的学术传统，如何开启中文学科的新篇章，成了摆在我们面前的迫切任务。基于这一初衷，我们特编选了这套丛书，名之为"安徽师范大学文学院学术文库"，计划做成开放式丛书，一直出版下去。我们认为，对过去的学术成果进行阶段性归纳汇集，很有必要，也很有意义，可以向学界整体推介我院的学术研究，展现学术影响力。

文库已经出版四辑，安徽师范大学出版社建议从中遴选一部分老先生的著作重新制作成精装本，我们认为出版社的提议极富创意，特组编这套精装本，作为"安徽师范大学文学院学术文库"编纂的阶段性总结。

　　我们坚信，承载着九十年的历史积淀，文学院必将向学界奉献更多的学术精品，文学院的各项事业必将走向更远的辉煌！

储泰松

二〇一九年岁末

目 录

文论是人论

为接受史辩护

美学的动机与情结

文论是人论

三千年文学史，百年人生情怀咏叹史！

——文学生命本质的新思考

唐诗为什么能为我们抒情？三千年文学史，为什么是百年人生情怀咏叹史？一言以蔽之，文学是人学。但必须从生命哲学的角度，对作为文学对象的"人"和"人性"作质和量的双重规定：从质的方面说，它是指每一个生命个体的普遍人性；从量的方面说，它是指有限的个体生命的百年情怀。前者是指文学对象的生命特质，后者是指文学对象的生命范围。就前者而言，与其说"文学是人学"，不如说文学是人心学，是审美人性学；就后者而言，三千年文学史，就其精神母题而言，实质是百年人生情怀的咏叹史。这是"诗"与"史"、"诗情"与"史实"的根本区别之所在。由此出发，对唐诗为我们抒情、经典为我们咏怀，以及文学的永恒主题、经典的永恒价值、古典的现代意义等问题，可以获得更合理的解释和更深刻的认识。

一、唐诗为我们抒情！

唐诗在为我们抒情！这是真的吗？是真的！1200年前的唐诗，抒发的是唐人之情；1200年后的唐诗，正在为我们抒情：为青年的青春抒情，为壮年的事业抒情，为老年的达观抒情；唐诗还为我们的惜别抒情，为我们的友谊抒情，为我们的忧伤抒情，为我们的怨愤抒情。不是吗？

当我们早年离家时，李白的"仰天大笑出门去，我辈岂是蓬蒿人"

（《南陵别儿童入京》）便成为我们埋藏心底的声音；

当我们两情相悦时，李商隐的"何当共剪西窗烛，却话巴山夜雨时"（《夜雨寄北》）便成为我们隐秘羞涩的心愿；

当教师给新生上第一节课时，常会用李颀的"莫见长安行乐处，空令岁月易蹉跎"（《送魏万之京》）来提醒学生；

当学生因一时挫折而失落时，教师常会用白居易的"试玉要烧三日满，辨材须待七年期"（《放言五首》之三）来开导学生；

当教师与毕业生道别时，常会用李白的"请君试问东流水，别意与之谁短长"（《金陵酒肆留别》）来表达师生的惜别之情；

当自己的孩子来信告知学业成绩时，元稹的"两纸京书临水读，小桃花树满商山"（《西归绝句》）最能表达父母的内心喜悦；

当远道的同窗老友来访时，我们常会用杜甫的"花径不曾缘客扫，蓬门今始为君开"（《客至》）来表达真诚的欢迎宾客之情；

当心情浮躁而生烦恼时，人们常会用王维的"我心素已闲，清川澹如此"（《青溪》）、"欣欣春还皋，淡淡水生陂"（《赠裴十迪》）来安抚自己的内心；

当我们渐入老境有懈怠之意时，便用白居易的"自生自灭成何事，能逐东风作雨无"（《岭上云》）来警示自己；

当我们阅尽沧桑年老回家时，刘禹锡的"莫道桑榆晚，为霞尚满天"（《酬乐天咏老见示》）使我们对未来的生活葆有青春的激情；

当我们的师长或同行英年早逝，便不禁会用杜甫的"出师未捷身先死，长使英雄泪满襟"（《蜀相》）倾吐内心的痛惜之情。

唐诗在为我抒情，唐诗也在为你抒情，唐诗在为我们抒情！从摇篮到墓地的百年人生，从童话到宗教的百年情怀，唐诗为我们表现得淋漓尽致，婉曲动人。

唐诗不仅在为我们抒情，古诗还在给我们以智慧。现代哲人常常用古典诗歌诠释哲理意趣。唐君毅的《人生之体验》，旨在"直陈人生理趣"，而全书的态度与旨趣，则借前人诗句申述之。其《自序》曰：

何谓人？今借《礼运》一语答曰："人者，天地之心也。"复借尼采一语答曰："人是须自己超越的。"

何谓生？今借陈白沙弟子谢祐一诗答曰："生从何处来？化从何处去？化化与生生，便是真元处。"

人生之本在心，何谓心？今借朱子一诗答曰："此身有物宰其中，虚澈灵台万境融，敛自至微充至大，寂然不动感而通。"

何谓人生之路？今借陆放翁之诗答曰："山重水复疑无路，柳暗花明又一村。"复借秦少游一诗答曰："菇蒲深处疑无地，忽有人家笑语声。"

何谓人生之价值？今借王安石诗答曰："岂无他忧能老我，付与天地从兹始。"复借忘名之某诗人之诗答曰："不是一番寒彻骨，争得梅花扑鼻香？"①

何谓理想之人格？今借陆象山一诗答曰："仰首攀南斗，翻身倚北辰。举头天外望，无我这般人。"

何谓理想之人格之归宿？今借近人梁任公诗二句答曰："世界无穷愿无尽，海天寥阔立多时。"②

在这里，人生哲学的七大问题，借唐人和前人诗句，诠释得淋漓尽致而意味隽永，启迪心智而开拓胸襟，令人低回无尽。从某种意义上说，唐君毅的"人生之体验"，无非是前代诗人诗化的"人生之体验"的现代哲学诠释！

三百年唐诗史，一部百年人生情怀的咏叹史！三千年文学史，何尝不

---

① 此句初见《五灯会元》卷二十，道场明辩禅师曾举此二语；后又见高明《琵琶记》第四十二出"旌表"。

② 唐君毅：《人生之体验》，广西师范大学出版社2005年版，第1—2页。

是一部百年人生情怀的咏叹史？①情理融合，诗哲如一。如果说，三千年文学史是百年人生情怀的咏叹史；那么，三千年哲学史便是百年人生问题的反思史。其实，唐诗为我们抒情，经典为我们咏怀，并非今天才被我们发现。

二、"经典为我抒情"的传统形态

唐诗为唐人抒情，唐诗也在为我们抒情。其实，岂止唐诗，岂止我们。《诗三百》以来的历代经典诗篇，一直在"为后人抒情"，"为我们抒情"，所谓"借他人之酒杯，浇胸中之块垒"。更有甚者，在"经典为我抒情"的历史上，产生了多种独特的艺术形式。从春秋的"赋诗言志"，到始于西晋的"集句诗"，再到兴盛于两宋的"檃括词"，便是中国诗歌史上"经典为我抒情"的三种主要形态。

"经典为我抒情"始于春秋的"赋诗言志"。据《左传》，春秋"用诗"，有献诗陈志、赋诗言志、教诗明志诸种不同方式。关于"赋诗言志"，《汉书·艺文志》曰："古者诸侯卿大夫交接邻国，以微言相感，当揖让之时，须称诗以谕其志，盖以别贤不肖而观盛衰焉。"此语，可析而为三。其一，所谓"称诗以谕其志"即"赋诗言志"，赋旧有之诗篇，以言公卿大夫之志；其二，"赋诗"的目的，在朝聘、盟会、宴飨等政治外交场合，公卿大夫之间"以微言相感"，即赋诗以融洽感情；其三，"赋诗"的客观效果，"盖以别贤不肖而观盛衰"，既可以观察一国国政的盛衰，也流露着赋诗之人的精神品格。

"赋诗言志"必须遵循"歌诗必类"的原则。《左传》襄公十六年云：

---

① 本文所谓"三千年文学史，百年人生情怀的咏叹史"，与勃兰兑斯所谓"文学史，就其最深刻的意义来说，是一种心理学，研究人的灵魂，是灵魂的历史"，是两个性质不同而相互联系的命题。所不同的是，前者是文学本体论，是从生命哲学角度对文学生命本质的理论概括，后者是文学历史观，是从文化心理学角度对文学史本质的理论概括；相联系的是，历史观以本体论为基础，勃氏所谓"文学史是灵魂的历史"，实质上是以"百年人生情怀"为内容的一组组"原型母题"的咏叹史。

"晋侯与诸侯宴于温，使诸大夫舞，曰：'歌诗必类'。"经过缜密的考证，俞志慧认为："'歌诗必类'之类有相似义和分别义二义，相似义恰如用诗学之'比'：要求所歌、赋之诗必须与当下要表达的思想有内容上的相似性；分别义则可对应于诗歌音乐上的规定性：歌诗、赋诗必须与歌、赋诗者及接受者的身份、地位以及所处场合相适应。"①这就是说，春秋时期的公卿大夫"断章取义"以"赋诗言志"不是随意的，而是有严格规定的。《国语·鲁语》曰："诗所以合意，歌所以咏诗也。今诗以合室，歌以咏之，度于法矣！"朱自清诠释曰："韦昭解此'合'字为'成'；以现成的诗合自己的意，而以成礼，是这种赋诗的确解。"②"诗以合意"与"歌诗必类"，二者一致，强调赋诗内容的相符性，"以现成的诗合自己的意，而以成礼"。以今言言之，即赋诗者必须选择最恰当的经典为自己抒情，既要符合当下的情境，也要符合授受双方的身份。

《左传》襄公二十七年的"垂陇七子赋诗"，是春秋一大风雅盛事，也是"让经典为我抒情"的典型场面，充分体现了"称诗以谕其志，盖以别贤不肖而观盛衰焉"的"赋诗言志"特点。《襄公二十七年》曰："郑伯享赵孟于垂陇，子展、伯有、子西、子产、子大叔、二子石从。赵孟曰：'七子从君，以宠武也，请皆赋，以卒君贶。武亦以观七子之志。'"七子赋诗，各言其志，除伯有外，都志在称美赵孟，联络晋郑两国的交谊。赵孟对于这些颂美，有的是谦而不敢受，有的是回敬几句好话。只有伯有和郑伯有怨，所赋《鹑之贲贲》不只如赵孟所说是"非使人之所得闻"的"床第之言"，而且有"人之无良，我以为君"之句，借机会骂郑伯。因此，享礼结束后，赵文子对叔向说："伯有将为戮矣。诗以言志，志诬其上而公怨之，以为宾荣，其能久乎？幸而后亡。"劳孝舆《春秋诗话》评"垂陇赋诗"说得好："垂陇一享，七子赋诗，春秋一大风雅场也。惟七子中有伯有，正如竹林中有王戎，殊败人意。厥后被发之厉，卒如赵孟所

---

① 俞志慧：《君子儒与诗教：先秦儒家文学思想考论》，生活·读书·新知三联书店2005年版，第85页。

② 《朱自清全集》（第6卷），江苏教育出版社1996年版，第147页。

料。仓卒一赋，遂足定终身，此中机括，微哉微哉。非深得于诗者，未易语此也。"伯有赋《鹑之贲贲》以抒怨愤，可以说是"歌诗必类"的另一种表现。

春秋公卿大夫的"赋诗言志"，即"经典为我抒情"以"微言相感"这种外交文化，与当时《诗》的授受集体性和《诗》作为辞令经典的地位密切相关。劳孝舆《春秋诗话》论春秋之"赋诗"有一段名言：

> 风诗之变，多春秋间人所作，而列国名卿皆作赋才也。然作者不名，述者不作，何欤？盖当时只有诗，无诗人。古人所作，今人可援为己诗；彼人之诗，此人可赓为自作，期于言志而止。人无定诗，诗无定指，以故可名不名，不作而作也。

《诗》是集体创作的成果，是西周初年至春秋中期500年诗心凝聚而成的诗歌总集；即所谓"盖当时只有诗，无诗人"。《论语·宪问》："子曰：'为命：裨谌草创之，世叔讨论之，行人子羽修饰之，东里子产润色之。'"孔子在这里指出，郑国辞命的写作，是经四贤之手完成的集体创作。据此可以类推，《诗三百》的写定和编集，同样凝聚了文士和乐师"草创之，讨论之，修饰之，润色之"的集体智慧。《诗》是集体创作的成果，也是集体共有的文化财富。因此，对于春秋公卿大夫来说，"古人所作，今人可援为己诗；彼人之诗，此人可赓为自作，期于言志而止。"换言之，只要"诗以合意"，就可以将古人所作"援为己诗"，让古人为我抒情，让经典为我抒情。

如果说，先秦的"赋诗言志"，即春秋的公卿大夫赋旧有之诗篇，让经典为之抒情，带有明显的外交性和政治性，是周代礼乐文明的一种形式；那么，始于西晋而盛于两宋的"集句诗"，则具有鲜明的个体抒情性和艺术再创造性，经历了从"调笑"到"明志"的过程，是"经典为我抒情"的成熟形态，也是"唐诗为我抒情"的经典形态，在中国诗歌史上占有一席之地。①

何谓"集句诗"？"集句"之名由北宋人提出。②此后，两宋诗话对集句诗的源流、特点、写作原则和艺术价值，多有论述。明人徐师曾《文体明辨序说》综合诸说，去粗取精，对"集句诗"作了经典性的界说。其曰：

> 集句诗者，杂集古句以成诗也。自晋以来有之，至宋王安石尤长于此。盖必博学强识，融会贯通，如出一手，然后为工。若牵合傅会，意不相贯，则不足以语此矣。

"集句诗"的这一定义，较全面地概括了集句诗的艺术特点、历史流变、创作原则和评价标准等问题。"杂集古句以成诗"，揭示了集句诗相对原创诗"二度创作"的艺术特点，即萧子显《南齐书·文学传论》所谓"全借古语，用申今情"，陆游《杨梦锡集句杜诗序》所谓"非为集句设也，本以成其诗也"；"博闻强识"，强调集句诗创作的必要修养，亦毛奇龄《沈瑶岑集千家诗序》所谓"盖不记则不能集，不记则读之者亦不以为集之者之巧"；"融会贯通，如出一手"，则是集句诗的创作原则和评价标准，从苏轼的"信手拈来俱天成"、严羽的"混然天成，绝无痕迹"到赵翼的"皆凑泊如无缝天衣"等，艺术见解完全一致。

追溯历史渊源，在春秋公卿大夫赋诗言志、断章取义的风气中，集句

---

① 今人对"集句诗"的研究，可参阅罗忼烈：《王安石的集句诗》，《罗忼烈杂著集》，上海古籍出版社2010年版；吴承学：《中国古代文体形态研究》第十章"集句"，中山大学出版社2002年版；张明华、李晓黎：《集句诗嬗变研究》，中国社会科学出版社2011年版。

② 北宋诗人石延年是宋代集句诗最初的创作者之一，其《下第集句》云："年去年来来去忙，为他人作嫁衣裳。仰天大笑出门去，独对春风舞一场。"是最初的"集唐诗"，诗题标明"集句"；苏轼有《次韵孔毅夫集古人句见赠五首》，题中也有"集句"之语；北宋后期诗人葛次仲和林震，以集句诗名家，二人自编集句诗集，径直题为《集句诗》。

性质的作品已悄然萌芽①。但真正"全借古语，用申今情"的集句诗，历代论者公认始于西晋傅咸的《七经诗》②。《七经诗》现存"六经诗"，即《孝经诗》《论语诗》《毛诗诗》《周官诗》各二章，《周易诗》《左传诗》各一章，它是傅咸从七部儒家经典中分别摘出四言句或将长句缩略成四言句连缀而成。如《周易诗》："卑以自牧，谦尊而光。进德修业，既有典常。辉光日新，照于四方。小人勿用，君子道长。"这里既有四言原句，也有缩略句。不过从"诗"的艺术性看，不免有"理过其辞，淡乎寡味"之嫌，仅仅是化经语为韵语而已，尚缺乏"让经典为我抒情"的主体意识。

从西晋傅咸到北宋石延年的七百年，集句诗创作长期空白。其中，前人对无体不备的唐代未留下集句诗，颇感意外。《四库全书总目》卷一七三《香屑集》提要曰："集句为诗，始晋傅咸，今载于《艺文类聚》者皆寥寥数句，声韵仅谐。刘勰《明诗》不列是体，盖继之者无其人也。有唐一代，无格不备，而自韦蟾妓女续《楚辞》两句外，是体竟亦阙如。"今人对未见唐代集句诗也有种种猜测，如认为"这可能是文献遗失之故"③云云。

在我看来，唐代集句诗阙如，自有其原因。除从"古体诗"到"近体诗"的诗体差异外，根本原因在于唐代是一个创造的时代，是一个前所未有的诗歌创作新时代，充满青春朝气的唐代诗人无不发挥创造精神，用新兴的"近体诗"去表现新的生活意境和新的时代精神。闻一多说："诗的

---

① 梁绍壬《两般秋雨庵随笔》卷六"集诗袭诗"条："鲁哀公诔孔子曰'旻天不吊'，《节南山》诗句也；'不慭遗一老'，《十月之交》诗句也；'嬛嬛在疚'，《闵予小子》诗句也；说见《路史发挥》五，此当是集诗之祖。"

② 萧子显《南齐书·文学传论》："今之文章，作者虽众，总而为论，略有三体：……次则辑事比类，非对不发，博物可喜，职成拘制。或全借古语，用申今情，崎岖牵引，直为偶说。唯睹事例，顿失清采。此则傅咸五经，应璩指事，虽不全似，可以类从。"陈绎曾《诗谱》"杂体"条："晋傅咸作《七经》诗，其《毛诗》一篇略曰：'聿修厥德，令终有淑。勉而遁思，我言维服。盗言孔甘，其何能淑。谗人罔极，有靦面目。'此乃集句诗之始。或谓集句起于王安石，非也。"此诗八句，均取自《诗经》。

③ 吴承学：《中国古代文体形态研究》，中山大学出版社2002年版，第182页。

唐朝"一切都化为诗，"诗的政治""诗的教育""诗化生活"："全面生活的诗化（诗的生活化，生活的诗化）。几乎凡用文字处与夫不须文字处皆用诗：生活的记录——日记，生活的装潢——应酬——社交，生活的消遣——游戏——联句、集句、回文、诗钟、诗令、赌博＝律诗。"①唐人以新兴的"近体诗"表现蓬勃的新生活，使"唐朝"成为"诗唐"——"诗的唐朝"。正因为空前发达的唐诗以大量原创性的作品实现了"全面生活的诗化"，从而为宋代以后"二度创作"的集句诗提供了取之不尽的素材；而后代的集句诗集中于"集唐诗"，成为"让古诗为我抒情"最经典的形态，其根源也正在于此。没有唐诗的繁荣，没有唐诗的"全面生活的诗化"，宋代集句诗的兴盛和历代"集唐诗"的发展是不可想象的。

宋代以后的"集句诗史"，不妨说是一部"让唐诗为我抒情"的"集唐诗史"。集句诗的取材多种多样，"诗三百"以来的历代经典之作，无不被集句诗人用来"为我抒情"。清人毛奇龄在《沈瑶岑集千家诗序》中依照取材的不同，把集句诗分成集古、集唐、集三百篇、集陶诗、集杜诗、集乐府、集诗余、集长短句以及集宋诗等。然而，就集句诗的主体而言，始终以"集唐诗"为主。石延年、胡归仁是北宋最早的集句诗作者，同时也是"集唐诗"的开创者。如石延年《下第集句》七绝云："年去年来来去忙，为他人作嫁衣裳。仰天大笑出门去，独对春风舞一场。"除第四句尚不明出处外，前三句分别取自郑谷《燕诗》、秦韬玉《贫女》和李白《南陵别儿童入京》。关于胡归仁集句诗，《蔡宽夫诗话》针对"世皆言此体自（荆）公始"的说法，曰："予家有至和中成都人胡归仁诗，已有此作，自号'安定八体'……亦自精密，但所取多唐末五代人诗，无复佳语耳。"虽无复佳语，但得"集唐诗"风气之先。

王安石是北宋第一个大量创作集句诗的作者，顺手拈来，自然天成，

---

① 《闻一多全集》（第6卷），湖北人民出版社1993年版，第120—121页。

代表宋代集句艺术的最高成就①。据《全宋诗》和《王文公文集》粗略统计，王安石今存集句诗68首、集句词20余阕，是北宋诗人中现存集句诗词最多的一位。王安石的集句诗词取材多样，同样以集唐诗为主，且无不达到"如出诸己"的艺术境界。《苕溪渔隐丛话》前集卷三十五引陈正敏《遁斋闲览》曰：

> 荆公集句诗，虽累数十韵，皆顷刻而就，词意相属，如出诸己，他人极力效之，终不及也。如《老人行》云："翻手为云覆手雨，当面输心背面笑。"前句老杜《贫交行》，后句老杜《莫相疑行》，合两句为一联，而对偶亲切如此。又《送吴显道》云："欲往城南望城北，此心炯炯君应识。"《胡笳十八拍》云："欲往城南望城北，三步回头五步坐。"此皆集老杜句也。

《遁斋闲览》所引仅是诗中一联，但显示出其兴趣中心则是王安石的"集唐诗"，尤其是"集杜诗"。沈雄《古今词话》"集句"条云："《柳塘词话》曰：'徐士俊谓集句有六难：属对，一也；谐韵，二也；不失粘，三也；切题意，四也；情思联续，五也；句句精美，六也。'"从陈正敏评论看，荆公集句诗化"六难"为"六美"矣。

王安石以后的"集唐诗"，发展出多种体式。一是杂集诸家，合为一首。这是最常见的，自宋至清，绵延不绝。如马鲁《南苑一知集》曰："吴镇集古有《七夕闻歌戏效连珠体》……一白居易，二张祜，三白居易，四李涉，五吕岩，六罗隐，七赵嘏，八杜牧。"全诗八句，均集自唐人。二是专集一家，连缀成诗。如集李诗、集杜诗、集韩诗、集白诗等，其中

---

① 王安石顺手拈来的"集句诗"创作，当时已传为佳话，仅举一例。叶梦得《石林诗话》卷中："王荆公在钟山，有马甚恶，蹄啮不可近。一日，两校牵在庭下告公，请鬻之。蔡天启时在坐，曰：'世安有不可调之马，第久不骑，骄耳！'即起捉其骖，一跃而上，不用衔勒，驰数十里而还。荆公大壮之，即作集句诗赠天启，所谓'蔡子勇成癖，能骑生马'者。"这首题为《示蔡天启》的五律，见《王荆公文集》卷七十九。

集杜诗最为壮观。北宋孔平仲《寄孙元忠·俱集杜诗》为集杜诗之始，文天祥《集杜诗》二百首，以集杜诗方式记载历史，成为一部慷慨悲壮的"集杜诗史"。三是出现了"集唐诗"的专集。集句诗的结集，始于北宋末年的葛次仲和林震。据载，葛次仲"尝为《集句诗》三卷"（葛胜仲《丹阳集》），林震"《集句诗》七卷"（李俊甫《莆阳比事》），且多为集唐诗，虽均已亡佚，其典范意义，影响深远。至明清两代，集唐诗集盛极一时。清代黄之隽集唐诗专集《香屑集》，达九千三百余首；施端教是一位集唐诗高产作家，其《集唐诗》达三千首之多，蔚为壮观。四是明清戏曲普遍把"集唐绝句"作为下场诗，如《牡丹亭》和《长生殿》的下场诗，均为集唐人七言绝句。

就表现的人生内容而言，集句诗和原创诗一样，几乎涵盖了个体生命百年人生情怀的各个方面。如文天祥《集杜诗》，"凡二百首，分为四卷：首述其国，次述其身，次述其友，次述其家，而终以写本心、叹世道者"（刘定之《集杜诗序》），"自予颠沛以来，世变人事概见于此矣"（文天祥《集杜诗自序》）。可以说，宋代以后的中国诗史，"原创诗"和"集句诗"形成了二水分流、双峰并峙的局面。其实，宋代以后的所谓"原创诗"，又何尝未受唐诗的影响，又未曾"借唐诗为我抒情"？

为什么宋代以后的"集句诗史"，几乎成了一部"让唐诗为我抒情"的"集唐诗史"？苏轼《次韵孔毅父集句见赠五首》云："世间好句世人共，明月自满千家墀。"文天祥《集杜诗自序》曰："凡吾意所欲言者，子美先为代言之。"鲁迅对友人说："一切好诗，到唐已被做完。"[1]诸家论断已道出了个中原因所在。若作进一步追问，鲁迅所说的"一切好诗到唐已被做完"究竟是什么意思？为什么"好诗已被唐人做完"，今人可以"让唐诗为我抒情"？这是一个必须从文学的人学本质或生命本质入手，作进一步探讨的问题。

---

① 《鲁迅全集》（第13卷），人民文学出版社2005年版，第307页。

兴盛于两宋的"檃括词",是"经典为我抒情"的第三种艺术形式①。何谓"檃括"?檃括是古人用以矫正邪曲的器具。《韩非子·难势》:"夫弃檃括之法,去度量之数,使奚仲为车,不能成一轮。"以后也有矫正、修正和概括之意。《文心雕龙·熔裁》:"蹊要所司,职在熔裁,檃括情理,矫揉文采也。"何谓"檃括词"?罗忼烈的解释最为精当:"檃括是矫正曲木的工具。引申其义,把整篇文学作品加工炮制,使成为词,叫做檃括。……作法是将他人的作品,加以剪裁改组、斟酌损益,实际等于重写。而著墨加工的地方,可多可少,相当自由,只要合格律就行了。"②亦苏轼所谓"稍加檃括,使就声律"。

檃括词作为一种自觉的文体,为苏轼开创。在苏轼之前已有相近的作品,如晏几道《临江仙》的前半阕,就是对唐代诗人张籍《赠王建》的改写③。苏轼开创檃括体的标志,是其最早对"檃括词"的特点做出了诠释。苏轼檃括陶渊明《归去来辞》的《哨遍》词序云:

> 陶渊明赋《归去来》,有其词而无其声。余既治东坡,筑雪堂于上,人俱笑其陋,独鄱阳董毅夫过而悦之,有卜邻之意。乃取《归去来》词稍加檃括,使就声律,以遗毅夫。

这是苏轼首次对"檃括"做出释义的词序。这篇在黄州所写的《哨遍》也是苏轼檃括词的首创之作。张炎《词源》有好评:"……《哨遍》一曲,檃括《归去来辞》,更是精妙,周、秦诸人所不能到。"

苏轼是檃括词的开创者,也是檃括词的奠基者。檃括词的取材不外前人的辞赋、文、诗、词。苏轼的檃括词就取材于上述多种文体:以辞赋檃

---

① 今人对"檃括词"的研究,可参阅罗忼烈:《两宋杂体》,《罗忼烈杂著集》,上海古籍出版社2010年版;唐玲玲:《东坡乐府研究》,"第十二章 檃括词小议",巴蜀书社1992年版;吴承学:《中国古代文体形态研究》,"第十一章 宋代檃括词",中山大学出版社2002年版;以及日本学者内山精也的《两宋檃括词考》等。

② 罗忼烈:《两宋杂体》,《罗忼烈杂著集》,上海古籍出版社2010年版,第292页。

③ 吴承学:《中国古代文体形态研究》,中山大学出版社2002年版,第203页。

括为词的，即《哨遍》檃括陶渊明《归去来辞》；以诗檃括为词的，《水调歌头》檃括韩愈的《听颖师弹琴》，《定风波》檃括杜牧《九日齐山登高》；以其他词人作品檃括为词的，《浣溪沙》檃括张志和的《渔歌子》，《定风波》（咏红梅）则檃括自己的《红梅》诗；以散文檃括为词的，即《戚氏》檃括《山海经》，夏承焘《东坡乐府笺序》所谓"以《山海经》协《戚氏》，合文入乐，尤坡之创制"。

　　檃括词的动机何在？苏轼在檃括词序中多次强调："稍加檃括，使就声律"；曹松《哨遍》词序曰："双溪居士檃括《赤壁赋》，被之声歌，聊写达观之怀，寓超然之兴"；刘学箕檃括苏轼《赤壁赋》的《松江哨遍》词序曰："今取其言之足以寄吾意者，而为之歌，知所以自乐耳"；徐鹿卿檃括苏轼《上元》诸诗的《酹江月》词序曰："思有以写父老之所欲言而不能言者以为公寿，顾其词语浅薄，不足发越，乃杂取东坡先生《上元》诸诗，檃括成《酹江月》一阕，与邦民共歌之。"其实，无论"稍加檃括，使就声律"，或"聊写达观之怀，寓超然之兴"，还是"取其言之足以寄吾意者，而为之歌"，或"思有以写父老之所欲言而不能言者以为公寿，乃杂取东坡先生《上元》诸诗，檃括成词"云云，一言以蔽之，"檃括词"与"集句诗"，其创作动机本质上是一致的：即"让经典为我们抒情"，"请古人为我们歌唱"！

　　两宋檃括词的取材多种多样，但以诗为多，尤以唐诗为多。南宋林正大以檃括词名家，著有《风雅遗音》。《全宋词》第四册共收林正大檃括词41首，每首先录前人诗文，然后檃括为词。林正大檃括词取材广泛，文体包括辞赋、古文、乐府和诗，朝代包括两晋、唐代和两宋，其中取自唐代诗人的作品将近一半。唐代诗人中，李白、杜甫、韩愈、李贺、刘禹锡、白居易等著名诗人的名篇佳作，成为其檃括入词的主要对象。杜甫的《醉时歌》，则被林正大连续檃括为《括酹江月》《水调歌头》《满江红》三首词。唐诗的高度繁荣，既为集句诗提供了取之不尽的素材，也为檃括词提供了用之不竭的名篇。陈振孙《直斋书录题解》评《清真词》即曰，"多用唐人诗语，檃括入律，浑然天成"；而晏几道《临江仙》的"落花人独立，微雨燕双飞"，同样直接借用了唐末诗人翁宏《宫词》的诗句。

"经典为我们抒情"，并非仅有"赋诗言志""集句诗"和"檃括词"三种形式，也并非止于春秋、两宋和清代；它广泛地存在于生活的各个方面，并从春秋一直延续到今天。当我们赞美爱情而吟诵"关关雎鸠，在河之洲；窈窕淑女，君子好逑"之时，当我们激励意志而吟诵"老骥伏枥，志在千里；烈士暮年，壮心不已"之时，当我们惜别友朋而吟诵"海内存知己，天涯若比邻；无为在歧路，儿女共沾巾"之时，当我们思念亲人而吟诵"海上生明月，天涯共此时；情人怨遥夜，竟夕起相思"之时，经典就在为我们抒情，唐诗就在为我们咏怀。

回顾和考察"经典为我抒情"的传统形式和现代形态，至少可以得出三点结论：第一，诗歌的"传播接受史"实质就是诗歌的"为我抒情史"。因此，"唐诗为我们抒情，经典为我们咏怀"，并非今人的新发现，而是授受相随，自古而然，传统悠久，形态多样。第二，文学的价值和经典的意义，就在于既能为古人抒情，也能为我们抒情。如果一部作品只能"为自我抒情"而不能"为我们抒情"，只能"为古人抒情"而不能"为今人抒情"，就表明它缺乏普遍的审美价值，失去了恒久的艺术生命力。第三，诗歌史上诸如"集句诗"和"檃括词"等诗体形式，以及"无一字无来处""夺胎换骨，点铁成金"等表现手法，与其从创作者的角度批评其缺乏艺术的独创性，不如从接受者的角度欣赏其"让经典为我抒情"的巧妙性。实际上，"集句诗"和"檃括词"等诗体形式，其接受史意义远大于创作史价值，接受史研究者应予以充分重视。

三、唐诗为什么能为我们抒情？

经典在为我们抒情，唐诗在为我们咏怀。唐诗这一跨越时空的审美价值，清代美学家金圣叹似已窥破个中消息。《贯华堂选批唐才子诗集序》有一段妙语，论述唐人律诗的审美结构与审美功能的互为对应性：

故夫唐之律诗，非独一时之佳构也，是固千圣之绝唱也，吐言尽意之金科也，观文成化之玉牒也。其必欲至于八句也，甚欲其纲领之昭畅也；其不得过于八句也，预防其芜秽之填厕也。其四句之前开也，情之自然成文，一二如献岁发春，而三四如孟夏滔滔也；其四句之后合也，文之终依于情，五六如凉秋转杓，而七八如玄冬肃肃也。故后之人如欲豫悦以舒气，此可以当歌矣；如欲怆怏以疏悲，此可以当书矣；如欲婉曲以陈谏，此可以当讽矣；如欲揄扬以致美，此可以当颂矣；如欲辨雕以写物，此可以当赋矣；如欲折衷以谈道，此可以当经矣。

这段文字以《文心雕龙·物色》"岁有其物，物有其容；情以物迁，辞以情发"为理论基础，认为唐人七律的结构，蕴涵了自然的四时景物和人性的四时情感，因此可以替"后之人"传达喜怒哀乐，可以为"后之人"抒发四时情怀，也可为"后之人"表达美颂讽谏。对金圣叹的这段话，如果"乃是只根据其本质，加以批评，而不从表面或枝节处立论"①，我们就可以说，金圣叹已经认识到"唐诗在为我们抒情"，也道出了唐诗超时空的普遍价值。

然而，仅仅说唐诗表达了"后之人"的情感，所以能为"后之人"抒情，这种仅限于经验层面的回答显然是不够的。我们必须进而追问：为什么"唐人之诗"能抒发"后人之情"？或"古人之诗"能抒发"今人之情"？这必须从文学的人学本质入手作深入探讨，以揭示"诗"不同于"史"的艺术特质和审美价值之所在。

经典为什么能为我们抒情，唐诗为什么能为我们咏怀？一言以蔽之，"文学是人学"。但必须对这一深刻而朴素的命题作"逻辑的洗炼"②。

---

① 贺麟：《近代唯心论简释》，上海人民出版社2009年版，第204页。

② 何兆武："一切历史学的概念和命题，都必须先经过一番逻辑的洗炼，才配得上称为有意义的和科学的。"（《历史理性批判论集》，清华大学出版社2001年版，第15页）

1928年，高尔基最初表达了文学是"人学"的思想；1934年，季摩菲耶夫在《文学理论》（1948年再版，中译本为《文学原理》）中首次明确指出高尔基"提议把文学叫做'人学'"；1957年，钱谷融先生发表了《论"文学是人学"》著名论文，从文学的目的和任务、功能和标准等方面，对"文学是人学"的意义作了深入阐述。从此，"文学是人学"便成为文学本质的经典表述，也为文学史家所普遍采纳。

学界关于文学的本质，常见有三个不同的命题：一是社会学的"文学是社会生活反映"，二是人道主义的"文学是人学"，三是人性论的"文学是心学"。"文学是人学"的命题，比"文学是社会生活反映"更深刻地道出了文学的人学本质。那么，高尔基的"文学是人学"与清代刘熙载的"文，心学也"①，这两个命题应作何理解？敏泽先生曾比较二者后认为："'文学是人学'虽是不朽的名言，在某种意义上却不如刘熙载的'文，心学也'更符合文学艺术的特点。"②换言之，"文学是心学"又是"文学是人学"的深化。这是一个有待深化的精辟见解。

据此，应当对"文学是人学"的本体内涵作进一步界定。首先，必须明确"文学是人学"的"人"，不是指作品中描写的人，而是指现实中真实的人；不是指人的外在行动，而是指人的内在"心性"。因此，所谓"文学是人学"，可以更具体地表述为"文学是人心学"或"文学是人性学"。其次，对"文学是人心学"的"人心"或"文学是人性学"的"人性"，应从生命哲学的角度作双重规定：从质的方面说，它是指每一个生命个体的普遍人性③；从量的方面说，它是指有限的个体生命的百年情怀。

---

① 刘熙载：《游艺约言》，《刘熙载论艺六种》，巴蜀书社1990年版，第335页。

② 敏泽：《"文，心学也"》，《主体性·创新·艺术规律》，人民文学出版社1988年版，第408页。

③ 人性是一个多元动态的复杂结构，人类学家克罗孔和心理学家莫锐有一句名言："每一个人都有若干方面像所有人，若干方面像一部分人，若干方面则什么都不像。"（转引韦政通：《中国的智慧》，吉林出版集团有限责任公司2009年版，第213页）据此，可把人性分为三个层面，即普遍性、民族性和个体性。优秀作品的文学人物无不是普遍性、民族性和个体性的有机融合，而经典作品中艺术典型的核心性格，则无不深刻揭示了永恒的普遍人性。

前者是指文学对象的生命特质，后者是指文学对象的生命范围。就前者而言，与其说"文学是人学"，不如说文学是心学、是审美的人性学；就后者而言，人类的文学史，就其精神母题而言，实质是百年人生情怀的咏叹史。由此出发，对经典为我们抒情、唐诗为我们咏怀，以及文学的永恒主题、经典的永恒价值和古典的现代意义等问题，可以做出更合理的解释，获得更深刻的认识。尝试论之。

其一，从对象的性质看，文学作为"人心学"或"人性学"，它所表现的是每一个生命个体的普遍心灵或普遍人性。这是文学在创作和功能上不同于历史的审美特殊性之所在。

首先，文学的特殊对象是普遍的人性而不是具体的史实。从文学与现实的关系看，文学确实是生活的反映，但不是外部的生活现象，而是社会深层时刻跳动着的心灵脉搏；从文学的描写对象看，文学确以人的生活整体为对象，但不以写活一个虚构的文学人物为目的，而是借以表现时代和民族的更深更广的人性心理。文学艺术正是以这种社会深层的人的心灵脉搏和普遍深邃的人性心理为特殊认识对象的。黑格尔认为："艺术的要务不在事迹的外在的经过和变化，这些东西作为事迹和故事并不足以尽艺术作品的内容；艺术的要务在于它的伦理的心灵性的表现，以及通过这种表现过程而揭露出来的心情和性格的巨大波动。"①这是一个耐人寻味的深刻见解。正是在这个意义上，我们可以说：文学是人性心理的审美显现；文学家是刻画人类灵魂的心理学家。

其次，这是古今中西文学家和思想家的一致见解。在东方，《尚书·尧典》的"诗言志"说、陆机《文赋》的"诗缘情"说，以及刘熙载的"文，心学也"；又如泰戈尔所谓"文学的主要内容是人的心灵描绘和人的性格刻画"②；再如厨川白村的"苦闷的象征"说等。在西方，英国诗人

---

① 黑格尔：《美学》（第1卷），朱光潜译，商务印书馆1979年版，第275页。
② 泰戈尔：《文学的本质》，《泰戈尔论文学》，倪培耕等译，上海译文出版社1988年版，第7页。

华兹华斯所谓"诗是强烈情感的自然流露"[1]；法国作家司汤达所谓"对我来说，真诚的自我至上主义就是描写人类的心灵"[2]；俄国作家托尔斯泰所谓"艺术的主要目的就在于表现和揭示人的灵魂的真实，揭露用平凡的语言所不能说出的人心的秘密"[3]；以及美国学者苏珊·朗格所谓"艺术是人类情感的符号形式的创造"[4]等。上述古今中外的文学家和思想家，用不同的语言从不同的角度，反复强调一个道理：文学以人性心理为表现对象，文学是人心学，文学是人性学，文学是人情学。

再次，从文学的审美功能看，只有深刻表现了每一个生命个体所具有的普遍的人性和人情，说出人的心灵的秘密，文学作品才可能具有心灵的深度，才可能"以心换心"，打动人心，唤起普遍的心灵共鸣，具有超时空的心灵价值。陀思妥耶夫斯基宣称自己是"刻画人的心灵深处的全部奥秘"的现实主义者。[5]陀思妥耶夫斯基作为俄罗斯文学史上第一个伟大的小市民作家，以擅长分析人类心灵的笔触，深刻表现了那个时代小市民知识分子和有知识的小市民的灵魂奥秘。正是在这个意义上，鲁迅称他为"人的灵魂的伟大的审问者"[6]。其实，无论是现代作家还是古代诗人，文学家的真正使命，就在于"摸索人们的灵魂，写出人心的秘密"。

文天祥《集杜诗自序》，自述写作动机，有一段精彩而精深的话：

> 凡吾意所欲言者，子美先为代言之；日玩之不置，但觉为吾诗，忘其为子美诗也。乃知子美非能自为诗，诗句自是人性情中语，烦子美道耳。子美于吾隔数百年，而其言语为吾用，非情性同哉？

① 刘若端编：《十九世纪英国诗人论诗》，人民文学出版社1984年版，第22页。

② 转引爱伦堡：《必要的解释》，中国社会科学出版社1979年版，第142页。

③ 托尔斯泰：《列夫·托尔斯泰论创作》，戴启篁译，漓江出版社1982年版，第11页。

④ 苏珊·朗格：《情感与形式》，刘大基、傅志强、周发祥译，中国社会科学出版社1986年版，第51页。

⑤ 陀思妥耶夫斯基：《陀思妥耶夫斯基论艺术》，冯增义、徐振亚译，漓江出版社1988年版，第390页。

⑥ 《鲁迅全集》（第7卷），人民文学出版社2005年版，第106页。

在文天祥看来,"子美于吾隔数百年,而其言语为吾用",其原因,就在于"古今人,情性同",就在于"诗句自是人性情中语,烦子美道耳"[①];换言之,正因为子美的诗句道出了每一个生命个体的普遍心性和普遍情怀,所以"虽隔数百年,其语为吾用"。文天祥的这段自白包含了丰富的美学内涵:既道出了其个人"集杜诗"写作的动机,也道出了所有"集句诗"作者的心声,更道出了经典的永恒价值、道出了"经典为我们抒情,唐诗为我们咏怀"的生命根源之所在。

其二,从对象的范围看,文学作为"人心学"或"人性学",它所表现的是有限的个体生命的百年情怀。无论三百年唐诗史,还是三千年文学史,他们所表现的人性和人情,都是有限的个体生命的百年情怀。

首先,文学所面对的人不是抽象的人,而是活生生的人,是现实生活中有血有肉的生命个体,是尘俗世界里有爱有恨的个体生命。对于所谓"有血有肉的"的个体生命,西班牙生命哲学家乌纳穆诺作了生动的描述:"有血有肉的人,就是由出生到受难,最后要死亡的人,尤其要强调是,一个终究要'死亡'的人。如果要把这个人说得更具体、更直白,就是:要吃饭,要喝水,要玩耍,要睡觉,要思想,要爱欲的人;是看得见的人,听得着的人,就是我们身边的兄弟,真实存在的兄弟……这个具体的、有骨头有血肉的人,他是整个哲学的主体,同时也是整个哲学的最高级主体。"[②]其实,"这个具体的、有骨头有血肉的人",既是"整个哲学的最高级主体",同时也是整个文学的最高级的主体,是整个文学特殊的认识对象和表现对象。

其次,"有血有肉"的人,亦即"有生有死"的人、"生命有限"的人、由摇篮走向墓地的人。文学所表现的生命情怀,不是抽象之人的形而

① 文天祥所谓"诗句自是人性情中语,烦子美道耳",这里的人之"性情",显然不是个人的"瞬间情绪",而是苏珊·朗格所谓的"人类情感"或"情感概念"。参阅苏珊·朗格《情感与形式》《艺术问题》相关论述。

② 乌纳穆诺:《生命的悲剧意识》,段继承译,花城出版社2007年版,第2页。

上之情，而是有限的个体生命的百年情怀。这是由人的"生命的一次性"所决定的。米兰·昆德拉在《不能承受的生命之轻》中写道："人只能活一次，我们无法验证决定的对错，因为，在任何情况下，我们只能做一次决定。上天不会赋予我们第二次、第三次、第四次生命以供比较不同的决定。"①"生命的一次性"是生命的真相。"人只能活一次"，亦即俗话所说"人生一世"。这里的"一"，既是指"一次"的数量，即生命是一次性的，只有一次，没有两次，更没有三次；也是指"一世"的长度，即所谓人生百年，百年人生，百年之后，非我人生。这是无可怀疑的生命真相。②文学是"人"学。文学所表现的，就是"人"的有限的个体生命的百年情怀。三百年唐诗史，是百年人生情怀的咏叹史；三千年文学史，依然是百年人生情怀的咏叹史。

再次，生命的一次性决定了生命的重复性；歌德所谓："时代在前进，但人人却都得从头开始"③。生命的一次性和由此必然的生命的重复性，使人与人之间具有经历的相似性和心灵的相通性，爱默生所谓："每一个人都是普遍心灵的又一次转世再现"④。由此，文学所表现的生命情怀，既是"有限的"，又是"重复的"，是人的"普遍心灵"的一次次独特的"转世再现"，于是最终形成了文学的永恒主题和艺术的原型母题。人类共通的生存关系是普遍人性或"普遍心灵"形成的现实基础；而每一个人与

---

① 米兰·昆德拉：《不能承受的生命之轻》，许钧译，上海译文出版社2003年版，第264页。

② 中国先哲对"百年人生"早有清醒认识，也有精辟阐述。《礼记·曲礼》曰："人生十年曰幼，学。二十曰弱，冠。三十曰壮，有室。四十曰强，而仕。五十曰艾，服官政。六十曰耆，指使。七十曰老，而传。八十、九十曰耄，七年曰悼，悼与耄虽有罪，不加刑焉。百年曰期颐。"《论语·为政》："子曰：'吾十有五而志于学，三十而立，四十而不惑，五十而知天命，六十而耳顺，七十而从心所欲，不逾矩。'"如果说前者描述了自然生命的大体过程，那么后者则描述了文化生命的精神历程。

③ 歌德：《歌德的格言和感想集》，程代熙、张惠民译，中国社会科学出版社1982年版，第112页。

④ 爱默生：《爱默生演讲录》，孙宜学译，中国人民大学出版社2004年版，第42页。

生俱来而又无可超越的生存关系，至少体现在四个方面，即个体生存、人际关系、生存环境和生存理想。从共时角度看，每一层面的生存关系形成多样的人性和人情；从历时角度看，这四重关系又涵盖百年人生的种种喜怒哀乐。这种四元多维的人性特征体现在文学创作中，便形成了永恒主题和原型母题的四元多维结构①。一言以蔽之，有限的个体生命的百年情怀，设定了永恒主题和原型母题的基本范围。

古典诗学特别重视永恒主题的发掘和原型母题的研究。清代学者面对三千年诗歌史，尤为关注贯穿古今的诗歌主题和原型母题。王士禛《分甘余话》认为，《燕燕》"宜为万古送别诗之祖"；乔亿《剑溪说诗》借此对唐诗母题发挥了一篇大议论：

> 许彦周亟称《邶风》"燕燕于飞"，可泣鬼神。阮亭先生复申其说，为万古送别诗之祖。余谓唐诗之善者，不出赠别、思怀、羁旅、征戍及宫词、闺怨之作，而皆具于国风、小大雅，今独举《燕燕》四章，其说未备。盖《雄雉》，思怀诗之祖也；《旄丘》《陟岵》，羁旅行役诗之祖也；《击鼓》《扬之水》，征戍诗之祖也；《小星》《伯兮》，宫词、闺怨诗之祖也。《品汇》载张说巡边，明皇率宋璟以下诸臣各赋诗以饯别，犹吉甫赠申伯之意也。贺知章归四明，明皇复率朝士咏歌其事，亦诗人咏《白驹》之义也。凡此虽不尽合乎《风》《雅》，而遗意犹存，不皆其苗裔耶？

在乔亿看来，不仅"唐诗之善者"皆《风》《雅》之"苗裔"，唐人之"赋诗言志"亦为春秋之"遗意"。其实，唐诗的母题渊源于"风雅"，宋元明清诗歌的母题，何尝不是渊源于"唐诗"，并最终又可以上溯到"风雅"？

如果说单一的主题史是一个文学主题或原型母题的诞生和嬗变的历史，那么综合的文学史则是一组文学主题或原型母题的诞生和嬗变的历

---

① 参阅陈文忠主编：《文学理论》（第三版），安徽大学出版社2012年版，第42—43页。

史；进而，三百年唐诗史是一组永恒主题和原型母题的嬗变史，三千年文学史同样是一组永恒主题和原型母题的嬗变史。这是"集句诗""檃括词"的作者，之所以能"让经典为我抒情，让唐诗为我咏怀"的原因所在，也是文天祥的百年情怀"子美先为代言之"、唐君毅的人生哲学已有"前辈诗人先为代言之"的根源所在。

四、现代人为什么需要古典文学？

21世纪的现代与后现代，我们为什么还需要古典文学？为什么需要讲授古典文学？为什么需要研究古典文学？美国学者哈罗德·布鲁姆说得好："没有经典，我们会停止思考。"①文学形成我们的内心意识，艺术涵养我们的生命情怀。没有文化经典，人类将停止思考，人心将乏味无趣，生活将黯然无光。从这个意义上说，"文学"不是"遗产"，"经典"不是博物馆里的"陈列品"，而是每一代人的精神财富，每一代人的心灵伴侣。

进一步追问，为什么"没有经典，我们会停止思考"？为什么现代教育必须研读古代经典？根源在于"生命的一次性"和"生命的无知性"。

人的生命是一次性的。老天决不会赋予我们第二次、第三次生命，从而让我们具有"前世"的经验。生命的一次性，意味着生命从"无知"开始；所谓"历史上人类的文明有进步，但人性却没有进步"②，其最终根源就在于此。无论到什么时代，人人都得从头开始，一万年前是如此，一万年后依然是如此。每一个人的生命史，都从生命诞生的第一天开始书写，每一个人的生命经验，都是一天一天累积起来的。生命的一次性所决定的"生命从无知开始"，给予我们两点提示。首先，这意味着人生"明天"的茫然性。每一个人对自己的"明天"都是未知的。人永远不可能拥有前世的生活经验重新开始另一种生活。人走出儿童时代时，不知青年时

---

① 哈罗德·布鲁姆：《西方正典——伟大作家和不朽作品》，江宁康译，译林出版社2005年版，第29页。

② 张灏：《幽暗意识与民主传统》，新星出版社2010年版，第312页。

代是什么样子，结婚时不知结了婚是什么样子，步入老年时仍然不知道往哪里走，老人实质是对老年一无所知的孩子。其次，它决定了教育的重复性和经典的永恒性。无论一万年之前，还是一万年之后，每一个人都需要接受教育：都需要哲学以获得人生的智慧，都需要科学以获得生存的技能，都需要文学以涵养生命的情怀，这也是"自然向人生成"的唯一途径。

文化是生命的表现形态，生命的重复决定了文化的重叠。在心灵的领域，在文化的领域，在文学的领域，没有古今之别，没有时间距离；传统即现代，古典即今典；经典能为我们抒情，唐诗在为我们咏怀。君不闻谢灵运《七里濑》诗曰："谁谓古今殊，异代可同调！"21世纪的今天，我们之所以还需要古典文学，就是需要古典文学来充实我们无知的生命，形成我们的生命意识，涵养我们的生命情怀。从这个意义上说，文学绝不是学者案头的玩物，而应是每一个人心灵的伴侣；不应是学者炫耀学问的借口，而应是每一个人精神的导师。艾略特说得好："诚实的批评和敏感的赏鉴，并不注意诗人，而注意诗。"[①]学者们研究古典文学，其最终目的，就在于发现古典的现代价值，回应现代的人生问题，让文学回归生命情怀，让经典滋养现代心灵。这是"诗"不同于"史"、"诗情"不同于"史实"的审美价值之所在，也是人类永远离不开文学经典的根源之所在。

当前，在古典文学研究中，也在唐诗研究中，有一种被视为正宗和正统的学术倾向：远离文学的审美本质，远离生命的百年情怀，有意无意地化"诗"为"史"，把文学视为历史的配角，把"唐诗"视为"唐史"的素材，专注于唐诗与唐代社会种种关系的研究，然后通过"诗作史读"或"以诗证史"学术敲打，鲜活的"唐诗"成了沉闷的"唐史"，古今相通的生命情怀成了有古无今的历史文献。这种学术风气的盛行，归根结底似有两大原因：一是社会学的文学观；二是考据主义的学术观。

首先是社会学的文学观。早在1893年，普列汉诺夫就曾尖锐地指出：

---

① 艾略特：《艾略特诗学文集》，王恩衷编译，国际文化出版公司1989年版，第4页。

"文学是什么？好好庸人们齐声答道：文学是社会的表现。这是一个很了不起的定义，只是有一个缺点：它是含混的，等于什么也没有说。"①然而，"文学是社会生活反映"已经成为中国学者的集体无意识。在这一权威观念的影响下，20世纪80年代以来，丹纳"作家—流派—社会"的"三总体原则"和"一个体系的四个阶段"②的社会学方法，又被视为深化古典文学和唐代文学研究的坦途③。于是，文学研究成了文学与社会关系的研究，唐诗研究也成为唐诗与唐代社会关系和文化关系的研究。从诗学史看，孟棨评论杜甫"流离陇蜀"的诗作时提出的"诗史"说，成为社会学文学观和"诗作史读""以诗证史"的考据诗学的传统依据。④然而，正如钱锺书所说："'诗史'的看法是个一偏之见。"⑤为什么？亚里士多德早就指出："写诗这种活动比写历史更富于哲学意味，更被严肃的对待。"⑥清代学者浦起龙同样写道："史家只载得一时事迹，诗家直现出一时气运。"⑦从本质看，历史是"已发生的事"的如实记载，文学是"可能发生的事"的审美再现；从功能看，历史是"他"，是"他人"过去的生活活动，可以与"我"无关，文学是"我"，是"人类"永恒的生命情怀，与"我"须臾不可分离。

法国诗人夏尔·贝玑（1873—1914）是对丹纳的社会学方法提出挑战的第一人。他认为，丹纳及其信徒研究方法的最大特点，是"从和作品本

---

① 《普列汉诺夫哲学著作选集》（第2卷），生活·读书·新知三联书店1962年版，第177页。

② 丹纳：《艺术哲学》，傅雷译，人民文学出版社1981年版，第65页。

③ 参阅傅璇琮：《唐代诗人丛考前言》，《唐代诗人丛考》，中华书局1980年版；《唐五代文学编年史自序》，《唐五代文学编年史》（初盛唐卷），辽海出版社1998年版等。

④ 中国诗学史上"诗史"说的嬗变，参阅张晖：《中国"诗史"传统》，生活·读书·新知三联书店2012年版。

⑤ 钱锺书：《宋诗选注》，人民文学出版社1989年版，第3页。

⑥ 亚里士多德：《诗学》，《诗学·诗艺》，罗念生、杨周翰译，人民文学出版社1982年版，第29页。

⑦ 浦起龙：《读杜提纲》，《读杜心解》，中华书局1961年版，第63页。

身毫无关联的知识着手，尽可能地绕远路，以了解某些和作品只有微小联系的事情"；他用嘲讽的口吻称其为"离题万里的环球智力旅行"。①总之，以文学社会学为基础的研究方法，到处搜寻关于作品的外在阐释，却偏偏不把作品本身作为研究的对象，更无视作品所表现的生命情怀。同样，在这种学术思想指导下，我国近年大量出版的"诗人传""编年史"和"心态史"的著作，极大地满足了人们对诗人生平、社会背景和时代风貌的了解，但唯独放逐了文学，放逐了诗，远离了作品本身，远离了生命情怀，从而也疏离了古典文学与现代心灵的联系。

其次是考据主义的学术观。"拿出证据来"，这是考据家最为响亮的口号，足以吓退一切拿不出证据的"不学无术"者。在文学研究中，最为确凿的"证据"无非有二：一是构成文本的文字，二是文本背后的历史。与之相联系，文学考据学也大致可以分成两类：一是文字和文献的考据，一是史料和史实的考据。前者认为只有文字和文献才有确实性，才值得研究，从而以"文献学"取代了"文艺学"；后者则在"诗史"论的指引下，经过"化诗为史，诗作史读，以诗证史"的三部曲，把虚幻的"诗情"坐实为确凿的"史实"，这是以"考据学"取代了"文艺学"。

钱锺书把这种"考据主义"称为"文盲"——"看文学而不懂鉴赏"的"文学盲"②，并终其一生，持续不断地提出批评和警示。1939年2月，针对一位语言学家所谓"文学批评全是些废话，只有一个个字的形义音韵，才有确实性"的高论，钱锺书在《释文盲》中写道："训诂音韵是顶有用、顶有趣的学问，就只怕学者们的头脑还是清朝朴学时期的遗物，以

---

① 程晓岚：《法国形式主义批评简介》，《外国文学报道》1984年第4期。

② 在文学研究学院化、职业化时代，这样的"文盲"日见其多，中外皆然。基奥弗瑞·蒂罗逊在《谈批评家与年月无误的本文问题》中感叹道："对于批评家来讲，他的历史知识是他的文学知识的一部分。它是在文学的头脑中泡制过的知识"；然而，"我们常常看到有些学者在把一篇作品当作一定时代的产物来谈论时表现了使人钦羡的深刻的观察力，但如果要他们把它当作一件合乎美学的创造……他们就不知道该怎么说好了。对他们讲来，一首诗和一篇用蹩脚的散文写出的传单并没有什么差别。"（《现代美英资产阶级文艺理论文选》，知识产权出版社2010年版，第500—501页）

为此外更无学问，或者以为研究文学不过是文字或其他的考订。朴学者的霸道是可怕的。"①20世纪40年代，有位学者撰《诗之本质》一文，阐述其"古诗即史"说。钱锺书在《谈艺录》中反驳道："谓史诗兼诗与史，融而未划可也。谓诗即以史为本质，不可也"；并针锋相对地提出了"古史即诗"②的著名命题。1978年，在题为《古典文学研究在现代中国》的讲演中，谈到韦勒克著名论文《近来欧洲的文学研究中对实证主义的造反》时，钱锺书又不无感慨地说："所谓'实证主义'就是繁琐无谓的考据、盲目的材料崇拜。在解放前的中国，清代'朴学'的尚未削减的权威，配合了新从欧美进口的这种实证主义的声势，本地传统和外来风光一见如故，相得益彰，使文学研究和考据几乎成为同义名词，使考据和'科学方法'几乎成为同义名词。那时候，只有对作者事迹、作品版本的考订，以及通过考订对作品本事的索隐，才算是严肃的'科学的'文学研究。"③30多年过去了，钱锺书当时所说的"在解放前的中国"才有的考据主义，似乎又回来了。

文学研究不能没有考据，但绝不能以考据为中心。钱锺书说得好："文学研究是一门严密的学问，在掌握资料时需要精细的考据，但是这种考据不是文学研究的最终目标，不能让它喧宾夺主、代替对作家和作品的阐明、分析和评价。"④林毓生更进一步，针对考据的学术有限性和学术缺陷，明确提出"不以考据为中心目的之人文研究"的原则。在他看来，"人文研究的基本任务有二：一是寻求人的意义；二是使我们今天自己的

---

① 钱锺书：《写在人生边上》，生活·读书·新知三联书店2001年版，第45—46页。

② 钱锺书：《谈艺录》，中华书局1984年版，第38页。

③ 钱锺书：《写在人生边上的边上》，生活·读书·新知三联书店2001年版，第134页。

④ 钱锺书：《写在人生边上的边上》，生活·读书·新知三联书店2001年版，第134页；韦勒克论"高级校勘"亦曰："不管这些方法是何等地重要，我们都必须认识到它们不过是为实际分析和诠释作品以及从起因方面解释作品而做的基本工作；其重要性应视对分析和解释作品的作用而定。"（韦勒克、沃伦：《文学理论》，刘象愚、邢培明、陈圣生等译，生活·读书·新知三联书店1984年版，第64页）。

人生、社会与时代变得更丰富而有意义。为了达成这两种任务，人文学者对人生、社会与时代的发言必须建立在自己特有的创见之上"；然而，"考据虽然也需要不少心机去证明一些失去的东西，但严格说来，那只是'发现'，不是'创见'"①。史学如此，文学和哲学同样如此。

为什么考据工作"只是'发现'，不是'创见'"，因而难以真正推动学术的进展？林毓生从两方面做了精辟阐释。一方面，从学术史看，学术的进展在于重大与原创问题的提出；重大与原创问题提出的时候，不必做功利的考虑，但是并非每一个纯学术的问题都是重大与原创的问题。那些披着为学术而学术外衣的"无聊的考据"，就是如此。另一方面，在严肃的学术研究中，学术问题是有"价值等差"的，有的价值高，有的价值低。"从这个观点看，解答材料问题的考据工作是在严格的学术价值等差观念中层次较低的工作。无论考据做得如何精细，考据本身是无法提出重大与原创的思想性的问题的。"②林毓生关于"考据工作"的两点看法，对于当今中国文学研究中的"文献家"和"考据家"，是值得冷静思考的。

文学是"人学"，文学更是"人性学"。"人类的文明有进步，但人性却没有进步"③。文学的真谛就是立足普遍永恒的人性，反思人生问题，

① 林毓生：《中国传统的创造性转化》（增订本），生活·读书·新知三联书店2011年版，第312页。

② 林毓生：《中国传统的创造性转化》（增订本），生活·读书·新知三联书店2011年版，第53—54页。

③ 张灏：《幽暗意识与民主传统》，新星出版社2010年版，第312页。另，《管子·形势》："疑今者察之古，不知来者视之往。万事之生也，异趣而同归，古今一也。"《吴宓日记》（1919年8月31日）记与陈寅恪谈话略曰："稍读历史，则知古今东西，所有盛衰兴亡之故，成败利钝之数，皆处处符合。同一因果，同一迹象，惟枝节琐屑有殊耳。盖天理（SpiritualLaw）人情（HumanLaw）有一无二，有同无异。"［卞僧慧纂：《陈寅恪先生年谱长编》（初稿），中华书局2010年版，第71页］；日本学者前田洋一《生活意识中的人文主义》有曰："……即使是在不同时代与环境中的人们所写的文章，只要发掘下去，便可以确认人性根源的不变。并且在一见好像与现代毫无关系的问题中，也可以发现出与现代问题有密切的关联。"（转引徐复观：《欧洲人的人文教养》，《中国知识分子精神》，华东师范大学出版社2004年版，第174页）中西古今，所见略同，不妨参证。

表现人生情怀，追问人生意义。因此，"艺术并不要求将它的作品看作现实"（费尔巴哈语），文学也决不应当将它的作品看作现实。文学研究必须超越实证主义的文学观，遵循"注重思想"、注重生命精神而"不以考据为中心"的研究原则，深入发掘蕴涵在作品之中古今相通的人生问题、人生情怀和人生意义。只有让文学研究回归文学的生命本质，立足文学的生命情怀，才能更好地让文学经典滋养现代人的心灵。

［原载《安徽师范大学学报》（人文社会科学版）2012 年第 6 期］

一个母题的诞生与旅行

——古代登高诗境的生命进程

　　临水而歌，登高能赋，古代多少传诵之作诞生于绿水之滨、高山之巅。登高望远之时，最令人情难自禁。诗人步步登高的过程，既是空间位置的升高，又是心灵境界的升华。于是，人有出世之想，心有诗思浩荡，超然出世之人，便有非同寻常之思。从泰山之巅到鹳雀楼头，"登高能赋"的母题，从最初诞生历经漫长旅程，创造出多种多样的审美意境，传达了不同阶段、不同境遇、不同经历的人们各种审美心境。概而言之，有孔子式的"登泰山而小天下"的"泰山心境"，有宋玉式的"登高远望，使人心瘁"的"高唐心境"，也有王之涣式的"欲穷千里目，更上一层楼"的"鹳雀楼心境"；登高言志的"泰山心境"以"壮语"言之，登高心悲的"高唐心境"以"情语"言之，登高致思的"鹳雀楼心境"以"理语"言之。而仰天出门、风雨旅途和功成回家是人生的三个基本阶段。这三种不同的"登高诗境"，正表现了个体生命进程的三个不同阶段：泰山心境抒写青春意气、仰天大笑的凌云之志；高唐心境倾吐人到中年、风雨旅途的感伤情怀；鹳雀楼心境则饱含历尽沧桑、回家途中的人生智慧。

一、"泰山心境"："登泰山而小天下"

　　泰山为五岳之首，孔子是至圣先师。登高言志的"泰山心境"诞生于泰山之巅，"泰山心境"的最初表达者可追溯到先圣孔子。《孟子·尽心》

赞孔子之志曰：

> 孔子登东山而小鲁，登泰山而小天下。故观于海者难为水，游于圣人之门者难为言。……君子之志于道也，不成章不达。

气象雄阔，令人生无限遐想。朱熹《四书章句集注》曰："此言所处益高，则其视下益小；所见既大，则其小者不足观也。"居高临下，鸟瞰大地，先是由居高临下之放眼，继而生越世凌云之旷怀，终而吐大鹏高举之志向，此境此情，不难想象。

登高鸟瞰而赋高远之志的"泰山心境"，可谓登高母题的原始意蕴。此后，这一主题在历代诗文中不断重现。从先秦到汉代，孟子对孔子的一句赞语，被敷衍成孔子率弟子登高言志的一则故事。《韩诗外传》卷七第二十五章曰：

> 孔子游于景山之上，子路、子贡、颜渊从。孔子曰："君子登高必赋。小子愿者何，言其愿。丘将启汝。"子路曰："由愿奋长戟，荡三军，乳虎在后，仇敌在前，蠡跃蛟奋，进救两国之患。"孔子曰："勇士哉！"子贡曰："两国构难，壮士列阵，尘埃涨天，赐不持一尺之兵，一斗之粮，解两国之难。用赐者存，不用赐者亡。"孔子曰："辩士哉！"……颜渊曰："愿得小国而相之。主以道制，臣以德化，君臣同心，外内相应。列国诸侯，莫不从义向风，壮者趋而进，老者扶而至。教行乎百姓，德施乎四蛮，莫不释兵，辐辏乎四门。天下咸获永宁，蝖飞蠕动，各乐其性。进贤使能，各任其事。于是君绥于上，臣和于下，垂拱无为，动作中道，从容得礼。言仁义者赏，言战斗者死。则由何进而救？赐何难之解？"孔子曰："圣士哉！大人出，小人匿。圣者起，贤者伏。回与执政，则由赐焉施其能哉！"

这一情境后来在《说苑·指武》《孔子家语·致思》中反复出现。子路、子贡与颜回，被孔子称为"勇士""辩士"与"圣士"，他们表达了三种不同志向，也显示了三种不同性格。而颜回的"仁道之志"，实际上就是"孟子化"了的孔子之志。

前人有"好音以悲为美"之说，倘若确能发乎真情，言之恳切，"登泰山而小天下"的"泰山心境"，何尝不能启迪人心，把人引向心境阔大、壮怀激烈的高远之境？真正的审美意境，难以简单地作高下之分。司空图的"二十四诗品"中，既有"壮士拂剑，浩然弥哀，萧萧落叶，漏雨苍苔"的"悲慨"之境，也有"大用外腓，真体内充，返虚入浑，积健为雄"的"雄浑"之境。

"泰山心境"起于登高鸟瞰，但登高鸟瞰不一定就登高言志。汉代以后的诗文中，"登泰山而小天下"的"泰山心境"，大致可以分为两种形态：一是登高而鸟瞰天下，纯写眼中所见；一是登高而胸怀天下，兼而情境双关。

登高而鸟瞰天下之境，写居高临下时，眼底景物大小不类的奇异景象，或"视牛若羊"、或"视树若荠"、或"螺着水盘"等，纯写眼中所见而不作凌云之想。《荀子·解蔽》："故从山上望牛者若羊，而求羊者不下牵也，远蔽其大也"，《吕氏春秋·雍塞》："夫登山而视牛若羊，视羊若豚。牛之性不若羊，羊之性不若豚，所自视之势过也"（高诱注："'性'犹体也"）；词意相近，前后相承，旨在借物寓意，解蔽明理。晋宋以降，山水诗蔚成大国，登高鸟瞰之景，常见诸诗人笔端，留下不少脍炙人口的名篇佳句。梁朝虞骞《登钟山下峰望诗》："冠者五六人，携手岩之际。散意百仞端，极目千里睇。叠岫乍昏明，浮云时卷闭。遥看野树短，远望樵人细"，梁朝戴嵩《度关山》："昔听陇头吟，平居已流涕。今上关山望，长安树如荠"等，均为写居高临下时眼底景物大小不类的独特景象。

唐宋诗人写此种景象者更多。试举一例，以斑窥豹。刘禹锡《望洞庭》，居高临下，鸟瞰洞庭，诗曰："湖光秋月两相和，潭面无风镜未磨。遥望洞庭山水翠，白银盘里一青螺。"以"银盘青螺"比"湖中君山"，想象奇特而比喻精巧，色调相映成趣，对比相得益彰，对后人诗思产生深远影响。稍后，雍陶《题君山》，写景相同而取喻相合，诗曰："风波不动影沉沉，翠色全微碧色深。应是水仙梳洗处，一螺青黛镜中心。"五代何光远《鉴诫录》曰："刘尚书有《望洞庭》之句，雍使君陶有咏《君山》之诗，其如作者之才，往往暗合。"如果说雍陶取喻与之暗合，那么黄庭坚诗境则点而化之。黄庭坚《雨中登岳阳楼望君山》曰："满川风雨独凭栏，绾结湘娥十二鬟。可惜不当湖水面，银山堆里看青山。"诗人从眼前君山联想到湘夫人故事，进而把君山比作湘夫人的发髻，以奇巧比喻写鸟瞰之景，而化用刘诗之迹，则极为明显。《韵语阳秋》赞曰："诗家有换骨法，谓用古人意而点化之，使加工也。……刘禹锡云：'遥望洞庭山水翠，白银盘里一青螺。'山谷点化之，则云：'可惜不当湖水面，银山堆里看青山。'……学诗者不可不知此。"刘氏妙喻，独出心裁，不仅影响唐宋诗人，还为小说家文章增添波澜。清人闲斋氏《夜谭随录》卷一二《双髻道人》写道人"俯瞰下方"所见景象曰："盖已立五峰绝顶……风定云开，俯瞰下方，一目千里。诸山扑地如培塿，湖光一片。康郎、大姑似螺嵌冰盘，万点风帆若蝇矢集镜；绕山诸郡县尽作碧烟数点，历历可指。"云游道人俯视下土，景色故然非同一般。"点烟"之喻，本李贺《梦天》"遥望齐州九点烟，一泓海水杯中泻"；"蝇矢"之喻似自出心裁，取鄙物纤故以喻高远明净之境事；"螺着水盘"之喻，即本刘禹锡《望洞庭》"遥望洞庭山水翠，白银盘里一青螺。"

"登山则情满于山，观海则意溢于海。"山高人为峰，云海在脚下。登高山而临下方，不免心情激荡而思绪万千，英雄情怀溢于心胸。因此，大多数登高鸟瞰之作，并不纯写眼中所见，而是心眼并用，情景双关，以壮语抒写"登泰山而小天下"的泰山情怀。因抒情主体的不同，登高言志的"泰山心境"在后人笔下又呈现出多种色彩。

有英雄登临，赋王霸之志。《三国志·魏书·武帝纪》：太祖"御军三十余年，手不舍书，昼则讲武册，夜则思经传，登高必赋，及造新诗，被之管弦，皆成乐章"。从曹操的"碣石情怀"到毛泽东的"长城情怀"，无不如此。曹操《观沧海》曰："东临碣石，以观沧海。水何澹澹，山岛竦峙。树木丛生，百草丰茂。秋风萧瑟，洪波涌起。日月之行，若出其中。星汉灿烂，若出其里。"这是一首典型的登高临下、情景双关的写景咏怀之作。诗人"临碣石，观沧海"，见日月之行，看星汉灿烂，视野寥廓，气象万千，抒发了踌躇满志、叱咤风云的王霸之气，被沈德潜称为"有吞吐宇宙气象"。毛泽东的《浪淘沙·北戴河》"往事越千年，魏武挥鞭，东临碣石有遗篇。萧瑟秋风今又是，换了人间"，对曹操的"碣石情怀"，既是深深的认同，又是豪迈的超越；而他的《沁园春·雪》抒发的"长城情怀"："……望长城内外，惟余莽莽，大河上下，顿失滔滔。山舞银蛇，原驰蜡象，欲与天公试比高。须晴日，看红装素裹，分外妖娆。江山如此多娇，引无数英雄竞折腰。……俱往矣，数风流人物，还看今朝"，是英雄登临而赋豪壮之志的现代经典篇章。

有志士登临，抒豪迈之情。孔子的一生，教育是他的职业，政治是他的抱负，救世是他的理想。孟子所谓"孔子登东山而小鲁，登泰山而小天下"，正是孟子对他所体悟到的孔子理想抱负的诗意表达。秦汉以降，中国文人志士无不以先圣为典范，胸怀济世抱负，一心建功立业。他们在寻求功名的"壮游"途中，"上会稽，探禹穴，窥九疑，浮于沅湘，北涉汶泗"（司马迁语），登高山而临沧海，无不意气风发，豪情满怀，"指点江山，激扬文字，粪土当年万户侯"。从阮籍"登广武"叹"世无英雄，使竖子成名"的"广武之叹"，到李白《大鹏赋》"运逸翰以傍击，鼓奔飙而长驱。烛龙衔光以照物，列缺施鞭而启途。块视三山，杯观五湖"的"大鹏情怀"，再到杜甫《望岳》"会当凌绝顶，一览众山小"的"岱岳情怀"，都成为历史上和诗史上志士登临以抒豪迈之情的佳话和佳作。杜甫《望岳》显然从《孟子·尽心》"登泰山而小天下"及扬雄《法言》"登东岳者，然后知众山之峛崺也"化出，然而造语挺拔，意气风发，抒发了青年杜甫攀登绝顶、俯视一切的雄心和气概。《望岳》诗对孔子的"泰山情怀"作了最精练、最富诗意的表达，从而取代《孟子·尽心》语成为"泰山心境"最经典的概括，并对激励后代志士仁人救世济民的抱负理想产生了深远影响。"会当凌绝顶，一览众山小"，作为激励人心的诗性格言一直流传至今。

从个体生命的发展历程看，登高言志的"泰山心境"表现的是一种充满自信而生凌云之志的典型的青春心境。"仰天大笑出门去，我辈岂是蓬蒿人"，"天生我才必有用，千金散尽还复来"；天生我才，大笑出门，青春意气，不可一世。只有胸怀凌云之志的青春生命，登高山而临下方，才会壮怀激烈而情满于山，才会发出"世无英雄，使竖子成名"的"广武之叹"，才会倾吐"会当凌绝顶，一览众山小"的"岱岳情怀"。而这种登高言志的"泰山心境"，也最能引起充满自信而又生气蓬勃的青春时代的青春生命的审美共鸣。

二、"高唐心境"："登高远望，使人心瘁"

如果说登高言志的"泰山心境"诞生于"泰山之巅"，那么"登高远望，使人心瘁"的"高唐心境"则起始于云梦泽中的"高唐之台"。宋玉《高唐赋》第二节描写"中阪遥望"的景象及由此引发的"使人心瘁"的悲怀。赋曰：

> 纤条悲鸣，声似竽籁。清浊相和，五变四会。感心动耳，回肠伤气。孤子寡妇，寒心酸鼻。长吏隳官，贤士失志。愁思无已，叹息垂泪。登高远望，使人心瘁。

不过，作为原型母题的"高唐心境"，是由钱锺书论宋玉《招魂》篇中正式拈出。他指出，宋玉《高唐赋》之"登高远望，使人心瘁"与《招魂》之"目极千里兮伤春心"，这二节为我国古代登高诗增辟了新意境。钱锺书论《招魂》写道：

> 《招魂》："目极千里兮伤春心。"……以合之《高唐赋》："长吏隳官，贤士失志。愁思无已，叹息垂泪。登高远望，使人心瘁。"二节

为吾国词章增辟意境，即张先《一丛花令》所谓"伤高怀远几时穷"是也。张协《杂诗》之九："重基可拟志，回渊可比心"，《文选》李善注引《顾子》："登高使人意遐，临深使人志清"，斯固然矣。别有言凭高眺远、忧从中来者，亦成窠臼，而宋玉赋语实为之先。[①]

登高望远，人情之常，诗写此境，始见《诗经》。然而恰如钱锺书所说："《诗·魏风·陟岵》咏登岵之'瞻'、升冈之'望'，尚明而未融、混而未画；《秦风·蒹葭》虽叹'道阻且长'，而有远无高，则犹未及远致。"[②]直至宋玉《高唐赋》，方明道"登高心悲"之境，而前代诗文也将这一诗境追溯至宋玉。如李商隐《楚吟》："山上离宫宫上楼，楼前宫畔暮江流；楚天长短黄昏雨，宋玉无愁亦自愁"；温庭筠《寄岳州李外郎远》："天远楼高宋玉悲"；晁补之《照碧堂记》："斯须为之易意，乐未已也，哀又从之。故景公美齐而随以雪涕；传亦曰：'登高远望，使人心悴'"云云。身处西汉末年的刘向，晚于宋玉近300年，作为精通典籍的大学问家，《说苑·指武》所谓"登高望下，使人心悲"一语，不妨取自宋玉《高唐赋》，并有意识地把孔子"登泰山而小天下"的壮怀，变为"登高望下，使人心悲"的悲怀，借以曲折传达西汉末年动乱之世文人士大夫的悲慨之情。据此，尽管钱锺书在《管锥编增订》中将这一诗境追溯到"孔子东上农山"，并名之曰"农山心境"，本文认为还不如尊重历史传统和古人已形成的一致意见以及钱先生的最初判断，将这一诗境的首创权归还宋玉，并命名为"高唐心境"。

为什么宋玉《高唐赋》中的一节文章，能"为吾国词章增辟意境"，并成为源远流长的原型母题？这需要对登高心悲的心理根源和审美过程，以及悲情主题的类型等问题作进一步探讨。

其一，"登高心悲"的心理根源："思必深而深必怨，望必远而远必伤"。

---

① 钱锺书：《管锥编》（第3册），中华书局1979年版，第875页。

② 钱锺书：《管锥编》（第3册），中华书局1979年版，第875页。

比之自信豪迈的泰山情怀，充满伤感的高唐心境更为常见也更为动人。"登高心悲"之"高唐心境"，如北宋初杨徽之《寒食寄郑起侍郎》所谓"地迥楼高易断魂"者，南宋敖陶孙《西楼》绝句申发最明："只有西楼日日登，栏杆东角每深凭；一层已是愁无奈，想见仙人十二层。"在《西楼》看来，"直似登陟愈高，则悲愁愈甚，此中有正比例；一层临眺，已唤奈何，上推蓬宫瑶台十二层中人，其伤高怀远，必肠回心坠矣。"①

那么，"登高远望，使人心瘁"的根源何在？为什么"登陟愈高，则悲愁愈甚"？《太平御览》卷四六九引《郭子》："王东海登琅琊山，叹曰：'我由来不愁，今日直欲愁！'太傅云：'当而时形神俱往。'"在这位太傅看来，王东海之所以"由来不愁，今日直欲愁"，是因为"登高远望"之时"形神俱往"者矣。虽作解说，似晦而未明，尚不足以传达此种心境的幽微原委。

钱锺书先生别具慧心，认为在古代诗文中，真正对"登高心悲"之境能"曲传心理"者，当首推初唐诗人李峤的《楚望赋》。李峤的《楚望赋》是一篇"登高美文"，又可视为诗性的"登高美学"。《楚望赋》的"序文"和结尾，对"登高心悲"的心理根源和心理过程，作了诗意的精彩阐述。

《楚望赋》的"序文"，开宗明义，首先揭示了"登高心悲"的心理根源：

> 登高能赋，谓感物造端者也。夫情以物感，而心由目畅。非历览无以寄杼轴之怀，非高远无以开沉郁之绪。是以骚人发兴于临水，柱史诠妙于登台，不其然欤？盖人禀性情，是生哀乐。思必深而深必怨，望必远而远必伤。千里开年，且悲春目，一叶早落，足动秋襟。坦荡忘情，临大川而永息，忧喜在色，陟崇冈以累叹。故惜逝整时，思深之怨也；摇情荡虑，望远之伤也。伤则感遥而悼近，怨则恋始而悲终。达节宏人，且犹轸念，苦心志士，其能遣怀？是知青山之上，每多惆怅之客，白萍之野，斯见不平之人，良有以也。

① 钱锺书：《管锥编》（第5册），中华书局1991年版，第201页。

《序》文认为，人的"杼轴之怀"和"沉郁之绪"，只有在风物流连中才能寄托，只有在登高望远时才能开释。无论"达节宏人"，还是"苦心志士"，只要登高遥望，必生伤感之情；因为登临之时，"思必深而深必怨，望必远而远必伤"。因此，"青山之上，每多惆怅之客，白萍之野，斯见不平之人"，也就必然的了。

"思必深而深必怨，望必远而远必伤。"确实，"登高远望"的高唐心境，完全基于登临之"望"：因"望"生情，悲由"望"生。登临"远望"之时，或故乡遥隔，或亲人不见，或希冀难遂，或前程渺茫；于是愁绪满怀，凄惨抑郁，进而惆怅恍惚，意绪难平，思虑奔驰，心灵震荡，所谓"望远之伤也"。正由于"登高远望"之时常令人悲情满怀，因此在汉语中，"远望"之"望"，常同时含有"期望""希望""怨望""盼望"诸义。钱锺书指出："征之吾国文字，远瞻曰'望'；希冀、期盼、仰慕并曰'望'，愿不遂、志未足而怨尤亦曰'望'；字义之多歧适足示事理之一贯尔。"[①]一个语词杂糅多种情感，而文字背后积淀的文化，说文解诗，不能不察。

其二，"登高心悲"的心理过程："惘兮若有求而不致，怅乎若有待而不至"。

"登高心悲"的心理过程又有什么特点？在描写了"惆怅之客"于"高山之巅"的远望情境后，李峤在《楚望赋》的结尾又对此作了细致描述：

> 故夫望之为体也，使人惨凄伊郁，惆怅不平，兴发思虑，震荡心灵。其始也，惘兮若有求而不致也，怅乎若有待而不至也。悠悠扬扬，似出天壤而步云庄；逡逡巡巡，若失其守而忘其真。群感方兴，众念始并，既情招而思引，亦目受而心倾。浩兮漫兮，终逾远兮，肆兮流兮，宕不返兮。然后精回魂乱，神荼志否，忧愤总集，莫能自

---

① 钱锺书：《管锥编》（第3册），中华书局1979年版，第878页。

止。……乃若羊公怆恻于岘山，孔宣悯然于曲阜，王生临远而沮气，颜子登高而白首。惟夫作圣明哲宽和敦厚，亦复怛色愀容丧精亏寿。故望之感人深矣，而人之激情至矣。

登高心悲之情的发生过程，似可以细分为"三步曲"：其始也，"悯兮若有求而不致也，怅乎若有待而不至也"，即登临远望之始，还只是一种怅悯不乐之情，似有所求而不致，若有所待而不至，登临者心中尚无明确的意念指向；其继也，"群感方兴，众念始并，既情招而思引，亦目受而心倾"，亦即所谓百感交集，万念齐聚，人生百味，"浩兮漫兮，终逾远兮，肆兮流兮，宕不返兮"，涌上心来；其后也，终于达到情感的顶点，所谓"精回魂乱，神荼志否，忧愤总集，莫能自止"，即心灵无托，魂魄无萦，精神疲敝，志意恢懒，忧伤悲愤之情，集于心胸而不能自已。无论宽和敦厚的"达节宏人"，抑或愁绪勃郁的"苦心志士"，无论"羊公怆恻""孔宣悯然"，抑或"王生沮气""颜子白首"，其登高心悲的心理过程，无不如此。

台湾学者柯庆明认为，中国"游观诗文"的创作和欣赏，形成这样一种"经验结构"：

"登临"→"观望"→"见"→"不见"→"情境的觉知"→"感伤"

并进而指出："这种经验的历程，其实正是由外景的'观望'转向不只是'观者'；更是'观者'的生命情境的知觉，因而也是由此觉知所滋生的内在情怀的呈露的过程，也就是所'观'之'景'与所'观'之'情'的回环引生的过程。"[1]其实，"登高心悲"之境的审美心理过程，同"游观诗文"的"经验结构"是相通一致的；尤其柯庆明所揭示的"所'观'之'景'与所'观'之'情'的回环引生"的特点，以及此类作品普遍流露

---

[1] 柯庆明：《中国文学的美感》，河北教育出版社2001年版，第266页。

出的生命的哀感和"生命的悲剧意识",极有助于认识和理解"登高心悲"心理过程和心理特点。

其三,"登高心悲"的悲情类型:"有愁者添愁,无愁者生愁"。

在古代诗歌史上,与"一览众山小"的泰山诗境相比,"登高远望,使人心悲"的高唐诗境作者更众、作品更富、表现形态更为多样。自《文选》以降,历代词章总集和诗文选本,如《文苑英华》《唐文粹》《瀛奎律髓》等多辟有"游览""登览"一类,所收作品也大多是登高伤远之作。自唐宋以后,历代诗话对"登高心悲"之作则多有品评论述,诗评家从不同侧面揭示了高唐诗境多样的悲情类型。如杨载《诗法家数》曰:"登临之诗,不过感今怀古,写景叹时,思国怀乡,潇洒游适,或讥刺归美,有一定之法律也。"然而要以钱锺书的概括最为精辟:

> 囊括古来众作,团词以蔽,不外乎登高望远,每足使有愁者添愁而无愁者生愁。……客羁臣逐,士耽女怀,孤愤单情,伤高望远,厥理易明。若家近"在山下",少"不识愁味",而登陟之际,"无愁亦愁",忧来无向,悲出无名,则何以哉?[①]

在钱锺书看来,"伤高望远"的悲情类型从大的方面可分为两大类:即"有愁者添愁"和"无愁者生愁",每一大类又因抒情主体的不同而有多样的悲情主题。

以古代"伤高怀远"诗的创作史为基础,参酌前代诗评家和钱锺书的描述与划分,可以把高唐诗境的悲情类型分为以下四种:羁旅役夫的故乡壅隔之悲;士耽女怀的男女相思之悲;贤士逐臣的有志难伸之悲;"不识愁味"的少年莫名之悲。而乡国之悲、情爱之悲和人生前程之悲,也是个体生命历程中最为刻骨铭心的情感,登高远望之时,此种情怀莫不油然而生。

其一,羁旅役夫的故乡壅隔之悲。此境当始于《诗·魏风》之《陟

---

① 钱锺书:《管锥编》(第3册),中华书局1979年版,第876—877页。

岵》，诗共三章，登高伤远，一意三复："陟彼岵兮，瞻望父兮"；"陟彼屺兮，瞻望母兮"；"陟彼冈兮，瞻望兄兮"。虽"登高心悲"之旨尚"明而未融、混而未画"，然故乡壅隔之悲，远望当归之意，长歌当哭之情，实已痛彻人心。乔亿《剑溪说诗又编》曰："《陟岵》，千古羁旅行役诗之祖也。"甚是。如果说《陟岵》是"伤高怀远"的"羁旅行役诗之祖"，那么王粲的《登楼赋》则是在《陟岵》之后抒写"旧乡壅隔之悲"的最伟大的经典。《登楼赋》始云："登兹楼以四望兮，聊暇日以销忧。览兹宇之所处兮，实显敞而寡仇"，继而则云："凭轩槛以遥望兮，向北风而开襟。平原远而极目兮，蔽荆山之高岑。路逶迤而修迥兮，川既漾而济深。悲旧乡之壅隔兮，涕横坠而弗禁"；登楼之际，始而舒畅，继则转悲，所谓登楼为解忧，楼头反增愁。此后，望极天涯不见家的故乡壅隔之悲，在诗人笔下不绝如缕。如崔颢《黄鹤楼》："日暮乡关何处是，烟波江上使人愁"；杜甫《登楼》："花近高楼伤客心，万方多难此登临"，又《登高》："万里悲秋常做客，百年多病独登台"；李益《夜上受降城闻笛》："不知何处吹芦管，一夜征人尽望乡"；柳宗元《登柳州峨山》："荒山秋日午，独上意悠悠。如何望乡处，西北是融州"；柳永《八声甘州》："不忍登高临远，望故乡渺邈，归思难收"；李觏《乡思》："人言落日是天涯，望极天涯不见家；已恨碧山相阻隔，碧山还被暮云遮"；等等。辽阔的华夏大地，古老的交通工具，常使羁旅行役之人，有家难归而乡情沉郁。原指望登高望乡以解忧，谁知楼头增悲复增愁！

其二，士耽女怀的男女相思之悲。此境或始于《诗·秦风》之《蒹葭》，诗曰："蒹葭苍苍，白露为霜；所谓伊人，在水一方；溯洄从之，道阻且长；溯游从之，宛在水中央。……"诗共三章，重章复叠，创造出一种"向"而不能"往"的"企慕情景"。然恰如钱锺书所说，《蒹葭》"虽叹'道阻且长'，而有远无高，则犹未及远致"。以"伤高怀远"之境写男女相思之悲而较佳者，如沈约《临高台》："高台不可望，望远使人愁。连山无断绝，河水复悠悠。所思竟何在？洛阳南陌头。可望不可见，何用解人忧？"诗中所说远在"洛阳南陌头"的所思者，是情人还是友人，是实写还是虚写，解者纷纷。从结句"望而不见，反增离愁"的强烈悲情看，不妨视为诗人的"故情人"。古乐府《西洲曲》："鸿飞满西洲，望郎上青楼，楼高望不足，尽日阑干头"，则已成为典型的写相思之悲的"伤高怀远"之作。范仲淹《苏幕遮》："明月楼高休独倚，酒入愁肠，化作相思泪"，铁石心肠人作销魂语，情之所钟，虽英雄不免。张先的《江南柳》："城上楼高重倚望，愿身能似月亭亭，千里伴君行"，《偷声木兰花》："莫更登楼，坐想行思已是愁"等，无不是其《一丛花令》"伤高怀远几时穷"母题的延伸和扩充。然而，此中杰作当首推王昌龄的《闺怨》："闺中少妇不知愁，春日凝妆上翠楼。忽见陌头杨柳色，悔教夫婿觅封侯。"黄生《唐诗摘抄》评曰："感时恨别，诗人之作多矣，此却以'不知愁'三字翻出后二句，语境一新，情思婉折。闺情之作，当推此首为第一。"薛涛《赠远》与《闺怨》同一机杼，然而反其意而用之："芙蓉新落蜀山秋，锦字开缄到是愁。闺阁不知戎马事，月高还上望夫楼。"寓巧于拙，愈拙愈巧。

其三，贤士逐臣的有志难伸之悲。此境当是"高唐诗境"的主旨之所在，从《九辩》的"坎廪兮贫士失职而志不平"，到《高唐赋》的"长吏隳官，贤士失志。愁思无已，叹息垂泪"，宋玉的"登高心悲"，主要是贤士逐臣的有志难伸之悲。而后人的"登高能赋"，也都以"寄杼轴之怀，开沉郁之绪"为主，就是在乡思之悲和情思之悲中，也往往渗透了有志难伸之悲。如曹植《杂诗》："飞观百余尺，临牖御棂轩。远望周千里，朝夕见平原。烈士多悲心，小人媮自闲"，《文选》李善注："在鄄城思乡而作"，而从"烈士"与"小人"之比、结句"抚剑西南望，思欲赴太山；弦急悲声发，聆我慷慨言"看，壮士之悲实多于乡关之思；李白《登高望四海》："登高望四海，天地何漫漫。霜被群物秋，风飘大荒寒。荣华东流水，万事皆波澜。白日掩徂辉，浮云无定端。梧桐巢燕雀，枳棘栖鸳鸯。且复归去来，剑歌行路难"，又《登金陵凤凰台》："总为浮云能蔽日，长安不见使人愁"，贤士失志之悲，远过乡关亲情之念；柳宗元《登柳州城楼》："城上高楼接大荒，海天愁思正茫茫"，不明言谪宦而谪宦之意自见；

杜牧《登池州九峰楼》："百感中来不自由，角声孤起夕阳楼。碧山终日思无尽，芳草何年恨始休"，入手劈将百感于中"不自由"作起，真有一段登高望远、触景兴怀、情不自已之况，楼曰"夕阳"，声曰"孤起"，则所感寓不堪言矣；再如辛弃疾《摸鱼儿·同官王正之置酒小山亭为赋》："闲愁最苦，休去倚危阑，斜阳正在，烟柳断肠处"，又《水龙吟·登建康赏心亭》："落日楼头，断鸿声里，江南游子。把吴钩看了，栏杆拍遍，无人会、登临意"等，尤其是《水龙吟》，陈廷焯《白雨斋词话》评曰："落落数语，不数王粲《登楼赋》。"由于辛弃疾激烈壮怀"无人会"，常常一腔忧愤上高台，使他的"登高词"成为宋人"伤高望远"词中最动人、最伟大的作品。

其四，"不识愁味"的少年莫名之悲。除"有愁者添愁"的有名之悲，登高远望时还经常会生发一种"无愁者生愁"的莫名之悲。何逊《拟古》："家在青山下，好上青山上；青山不可上，一上一惆怅"；辛弃疾《丑奴儿》："少年不识愁滋味，爱上层楼，爱上层楼，为赋新词强说愁"；再如前引王东海登琅琊山叹曰："我有来不愁，今日直欲愁"，以及《世说新语·任诞》记王廞"登茅山大恸哭曰：'琅琊王伯舆终当为情死！'"看来，不只是不识愁滋味的少年，就是久经世故的老人，在登高望远之际也往往会生发此种莫名之悲。这是为什么？钱锺书对这种"忧来无向，悲出无名"的"无愁者生愁"的心理根源作了独到的分析：

> 虽怀抱犹虚，魂梦无萦，然远志遥情已似乳壳中函，孚苞待解，应机桄触，微动几先，极目而望不可即，放眼而望未之见，仗境起心，于是惘惘不甘，忽忽若失。李峤曰："若有求而不致，若有待而不至"，于浪漫主义之"企慕"（Sehnsucht），可谓揣称工切矣。情差思役，寤寐以求，或悬理想，或构幻想，或结妄想，佥以道阻且长、欲往莫至为因缘义谛。[①]

---

① 钱锺书：《管锥编》（第3册），中华书局1979年版，第877—878页。

在钱锺书看来，"无愁者生愁"的莫名之悲的产生，或有主客观两方面的原因：从主观方面看，无论无知少年还是沧桑老人，都有一种"远志遥情"蕴藏心中。换言之，人人对自己的未来和明天都抱有一种"理想""幻想"，甚至"妄想"。人生有欲，亦有追求，于是这种"远志遥情"、这种"理想""幻想"或"妄想"，便成为一种共同人性或集体意识，"似乳壳中函"，蕴藏心中，并不断孕育生长，一遇时机，便会触发，所谓"应机枨触，微动几先"。然而，从客观方面看，登高遥望、放飞想象之时，这种"远志遥情"，并不近在眉睫，唾手可得；相反，"惘兮若有求而不致，怅乎若有待而不至"，望而不见，思而难得，于是"惘惘不甘，忽忽若失"，终于悲从中来，"有愁者添愁，无愁者生愁"，虽有来无愁，也会心生忧愁。换言之，登高心悲的高唐心境，无论是"有愁者添愁"，还是"无愁者生愁"，都是以"道阻且长、欲往莫至"的"企慕情景"为前提的；所谓"情差思役，寤寐以求，或悬理想，或构幻想，或结妄想，金以道阻且长、欲往莫至为因缘义谛"也。

"城上高楼接大荒，海天愁思正茫茫。"如果说登高言志的"泰山心境"表现的是一种青春生命的凌云之志，那么无论羁旅役夫的故乡壅隔之悲，还是士耽女怀的男女相思之悲，抑或贤士逐臣的有志难伸之悲，登高心悲倾吐的无不是人到中年、风雨旅途的感伤情怀。与泰山诗境相比，高唐诗境不仅作者众、作品多，表现主题也更为多样，以至令人感到古典诗歌中弥漫着苦闷感伤、叹老嗟卑的消极情调。郑板桥对此也似乎十分不满，曾写道："叹老嗟卑，是一身一家之事；忧国忧民，是天地万物之事。"[①]然而，一方面，古典诗歌中的苦闷感伤与壮志难酬、叹老嗟卑与忧国忧民常常是融为一体的，大多数登高心悲之作也同样如此。柳宗元《登柳州城楼》的"茫茫愁思"，就不仅有悲凉的谪宦之意，更有深深的忧国之情。另一方面，"奏乐以生悲为善音，听乐以能悲为知音。"情到深处方有悲，悲情体验生命的深度。在人性的自觉和心灵的塑造中，悲情是一种

---

① 《郑板桥集》，上海古籍出版社1962年版，第187页。

极为重要和深沉的情感。因此，悲哀之情更能打动读者之心，古典美学也特别强调"好音以悲哀为主"。

三、"鹳雀楼境界"："欲穷千里目，更上一层楼"

入景易生情，情趣因人异。英雄少年，登高言志；羁客贫士，登高心悲；哲人智士，则登高玄思。王之涣的《登鹳雀楼》所创造的"鹳雀楼境界"，便是一种登高玄思的哲人之境，也是一种启迪人心的哲理之境。清人李瑛《诗法易简录》论曰：

> 此诗首二句先切定鹳雀楼境界，后二句再写登楼，格力便高。后二句不言楼之如何高，而楼之高已极尽形容，且于写境之外，更有未写之景在。此种格力，尤臻绝顶。

在李瑛看来，"鹳雀楼境界"的"格力"之所以"尤臻绝顶"，就在于"于写境之外，更有未写之景在"；"格力"者，高妙玄想之格，思理筋骨之力。因而，《登鹳雀楼》于写景之外的"未写之境"，就是诗人的高妙玄想和诗境的思理筋骨。

那么，"鹳雀楼境界"的哲理升华经历了怎样的过程？登览玄思之境又有哪些不同的类型？试分述之。

先说"鹳雀楼境界"的哲理升华过程。

王之涣的《登鹳雀楼》纯是一首大气磅礴的登览写景之作，还是一首寓理于景的登高玄思之作？"鹳雀楼境界"能否作为一种哲理意境来理解？接受者的看法并不一致。从接受史看，把《登鹳雀楼》视为哲理诗，把"鹳雀楼境界"视为登览玄思之境，认为它能给人向上进取的精神和高瞻远瞩的胸襟，也道出了要站得高才能看得远的哲理，这是历代接受者创造性阐释的结果，也是历代诗评家比较阐释的结果。

首先，"鹳雀楼境界"被视为登高玄思的思理之境是历代接受者创造性阐释的结果。《登鹳雀楼》的广泛传播，始于诗人生前。此后迄今将近1400年接受史，大致可以分为三个阶段：唐代为选家看重，宋代进入经典行列，明清两代作哲理升华。

《集异记》载："开元中，诗人王昌龄、高适、王之涣齐名。时风尘未偶，而游处略同。"但就在著名的"旗亭画壁"故事中，王之涣以一曲《凉州词》"黄河远上白云间"，拔得头筹，让二位叹服；至明清，《凉州词》与王维《渭城曲》、李白《白帝城》和王昌龄《出塞》，被诗评家共同推为唐人七绝压卷。清人管世铭《读雪山房唐诗序例》认为："王之涣'黄河远上'之外，五言如《送别》及《鹳雀楼》二篇，亦当入旗亭之画。"尽管当年《登鹳雀楼》未入"旗亭之画"，肯定也广传人口，才会被选入《国秀集》。①芮挺章虽将此诗列于朱斌名下，但视其为"诗国之秀"，是无可怀疑的。

自北宋始，《登鹳雀楼》被选家和评家一致推为唐诗经典。首先成为宋人选本的必选之作，如李昉《文苑英华》和洪迈《万首唐人绝句》等。其次得到诗评家的一致肯定，如《温公续诗话》《梦溪笔谈》《古今诗话》《唐诗纪事》等。

宋代评家中对后世影响最大的是司马光和沈括，只是二者的关注点有所不同。作为科学家的沈括是"因楼及诗"，曰："河中府鹳雀楼三层，前瞻中条，下瞰大河，唐人留诗者甚多，唯李益、王之涣、畅诸②三篇能状其景。"今人余光中发现："沈括列举三人的次序颇不合理，因为就时代而言，李益和畅当都是大历进士，远在王之涣之后，就诗言诗，李、畅登临

---

① 关于《登鹳雀楼》一诗的作者，唐芮挺章《国秀集》、明赵宦光《万首唐人绝句》及钟惺《唐诗归》作朱斌诗，宋司马光《温公续诗话》、沈括《梦溪笔谈》、李昉《文苑英华》、计有功《唐诗纪事》、洪迈《万首唐人绝句》，以及明高棅《唐诗品汇》作王之涣诗，《全唐诗》互见朱斌、王之涣诗。宋代自司马光之后多数人认定此诗为王之涣所作，原因待考。

② "畅诸"，或作"畅当"，误。《全唐文》卷四百三十李翰《河中鹳雀楼集序》："前辈畅诸题诗上头，名播前后，山川景物，备于一言。"司马光《温公续诗话》、彭乘《墨客挥犀》均载河中鹳雀楼有畅诸诗云云，敦煌唐诗残卷亦作畅诸诗。

之作也不如王之涣，怎能把王置于李、畅之间呢？"①原因就在于他关注的重点是题诗的楼，而不是题在楼上的诗和题诗的人。作为诗评家的司马光则是"就诗评诗"，曰："唐之中叶，文章特盛，其姓名湮没不传于世者甚众。如河中府鹳雀楼有王之涣、畅诸诗。……二人者，皆当时贤士所不数，如后人擅诗名者，岂能及之哉！"司马光既为二位的诗叫好，又因二位"其姓名湮没不传于世"而不平，关注的是诗本身，当是《登鹳雀楼》真正的"第一读者"。然而他仅视为一般的登楼诗，未对诗境诗旨作进一步发挥。

明清评家始作哲理升华，但稍有差别。明人对诗旨的阐释大都基于句法赏析或一般审美感受，虽有体认，尚未有意识作哲理发挥。胡应麟《诗薮》内编卷六曰："对结者须意尽，如王之涣'欲穷千里目，更上一层楼'……添着一语不得乃可。"这是对《登鹳雀楼》以对偶作结、浑然天成又大豁眼界的赞赏。唐如询《唐诗解》卷二十二曰："日没河流之景未足称奇，穷目之观更在高处。"虽含登高望远之意，仅是一般的诗意疏解。

清人则从理论上见出《登鹳雀楼》"虚实互见"、理趣洋溢的特点。除李瑛《诗法易简录》，如黄叔灿《唐诗笺注》曰："通首写其地势之高，分作两层，虚实互见。……上十字大境界已尽，下十字以虚笔托之。"胡本渊《唐诗近体》引王尧衢语曰："首二句已尽目力所穷矣，下作转语，言若欲穷目力之胜，庶此楼上再上得一层更好。此诗人题外深一层作此虚想也。"所谓"作此虚想""虚实互见"云云，都是对绝句境中含理、洋溢理趣的诗学概括。在清人心目中，《登鹳雀楼》已升华为一首实中含虚、境中含理的哲理诗。

其次，"鹳雀楼境界"被视为登高玄思的哲理经典又是历代诗评家比较阐释的结果。雄踞黄河之畔的鹳雀楼，是当年的一处名胜，南北往来客经此，未有不登临而题咏者。中唐李翰曾将其汇编成集，并留下了一篇《河中鹳雀楼集序》。今存唐人"鹳雀楼诗"，除上述三人外，尚有耿沣五

---

① 余光中：《重登鹳雀楼》，《唐诗风骚》，江西教育出版社1999年版，第264页。

律、殷尧藩七律、司马扎七律、吴融七律各一首。自宋代司马光、沈括连类并举后，明清评家无不作比较阐释，尤其是王、畅、李三家，一直成为关注的中心。王之涣《登鹳雀楼》的哲理品格和独特地位，也在比较阐释中得到进一步彰显。

司马光王、畅二人并举，爱其诗章而惜其"姓名湮没不传于世"，无意作高下之比。沈括李、王、畅三人并举，认为"唯李益、王之涣、畅诸三篇能状其景"，从众作中拔出三篇，对此三篇并无意作高下之比。但是二位对唐人"鹳雀楼诗"不谋而合的选择，为后人的比较阐释提供了基础。明清评家的比较意识日益自觉，三首诗的比较阐释已成为诗话中的经典话题和诗学中的经典事件。其中，清人潘德舆的论析最为深入，观点也最具代表性。其《养一斋诗话》卷九曰：

> 沈存中云："鹳雀楼前瞻中条，下瞰大河，唐人留诗多矣，唯王之涣、畅当、李益三诗能状其景。"按之涣"白日依山尽"一绝，市井儿童，皆知诵之，而至今斩然如新。畅当诗"迥临飞鸟上，高出世尘间。天势围平野，河流入断山。"兴之深远，不逮之涣作，而体亦峻拔，可以相亚。若益诗"鹳雀楼西百尺樯，汀洲云树共茫茫。汉家箫鼓空流水，魏国山河半夕阳。事去千年犹恨速，愁来一日即为长。风烟并起思乡望，远目非春亦自伤。"较之吴融《鹳雀楼》诗"鸟在林梢脚底看，夕阳无际戍烟残"诸句，稍有诗局。然前半平适落套，后半粗率任情，去王、畅二诗，终不可以道里计。存中并举之，过矣！

如前所说，沈括无意于三者的比较，因此他对沈括的批评并无道理。但潘德舆对三首诗的比较阐释，至少有三点值得重视：

其一，潘氏的比较阐释有感于沈括的连类并举，但对三位诗人作了重新排序。这一重新排序，正反映了他对三首诗价值高下的评价，同时也是清人及后世的一致看法。前者如吴烶的《唐诗选胜直解》，后者如今人余光中等，看法正与之不谋而合。

其二，李益之作与王、畅二位比较，"前半平适落套，后半粗率任情"，故"去王、畅二诗，终不可以道里计"，为之最下。其实评家对李益的诗并非无好评，尤其是颔联和颈联。如《山满楼笺注唐诗》曰："倏而魏，倏而汉，又倏而至于今，千年犹恨速，亦事之无可如何者也。欲往不可，欲归不能，欲不往不归又无所之，一日即为长，此真善于言愁者矣。"金圣叹《贯华堂选批唐诗》也给予高度评价，认为："唐人思归诗甚多，乃更无急于此者"，推许为"唐人思归诗"之极佳者。然而，正是"登高思归"的主题让李诗落入常套，未能写出"登鹳雀楼"的独特意境。

其三，王、畅二位相比，高下之分正在"兴之深远"的差别。潘氏认为，虽畅诗"体亦峻拔，可以相亚"，然"兴之深远，不逮之涣作"。这包含两层意思：一从诗体看，两首诗四语皆对。只是王诗上二句实，下二句虚，上二句写雄阔的境界，下二句作深一层虚想；畅诗上二句虚，下二句实，上二句写楼之高，下二句写楼上所见之广；状景写境，工力悉敌，即所谓"体亦峻拔，可以相亚"。二从诗意看，畅诗妙在实，王诗妙在"虚实互见"；畅诗纯然是登览写景，王诗则登览之外作深一层虚想；畅诗纯然写景而缺乏"兴之深远"，缺乏景外之景，味外之旨，王诗则作深一层虚想的而"寄兴深远"，给人以内在的兴发感动和深远的哲理启迪。故从"兴之深远"看，畅诗又不及之涣之作。

吴烶《唐诗选胜直解》曰："身愈高则视愈远，'千里'，极言其远，有海阔天空之怀，方能道此旷达之句，李益、畅当皆不及。"换言之，李益登高思归而落入常套；畅诗善于状景而止于写景；唯王诗眼界雄阔而"寄兴深远"，故当为三篇之冠，也为唐人鹳雀楼诗之冠，甚至被认为唐人"五言绝，允推此为第一首"（朱之荆《增订唐诗摘抄》）。总之，经过一番比较阐释，王诗的艺术地位得到进一步彰显，哲理品格也得到更广泛的认同。

再说登览玄思之境的多种审美类型。

尽管"鹳雀楼境界"的哲理品格至明清才得到理性阐释和高度评价，

但登高玄思和望远玄想却是人的本性，诗歌创作中的登高玄思之境也早已有之。只是登览望远之时，玄览方式因人而异，所遇之景因地而异，所得之趣又因景而别。因此，登高玄思的"鹳雀楼意境"，因玄思者的境遇、视野、角度和关注重心的不同，又形成丰富多样的审美类型。

从中国诗歌史看，登览玄思之境在不同历史时期大致出现了三种不同的审美类型：一是汉魏赋家登览四望，"融史入地"，作由地入史的沉思；二是玄言诗人览景玄思，"玄对山水"，见山水与理趣之相通；三是咏史诗人登临怀古，"以史为咏"，搅碎古今而入其兴会。

其一，登临四望：融史入地的沉思。

登高四望，人情之常。《楚辞·九歌·河伯》："登昆仑兮四望，心飞扬兮浩荡。日将暮兮怅忘归，惟极浦兮寤怀。"登临四望进而写四方景象，则是汉赋常见的运思方式。枚乘《七发》："既登景夷之台，南望荆山，北望汝海，左江右湖，其乐无有。"这曾被后世称为辞赋之"登临四望之祖"。钱锺书认为，若追溯渊源，登临四望实始于《战国策》，而就意境而言，则又经历了"纯为地图"到"纯写风景"，再到"融史入地"的发展过程。

《战国策》中苏秦施合纵连横之计而游说诸国，无不以巧舌美他国四方形势开始。《秦策一》苏秦始将联横，说秦惠王曰："大王之国，西有巴蜀汉中之利，北有胡貉代马之用，南有巫山黔中之限，东有肴函之固。"《齐策一》苏秦为赵合纵，说齐宣王曰："齐南有泰山，东有琅琊，西有清河，北有渤海，此所谓四塞之国也。"《楚策一》说楚惠王、《赵策二》说赵王等均仿此。然而这里的"登临四望"，一是非身临其境，纯然出于想象，二是有地无人更无情，"犹地理图也"①。

如果说《战国策》中的"四方"，作为说辞而犹如"地理图"；那么辞赋中写"四至"，铺陈词采则意在作"风景画"。辞赋写"四至"始于枚乘，其后如司马相如《子虚赋》描写云梦之景："其东则有蕙圃，蘅兰芷

---

① 钱锺书：《管锥编》（第3册），中华书局1979年版，第905页。

若，芎蒡菖蒲，茳蓠蘪芜，诸柘巴苴。其南则有平原广泽，登降阤靡，案衍坛曼，缘以大江，限以巫山。……其西则有涌泉清池，激水推移。外发芙蓉菱华，内隐巨石白沙。……其北则有阴林巨树，楩楠豫章，桂椒木兰，檗离朱杨，楂梨梬栗，桔柚芬芳。"敷陈词采，侈于《七发》。后汉以还，张衡《西京赋》、冯衍《显志赋》、刘劭《赵都赋》、左思《蜀都赋》等，相沿成习。此种写法又影响其他体裁，如张衡《四愁诗》、鲍照《登大雷岸与妹书》、苏轼《李氏园》及《登常山绝顶广丽亭》等。然而，《战国策》之"地理书"，有地无人，汉辞赋之"风景画"，则有景无情。

真正登临四望而作融史入地的沉思，并展示出富于理趣的意境，实始于三国的吴质。钱锺书指出："吴质《在元城与魏太子笺》因地及史，环顾四方，缅怀百世，能破窠臼；习凿齿《与恒秘书书》诗法之。苏轼《超然台记》中'南望马耳常山'一节，又《赤壁赋》中'西望夏口、东望武昌'一节，皆脍炙人口，实即吴、习两书机杼也。"[1]在这里，钱锺书不仅拈出了登临四望"融地入史"之境，而且描述此境在文学史上的渊源流变。吴质《在元城与魏太子笺》"周览而发幽情"，为"融史入地"之祖，曰："即以五日到官。初至承前，未知深浅。然观地形，察土宜。西带恒山，连冈平代；北邻柏人，乃高帝之所忌也。重以泜水，渐渍疆宇，喟然叹息：思淮阴之奇谲，亮成安之失策；南望邯郸，想廉蔺之风；东接巨鹿，存李齐之流。都人士女，服习礼教，皆怀慷慨之节，包左车之计。"从此类作品看，融史入地所内含的意趣是多样的，或总结治国策略，或缅怀先贤仁德，或感慨历史兴亡，更多的是多种思绪糅为一体。宋元明清仿构不厌[2]，往往列四方而有小变者。如钱谦益《徐州建保我亭记》："登斯亭也，西北望芒砀，刘季朱三之枌榆犹在也；西俯白门楼，曹公之所缚吕布也；东南邻吕梁，吴明彻之所堰泗以灌徐也；由东眺泗水三城，高齐之所版筑以扼陈也。落成置酒，登高赋诗，数百年英雄割据节镇废兴之遗

---

① 钱锺书：《管锥编》（第3册），中华书局1979年版，第906页。

② 如《苕溪渔隐丛话》后集卷三〇、王楙《野客丛书》卷一四举宋人诸《记》，无不登临四望而融史入地。

迹，依稀在焉。"作由地而史的沉思，取历史兴废之教训。

其二，览景玄思：由景入理的领悟。

魏晋玄学兴起，文人学士在登山临水之时，每好作超然玄远之思，所谓"以玄对山水"。孙绰《庾亮碑文》曰："公雅好所托，常在尘垢之外。虽柔心应世，蝼屈其迹，而方寸湛然。固以玄对山水。"山水通于理趣的玄言诗正产生于诗人的览景玄思之时。孙绰《答许询诗》便是览景玄思的"玄对山水"之作："仰观大造，俯览时物。机过患生，吉凶相拂。智以利昏，识由情屈。野有寒枯，朝有炎郁。失则震惊，得必充诎。"最著名的当数王羲之《兰亭诗》："仰望碧天际，俯磐绿水滨。寥朗无涯观，寓目理自陈。大矣造化功，万殊莫不均。群籁虽参差，适我无非新。"诗人在登山临水、仰望俯察之际，把万物一体、天人相适之理，阐释得淋漓尽致。

登山临水而作超然玄远之思，有或寓哲理于山水、或因山水而悟理趣之别。这便是王昌龄《诗格》"十七势"所谓的"理入景势格"和"景入理势格"。与之相联系，"览景玄思"的玄言诗或哲理诗也有两种形态，即或"理入景势"，或"景入理势"。

所谓"理入景势"，即理在前而景在后，虽有景有理，然景语与理语未能融为一体，理语往往缀于全诗之后。东晋玄言诗人的诗作往往如此。谢灵运览景玄思的山水诗也并不例外。文学史家把谢灵运山水诗的结构概括为"叙事—写景—说理"三部曲，确乎如此。如谢诗名篇《登池上楼》："衾枕昧节候，褰开暂窥临。倾耳聆波澜，举目眺岖嵚。初景革绪风，新阳改故阴。池塘生春草，园柳变鸣禽。祁祁伤豳歌，萋萋感楚吟。索居易永久，离群难处心。持操岂独古，无闷征在今。"先举目眺景，后言理抒情。王夫之《古诗评选》评此诗曰："始终五转折，融成一片。天与造之，神与运之。呜呼，不可知已！"《薑斋诗话》论谢诗又曰："谢灵运一意回旋往复，以尽思理，吟之使人卞躁之意消。"论谢诗意趣，极为精当。然而，谢客山水诗毕竟景语与理语未能融为一体而难臻佳境。

所谓"景入理势"，即意在览景而忽然有悟，山水与理趣相融恰，景语与理语为一体，即景即理，意趣盎然。此类作品富于言外之意，具有更高的艺术价值。鲍照《瓜步山揭文》曰：

> 瓜步山者，亦江中眇小山也，徒以因迥为高，据绝作雄，而临清瞰远，擅奇含秀，是以居势使之然也。故才之多少，不如势之多少远矣。仰望穹垂，俯视地域，涕洟江河，疣赘丘岳。

这是登览玄思之典型一例。钱锺书论曰："因地形而触发愤世之感，其旨如《孟子·告子》：'不揣其本而齐其末，方寸之木可使高于岑楼'，而尤似《韩非子·功名》：'故立尺材于高山之上，则临千仞之溪，材非长也，位高也。'后三句乃居高临下之放眼，而亦越世凌云之旷怀，情景双关。"①是情景双关，更是"景入理势"，是景语与理语相融惬的佳作。唐诗中的登高鸟瞰览景玄思之作，即景即理，理寓景中，少了枯燥的玄言，多了深邃的意趣。韩愈《杂诗》："长风飘襟裾，遂起飞高圆。下视禹九州，一尘集豪端。遨嬉未云集，下已亿万年"；李贺《梦天》："黄尘清水三山下，更变千年如走马；遥望齐州九点烟，一泓海水杯中泻"；杨敬之《华山赋》："见若咫尺，田千亩矣；见若环堵，城千雉矣；见若杯水，池百里矣；见若蚁垤，台九层矣；醯鸡往来，周东西矣；蠛蠓纷纷，秦速亡矣；蜂窠联联，起阿房矣；俄而复然，立建章矣；小星奕奕，焚咸阳矣。"恰如钱锺书所说："韩愈、李贺、杨敬之不仅见世界小如一尘，且觉世代随而促如一瞬，又征人之心识中时与空、宇与宙相当相对。"②苏轼名篇《题西林壁》当为宋代诗人览景玄思最著名的作品：

> 横看成岭侧成峰，远近高低各不同。
> 不识庐山真面目，只缘身在此山中。

陈善《扪虱新语》"因登山而感所见"评此诗曰："孔子登东山而小鲁，登

---

① 钱锺书：《管锥编》（第4册），中华书局1979年版，第1316页。
② 钱锺书：《管锥编》（第4册），中华书局1979年版，第1317—1318页。

泰山而小天下，所登愈高，所见愈大，天下之理固自如此。……苏轼尝用其意作《庐山》诗……。知此则知孔子登山之意矣。"陈善把苏诗的原型母题追溯到孔子的泰山心境，不谓无见。苏轼确实与孔子一样，都是"因登山而感所见"；但又不尽然，陈善没有看到原型母题在旅行过程中发生了变化，苏诗已由少年意气的泰山心境，变成了思虑深沉的玄思之境，即只有跳出庐山、超越自我，才能见到庐山全貌和事物全体。可见"景入理势"的理趣之境，并不等同于"登泰山而小天下"的豪迈之情。

其三，登临怀古：搅碎古今，入其兴会。

登临四望而"融史入地"，与登临怀古而"以史为咏"，近似而稍异：前者览四方之地，而融地入史，后者以史迹为主而借古喻今；前者多见于辞赋文章，后者在诗中自成一体。

咏史怀古诗，始于汉而大盛于唐。唐代出现了一大批擅长咏史怀古的诗人，如陈子昂、李白、杜甫、刘禹锡、白居易、杜牧、李商隐，以及胡曾、周昙、汪遵等，都是以咏史诗名家的诗人。中华民族是最富于历史感的民族，善于从历史中总结治世之道和人生智慧。诗人在游览古迹、登高望远之际，感怀古人，"以史为咏"，搅碎古今而入其兴会，写出了大量富于哲理意味的咏史怀古诗。

清人张玉毂《古诗赏析》评左思《咏史》曾把咏史诗分为四种类型："或先述己意，而以史事证之；或先述史事，而以己意断之；或止述己意，而史事暗含；或止述史事，而己意默寓。""以史为咏"的登临怀古之作，同样可以分为四种类型。杜牧的《隋宫》属第一类；李白的《登广武古战场怀古》、杜牧的《赤壁》属第二类；刘禹锡的《石头城》属第三类；杜甫的《武侯庙》、杜牧的《过华清宫绝句》、刘禹锡的《乌衣巷》等属第四类。古典诗学有"咏史以不著议论为工"之说，诗评家也以"止述史事而己意默寓"为最高境界。然而，发思古之幽情往往是为了现在。因此，咏史怀古之作无不包含"史事"和"己意"两个要素；换言之，既要"搅碎古今巨细入其兴会"，又要"咏古人而己之性情俱见"，诗人在登览凭吊之时必然会流露和表达对史事的识见和人生的思考。

从诗人运思角度和关注焦点看，登临怀古之作的诗思旨趣大致可以分为两类：或直面历史本身，以史家身份议论朝政得失、评价人物功过、总结兴衰的经验教训；或由世事变迁或历史人物的沉浮，反观个体生命和现代人生，阐述生命真谛，总结人生智慧。

刘禹锡的《西塞山怀古》可作为前者的代表：

> 王濬楼船下益州，金陵王气黯然收。
> 千寻铁锁沉江底，一片降幡出石头。
> 人世几回伤往事，山形依旧枕寒流。
> 今逢四海为家日，故垒萧萧芦荻秋。

诗律精严，诗思雄深，见解既高，格局开宕，五六两句尤将六朝人物变迁、世代废兴俱收其中，给人丰富的历史启示和哲理遐思。薛雪《一瓢诗话》曰："刘宾客《西塞山怀古》，似议非议，有论无论，笔著纸上，神来天际，气魄法律，无不精到，洵是此老一生杰作，自然压倒元白。"因此这首诗不仅被推为"金陵怀古之冠"，还被称为"此真唐人怀古之绝唱"。

陈子昂的《登幽州台歌》可作为后者的代表：

> 前不见古人，后不见来者。
> 念天地之悠悠，独怆然而涕下。

感今怀古，此意多矣。从屈原《远游》"惟天地之无穷兮，哀人生之长勤；往者余弗及兮，来者吾不闻"，到东方朔《七谏》"往者不可及兮，来者不可待"，再到严忌《哀时命》"往者不可攀援兮，来者不可与期"等，古今同慨，不绝如缕。《登幽州台歌》的字面酷似《远游》，以至今人梁宗岱认为："陈子昂读过《远游》是不成问题的，说他有意抄袭屈原恐怕也一样不成问题。"[①]然而，钱锺书指出："感今怀古，此意多矣。……陈子昂

---

① 梁宗岱：《谈诗》，《梁宗岱批评文集》，珠海出版社1998年版，第88页。

《登幽州台歌》……抒写此情最佳。"①清人黄周星《唐诗快》评价更高："胸中自有万古，眼底更无一人。古今诗人多矣，从未道及此者。此二十字，真可泣鬼。"所谓"胸中自有万古，眼底更无一人"，这是黄周星对《登幽州台歌》在登览怀古诗中地位的高度评价，也是对其在历代登高诗中地位的高度评价。

为什么《登幽州台歌》具有这样的魅力？诗人登览玄思，穿越古今，俯仰宇宙，一声浩叹，化实为虚，创造出了一个时间无限、空间无限、寥阔无垠的诗化境界。细加体会，这一"感今怀古"的时空之叹，并非简单地"抄袭屈原"，而是一个由二元结构、多重诗意构成的审美意境。首先，全诗四句包含三重意识："前不见古人，后不见来者"，这是穿越古今的历史意识；"念天地之悠悠"，进而是俯仰天地的宇宙意识；"独怆然而涕下"，最后诗人返视自我，由时间之永恒见生命之短暂，由天地之寥阔见个体之渺小，在一声浩叹中表达出强烈的生命意识。其次，"独怆然而涕下"的感叹，虽有深深的"孤独"之感，但既不是悲叹，也不是哀叹，而是一种"浩叹"，是一种"以无限性观点观察有限性人生"②的浩然之叹。宋育仁《三唐诗品》的"《幽州》豪唱，述为名言"，即此之谓。在诗人的这一声"浩叹"中，既有雄才报国的豪壮之情，又有怀才不遇的感伤之情，更能体会到超越个体的玄远之思。因此，《登幽州台歌》虽篇幅短小却内蕴丰厚，杂糅了"泰山心境""高唐心境"和"鹳雀楼心境"，融合了"壮语""情语"和"理语"，创造出了一种令人遐想无边的"登幽州台诗境"。黄周星所谓"胸中自有万古，眼底更无一人。古今诗人多矣，从未道及此者"的深层根源，即在于此。而王夫之《唐诗评选》"以神行而不以机牵，摇荡古今，岂但其大言之赫赫哉"、沈德潜《唐诗别裁》"余于登高时，每有古今茫茫之感，古人先已言之"，以及宋育仁《三唐诗品》"《幽州》豪唱，述为名言，如《河梁赠答》，语似常谈，而脱口天成，适如人意"云云，都是对《登幽州台歌》的雄豪之唱、茫茫之感和玄远之

---

① 钱锺书：《管锥编》（第2册），中华书局1979年版，第622—623页。
② 张世英：《哲学导论》，北京大学出版社2002年版，第412页。

思的赞叹。

黑格尔有句名言："密纳发的猫头鹰要等黄昏到来，才会起飞。"意谓"哲学作为有关世界的思想，要直到现实结束其形成过程并完成其自身之后，才会出现。"①法的哲学是如此，人生哲学和历史哲学同样如此，同样要等到"现实结束其形成过程并完成其自身之后才会出现"。如果说览景玄思的玄言诗的广泛流行，是魏晋时期个体生命高度自觉的产物，那么登临怀古的咏史诗在唐代的大量出现，则是从秦始皇开始的集权王朝经过近千年的分分合合之后，文人学士为寻求长治久安而反思历史的结晶。因此，尽管诗的作者并非都是饱经沧桑的老人，但他们无不是富于玄感、深于历史，既洞察人生奥秘，又谙于兴亡规律的智者。

从母题学看，一部诗歌史就是一组原型母题的演变史。高友工、梅祖麟在《唐诗的语意、隐喻和典故》中说得好："历史的进程是由那些不断重复的原型组成，不管是人物原型还是事件原型。对于已经发生或即将发生的事件，人们都可以根据某种熟悉的模式去考虑它们。"②诗歌史上原型母题的演变绝不是简单的重复，它必然会随着时间、情境、创作个性的变化而变化。自然生命是重复，文化生命是重叠；三千年的中国文学史，实质是百年人生情怀的咏叹史。中国诗歌史上"登高能赋"的原型母题，从登高言志的"泰山心境"到登高心瘁的"高唐心境"，再到登高玄思的"鹳雀楼心境"，就遵循个体生命的进程，经历了多个阶段的发展演变。

与此相联系，母题史方法不仅可以用于宏观的民族文学史的研究，同样也可以用于微观的个体创作史的研究，考察一个母题在诗人个体创作史上的诞生与演变。从孔子的"登东山而小鲁，登泰山而小天下"，到孔子东上农山"喟然叹曰：'登高望下，使人心悲'"，再到"子在川上，曰

---

① 黑格尔：《法哲学原理》，范扬、张企泰译，商务印书馆1982年版，第13—14页。

② 高友工、梅祖麟：《唐诗的魅力——诗语的结构主义批评》，李世耀译，上海古籍出版社1989年版，第167页。

'逝者如斯夫！不舍昼夜'"；从杜甫的"会当凌绝顶，一览众山小"，到"花近高楼伤客心，万方多难此登临"，再到"万里悲秋常做客，百年多病独登台"等，从哲人到诗人，"登高能赋"的母题，无不经历了"出门"壮语、"旅途"情语、"归家"理语的生命旅程。

［原载《安徽师范大学学报》（人文社会科学版）2008年第4期，中国人民大学复印报刊资料《中国古代近代文学研究》2009年第1期转载］

论"文学自觉"的多元历史进程

——30年"鲁迅问题"论争的回顾与思考

"文学的自觉时代",这是文学史上的一个重要发展阶段,也是"文学史哲学"的一个重要学术命题;它关乎如何认识民族文学成熟独立的历史起点,也是文学史家把握文学自觉的多元动态进程、进行历史分期的理论基础。近30年来,围绕这一"鲁迅问题"的论争,这一命题则始终被视为只有单一内涵的"文学史问题"。因此,论争陷入了"各种观点自圆其说,不同观点相互对立"的僵局。要打破目前的学术僵局,让看似各自对立的不同观点,"各居其位,各是其是",必须转换学术思路:首先,从"文学史"回到"文学史哲学",在全面把握先秦以来文学发展历史进程的基础上,对"文学的自觉时代"这一"前提假设"所蕴含的复杂内涵,作一番学理反思和逻辑洗炼,为文学史研究提供一个宏观的理论参照系;然后,再由"文学史哲学"回到"文学史",对不同时代、不同性质、不同形态的"文学的自觉时代"的内涵和特点,做出准确界定,进行具体分析。

一、从"文学史"到"文学史哲学"

一部文学史可以逻辑地分为原始起源、独立自觉和多元发展三个阶段。每一个民族的文学史无不经历了从自在到自觉、从自觉到多元发展的历史进程。因此，鲁迅所谓"文学的自觉"或"文学的自觉时代"①，实质是一个内涵丰富的"文学史哲学"②命题；它关乎如何认识民族文学的历史起点和发展规律，也是文学史家把握文学自觉的多元动态进程、进行历史分期的理论基础。20世纪80年代以来，鲁迅当年根据铃木虎雄的观点重提的这一命题引起了众多文学史家的关注，做出了各种不同的诠释。"文学的自觉时代"问题，已成为中国文学史研究中一个绕不过去的"鲁迅问题"。

回顾近30年围绕"鲁迅问题"展开的讨论③，似有三个特点：一是参与讨论的大多是文学史和文学批评史领域的学者；二是论争的焦点集中在"文学的自觉"究竟始于哪一个"时代"；三是参与论争者，无论是文学史家还是批评史家，几乎从未对作为"前提假设"的"文学的自觉时代"这一命题的复杂内涵作过认真的学理反思。细读各家论述可以发现，尽管学者的学术背景和学术观点各不相同，但学术思路基本一致，即无不把"文学的自觉时代"视为只有单一内涵的文学史命题，着力对自己认定的某一

---

① 鲁迅的"文学的自觉时代"说与铃木虎雄的关系，请参阅铃木虎雄：《中国诗论史》（广西人民出版社1989年版），"第二篇魏晋南北朝时代的文学论"；孙明君：《建安时代"文的自觉"说再审视》，《北京大学学报》（哲学社会科学版）1996年第6期；张晨：《鲁迅与铃木虎雄的"文学的自觉"说——兼谈对海外中国文学研究成果的借鉴》，《求是月刊》2003年第6期；张晨：《鲁迅"文学的自觉"说辨》，《复旦学报》（社会科学版）2004年第2期，等等，此处不另。

② "文学史哲学"一词，从阿诺德·豪泽尔《艺术史哲学》（The Philosophy of Art History）一书借用而来。"文学史哲学"不同于"文学史研究"。陶东风解释"何为文学史哲学"："如果说，文学史研究，即是对具体的、国别的、时代的文学现象的'思'，那么文学史哲学就是对于这种'思'的'思'，也就是'反思'……通俗地说，是解决应当如何写作文学史的问题。"（陶东风：《文学史哲学》，河南人民出版社1994年版，第2—3页。）在西方，"艺术史哲学"先于"文学史哲学"，丹纳的《艺术哲学》实即"艺术史哲学"。陶东风的《文学史哲学》或是中国大陆第一部以此命名的著作；此前，钱中文的《文学原理·发展论》（社会科学文献出版社1989版；"修订本"改名为《文学发展论》，经济科学出版社1998年版），实质也是一部"文学史理论"或"文学史哲学"。

③ 参与讨论的诸家观点，见本文"附录"："文学的自觉时代"论争要目。

个"自觉"的"时代"进行合理性论证。在学术写作中，认定时代—确立标准—搜罗现象—寻找依据—阐释原因，成为多数论文基本的"论述五部曲"。

经过近30年的论争，以鲁迅的"曹丕的一个时代可说是'文学的自觉时代'"的"魏晋说"或"建安说"为中心，提出了各种不同观点。细加排比，各种"文学自觉说"呈现出两种趋势：一种是"自觉"的"时代"不断上移，相继提出了"东汉说""西汉说""战国说"，直至"春秋说"①；另一种是"自觉"的"时代"继续下移，从"建安说"下移到"宋齐说"；等等。客观地说，读完每一篇论文，你都会被学者的雄辩折服，每一种观点似乎都能自圆其说；但合起来看，却又陷入各自为政，互相对立，难以统一的僵局。

随着上至"春秋"、下至"宋齐"诸种观点的纷纷提出，如今到了"进已无可进，退也无可退"的地步。"春秋说"把《诗三百》作为文学自觉的起点，而《诗三百》是中国第一部诗歌总集；"宋齐说"把元嘉年间"别立文学馆"、始于宋的"文笔之辨"和永明年间"四声的发现"②作为文学自觉的标志。这意味着，产生了《诗经》《楚辞》、汉赋、"古诗十九首"等文学经典，出现了屈宋、三曹、陶谢等伟大作家的中国文学，依然没有"独立自觉"。永明之后，下一个文学高潮是盛唐诗歌，中国文学的"自觉的时代"显然不能再后退到盛唐。

面对这种"进退两难"的学术僵局，有的学者开始怀疑这一论题的合理性，甚至建议干脆放弃这种说法。赵敏俐先生说："这个论断的内涵有限，歧义性太大而主观色彩过浓，因此不适合用这样一个简单的主观判断来代替对一个时代丰富多彩的文学发展过程进行客观的描述。"③"歧义性

---

① 参阅赵逵夫：《先秦文学编年史·前言》，《先秦文学编年史》（上册），商务印书馆2010年版，第61页。

② 刘跃进：《门阀士族与永明文学》，生活·读书·新知三联书店1996年版，第11—22页。

③ 赵敏俐：《"魏晋文学自觉说"反思》，《中国社会科学》2005年第2期。

太大",确是造成学术僵局的症结之所在,但不能因为"歧义性太大"而怀疑论题的合理性,更不能消极地回避问题。要破解学术僵局,走出问题困境,必须从厘清论题的"歧义性"入手。

那么,这个命题的"歧义性"是如何造成的?概括地说,这是由命题的概括性与理解的差异性或哲学性命题的概括性与历史性理解的具体性造成的;换言之,这是由研究者无意中对论题进行"文学史哲学"的转换,然而又依旧采用"文学史研究"的思路之间的矛盾造成的。

首先,鲁迅所说的"曹丕的一个时代可说是'文学的自觉时代',或如近代所说是为艺术而艺术的一派",这是一个非常具体的文学史命题;这句话的重心在"曹丕的一个时代",而"文学的自觉时代"和"为艺术而艺术的一派",是随手拈来借以说明这个时代文学的特点的。然而,在这个命题的论争中,因论者的不同立场出现了多种"简化"表述:从"曹丕的一个时代"到"魏晋文学自觉时代",再由"文学的自觉时代"到"文学的自觉",等等。

其次,经过层层简化,命题的重心由"曹丕的一个时代"变成了"文学的自觉时代",一个具体的文学史命题也随之转变成了一个具有普遍意义的文学史哲学的命题。"文学的自觉"作为一个普遍的文学史哲学的命题,其内涵远远大于具体的文学史命题;研究者从不同的立场出发,可以发现历史上有各种不同性质的"文学的自觉",这是上至"春秋说",下至"宋齐说",都能自圆其说的原因所在。

再次,论题的性质发生了变化,但论者的思路并没有随之变化。论争的各方不去厘清已经转换成文学史哲学命题的理论内涵,从而确立各自的言说立场;相反,依然按照文学史研究的思路从特定的历史年代出发,为各自认定的"自觉"的"时代"作辩护,最后终于出现了"各自自圆其说,合观互相对立"的局面。

"一切历史学的概念和命题,都必须先经过一番逻辑的洗炼,才配得上称为有意义的和科学的。"①因此,要走出学术的困境,必须厘清论题的歧义;而要厘清论题的歧义,必须转换研究的思路。只有转换研究思路,厘清了"文学的自觉时代"这个文学史哲学命题的复杂内涵,才能真正找到从"先秦说"到"宋齐说"诸种观点各自自圆其说、雄辩合理的深层理论根源。

据此,我们的研究应当分两步走:首先从文学史回到文学史哲学,从始于先秦的中国文学史的整体过程出发,对"文学的自觉"这一论题的内涵进行全面的发掘和梳理,为文学史研究提供一个宏观的理论参照系;然后再由文学史哲学回到具体的文学史,对不同时代、不同性质、不同形态的"文学的自觉"的内涵和特点,做出准确界定,进行具体分析。

一部文学发展史就是一部文学自觉史。文学发展的不同阶段,文学自觉具有不同的历史内涵和历史特点。从始于先秦的中国文学史的整体过程看,"文学的自觉时代"作为文学史哲学命题,是一个由四个层次、多重内涵构成的复杂命题。

首先,"文学"是一个现代文艺学概念,也是逻辑学意义上的普遍概念。按照艾布拉姆斯的看法,通常所说的"文学",实质是指由"艺术家、作品、世界、欣赏者"四要素构成的"文学活动"②;而"文学"或"文学活动"就是在特定观念指引下,以文学文本为中心,创作与接受双向交流,历史与现实古今沟通的艺术活动。因此,从实践的角度看,"文学"或"文学活动"至少由四个环节构成,即文学主体、文学文体、文学观念和文学批评;与此相联系,"文学的自觉"也至少包含四个环节或四个领域,即文学主体的自觉、文学文体的自觉、文学观念的自觉和文学批评的自觉。

其次,"文学活动"是一个历史过程,在文学活动的不同历史阶段,

---

① 何兆武:《对历史学的若干反思》,《历史理性批判论集》,清华大学出版社2001年版,第15页。

② 艾布拉姆斯:《镜与灯:浪漫主义文论及批评传统》,郦稚牛、张照进、童庆生译,北京大学出版社1989年版,第5页。

"文学"或"文学活动"的"自觉",具有不同的历史特点和历史内涵。从先秦以来中国文学史的整体过程看,文学自觉的不同环节和领域,不同时代同样具有不同的历史特点和历史内涵。具体地说,"文学主体的自觉",经历了从群体自觉到个体自觉过程;"文学文体的自觉",经历了从一种文体到另一种文体盛衰交替的过程;"文学观念的自觉"和"文学批评的自觉",经历了从伦理主义文学观到审美主义文学观的转化。

从以上分析看,"文学的自觉"或"文学的自觉时代",是一个动态的四维多元结构的文学史哲学命题,而对中国文学的"自觉时代"的文学史研究,必须以这一宏观的文学史哲学的动态理论结构为参照。

二、主体的自觉:从群体自觉到个体自觉

席勒在《艺术家》一诗中赞叹:"啊,人类,只有你才有艺术!"确实,文学活动是人类特有的审美文化活动。但是,文学的起源并不等于文学的自觉。文学的起源是文学的原始发生,民族文学尚处于自在状态。与此相关,文学起源的研究,主要揭示文学发生的原始动因和原始特点,它更多地属于考古学和文化人类学的范畴。从这个意义上说,中国文学的起源可以追溯到文字的起源,追溯到甲骨文的文学性①。

文学的自觉是比文学的起源更高的文学阶段。它已由原始自在状态,进入自为和自觉的阶段,标志着民族文学的真正的成熟。文学主体和文学文体是文学创作缺一不可的两大要素。文学的自觉也必然同时包含主体的自觉和文体的自觉。从这个意义上说,文学的自觉至少有两大特点:一是创作主体具有从事文学创作的自觉意识,明确地意识到自己是在创作"情欲信而辞欲巧"的文学作品;二是文学从其他文体中独立出来,产生了对民族文学史具有深远影响的文学体裁。

从这一标准看,中国文学的自觉始于何时?最初的文学自觉是一种什

---

① 参阅唐兰:《卜辞时代的文学和卜辞文学》,《清华学报》1936年第11卷第3期;姚孝遂《论甲骨刻辞文学》,《吉林大学社会科学学报》1963年第2期等。

么意义的自觉？中国文学的自觉始于"先秦"，这是无可争议的事实。以"先秦文学"名家的赵逵夫先生，可视为"先秦文学自觉说"的代表。他在《先秦文学编年史》长篇"前言"中明确表示："所谓'先秦时代文学尚未独立'的说法并不科学"；进而针对"许多学者认为先秦文学尚未自觉，诗人、作家的作品都是不自觉的创作"的说法，从先秦作家的创作动机、文学活动、文学文体和文学思想等方面，对先秦文学的自觉性作了充分论证，最后问道："这难道不算自觉的创作吗？"①我赞同"先秦文学自觉说"。不过，"先秦"作为一个历史概念，从夏商周到春秋战国有2500年的漫长历史，它包含了中国文学从原始发生到独立自觉的整个过程。因此，不能笼统地说中国文学的自觉始于"先秦"，必须做进一步的具体说明。

文学作品是文学活动的核心，文学的自觉当以民族文学史上划时代的经典作品的诞生为标志。从这个意义上说，中国文学的自觉始于《诗三百》的诞生。日本学者青木正儿认为：作为"周代文艺杰作的《诗经》与《楚辞》"，均已"充分的达到纯文学之域"②。朱东润进而指出："吾国文学导源于《诗》三百五篇，不知《诗》三百五篇者，不足与言吾国文学之流变。"③诚哉斯言！作为"充分的达到纯文学之域"的伟大诗篇，《诗三百》是中国文学高度自觉的产物，也是中国文学真正独立的标志。

《诗三百》开启了中国文学的历史大幕，成为中国文学"轴心期"的奠基之作。而《诗三百》的独立自觉主要体现在两大方面，即文学主体的自觉和文学文体的独立。这里先谈《诗三百》与文学主体的自觉问题。

人类主体由群体和个体两部分构成。一部人类精神主体的自觉史，就是一部由群体自觉到个体自觉的历史。人类文学史上的主体自觉，同样经历了从群体自觉到个体自觉的过程。以"情欲信而辞欲巧"为追求目标的文学创作，是以主体审美意识的高度自觉为前提的；没有主体的审美自觉

---

① 赵逵夫主编：《先秦文学编年史》（上册），商务印书馆2010年版，第7、61页。
② 青木正儿：《中国文学概说》，隋树森译，重庆出版社1982年版，第30页。
③ 朱东润：《诗三百篇探故》，云南人民出版社2007年版，第1页。

就不可能有审美意义的文学创作。那么《诗三百》时代的文学主体是一种什么意义的主体？我认为，从《诗三百》的创作和编集过程中所体现的文学主体的自觉，是一种群体自觉而不是个体自觉；这种自觉的"群体性"，主要表现在三个方面，即群体创作、群体所有和群体使用。

首先，《诗三百》是群体创作的成果，是西周初年至春秋中期500年诗心凝聚而成的乐歌总集。《诗三百》最早的作品当是《周颂》，最晚的被认为是《陈风》中的《株林》。据赵逵夫主编《先秦文学编年史》，在《诗三百》开始编集定型之前，中国上古诗歌已有近千年的发展史，有些古佚诗与《诗三百》中的作品极为相近；由此表明，"《诗经》虽称'总集'，实际上只是春秋中期以前诗歌的一个选集，远非这一千多年中诗歌作品的全部"①。从这漫长的创作过程看，《诗三百》中的作品决非一人一时一地独立完成，而是在口耳相传的过程，经过多次的"两重创作"②，最后由西周至春秋的文士和乐师写定编集的。《论语·宪问》："子曰：'为命：裨谌草创之，世叔讨论之，行人子羽修饰之，东里子产润色之。'"这段文字描述郑国辞命的写作过程，它是经四贤之手完成的集体创作。据此可以推测，《诗三百》的写定和编集同样凝聚了文士和乐师"草创之，讨论之，修饰之，润色之"的集体智慧。

其次，《诗三百》作为群体创作的成果又为群体所有，其突出表现就是当时"只有诗，无诗人"。论及《诗三百》的作者，清代学者劳孝舆《春秋诗话》有一段名言："作者不名，述者不作，何欤？盖当时只有诗，无诗人。古人所作，今人可援为己诗；彼人之诗，此人可赓为自作，期于言志而止。人无定诗，诗无定指，以故可名不名，不作而作也。"这段话既论及了创作的集体性，更论及了作品的群体共有性。《诗三百》作者的身份可推测而知，有官吏、平民、役夫、兵士、妇女、农奴等，但作者的姓名则均无可考。《左传》说《载驰》的作者是"许穆夫人"，历来皆无疑义，但"许穆夫人"只表明她是许穆公的夫人，本人的姓名依然不可知。

---

① 赵逵夫主编：《先秦文学编年史》（上册），商务印书馆2010年版，第14页。
② 朱光潜：《朱光潜全集》（第3卷），安徽教育出版社1987年版，第22页。

这种"只有诗，无诗人"的现象，正表明当时作品的群体所有性，作者更没有意识到要去署上自己的名字。

再次，《诗三百》既为群体所有，也就为群体所用，最典型的莫外乎朝聘盟会场合，《诗三百》被作为赋诗言志的公共辞令。春秋时期上层贵族中用诗极为普遍，故当时的《诗》学多系"用诗之学"，而甚少"作诗之学"。钱穆认为，所谓的"诗言志"，也当从用诗之学角度去理解：一是"诗言志"必有一所与言之对象，二是所谓"志"乃专指政治方面言①。当代学者俞志慧进而认为，《周礼》与《诗大序》中次序相同的"六义"的次第，是当时"习诗过程与用诗方法"的真实反映："不是从作诗的角度，而是从学诗以后的用诗看，学诗而能风诵、能赋诗、能利用比、兴达政，能在庄严肃穆的祭祀场合弦诗、舞诗，这是一个循序渐进的过程，习诗用诗而归于雅、颂，习诗者也就完成了自身的社会化、君子化过程，诗歌之用也就至矣尽矣。"②从用诗之学角度解释"六义"次第，颇具说服力。

"群体自觉"包含"群体性"和"自觉性"两个方面，二者有机统一。不过，就群体自觉作为一种主体自觉而言，其"自觉性"比之"群体性"更为重要。那么《诗三百》所体现的群体自觉的"自觉性"表现在哪些方面？至少表现在三个方面：一是作诗者具有自觉明确的创作动机；二是作诗者自觉地遵循诗的惯例、运用诗的形式；三是具有自觉的"情欲信而辞欲巧"的艺术追求。关于作者的创作动机，《诗三百》中有大量明确表示。如："心之忧矣，我歌且谣"（《魏风·园有桃》），"王事靡盬，我心伤悲"（《小雅·四牡》），"君子作歌，维以告哀"（《小雅·四月》），"啸歌伤怀，念彼硕人"（《小雅·白华》），等等，作诗者明确表示，因为"心忧""心悲"，所以"作歌告哀""啸歌伤怀"；再如："夫也不良，歌以讯之"（《陈风·墓门》），"维是褊心，是以为刺"（《魏风·葛屦》），"家父作诵，以究王凶"（《小雅·节南山》），等等。如果说上述诗人是

---

① 钱穆：《中国文学讲演集》，巴蜀书社1987年版，第96页。

② 俞志慧：《君子儒与诗教：先秦儒家文学思想考论》，生活·读书·新知三联书店2005年版，第105页。

缘情而作，抒发个人的情怀，那么这里的诗人则是发愤而作，进行政治批判。正因为《诗三百》的作者大都具有自觉明确的创作动机，毋怪赵逵夫先生发出了"这难道不算自觉的创作吗"的责问。至于《诗三百》作者自觉地遵循四言诗的形式惯例、熟练地运用赋比兴的艺术技巧等，有三百篇瑰丽华美的诗章在，有起自刘勰《宗经》"文能宗经，体有六义"的精辟概括和直至今天对《诗三百》艺术性层出不穷的研究成果在，似已无须费词。

《诗三百》是中国文学史上群体自觉的产物，"荷马史诗"则是西方文学史上群体自觉的产物。如同《诗三百》的研究史上存在着诸如《诗三百》的作者、时代、地域、分类、次序、编集成书等一系列歧见迭出的"《诗经》问题"，荷马史诗的研究史上同样存在一系列云缠雾绕的"荷马问题"，诸如历史上是否真有荷马其人，荷马史诗出自一人之手还是集体创作的结晶，荷马史诗成于一时一地还是层层累积而成，等等①。这些问题的聚讼纷纭，正是其群体性自觉而非个体性自觉的标志。

文学史上的群体自觉时期，即人类文化史上的"诗性智慧"时期。论及荷马史诗的智慧品格，维柯在《新科学》中写道："诗性智慧是希腊各民族的民俗智慧，希腊各民族原先是些神学诗人，后来是些英雄诗人。这种证明的后果必然是：荷马的智慧绝不是另外一种不同的智慧"；而"诗性智慧"的最大特点，就在于高度的文化原创性和艺术原创性："诗人们首先凭凡俗智慧感觉到的有多少，后来哲学家们凭玄奥智慧来理解的也就有多少，所以诗人们可以说就是人类的感官，而哲学家们就是人类的理智。"②由诗性智慧孕育和创造的诗篇成为文学"轴心期"的奠基之作，它们既是民族文学史上永恒的艺术经典，也是永恒的灵感源泉。后世文学的每一次新的飞跃都必然要回到这一原点，并不断从中领略精神的风范和艺术的启迪。《诗三百》和《荷马史诗》在中西文学史上的崇高地位和永恒

---

① 参阅格雷戈里·纳吉：《荷马诸问题》，巴莫曲布嫫译，广西师范大学出版社2008年版。

② 维柯：《新科学》，朱光潜译，人民文学出版社1987年版，第411、152页。

影响，就充分证明了这一点。

个体自觉是主体自觉的第二个阶段，也是主体自觉更高的阶段。如果说以诗性智慧创造的第一部民族文学经典的诞生，是群体自觉的标志，那么具有自觉的创作意识、原创的艺术成就、鲜明的艺术个性和深远的文学影响的伟大民族诗人的诞生，则是个体自觉的标志。

中国文学史上的个体自觉始于何时？以哪一位文学家为标志？是战国末期的屈原？还是以枚乘、司马相如为代表的汉代辞赋家？抑或是以三曹父子为代表的建安文人？这是一个颇有争议的问题。

汉代以来的批评家和文学史家无不推崇屈原，认为"可与日月争光"的屈原是中国文学史上第一位伟大的文学家。从刘安到司马迁、从王逸到刘勰，无不如此；即使班固，虽对屈原人格颇有非议，对屈原的文学"妙才"仍予以高度评价，所谓"其文弘博丽雅，为辞赋宗"。"走出疑古时代"的20世纪著名文学史家，从鲁迅《汉文学史纲要》（1926）、郑振铎《插图本中国文学史》（1932）到刘大杰《中国文学发展史》（1939），同样如此。借用朱自清的话说："是从屈原起，才开始了我们的自觉的诗的时代。"①郑振铎则明确指出："屈原是古代第一个有主名的大诗人。在古代的文学上，没有一个人可以与他争那第一把交椅的。"②

对于屈原个体自觉"第一人"的文学史地位，只有钱穆持否定态度。钱穆秉持"建安文学独立觉醒"说："建安时代在中国文学史上乃一极关重要之时代，因纯文学独立价值之觉醒在此时期也"；据此他认为："纯文学作品当自屈子《离骚》始。然屈原特以一政治家，忠爱之忱不得当于君国，始发愤而为此。在屈原固非有意欲为一文人，其作《离骚》，亦非有意欲创造一文学作品。"③简言之，屈原并不是一个纯粹自觉的文学家，

① 朱自清：《什么是中国文学史的主潮——林庚著〈中国文学史〉序》，《朱自清古典文学论文集》（上），上海古籍出版社2009年版，第15页。
② 郑振铎：《插图本中国文学史》（上册），北京出版社1999年版，第54—55页。
③ 钱穆：《读〈文选〉》，《中国学术思想史论丛》（卷三），安徽教育出版社2004年版，第90页。

《离骚》作为纯文学作品是无意识创造的结果。钱穆进而指出：只有"以个人自我作中心，以日常生活为题材，抒写性灵，歌唱情感，不复以世用撄怀"者，方成其为"文人之文之至者"；按照这一标准，前汉诸赋大体多在铺张揄扬，题材取诸外而非一己内心情致，故真正的"文人之文"可谓"由魏武一人启之"。钱穆以曹操《述志令》为例，写道："魏武乃自述平生志愿身世，辞繁不杀，婉转如数家常……此始成其为一种文人之文。"①钱穆《读〈文选〉》论及屈原，前后失照之处暂且不论；试问，屈原的《离骚》难道不是"自述平生志愿身世，辞繁不杀，婉转如数家常"吗？为什么曹操的《述志令》可以成为"文人之文"，而屈原的《离骚》却不能成为"文人之文"呢？

其实，按照"自觉的创作意识、原创的艺术成就、鲜明的艺术个性和深远的文学影响"诸标准，屈原作为"个体自觉"第一人的文学史地位，是无可争议的。刘勰是对屈原的文学成就做出全面评价的第一人，也是对屈原的个体自觉性进行全面阐释的第一人。在《辨骚》篇中，刘勰对屈原"轩翥诗人之后，奋飞辞家之前"的历史地位，"虽取镕经意，亦自铸伟辞"的文体创新，"惊采绝艳，难于并能"的艺术风格，以及"衣被词人，非一代也"的深远影响，逐一作了精彩论述；最后问道："不有屈原，岂见离骚？"换言之，没有高度自觉的艺术个性，怎能创作出"金相玉式，艳溢锱毫"的弘丽诗篇？

这是一个不能忽视的事实。因此，主张"汉代自觉说"的学者，也不能无视屈原在主体自觉中的地位，以肯定屈原的个体自觉性为前提。例如，张少康认为："专业文人创作的出现和专业文人队伍的形成是文学独立和自觉的重要标志"；根据这一标准，"到了汉代，专业文人创作和专业文人队伍都有了很大的发展……可以说战国时在楚国首先发展起来的专业文人创作，在汉代扩大到了全国，并形成了一支专业队伍。"他在论述汉代文学自觉的同时，始终不能忘怀"楚国"屈原的存在，反复强调"只有

----

① 钱穆：《读〈文选〉》，《中国学术思想史论丛》（卷三），安徽教育出版社2004年版，第93页。

战国后期《楚辞》中屈原和宋玉等的作品，才可以说是具有了专业文人创作的特点"，屈原"虽然也曾是楚国怀王的左徒，然而后来他被流放，在穷愁潦倒中才愤激至极而进行文学创作，他在历史上的地位主要是由他的《离骚》《九章》等文学作品的伟大成就所决定的"①云云。

持汉代文学自觉说的学者，特别注重"整个时代"专业文人创作和专业文人队伍的形成，否则似乎就不足以称之为"自觉的时代"。其实，美的艺术是天才的艺术。在文学史上，"一个天才"比"一批文人"更重要。英国诗人扬格说得好："一个独创性作家自己生自己，是他自己的祖宗，很可能繁殖一大批模仿他的子孙，使他的光荣永垂不朽。"②文学的"第一个天才"催生出文学的"第一批作家"；"轩翥诗人之后，奋飞辞家之前"的屈原，对于宋玉、唐勒、景差和两汉辞赋家，就是如此。班固《离骚序》说得好："其文弘博丽雅，为辞赋宗。后世莫不斟酌其英华，则象其从容。自宋玉、唐勒、景差之徒，汉兴，枚乘、司马相如、刘向、扬雄，驰极文辞，好而悲之，自谓不能及也。"面对"自谓不能及"的这些"学生"，我们能说屈原这位"老师"，还没有获得个体的自觉吗？

三、文体的自觉：一代有一代之文体

文学创作是文学主体与文学文体融为一体的艺术活动，二者缺一不可。与此相联系，文学自觉也必然同时包含主体自觉和文体自觉两个方面。只有主体自觉而没有文体自觉，或者只有文体自觉而没有主体自觉，这样的文学创作不存在，这样的文学自觉也是不可想象的。从这个意义上说，中国文学史上"文体的自觉"，始于《诗三百》的诞生，始于《诗三百》"四言诗"的诞生。"四言诗"是中国文学史上第一个自觉的文学文体。

---

① 张少康：《论文学的独立和自觉非自魏晋始》，《北京大学学报》（哲学社会科学版）1996年第2期。

② 扬格：《试论独创性作品》，袁可嘉译，人民文学出版社1998年版，第107页。

这难道还是一个问题吗？胡应麟《诗薮》开宗明义："四言变而《离骚》，《离骚》变而五言，五言变而七言，七言变而律诗，律诗变而绝句，诗之体以代变也。"其实，至少自刘勰《文心雕龙》和钟嵘《诗品》开始，这已经成为文学史的常谈。然而，在"文学的自觉时代"的讨论中却成了一个问题，原本妇孺皆知的文学史常识，被参与讨论的专家教授们轻易否定了。

汉赋专家龚克昌是"汉代自觉说"或"汉赋自觉说"的最初提出者。1981年，他在《论汉赋》一文中指出："根据鲁迅先生这个标准，或用我们今天所说的所谓自觉地进行艺术创作的标准，我都以为，这个'文学的自觉时代'至少可以再提前三百五十年，即提前到汉武帝时代的司马相如身上。"①而司马相如是汉代杰出的"辞赋"大家，把司马相如作为"文学自觉时代"的标志，必然要把汉赋作为"文学自觉时代"的起点。1988年，龚先生进而发表了《汉赋——文学自觉时代的起点》一文，把"文学意识的强烈涌动""文学特点的充分表露"以及"相如的创作理论"等，作为其"把汉赋作为'文学的自觉时代'的起点"的"理由"②；全文通过汉赋的"自觉性"与《诗经》《离骚》"非自觉性"的比较，对其"汉赋自觉说"作了大量说明。龚先生的"汉赋自觉说"为"汉代自觉说"提供了文体依据，此后的"汉代说"几乎没有不从"汉赋"说起的。张少康先生就曾这样问道："如果我们不是有意贬低汉代辞赋的话，怎么能说已经有了这么多辞赋作品和辞赋作家的汉代，而文学居然还没有独立自觉，这岂不是很可笑的事吗？"③

然而，当人们把"汉赋"作为"文学自觉时代"的"起点"时，实际上就把古朴浑成的"四言诗"排除在"文体自觉"之外，也把惊采绝艳的"骚体赋"排除在"文体自觉"之外了。这种明显有违文学史常识的说法，

① 龚克昌：《论汉赋》，《文史哲》1981年第1期。

② 龚克昌：《汉赋——文学自觉时代的起点》，《文史哲》1988年第5期。

③ 张少康：《论文学的独立和自觉非自魏晋始》，《北京大学学报》（哲学社会科学版）1996年第2期。

使不少赞同"汉代自觉说"的学者也感到为难。赵敏俐就提出这样的疑问："我们看《诗经》大小雅的创作，整齐的四言句式，严格的押韵规则，词语的雕琢绘饰，章法的细密安排，风格的典雅庄重，已经达到了那样的艺术高度，如果说这些诗在写作的过程中没有自觉的艺术美的追求，没有精心的艺术锤炼，是可能的吗？"①

所谓文体的自觉，意味着一套"惯例性规则"的形成。韦勒克说："文学的各种类别'可被视为惯例性的规则，这些规则强制着作家去遵守它，反过来又为作家所强制'。"②每一种文体都是一个范导性的概念，都有一套实在有效的惯例，它实际上作为模式规定着具体作品的写作。因此，中国传统文评特别重视"文体"和"辨体"：所谓"文莫先于辨体，体正而后意以经之，气以贯之，辞以饰之"③。就《诗三百》而言，且不说从孔颖达《毛诗正义》到方玉润《诗经原始》的传统《诗》学，已经对《诗三百》的文体特点做过那样深入细致的分析研究；单就20世纪以来，从梁启超《中国韵文里头所表现的情感》到傅斯年《诗经讲义稿》，从张西堂《诗经六论》到钱锺书《管锥编·毛诗正义》，读过这些学者对《诗三百》的文体惯例、抒情方式、章法结构和艺术技巧所作的精辟阐释，还要说《诗三百》的文体尚未独立自觉，实在会令人匪夷所思。

那么，为什么说《诗三百》的"四言诗"是中国文学史上第一个自觉的文学文体？进而，如何理解胡应麟"诗之体以代变"或"一代有一代之文体"这一命题？从文体史的发展规律看，至少有三层涵义，即文体的诞生、文体的盛衰和文体的嬗变。

首先，一切文体都不可能凭空产生，无不来源于民间，无不从较原始的低级亚文体发展而来。每一种新文体的诞生，只不过是把低级的亚文体，经文人作家之手，正式列入文学体裁行列中而已。中国文体的发展演

---

① 赵敏俐：《"魏晋文学自觉说"反思》，《中国社会科学》2005年第2期。

② 韦勒克、沃伦：《文学理论》，刘象愚、邢培明、陈圣生等译，生活·读书·新知三联书店1984年版，第256页。

③ 徐师曾：《文体明辨序说》，人民文学出版社1962年版，第80页。

变就是如此,独立自觉的文体无不源于民间的原始亚文体。

早在1926年,郭绍虞在《试从文体的演变说明中国文学之演变趋势》一文中,借鉴西方文体发生论阐述中国文体的诞生演变,指出:"文字未兴以前,风谣即为初民的文学。文字既定以后,诗歌又足赅一切创造的文学。人文演进遂由诗歌以衍为各种的文体。……总之,诗歌是原始文学,而诗则是风谣之演进,各种文体又是从诗歌推衍出来的。"①《诗三百》的"四言体",就是由此前近千年的民间风谣逐渐发展而来的。《先秦文学编年史》的作者对古佚诗所作的初步的编年研究,可以让我们清晰地看到原始的民间风谣是如何经过漫长的历史演化,逐渐定型为《诗三百》的"四言诗"的。同样,《离骚》的诞生,标志着"楚辞"体的自觉定性;枚乘《七发》《菟园》和司马相如《子虚》《上林》的诞生,标志着汉大赋的自觉定型;《古诗十九首》的诞生,标志着五言诗的自觉定型,等等。20世纪两部经典文学史著作,王国维的《宋元戏曲考》和鲁迅的《中国小说史略》,则分别描述了戏曲和小说这两种文体,从民间萌芽,经文人之手,逐渐自觉定型的过程。

其次,一种文体的诞生和自觉,并不意味着从此长盛不衰。每一种文体都有自己的盛衰历史,都有自己的生命周期。关于中国诗歌史上各种文体的盛衰规律,王国维《人间词话》第54则作了精彩的论述:

> 四言弊而有楚辞,楚辞弊而有五言,五言弊而有七言;古诗弊而有律绝,律绝弊而有词。盖文体通行既久,染指遂多,自成习套。豪杰之士,亦难于其中自出新意,故遁而作他体,以自解脱。一切文体所以始盛终衰者,皆由于此。故谓文学后不如前,余未敢信,但就一体论,则此说固无以易也。②

---

① 郭绍虞:《照隅室古典文学论集》(上编),上海古籍出版社2009年版,第31页。
② 黄霖、周兴陆:"王国维这种文体演变观是对明末清初顾炎武'诗体代降'说的发挥,不过更侧重于文体自身规律而已。"(《王国维〈人间词话〉导读》,上海古籍出版社1998年版,第34页)

王国维认为，"一切文体所以始盛终衰者"，根源在于"文体通行既久，染指遂多，自成习套"；而艺术是天才的事业，是追求独创性的活动，依循旧体难于发挥"豪杰之士"的天才，也难以满足读者的审美期待，所以"遁而作他体，以自解脱"。

王国维的文体"始盛终衰"说，与克罗齐的文体"进步的周期"说，颇有暗与契合之处。克罗齐在谈到"艺术的进步"时认为："审美的作品的历史现出一些进步的周期，但是每周期有它的特殊问题，而且每周期只能就对于那问题说，是进步的。"①其实，马克思所说的："在艺术本身的领域内，某些有重大意义的艺术形式只有在艺术发展的不发达阶段上才是可能的。"②这种"在艺术本身领域内部的不同艺术种类"的盛衰关系，与王国维和克罗齐的观点也是一致的；差别在于，马克思是就"艺术发展的不发达阶段上"的文体盛衰而言，王国维和克罗齐所说的主要是"艺术发展的发达阶段上"的文体盛衰和进步周期。合而观之，无论是"艺术发展的不发达阶段"，还是"艺术发展的发达阶段"，一切文体都有自己的生命周期，一切文体也都会始盛而终衰。这已被几千年的中外文学史所证实。因此，我们不必为一种文体的诞生和自觉而欢呼，也不必为一种文体的始盛终衰而悲伤。

最后，由于每一种文体都有自己的生命节律，都有自己的盛衰历史，都有自己的进步周期。因此，所谓一代有一代之"文学"，实质是一代有一代之"文体"，一代有一代之"文体宠儿"。王国维所谓："楚之骚，汉之赋，六代之骈语，唐之诗，宋之词，元之曲，皆所谓一代之文学，而后世莫能继焉者也。"③这既是中国文学发展史的序列，同样也是中国文体盛

---

① 克罗齐：《美学原理·美学纲要》，朱光潜译，外国文学出版社1983年版，第147页。

② 《马克思恩格斯选集》（第2卷），人民出版社1995年版，第28页。

③ 王国维：《宋元戏曲考序》，《王国维戏曲论文集》，中国戏剧出版社1984年版，第3页。

衰史的序列。

一代有一代之文体，后世莫能继焉者也，这是文体发展的规律。这意味着：一方面，每一种文体都会由盛而衰，都有生命的周期。当然，文化进程是一个累积的过程，文体的"衰弊"并非文体的"消失"，旧文体将会继续存在，甚至还会出现"复兴"和"中兴"；但是"后世莫能继焉"，后世的复兴和中兴，大都难以达到原先的艺术高度和繁荣程度。文学史家公认，汉代的"四言"，宋代的"诗"，清代的"词"，都是难以与当年的辉煌相媲美的。另一方面，一种文体的"衰弊"，并非一族文学的"衰亡"。所谓"四言弊而有楚辞，楚辞弊而有五言，五言弊而有七言"，一种新的文体将会随之产生，一套新的"惯例性规则"也会随之形成，并把文学推向一个新的高潮，出现一个新的时代。从这个意义上说，"文体自觉"是一个永恒的"有始无终"的历史进程。"四言诗"是中国文学史上"第一个"自觉的文学文体，但并不是"唯一的"自觉的文学文体，相继而起的是"楚之骚，汉之赋，六代之骈语，唐之诗，宋之词，元之曲"；"元之曲"之后，则是"明清之小说，现代之白话，当下之网络"。"媒介即信息"，新媒介必然会催生新文体，产生新文学。故"诗亡"之叹，虽几无代无之，"而当其致慨'诗亡'之时，并世或且有秉才雄鸷者，勃尔复起"[1]。

王国维说："谓文学后不如前，余未敢信，但就一体论，则此说固无以易也。"我以为，王国维的这句话揭示了文学史发展独特规律，它包含两层意思：即微观的"诗体代降"和宏观的"文学进步"。如果说，"一切文体所以始盛终衰者"揭示了微观的诗体代降，那么，"谓文学后不如前余未敢信"则表达了对宏观历史进步的乐观态度。文学史的历史进程，就是微观文体的周期性盛衰和宏观过程的渐进性演化相统一的螺旋式进步过程。[2]

---

[1] 钱锺书：《谈艺录》，中华书局1984年版，第29页。

[2] 参阅陈文忠：《论文学艺术的进步》，《文学美学与接受史研究》，安徽人民出版社2008年版。

四、观念的自觉：从伦理主义到审美主义

"文学自觉"的第三个层次是"文学观念的自觉"①。观念产生于实践，是对实践的反思；文学观念则是对文学实践反思和总结的产物。一部"中国文学理论批评史"，实质就是一部"中国文学观念自觉史"。先秦以来中国文学观念和文学批评自觉的历程，大致经历了从"自发"到"自觉"、从"自觉"到"多元发展"三个阶段。

从中西文论史看，"自发"的文学观念无不蕴含于最初的文化元典之中。西方最初的文学观念就潜藏于《荷马史诗》中②。《奥德赛》第11卷，阿尔基努斯听完俄底修斯的叙述，作了这样一段评论：

> 俄底修斯，我们注意听，但不认为
> 你是无赖和骗子。在黑色大地上面，
> 这种人很多，比比皆是。他们编造
> 一个又一个没有谁能够看见的谎言。
> 你的话充满魅力，你的心灵也高尚，
> 你像一个歌手一样，生动地叙述了，
> 阿尔戈斯人的故事、你自己的苦难。

阿尔基努斯的这段话，实质是一段朴素的文学评论，表达了古希腊人最初的文学观念。在古希腊人看来，"诗歌是一个充满魅力的谎言"。分而言之：诗的本质是"没有谁能够看见的谎言"，这蕴含了对诗人的想象力和

---

① "文学观念"与"文学批评"虽有差别，但一体两面，同步发展："文学观念"是"文学批评"的理论依据；"文学批评"是"文学观念"的实践形态，是"运动中的美学"。此节论"文学观念的自觉"，适合并包含"文学批评的自觉"。

② 参阅波兰美学家塔塔科维兹《古代美学》论"早期诗人的美学思想"和"荷马、赫西俄德和早期抒情诗人的原文"部分。见《古代美学》，中国社会科学出版社1990年版，第45—57页。

史诗的虚构性的认识；诗的手段是"生动地叙述"，即《诗学》所谓"像荷马那样用叙述的手法"；诗的效应必须"充满魅力"，可以用"苦难的故事"去打动人心。

《诗三百》中同样可以找到许多朴素的诗学观念。如："心之忧矣，我歌且谣"（《魏风·园有桃》）、"君子作歌，维以告哀"（《小雅·四月》）等，论作诗的动机；"仲山甫咏怀，以慰其心"（《大雅·烝民》）、"家父作诵，以究王凶"（《小雅·节南山》）等，论作诗的手段和目的；"吉夫作诵，穆如清风"（《大雅·烝民》）等，论诗的审美风格；等等。

如果将《诗三百》的文学观与《荷马史诗》的文学观作一比较，已能见出中西诗学观念的基本差异：《荷马史诗》中的文学观，是以"故事"为中心的"原始叙事学"；而《诗三百》中的文学观，则是以"情志"为中心的"原始抒情学"。

从文学观念和文学批评的"自发萌芽"，到文学观念和文学批评的"独立自觉"，其标志是，在古代哲人的思想体系中产生了相对独立的文学观念，提出了对民族文学观念和文学理论体系产生深远影响的系列概念和命题，并出现了有意识的对具体作家作品的审美评价。从这个意义上说，孔、孟、老、庄是中国哲学"轴心期"的第一批哲学家，也是中国诗学"轴心期"的第一批文论家和批评家。中国文学观念的自觉时期，就始于孔子和老子生活的春秋时代；而《论语》所谓"《关雎》乐而不淫，哀而不伤"，既是中国古代诗文评的开端，也标志着古代实用批评的自觉。

近年来，有关"儒家原典与中国诗学""道家原典与中国美学"的大量研究著作，对孔、孟、老、庄的文艺思想和文学批评，已作了足够详尽的梳理和阐释。这里仅从春秋战国时代拈出几个理论命题，以见其对现代文艺观念的深刻影响，以及与现代文艺学的内在一致性。

首先，《尚书·尧典》的"诗言志"和《论语·阳货》的"兴、观、群、怨"说，前者公认为中国诗学的开山纲领，揭示了文学的艺术本质，后者以最简明的语词概括了文学的审美功能和社会文化功能；而现代文艺学"本质功能论"的核心思想就包含在这两个命题之中。

其次，《周易·文言》的"修辞立其诚"和《九章·惜诵》的"发愤以抒情"，前者强调作者的人格境界，后者揭示创作的情感动力；而现代文艺学"艺术创作论"的基本问题就包含在这两个命题之中。

再次，《诗大序》的"六义"说，其次序与《周礼·春官》"六诗"次序相同。按《毛诗正义》的解释，"风、雅、颂者，诗篇之异体"，即古代的文体类型学，"赋、比、兴者，诗文之异词"，即诗文的创作技巧论；而现代文艺学的"文学作品论"主要就是由这两个部分构成的。

最后，《孟子·万章》的"知人论世"说和"以意逆志"说，前者强调文学批评的历史原则，后者揭示了文本阅读中的阐释的循环；这两个命题同样成为现代文艺学"鉴赏批评论"的核心思想。

英国小说家乔治·奥威尔刻画"傲慢的现代人"，有一句妙语："每一代人都以为自己比上一代人更聪明，也比下一代人更睿智。"[①]文艺学领域似乎也不乏"傲慢的现代人"。那些口口声声要对传统进行"现代转换"或"现代阐释"者，似乎就是为了显示自己"比上一代人更聪明"。其实，生命是重复，文化是重叠，文化的时间距离不同于编年史的时间距离，春秋时代的文艺观与现代文艺观并不像我们想象得那样遥远。如果透过语言的屏障深入内在的精神就会发现，古人的不妨就是我们的，古代的同样就是现代的；同时还可以发现，当时的文学观念丰富多样而全面浑整，无论儒家还是道家，既论创作也论鉴赏，既谈内容也谈技巧，既重功用也重审美。因此，把原始儒家和原始道家强分为道德的或自然的、伦理的或审美的，是并不妥当的。

"多元发展"是文学观念发展的第三个阶段。如果说，文学观念的自觉是指文学观念从上古整合性的观念体系中获得相对独立，并提出了较为系统的概念命题；那么文学观念的"多元发展"，则是指文学观念内部分化出不同价值取向的思想和思潮。从这个意义上说，文学观念的多元发展，是文学观念发展史上更高的阶段。

---

① 约翰·格罗斯：《牛津格言集》，王怡宁译、叶兴国校，汉语大词典出版社1991年版，第412页。

从两汉到魏晋南北朝是中国文学观念的多元发展期。这一时期，先后形成了渊源于儒家的伦理主义文学观和渊源于道家的审美主义文学观两大体系①。从此，这两大观念体系在不同的时代以各自不同的方式和力度，影响着中国文人的诗文创作和诗文批评。

两汉不乏司马相如《答盛览问作赋》所体现的"纯艺术"观念，但占主导地位的是伦理主义文学观。伦理主义文学观以培养儒家的君子人格为使命，依托五经以立意，弘扬诗教以成人；它形成于西汉的"《诗经》学"，影响于东汉的"《楚辞》学"。《毛诗序》、班固的《离骚序》、王逸的《楚辞章句序》等，是两汉伦理主义文学观的代表之作。《毛诗序》所谓"故正得失，动天地，感鬼神，莫近于诗。先王是以经夫妇，成孝敬，厚人伦，美教化，移风俗"；《离骚经序》所谓"《离骚》之文，依《诗》取兴，引类譬喻，故善鸟香草，以配忠贞；恶禽臭物，以比谗佞；灵修美人，以媲于君；宓妃佚女，以譬贤臣；虬龙鸾凤，以托君子；飘风云霓，以为小人。"前者成为伦理主义诗教观最经典的表述，后者在《诗》序的基础上进一步确立了伦理主义"美刺比兴"批评的思维模式。

魏晋南北朝或"曹丕的一个时代"，则是审美主义文学观念占主导地位的时期。何谓审美主义文学观？借萧统《文选序》的一句名言来说，即不以"立意为宗"，而以"能文为本"，力主"事出于沉思，义归于翰藻"；轻"意"重"文"，把"文学性"和"审美性"提到文学创作和文学批评的首位。曹丕的《典论·论文》、陆机的《文赋》、沈约的《谢灵运传论》、钟嵘的《诗品序》和萧统的《文选序》等，是魏晋南北朝审美主义文学观的代表之作。曹丕的"文气"说、陆机的"缘情"说、钟嵘的"滋味"说、沈约的"声律"论、齐梁的"文笔辨"、萧统的"翰藻"说和当时盛

---

① 一般地说，文学创作是心理和伦理、内容和形式的有机统一，即以符合欣赏规律的审美心理形式以表现能启迪心智的社会伦理内容；而在具体的创作和批评中，由于艺术个性和时代精神的不同，或偏重伦理内容，或偏重审美形式，从而形成了伦理主义和审美主义两大文学思潮。当代文学批评史家对上述两大思潮常见的表述是"功利主义"与"形式主义"，似带有明显的褒贬色彩，也难以科学概括贯穿中国文学史的两大潮流。

行的"丽辞"说等，成为审美主义文学观最核心的观念和命题。至萧绎
《金楼子·立言》所谓"至如文者，惟须绮縠纷披，宫徵靡曼，唇吻遒会，
情灵摇荡"云云，则把审美主义推向了唯美主义的极致。

古代诗文评家虽不用伦理主义与审美主义、功利主义与形式主义之类
的概念，但从唐宋至明清的诗文评家，无不见出两汉与魏晋南北朝文学观
念的本质差异，并明确将其区分为两个不同的时期、两种不同的倾向。陈
子昂《修竹篇序》曰："汉魏风骨，晋宋莫传，然而文献有可征者。仆尝
暇时观齐梁间诗，彩丽竞繁，而兴寄都绝"云云，将"汉魏风骨"与晋宋
齐梁的"彩丽竞繁"明确区分并加以对照；张戒《岁寒堂诗话》曰："建
安陶阮以前诗，专以言志；潘陆以后诗，专以咏物"云云，把建安以前的
"言志"与晋宋以后的"咏物"明确区分并加以对照。魏源《诗比兴笺序》
曰："自《昭明文选》专取藻翰，李善《选注》专诂名象，不问诗人所言
何志，而诗教一弊；自钟嵘、司空图、严沧浪有《诗品》《诗话》之学，
专揣于音节分调，不问诗人所言何志，而诗教二弊；而欲其兴会萧瑟嵯
峨，有古诗之意，其可得哉！"如果说陈子昂与张戒侧重于文学创作中体
现出的文学观念；那么魏源则明显从批评史角度，把魏晋之前强调"诗
教"的批评观，与《昭明文选》之后强调"藻翰""滋味""含蓄""兴趣"
的诗文评，区分为两个时期和两种倾向，其实也在客观上梳理了晋宋以后
中国审美主义文学观的发展线索。

应当指出，每一个时代的文学观念无不多元并存，每一个文论家的思
想更是丰富复杂的。因此，无论一个时代还是一个文论家，作伦理主义或
审美主义的区分都是相对的，仅仅是就其思想的主导倾向而言。如刘勰的
《文心雕龙》，这部著作与沈约的《谢灵运传论》、钟嵘的《诗品》和萧统
的《文选》处于同一时代，它属于伦理主义？还是审美主义？综观《文心
雕龙》全书结构，从"本乎道，师乎圣，体乎经"的"文之枢纽"，到
"原始以表末，释名以章义，选文以定篇，敷理以举统"的"论文叙笔"，
再到"摛神性，图风势，苞会通，阅声字"的"剖情析采"，可以说既是
伦理主义的又是审美主义的；或者说，是始于伦理主义而终于审美主义。

刘勰《知音》篇论鉴赏,强调"圆照之象,务先博观";而《文心雕龙》同样是其对孔子以来各种文学观念"圆照博观"、兼收并蓄的集大成之作。从这个意义上说,章学诚对《文心雕龙》"体大虑周"而"笼罩群言"考语,既是就其理论体系而言的逻辑判断,也是就其融汇各家而言的历史判断。

五、"鲁迅问题"的回答

综上所述,"文学的自觉时代"是一个包含多元内涵的文学史哲学命题。首先,从文学活动看,它至少包含文学主体的自觉、文学文体的自觉、文学观念和文学批评的自觉几个层次。其次,从相互关系看,文学主体与文学文体的自觉是同步的,只是文学主体的自觉经历了从群体自觉到个体自觉的过程,文学文体的自觉则是一个"有始无终"的历史过程;文学观念与文学批评的自觉也是同步的,二者经历了大体相似的自在、自觉、多元发展的过程,并在多元发展期分化出了伦理主义和审美主义两种不同的观念倾向和批评倾向。

以这一"四维多元结构"的理论框架为参照,鲁迅所说的"曹丕的一个时代可说是'文学的自觉时代'",究竟是一种什么意义上的自觉?是文学主体的自觉还是文学文体的自觉?是文学观念的自觉还是文学批评的自觉?是伦理主义文学观的自觉还是审美主义文学观的自觉?

作为《汉文学史纲要》的作者,鲁迅绝不会认为已经诞生了《诗经》和《离骚》如此"伟大的文学作品"的中国文学,文学主体和文学文体还没有独立自觉。关于《诗经》,鲁迅曾指出:"《诗经》是经,也是伟大的文学作品;……为什么呢?——就因为他究竟有文采。"[1]在鲁迅看来,《诗经》作为"伟大的文学作品",不仅"文体"自觉,而且"文采"飞扬。关于《离骚》,鲁迅的评价更为人传诵:"逸响伟辞,卓绝一世。后人

---

[1] 《鲁迅全集》(第6卷),人民文学出版社2005年版,第356页。

惊其文采，相率仿效……较之于《诗》，则其言甚长，其思甚幻，其文甚丽，其旨甚明，凭心而言，不遵矩度。其影响于后来之文章，乃甚或在三百篇以上。"①屈原作为伟大的文学家、楚辞作为独特的新文体、《离骚》作为影响深远的文学经典，鲁迅无不给予高度评价和精辟阐释。

那么，这一论断的原意和真义是什么？一言以蔽之，它不是指创作活动中文学主体和文学文体的自觉，而是指反思文学活动的文学观念的自觉；在文学观念的两种倾向中，它不是指形成于两汉"寓训勉于诗赋"的伦理主义文学观的自觉，而是指魏晋以后"为艺术而艺术"的审美主义文学观的自觉。这就是鲁迅"曹丕的一个时代可说是'文学的自觉时代'"这一"鲁迅问题"的原意和真义之所在，也是"鲁迅问题"的唯一准确的回答。

"鲁迅问题"的这一原意和真义，可以在铃木虎雄的论著、鲁迅的论文以及钱穆探讨同一问题的系列论文中得到证明。

先看铃木虎雄的论著。铃木所谓"魏的时代是中国文学的自觉时代"，从全文论述看，完整的表述应当是"魏的时代是中国审美主义文学观念或文学批评独立自觉的时代"。这可以从如下两个方面见出。

一是铃木的观点是在《中国诗论史》中提出来的。必须注意，"中国诗论史"不是"中国诗歌史"，它不是从文学史角度研究中国的诗歌创作，而是从批评史角度研究中国的诗学观念和诗学批评。在《中国诗论史》"著者序"中，铃木明确表示：这部书的目的，是"试图寻绎中国文学理论的发展"；并认为，"在中国文学的悠久历史中，真正的评论产生于魏晋以降，兴盛于齐梁时代，而衰落于唐宋金元，复兴于明清之际"。基于这种认识，这部书"因此也就主要致力于对这两个时期的研究"②，即"魏晋"和"明清"两个时期。

二是铃木所谓"真正的评论"，从论述思路和最后结论看，便是指与"自孔子以来直至汉末基本上没有离开道德论"的伦理主义文学观相对的、

① 《鲁迅全集》（第10卷），人民文学出版社2005年版，第382页。
② 铃木虎雄：《中国诗论史》，许总译，广西人民出版社1989年版，第1—2页。

"从文学自身看其存在价值"的审美主义文学观和文学批评。

铃木的《中国诗论史》第二篇《魏晋南北朝时代的文学论》之第一章《魏代——中国文学的自觉期》，开宗明义：

> 通观自孔子以来直至汉末，基本上没有离开道德论的文学观，并且在这一段时期内进而形成只以对道德思想的鼓吹为手段来看文学的存在价值的倾向。如果照此自然发展，那么到魏代以后，并不一定能够产生从文学自身看其存在价值的思想。因此，我认为，魏的时代是中国文学的自觉时代。①

铃木接着认为，"有关文学的议论，亦自曹丕及其弟曹植始"，进而对曹氏兄弟的文学观分别作了介绍。他认为曹丕的《典论·论文》"最为可贵的"有三点，即"认为文学具有无穷的生命"的文本论、"认为以丽为特点是理所当然的"的文体论和强调"文以气为主"的创作论；而从曹植的《与杨德祖书》看，虽然"曹植似乎志向不在文笔……但是，细察曹植生平及思想，这实为其愤激之言，他并不是真以辞赋为小道无足可取。"最后得出结论："由上可见，在魏代，有关文学的独立的评论已经兴起。"②

从《典论·论文》和《与杨德祖书》两篇文学评论出发，依次介绍曹氏兄弟的文学观念，最后得出了"有关文学的独立的评论已经兴起"的结论。可见，铃木关于"魏的时代是中国文学的自觉时代"的命题，实质蕴涵的是"魏的时代"是中国"纯文学观念"或"纯文学批评"的自觉时代的含义，可谓思路清晰而结论明确。

再看鲁迅的论文。仔细对照铃木与鲁迅的两段文字，可以发现，鲁迅的论述与铃木的观点，渊源明显而结论一致。这可以从以下三个方面见出。

一是论述思路相同。两位都先谈到"魏之三祖"（曹操、曹丕、曹叡）

---

① 铃木虎雄：《中国诗论史》，许总译，广西人民出版社1989年版，第37页。
② 铃木虎雄：《中国诗论史》，许总译，广西人民出版社1989年版，第37—39页。

与曹植，然后分别评述曹丕和曹植的文学观念。

二是引用材料相同。谈到曹丕，都着重引用了《典论·论文》中的"诗赋欲丽"和"文以气为主"两句；谈到曹植，铃木引用的是《与杨德祖书》，鲁迅虽未直接引用里面的字句，但依据的明显是《与杨德祖书》。

三是基本观点相同。即主要通过对曹丕文学观的介绍，得出"魏代"或"曹丕的一个时代"是"中国文学的自觉时代"的结论。如前所说，在铃木看来，曹丕认为诗赋"以丽为特点是理所当然的"，这种观点完全不同于"自孔子以来直至汉末"的"道德论的文学观"，从而证明"魏的时代是中国文学的自觉时代"；鲁迅同样指出：与汉代不同，魏代的文章"于通脱之外，更加上华丽"，亦即曹丕《典论·论文》所强调的"诗赋欲丽"；进而对曹丕的文学观作了这样的发挥："他说诗赋不必寓教训，反对当时那些寓训勉于诗赋的见解，用近代的文学眼光看来，曹丕的一个时代可说是'文学的自觉时代'，或如近代所说是为艺术而艺术（Art for Art's Sake）的一派。"①而鲁迅所谓"文学的自觉时代"，就是铃木所谓"有关文学的独立的评论已经兴起"，换言之，就是指文学观念和文学批评的"独立自觉"而言。

最后看钱穆关于中国"纯文学独立价值之觉醒"的论述。钱穆以史家和思想史家的眼光研究中国文学，既有微观的经典细读，更多的是宏观的历史考察。在《中国文学论丛》以及收入《中国学术思想史论丛》的《读〈诗经〉》《读〈文选〉》等论文中，钱穆从不同角度强调的一个重要观点，即"建安时代"是"纯文学独立价值之觉醒"或"中国纯文学观念"之觉醒的时代。《读〈文选〉》一文，钱穆首段明义：

> 建安时代在中国文学史上乃一极关重要之时代，因纯文学独立价值之觉醒在此时期也。《诗》《书》以下迄于《春秋》及诸子百家，文字特以供某种特定之使用，不得谓之纯文学。纯文学作品当自屈子《离骚》始。然屈原特以一政治家，忠爱之忱不得当于君国，始发愤

---

① 《鲁迅全集》（第3卷），人民文学出版社2005年版，第526页。

而为此。在屈原固非有意欲为一文人，其作《离骚》，亦非有意欲创造一文学作品。汉代如枚乘、司马相如诸人，始得谓之是文人。其所谓赋，亦可谓是一种纯文学。然论其作意，特以备宫廷帝王一时之娱，而藉以为进身之阶，仍不得谓有一种纯文学独立价值之觉醒存其心中也。①

这段文字是钱穆"建安觉醒说"的集中表述，内涵丰富复杂，概念使用并不讲究，主体与文体、观念与批评，杂糅在一起；但细读全文，联系它作，可以见出钱穆的观点与铃木和鲁迅的观点是基本一致的。

首先，钱穆把"纯文学独立价值之觉醒"的历史进程分为四个阶段，即《诗经》的时代、《离骚》的时代、汉赋的时代以及建安时代。在钱穆看来，建安之前，就《诗经》《离骚》和汉赋本身而言，均可谓是一种"纯文学作品"或"纯文学"，只是因其"以供某种特定之使用"，故"不得谓之纯文学"或"不得谓有一种纯文学独立价值之觉醒存其心中"。应当指出，钱穆这里所说的"纯文学"，实质是指"纯文学观念"。因为，《诗经》《离骚》和汉赋作为"纯文学作品"，与它们被作为"非文学的用途"，是两回事情；屈原标志着文学家的个体独立，与屈原本人作为文学家的自觉意识，同样也是两回事情。同时，只有把"纯文学"理解为"纯文学观念"，钱穆在表述上的含混和矛盾才可以理解。

其次，就钱穆的真实思想和明确表述而言，其所谓"纯文学独立价值之觉醒"，实际上也是指"纯文学观念之觉醒"或"审美主义文学观之觉醒"。这有两方面的明证：一是他把《典论·论文》和《文选序》作为"纯文学独立价值之觉醒"的标志。他说："我所谓纯文学独立价值之觉醒，当于魏文帝曹丕之《典论·论文》得其证明"，又说："昭明此序，始以后世文学家眼光叙述历史，此古人所未有也。"②如前所说，《典论·论

---

① 钱穆：《中国学术思想史论丛》（卷三），安徽教育出版社2004年版，第90页。

② 钱穆：《中国学术思想史论丛》（卷三），安徽教育出版社2004年版，第90、108页。

文》和《文选序》是评论而非创作，表达的是魏晋南北朝时代人们的文学观念，亦即钱穆所谓的"纯文学独立价值之觉醒"的观念。二是在后文及其他文章中，钱穆又把"纯文学独立价值之觉醒"，明确表述为"纯文学观念之觉醒"。在《读〈文选〉》中，他随之写道："文章观念既臻独立，斯必进而注意文章之独特体性与其独特技巧"；稍后在《略论魏晋南北朝学术文化与当时门第之关系》一文中，钱穆论及《昭明文选》的价值时又指出："此书在中国文学史上，有其不可磨灭之价值……严格言之，在此以前，中国并无纯文学观念。……正式有纯文学观念之觉醒，则必俟建安始。"①

如果说铃木与鲁迅的观点彼此相承，那么钱穆的见解则自出机杼。但无论是铃木虎雄的"魏的时代是中国文学的自觉时代"，还是鲁迅的"曹丕的一个时代可说是'文学的自觉时代'"，抑或钱穆的"建安时代是中国文学史上纯文学独立价值之觉醒之时期"，都不是泛指创作活动中文学主体和文学文体的自觉，而是指反思文学活动的文学观念的自觉；进而，在文学观念的两种倾向中，不是指形成于两汉的"寓训勉于诗赋"的伦理主义文学观念的自觉，而是特指魏晋以后"为艺术而艺术"的"纯文学观念"或审美主义文学观念的"自觉"。

六、伦理主义与审美主义，孰高孰低？

回顾30年的论争，还可以发现，参与讨论者似有一种集体倾向和精神情结，即："寓训勉于诗赋"是文学"不自觉"的表现，意味着文学观念的落后；而"为艺术而艺术"是文学"自觉"的表现，显示了文学观念的进步。进而言之，伦理主义文学观是落后的，必须摒弃；审美主义文学观是进步的，应当高扬。

---

① 钱穆：《中国学术思想史论丛》（卷三），安徽教育出版社2004年版，第137页。

那么，究竟应当如何评价这两种文学功能观①？这两种文学功能观有无高低之分？在真正的文学经典中，伦理主义与审美主义是否截然两分？

首先，鲁迅是否认为"为艺术而艺术"是进步的，"寓训勉于诗赋"是落后的？其实，鲁迅对"为艺术而艺术"的态度，在《我怎样做起小说来》一文中表述非常清楚："说到'为什么'做小说罢，我们抱着十多年前的'启蒙主义'，以为必须'为人生'，而且要改良这人生。我深恶先前的称小说为'闲书'，而且将'为艺术的艺术'，看作不过是'消闲'的新式别号。"②在《黑暗中国的文艺界的现状》一文中，鲁迅对他所"深恶"的"为艺术的艺术"的观点，作了更坚决的否定："现在，在中国，无产阶级的革命的文艺运动，其实就是惟一的文艺运动。……属于统治阶级的所谓'文艺家'，早已腐烂到连所谓'为艺术的艺术'以至'颓废'的作品也不能生产。"③

回过头来，再玩味一下鲁迅所谓"曹丕的一个时代可说是'文学的自觉时代'，或如近代所说是为艺术而艺术（Art for Art's Sake）的一派"这句话，可以发现，前半句"可说是'文学的自觉时代'"，前缀"可说是"，后面加引号，表明这一观点为鲁迅认同，但并非鲁迅原创；后半句"或如近代所说是为艺术而艺术（Art for Art's Sake）的一派"，则是"顺手拈来，聊以说明"而已，并无特别加以褒扬之意。如果联系当时与"现代评论派""新月派"的论争，鲁迅引用此语，实不乏杂文式的"顺手一击"之意。稍后，鲁迅就曾写道：相对"言之有物"的杂文，那些"所谓'为

---

① "文学是什么"和"文学有什么用"是两个既相联又不同的问题，前者属于文学本体论范畴，后者属于文学功能论范畴。应当指出，"文学本体"的美学界定不等于"文学功能"的具体运用，"伦理主义"和"审美主义"便是文学史上先后出现的两种具体的文学功能观；如中国的"言志说"到"缘情说"、西方的"诗的正义"说到"为诗而诗"说等。从某种意义上说，一部文学"观念史"，就是"伦理主义"和"审美主义"两种文学功能观此起彼伏、交替发展的历史，中外概莫能外。

② 《鲁迅全集》（第4卷），人民文学出版社2005年版，第526页。

③ 《鲁迅全集》（第4卷），人民文学出版社2005年版，第292页。

艺术而艺术'的作品，在相形之下，立刻显出不死不活相。"①

在特定的文化环境中，主张"为艺术而艺术"是对简单的道德说教和政治宣传的反拨，以重申文艺的审美性和艺术性。然而，文艺与训勉、审美与伦理，究竟是难以截然分开的。对"文艺"与"宣传"的关系，鲁迅有一段精辟的论述："一切文艺，是宣传，只要你一给人看。……但我以为一切文艺固是宣传，而一切宣传却并非全是文艺，……革命之所以于口号，标语，布告，电报，教科书……之外，要用文艺者，就因为它是文艺。"②在鲁迅看来，"一切文艺"、一切真正的文学艺术，无不是"文艺"与"宣传"、思想与艺术、审美性与伦理性的完美统一；这既是鲁迅的文学本体论，也是鲁迅的文学历史观。③

从《呐喊》到《彷徨》，从《汉文学史纲要》到《中国小说史略》，鲁迅都不是一个单一的"为艺术而艺术"论者，而是一个严肃的"为人生而艺术"论者，一个"文艺"与"宣传"、思想与艺术、审美性与伦理性的统一论者。在《魏晋风度及文章与药及酒之关系》中，鲁迅一方面认为："曹丕的一个时代可说是'文学的自觉时代'，或如近代所说是为艺术而艺术（Art for Art's Sake）的一派"；同时又明确地指出："据我的意思，即使是从前的人，那诗文完全超于政治的所谓'田园诗人'，'山林诗人'，是没有的。完全超出于人世间的，也是没有的。既然是超出于世，则当然连

---

① 《鲁迅全集》（第6卷），人民文学出版社2005年版，第302页。

② 《鲁迅全集》（第4卷），人民文学出版社2005年版，第84—85页。

③ 其实，这也是当时严肃的文艺学家的一致看法。如稍前，梁启超在《情圣杜甫》（1922）中写道："我们应该为做诗而做诗呀，抑或应该为人生问题中某项目的而做诗？……依我所见：人生目的不是单调的，美也不是单调的。为爱美而爱美，也可以说为的是人生目的；因为爱美本来是人生目的的一部分。诉人生苦痛，写人生黑暗，也不能不说是美。因为美的作用，不外令自己或别人起快感"；而"情圣杜甫"的伟大之处，就在于以"唯美艺术观"的态度，实现"人生艺术观"的目的。如稍后，梁实秋在《文学的美》（1936年）中写道："我并不同情于'教训主义'。'教训主义'与'唯美主义'都是极端，一个是太不理会人生与艺术的关系，一个是太着重于道德的实效。文学是美的，但不仅仅是美，文学是道德的，但不注重宣传道德。凡是伟大的文学必是美的，而同时也必是道德的。"

诗文也没有。诗文也是人事，既有诗，就可以知道于世事未能忘情。"①

其次，"为艺术而艺术"的最初提倡者，是19世纪末法国唯美主义诗人戈蒂叶。那么西方文论家是否认为"为艺术而艺术"是进步的，"寓训勉于诗赋"是落后的？从西方的美学史和诗学史看，西方文学功能观的演变经历了几个不同的阶段：最初是"文学、哲学和宗教共存不分"的埃斯库罗斯时期；随后是"诗人与哲学家相冲突"的柏拉图时期；接着是从贺拉斯到文艺复兴的"寓教于乐"理论；到了19世纪，相继出现了戈蒂叶的"为艺术而艺术"说、瓦雷里的"纯诗"说和布拉德雷的"为诗而诗"说等。

然而，且不说布瓦洛在《诗的艺术》中曾写下"一个贤明的读者不愿把光阴虚掷，他还要在欣赏里获得妙谛真知"这样的警句；即使20世纪的西方文论家也并不认为"'为艺术而艺术'是进步的，'寓训勉于诗赋'是落后的"。韦勒克、沃伦的《文学理论》被视为英美形式主义批评的方法论基础，他们在论述"文学的作用"时则明确告诫人们："我们不应该夸张十九世纪末的'为艺术而艺术'和近代的'纯诗'（poesie pure）等主张的标新立异作用"；进而以开阔的视野和严肃的态度指出：关于文学的本质和作用，"整个美学史几乎可以概括为一个辩证法，其中正题和反题就是贺拉斯（Horace）所说的'甜美'（dulce）和'有用'（utile），即：诗是甜美而有用的。……我们在谈论艺术的作用时，必须同时尊重'甜美'和'有用'这两方面的要求。"②所谓"甜美"和"有用"，就是"寓教于乐"，而"寓教于乐"与"寓训勉于诗赋"，本质上是完全一致的。

不仅如此，韦勒克和沃伦还特别谈到了文学的"宣传"功能，认为："如果我们将这一术语引申为'在有意或无意中努力影响读者，使之接受作家个人的人生态度'这样的意义，那末就可以说：所有的艺术家都是或应该是宣传家，或者说：所有诚恳的、有责任感的艺术家都有充当宣传家

① 《鲁迅全集》（第3卷），人民文学出版社2005年版，第538页。
② 韦勒克、沃伦：《文学理论》，刘象愚、邢培明、陈圣生等译，生活·读书·新知三联书店1984年版，第19页。

的道德义务。"①这与鲁迅论"文艺"与"宣传"的关系，可谓暗与契合而异曲同工。

中外文艺美学家之所以认为，对于"诚恳的、有责任感的艺术家"而言，"文艺"与"宣传"、思想与艺术、审美性与伦理性是无法截然分开的，本质上这是由文学自身的媒介特性决定的，即文学是一种"语言的艺术"：一方面思维是语言的内容，没有思维就没有语言；另一方面语言为思维提供刺激物，又是思维的物质外壳，没有语言就没有思维。一言以蔽之，语言是思维的直接现实，"思想是语言的新娘"；语言把你引入思想的轨道，文字滋养你的心灵世界。因此，文学作为语言的艺术，是最具心灵性的艺术，也是"审美性"和"伦理性"高度融合的艺术。

与此相联系，"文学美学"也不同于"艺术美学"。波兰美学家塔塔科维兹指出："美学从各门艺术中获取资料：它包括诗歌美学、绘画美学、音乐美学等。这些艺术是相互有别的，因而它们的美学理论都沿着各自不同的路线发展。实际对比可以区分直接诉诸感官的优美艺术和以言语符号为基础的诗。由于有的理论和观念建立在文学的基础之上，而有的则是建立在优美艺术的基础上；有的强调激起感性意象，而有的则强调理性象征，所以，它们之间相互有别是自然的。"②与"绘画美学"和"音乐美学"不同，"文学美学"是以言语符号为媒介的诗为反思对象，因而也是一种"强调理性象征"的美学。

文学的审美本体论不同于文学的历史功能论，客观的历史事实也不等于主观的历史价值。在不同的历史语境中，客观的历史事实会有不同的历

---

① 韦勒克、沃伦：《文学理论》，刘象愚、邢培明、陈圣生等译，生活·读书·新知三联书店1984年版，第27页。

② 塔塔科维兹：《古代美学》，杨力等译，中国社会科学出版社1990年版，第4—5页。

史价值，审美的文学也会有不同的功利用途①。强调"为艺术而艺术"的唯美主义文学观，在20世纪80年代中国引起强烈的文化共鸣，同样如此。在为"先秦自觉说"辩护时，赵逵夫写道："唯美主义的文学往往流于肤浅和无聊，因为任何的形式都依附于某种实质，不可能只具形式而没有内容……唯美主义的观点只有在批判专制文化政策、专制主义文学理论的时候有些用处。"②在倡导思想解放的80年代初，提出和讨论"人的觉醒"和"文的自觉"，其"批判专制文化政策"的意识形态激情，确实要远远大于沉思文学自身规律的学术理性。

普列汉诺夫说："在任何稍微精确的研究中，不管它的对象是什么，一定要依据严格地下了定义的术语。"③借普列汉诺夫话说，在任何科学理性的学术论争中，不管它的问题是什么，一定要依据严格界定了的命题。30年来关于"鲁迅问题"的论争，之所以众声喧哗，莫衷一是，究其根源，就因为论争各方对"文学的自觉时代"这一"文学史哲学"的命题缺乏逻辑的洗炼和严格的界定。这是我们在这场论争中应当吸取的一个学术教训。

必须指出，任何从历史出发的严肃思考都是有价值的。本文对"文学的自觉时代"这一命题丰富内涵的诠释，就是在30年论争中，由持不同文学史立场的学者逐步揭示出来的。在此，请允许我向30年来所有参与"文学的自觉时代"讨论的学者表示敬意。

［原载《陕西师范大学学报》（哲学社会科学版）2012年第5期，《高等学校文科学术文摘》2012年第6期转摘］

---

① 钱锺书有段妙语："说句离奇的话，过去也时时刻刻在变换的。……同一件过去的事实，因为现在的不同，发生了两种意义。举个例罢：在福禄特尔的时候，中世纪从文化史上看来是黑暗得像白纸一样，而碰到现代理想制度崩溃，'物质文明'膨胀的时候，思想家又觉得中世纪是文化史上最整齐严肃、最清高的时代了。"（《旁观者》，《写在人生边上的边上》，三联书店2001年版，第282页）"历史"的体用因时而变，"文学"的体用同样如此。

② 赵逵夫主编：《先秦文学编年史》（上册），商务印书馆2010年版，第64页。

③ 《普列汉诺夫美学论文集》（Ⅰ），曹葆华译，人民出版社1983年版，第307页。

附:"文学的自觉时代"论争要目

说明:有关鲁迅"文学的自觉时代"说的影响与论争的文献材料,台湾青年学者黄伟纶《魏晋文学自觉论题新探》(2006)一书的"附录",搜罗甚详。本"要目"仅列与"文学的自觉时代"问题论争直接有关并有一定代表性的文献,分"问题的提出"和"问题的论争"两个部分。

一、问题的提出

1.铃木虎雄:《魏晋南北朝时代的文学论》,《艺文》(1919年10月至1920年3月);中译文见铃木虎雄《中国诗论史》(1925),许总译,广西人民出版社1989年版。

2.鲁迅:《魏晋风度及文章与药及酒之关系》(1927),《鲁迅全集》(第3卷),人民文学出版社2005年版。

3.钱穆:《读〈文选〉》,《新亚学报》(第三卷第二期,1958);载《中国学术思想史论丛》(卷三),安徽教育出版社2004年版。

二、问题的论争

(一)20世纪80年代

1.李泽厚:《美的历程》,文物出版社1981年版。

2.龚克昌:《论汉赋》,《文史哲》1981年第1期。

3.龚克昌:《汉赋——文学自觉时代的起点》,《文史哲》1988年第5期。

4.蔡仲翔:《〈典论·论文〉与文学的自觉》,《文学评论》1983年第5期。

(二)20世纪90年代

5.金化伦:《论汉代文学的自觉性及其意义》,《广西大学学报》(哲学社会科学版)1994年第4期。

6.张少康:《论文学的独立和自觉非自魏晋始》,《北京大学学报》(哲学社会科学版)1996年第2期。

7.孙明君:《建安时代"文的自觉"说再审视》,《北京大学学报》(哲学社会科学版)1996年第6期。

8.刘跃进:《门阀士族与永明文学》,生活·读书·新知三联书店1996年版。

9.刘晟、金良美:《"魏初文学自觉"说质疑》,《山东师范大学学报》(人文社会科学版)1997年(增刊)。

10.俞灏敏:《文学的摹拟与文学的自觉——魏晋六朝杂拟诗略论》,《学术月刊》1997年第2期。

11.李文初:《从人的觉醒到"文学的自觉"——论"文学的自觉"始于魏晋》,《文艺理论研究》1997年第2期。

12.李文初:《再论我国"文学的自觉时代"——"宋齐说"质疑》,《学术研究》1997年第11期。

13.李文初:《三论我国"文学的自觉时代"》,《文艺理论研究》1999年第6期。

14.詹福瑞:《文士、经生的文士化与文学的自觉》,《河北学刊》1998年第4期。

(三)21世纪迄今

15.范卫平:《"文学自觉"问题论争评述——兼与张少康、李文初先生商榷》,《甘肃社会科学》2001年第1期。

16.闵虹:《文学的自觉时代——魏晋文学创作与文学观念的自觉》,《内蒙古大学学报》(人文社会科学版)2001年第6期。

17.张晨:《鲁迅与铃木虎雄的"文学的自觉"说——兼谈对海外中国文学研究成果的借鉴》,《求是学刊》2003年第6期。

18.张晨:《鲁迅"文学的自觉"说辨》,《复旦学报》(社会科学版)2004年第2期。

19.俞灏敏:《关于"文学的自觉"二三题》,《中南大学学报》(社会科学版)2004年第3期。

20.赵敏俐:《"魏晋文学自觉说"反思》,《中国社会科学》2005年第2期。

21.黄伟纶:《魏晋文学自觉论题新探》,台湾·学生书局2006年版。

21.赵逵夫:《先秦文学编年史·前言》,《先秦文学编年史》,商务印书馆2010年版。

22.李飞跃:《"文学自觉说"辨证》,《中州学刊》2011年第1期。

比较诗学的三种境界

——20世纪中国比较诗学的进程与方法

中国比较诗学起始于20世纪初的五四前后，作为独立的学科形成于20世纪60年代以后；从理论上对文艺和审美现象进行跨国界、跨文化的比较研究，是中国"比较诗学"的基本特点。比较诗学的研究范围可细分为三个层次，即研究对象、研究范围和研究课题；而从互用、互明到互补，则是中国比较诗学的三个阶段、三条途径和三种境界。比较诗学实质就是跨文化的文学理论，它是走向"总体文艺学"或"普遍文艺学"的必由之途。

一、"比较文学必然走向比较诗学"

"比较诗学"的概念，最初是由法国比较文学家艾田伯提出来的。1963年，艾田伯发表了著名的长篇论战性论文《比较不是理由：比较文学的危机》，文章批评了把"事实联系"作为比较文学的根据的实证主义观点，认为比较文学必须摆脱实证主义造成的"危机"，进而阐述了如何拓展比较文学研究领域的问题。艾田伯指出：从"比较文学到比较诗学"，是拓展比较文学领域的途径之一：

> 历史的探寻和批判的或美学的沉思，这两种方法以为它们自己是势不两立的对头，而事实上，它们必须互相补充；如果能将两者结合

起来，比较文学便会不可违拗地被导向比较诗学。这种美学不再是从形而上的原理中演绎出来，而将从具体文学的细致研究中归纳出来，要么是研究文学类型的历史演进，要么是研究不同的文化中创造出来的与文学类型相当的每一种形式的性质和结构；因此，与一切教条主义水火不容，它能成为真正具有实用价值的美学。[①]

这段话包含丰富的内涵，不仅提出了"比较诗学"的概念，而且阐述了比较诗学的研究方法和理论意义。在他看来，通过具体的作家作品的比较研究从而得出某些系统的、规律性的东西，应是比较诗学的重要内容；而且，这种在比较中从具体的作家作品中归纳出来的理论原则，可能成为真正具有实际指导价值的美学。

必须指出，"比较诗学"中的"诗学"一词是现代用法，与古代原初的涵义有所不同。古代狭义的"诗学"，在中国主要是指以诗歌为主要对象，探讨诗歌的创作、欣赏、批评，以及由此引发的一系列诗学、美学和思想文化问题；在西方主要是指以古希腊悲剧为主要对象，并包括当时主要文类如喜剧、史诗和抒情诗等，探讨诗的起源、诗的特征、诗的创作和诗的功能等问题，阐述古代西方人的文学观念的学问。现代广义的"诗学"，则扩展为对文艺美学问题的理论阐释，或者说从理论上对文艺和审美现象进行系统研究的学问。与之相联系，所谓"比较诗学"，也就是从理论上对文艺和审美现象进行跨国界、跨文化比较研究的学问，或者说是以国际学术视野对文艺问题进行跨文化研究。20世纪以来，我国比较诗学研究的重心，基本上就集中在"中国古代文论与西方文学理论的比较研究"和"中国古代美学与西方美学的比较研究"两大方面。

从比较研究的文化背景看，比较文学可以分为跨国界比较研究和跨文化比较研究两个层次；同样，比较诗学也可以分为跨国界比较研究和跨文

---

① 干永昌、廖鸿钧、倪蕊琴编：《比较文学研究译文集》，上海译文出版社1985年版，第116页；参阅艾田伯：《比较文学之道：艾田伯文论选集》，胡玉龙译，生活·读书·新知三联书店2006年版，第42页。

化比较研究两类。欧美各国的比较研究，属于跨国界的比较文学和比较诗学研究；中国与西方各国的比较研究，则属于跨文化的比较文学和比较诗学研究。

欧美文化系统的国家，各具独特的民族性和地方色彩，在文化气质和审美趣味上也互不相同。正如伏尔泰所说："从写作的风格来认出一个意大利人、一个法国人、一个英国人或一个西班牙人，就像从他面孔的轮廓，他的发音和他的行动举止来认出他的国籍一样容易。"①但往深处看，在很多根源的地方，是完全出于同一个文化体系的，即同出于希腊罗马和基督教文化体系。你若专攻欧洲文化体系中任何一个重要国家的文学和诗学，都无法不读希腊和罗马的文学和诗学，因为该国文学里的观点、结构、修辞、技巧、文类、题材，以及诗学里的范畴、概念、命题、观念等，都往往要溯源到古希腊文化中哲学美学的假定里，或中世纪修辞学的一些理论，才可以明白透彻。总之，欧美系统中的比较文学是单一文化体系中比较研究，在思想、感情、意象和范畴、概念、命题上，都有意无意地渊源于同一个文化传统。②

中西文学和中西诗学之间跨文化比较研究，与欧美单一文化系统中的跨国比较研究，是大不相同的。中国的文学和诗学渊源于另一个文化系统，渊源于以儒、道、禅为核心的中国传统文化。中国文学里的观点、结构、修辞、技巧、文类、题材，以及诗学里的范畴、概念、命题、观念等，都经常要溯源到中国传统文化中哲学美学的假定和理论，才可以明白透彻。因此，中西文学和诗学的比较研究，不仅是跨国的比较，而且是跨文化的比较；从深层看，是西方的"两希"文化与中国的儒道文化这两大文化体系之间的比较研究。如果说存在比较文学的中国学派，那么"跨文化比较"，应当说是中国学派的特色之一。充分认识这一特点，对中国学

---

① 伏尔泰：《论史诗》，《西方文论选》（上卷），上海译文出版社1979年版，第323页。

② 参阅陈乐民、周弘：《欧洲文明的进程》"第一章欧洲文明之源"，生活·读书·新知三联书店2003年版。

者进行比较文学和比较诗学的研究是极为重要的。

二、比较诗学的学术进程

在世界范围内，比较诗学作为20世纪文学研究的学术现象，已有近一个世纪的历史。以法国比较文学家艾田伯于1963年提出"比较诗学"的命题为界，可以把迄今比较诗学的发展分为两个阶段：即非学科化发展时期和学科化建设时期。中国的比较诗学研究肇始于20世纪初的五四前后，作为学科的形成同样是20世纪60年代以后的事。①

其一，中国比较诗学的非学科化时期：从20世纪初到1949年之前。中国比较诗学的诞生是以中西文论和美学的相遇为前提的，具体地说它产生现于20世纪初。通过对自20世纪初至1949年以前近300余种比较文学论著和论文的分类统计，其中可以列入比较诗学范畴的占有四分之一左右。王国维、鲁迅、朱光潜和钱锺书是这一时期比较文学研究的代表人物，他们的比较文学研究论著大都以比较诗学和比较美学为主。从比较诗学在这一阶段的发展看，王国维和鲁迅可谓最初的前驱者，朱光潜和钱锺书则是第一批做出实绩者。

王国维是中国现代学术的奠基者，也是中国比较诗学研究的第一人。1904年3月发表的《孔子之美育主义》，是王国维第一篇比较诗学论文，也是中国比较诗学研究的开篇之作。文章指出，西方自亚里士多德以后，包括英国的夏夫兹博理、德国的康德、席勒、叔本华等，"皆以美育为德育之助"；与之比较，"转而观我孔子之学说，其审美上之理论，虽不可得而知，然其教人也，则始于美育，终于美育"。王国维通过中西美学的相互观照，发现了孔子"诗教"的"美育"本质，阐明了中国传统"诗教"观

---

① 参阅陈跃红：《比较诗学导论》"第二章中西比较诗学的历史与现状"，北京大学出版社2005年版；乐黛云、王向远：《比较文学研究》"第四章第九节比较诗学与比较文论的繁荣"，福建人民出版社2006年版；曹顺庆主编：《中西比较诗学史》，巴蜀书社2008年版。

与西方近代美育思想的相通性，并进而指出"孔子美育之说"与"世之贱儒"否定艺术和审美的"玩物丧志"说的根本区别，力图还原原始儒家美学思想的真精神。此后，1904年7月的《红楼梦评论》、1905年的《论新学语之输入》、1906年的《文学小言》和1908年的《人间词话》，都渗透了跨文化的比较诗学的思想和方法。在《论新学语之输入》一文中，王国维比较了中西哲学思维和学术语言的差异，指出："抑我国人之特质，实际的也，通俗的也；西洋人特质，思辨的也，科学的也，长于抽象而精于分类，对世界一切有形无形之事物，无往而不用综括及分析之二法，故言语之多，自然之理也。吾国人之所长，宁在于实施之方面，而于理论之方面则以具体知识为满足。至分类之事，除迫于实际之需要外，殆不欲穷究之也。"①严格地说，这种去枝留干式的区分比较不免笼统，但作为跨文化研究的开端，不乏启示意义，它有助于认识中西诗学体系差异性的思维根源，对于此后比较诗学的研究也具有方法论指导意义。

青年鲁迅的跨文化比较研究，广泛涉及宗教学、政治学、文艺美学等多个领域；其中1908年发表的《文化偏至论》《摩罗诗力说》和《破恶声论》，是这一时期最重要的论著。《摩罗诗力说》是我国第一篇集中评述欧洲浪漫主义诗人的专著，也是一篇充满跨文化比较意识的诗学论文。鲁迅首先阐明了跨文化比较对于发扬"国民精神"和开阔"世界识见"的意义："意者欲扬宗邦之真大，首在审己，亦必知人，比较既周，爰生自觉。自觉之声发，每响必中于人心，清晰昭明，不同凡响。……故曰国民精神之发扬，与世界识见之广博有所属。"②随后在对尼采、拜伦、雪莱、普希金、莱蒙托夫等人的评述中，往往从中国诗学美学的立场出发，引证诸如《诗经》《庄子》《文心雕龙》的论述加以比较，互相阐释，互为照明。早在1911年，鲁迅就曾向许寿裳推荐日译本的洛里哀的《比较文学史》一书；1932年，鲁迅在给一个青年学者的诗学论著写的"题记"中又将《诗学》与《文心雕龙》联类对举。他指出，随着文学创作的发展，"篇章既

---

① 刘刚强编：《王国维美论文选》，湖南人民出版社1987年版，第78页。
② 《鲁迅全集》（第1卷），人民文学出版社2005年版，第67页。

富，评骘遂生，东则有刘彦和之《文心》，西则有亚里士多德之《诗学》，解析神质，包举洪纤，开源发流，为世楷式。"①这都表明，鲁迅虽不以比较诗学研究名家，但跨文化比较的意识渗透并贯串其整个学术历程。

进入30年代以后，中国比较诗学的研究出现新的特点。当时具备中西兼通能力的学者，普遍以跨文化视野力图超越单一的诗学美学体系，有意识地寻找中西诗学之间交流和沟通的可能性。他们大都具有留学经历，具备较全面的中西语言和文化素养，又以诗学和美学为主攻方向，比较诗学研究在系统性和学术深度上达到一个新的高度。朱光潜和钱锺书，学贯中西，前者的《文艺心理学》和《诗论》与后者的《谈艺录》，是这一时期比较诗学的代表作。

意大利学者沙巴蒂尼认为，朱光潜的《文艺心理学》，采用了"移西方美学思想之花接中国文艺思想传统之术"的方法。这种相互阐释、相互照明的"移花接木"之法，正是朱光潜比较诗学和比较美学研究的特色之所在。1934年，朱光潜先后发表了《中西诗在情趣上的比较》和《长篇诗在中国何以不发达》，这两篇文章迄今依然是中国比较诗学的名作。此后，《文艺心理学》（1936）和《诗论》（1942）相继出版，前者是中国现代美学的奠基之作，后者是中国现代诗学的奠基之作。尽管这两部著作并未标上"比较"的字眼，但全书渗透了跨文化比较的自觉意识，不少章节更是纯粹的比较研究，显眼的如《文艺心理学》中的"刚性美与柔性美"、《诗论》中的"诗的境界——情趣与意象""诗与画——评莱辛的诗画异质说"等。朱光潜在《诗论》的"抗战版序"中写道："一切价值都由比较得来，不比较无由见长短优劣。现在西方诗作品与诗理论开始流传到中国来，我们的比较材料比从前丰富得多，我们应该利用这个机会，研究我们以往在诗创作与理论两方面的长短究竟何在，西方人的成就究竟可否借鉴"；进而指出，当前有两大问题须特别研究："一是固有的传统究竟有几分可以沿袭，一是外来的影响究竟有几分可以接受"。②这段话不仅表明了朱光潜

①《鲁迅全集》（第8卷），人民文学出版社2005年版，第370页。
②《朱光潜全集》（第3卷），安徽教育出版社1987年版，第4页。

的研究宗旨，对今天中国的比较诗学研究仍具有指导意义。

如果说"移花接木"是朱光潜比较诗学的特色，那么"打通"则是钱锺书比较研究的原则。《谈艺录·序》曰："东海西海，心理攸同；南学北学，道术未裂。虽宣尼书不过拔提河，每同《七音略序》所慨；而西来意即名'东土法'，堪譬《借根方说》之言。非作调人，稍通骑驿。"①这段名言可视为钱锺书的文化哲学，也是其跨文化研究和晚年"打通"说的方法论基础。1937年发表的《中国固有的文学批评的一个特点》，是钱锺书第一篇重要的跨文化比较的诗学论文。文章以西方美学中的"移情说"解释中国传统文评的特色，指出"把文章通盘的人化或生命化"的"人化批评"，是"中国固有的文学批评"重要特点的著名观点。《谈艺录》由91篇札记构成，其中既有诗歌赏析，也有诗学探讨，跨文化的比较阐释则贯串全书。"诗分唐宋""模写自然与润饰自然""文如其人""随园论诗中理语""白瑞蒙论诗与严沧浪诗话"等，可以说是极为精彩的比较诗学专论。在1945年发表的《谈中国诗》一文中，钱锺书说："说起中国诗的一般印象，意中就有外国人和外国诗在。这立场就是比较文学的。"②所以此文虽题为"谈中国诗"，实质贯串了比较诗学的思路，对中西抒情诗、尤其是中国古代抒情诗的艺术特点，作了极为精辟的比较阐释。20世纪70年代末，钱锺书出版了学术巨著《管锥编》，这部著作在写作上延续了《谈艺录》的札记方式，而在跨文化比较研究方面，则达到新的文化广度和学术深度，这里既有比较诗学和比较美学的内容，更有比较哲学、比较宗教学、比较伦理学和比较文化人类学的内容。钱锺书是一位"现代智者"，钱锺书的智慧正来自于跨文化的互相"打通"和"互相照明"。

此外，这一时期在比较艺术学方面，宗白华、邓以蛰、滕固和伍蠡甫等的研究成果颇为丰硕；而郭绍虞、罗根泽的"中国文学批评史"研究，明显借鉴了西方批评史家的学术思路，并直接和间接地运用了比较诗学的

---

① 钱锺书：《谈艺录》，中华书局1984年版，第1页。

② 《钱锺书集》（写在人生边上的边上），生活·读书·新知三联书店2001年版，第55页。

方法。罗根泽的《中国文学批评史》"绪言"一章，不啻是一部中西融合的"文学批评原理"，而对"中国文学批评的特点"的揭示，正来自于他对中西批评史的比较："西洋的文学批评偏于文学裁判及批评理论，中国的文学批评偏于文学理论。所以他们以原训'文学裁判'的Literary Criticism统括批评理论及文学理论，我们的文学批评，则依鄙见，应名为'文学评论'。"[1]可见比较诗学的观念，已成为这一时期从事文艺美学和文学批评史研究者的自觉观念。

其二，中国比较诗学的学科化时期：从20世纪60年代至今。中国比较诗学的学科化构建始于20世纪60年代以后，它与西方比较诗学的学科化自觉基本上是同步的。具体地说，它可以分为三个阶段：60年代起海外华人的推动；80年代起大陆的复兴；90年代以来的多元发展。

海外学界比较诗学的兴起，与比较文学学科在台港的发展是同步的。它有两方面原因：一是直接继承了五四以来中国学人的研究传统。海外比较文学家叶维廉说得好："五四本身就是一个比较文学的课题。五四时期的当事人和研究五四以来文学的学者，多多少少都要在两个文化之间的运思方法、表达程序、呈现对象的取舍等，作某个程度的参证与协商。"[2]叶维廉像他的同时代人一样，就是承继着五四运动而来的创作者和比较文学研究者。二是直接感受国际比较文学潮流的影响和刺激，并在欧美大学接受比较文学研究的系统训练。他们既有五四的精神成果可以借鉴，又有新的理论作为研究工具，这种双重的学养背景，为他们的跨文化比较提供了得天独厚的条件。

从比较诗学研究的特点看，海外学者优先处理的课题，大都是属于中西诗学的宏观问题和系统性的比较研究。刘若愚的《中国文学理论》（1975）和叶维廉的《比较诗学》（1983）是这方面的代表。刘若愚《中国文学理论》的特点是借用西方的理论模式来处理中国的传统文论。他以艾

---

① 罗根泽：《中国文学批评史》，上海古籍出版社1984年版，第13页。

② 叶维廉：《〈比较诗学〉序》，《叶维廉文集》（第1卷），安徽教育出版社2002年版，第20页。

布拉姆斯《镜与灯》提出的艺术四要素及其关系为理论参照，将中国传统批评分为六种文学理论，分别称为形上论、决定论、表现论、技巧论、审美论和实用论。刘若愚的研究具有自觉的学术意识和明确的学术目的，其"终极的目的"，就"在于提出渊源悠久而大体上独立发展的中国批评思想传统的各种文学理论，使它们能够与来自其他传统的理论比较，从而有助于达到一个最后可能的世界性的文学理论。"[①]《比较诗学》的学术思路与《中国文学理论》有所不同。叶维廉明确意识到，中西诗学渊源于两种不同的文化体系，单向套用西方理论来处理中国文论，将很可能以西方的理论观念遮蔽中国文论的本来面目；而两种诗学"互照互对互比互识"的目的，"是要西方读者了解到世界上有很多作品的成形，可以完全不从柏拉图和亚里士多德的美学假定出发，而另有一套文学假定去支持它们；是要中国读者了解到儒、道、佛的构架之外，还有与它们完全不同的观物感物程式及价值的判断"。因此，他在《比较诗学》中特别地呼吁："要寻求'共相'，我们必须放弃死守一个'模子'的固执，我们必须要从两个'模子'同时进行，而且必须寻根探固，必须从其本身的文化立场去看，然后加以比较对比，始可得到两者的面貌。"[②]刘若愚的《中国文学理论》和叶维廉的《比较诗学》，代表了当时海外学界比较诗学研究的两种思路，也显示了由"单向借用"到"双边对话"的发展。

当然，这一时期的中国大陆并非没有比较诗学的研究。钱锺书的《读〈拉奥孔〉》（1962）和《通感》（1962）、杨绛的《李渔论戏剧结构》（1964），便是其中的经典名篇。杨绛的《李渔论戏剧结构》是一篇中西比较戏剧学的经典论文。文章通过中西戏剧理论和戏剧作品的双重比较，揭示了中西戏剧结构"在理论上相似而实践上大不相同"的复杂现象：即从希腊悲剧、莎士比亚戏剧到易卜生戏剧，西方戏剧的结构是以"三整一律"为基础、以故事焦点为中心、强调紧凑集中的"戏剧的结构"；而从

---

① 刘若愚：《中国文学理论》，江苏教育出版社2006年版，第3页。

② 叶维廉：《比较诗学》，《叶维廉文集》（第1卷），安徽教育出版社2002年版，第38—39页。

元杂剧、明传奇到李渔自己的作品，中国传统戏剧的结构则是地点流动、叙事多面、故事没有长度规定的"史诗的结构"。再深入一层，中西戏剧结构形态的差异基于不同的美学观念：西方的"三整一律"式的结构，追求的是舞台表演的真实性；中国的"史诗式结构"，遵循的是舞台表演的虚拟性。结构原则的相似性与结构形态的差异性的复杂现象提示我们，在进行中西比较研究时，应当遵循"双重观照"的原则，即既要看双方的理论，又要看双方的作品；"如果脱离了具体作品而孤立地单看理论，就容易迷误混淆"。①这是一个迄今仍切中时弊的学术忠告。

比较诗学在中国大陆的复兴和学科化建设，是80年代以后的事情。最初，继钱锺书《管锥编》出版之后，老一辈学者包含比较诗学和比较美学内容的学术著作相继问世，如王元化的《文心雕龙创作论》（1979）、宗白华的《美学散步》（1981）、杨周翰的《攻玉集》（1983）、杨绛的《关于小说》（1986）等。与此同时，周来祥发表了《东方与西方古典美学理论的比较》（1981）一文，从宏观上对中西古典美学理论作了比较，提出"西方偏重于再现，东方偏重于表现"的观点；蒋孔阳发表了《中国古代美学思想与西方美学思想的一些比较研究》（1982），对中西美学思想的比较研究应注意的问题和遵循的原则提出了自己的看法。到了80年代中后期，比较诗学的研究日益兴盛，新一代学者的比较诗学和比较美学专著陆续出版。1988年，曹顺庆的《中西比较诗学》和刘小枫的《拯救与逍遥——中西诗人对世界的不同态度》相继出版，由此在大陆兴起了比较诗学研究的热潮，也标志大陆比较诗学学科建设的正式开始。

80年代大陆比较诗学的迅速发展，既有外因，也有内因。从外因看，新一代学者比较诗学的研究，明显受到来自三个方面的启发和影响：一是五四以来前辈学者的经验和成就；二是海外华人学界的学科知识和成果；三是内地文学和文艺学研究领域兴起的新理论和新方法热潮。从内因看，中西比较诗学研究之所以迅速成为重要学科现象，与现代文艺学领域以下

---

① 《杨绛作品集》（第3卷），中国社会科学出版社1993年版，第139页。

三重学术焦虑密切相关：一是近代以来中国诗学和文论传统在世界性文艺研究格局中被矮化和被忽视；二是20世纪以来西方文艺理论在中国文艺研究领域不可阻挡的话语霸权趋势；三是现代中国文艺研究努力追求自我突破和现代性发展的策略选择。①

90年代以来，随着比较文学研究的学科化和规范化进程的加快，比较诗学的学科发展和学科建设也得到了更大发展。一是新的学术成果不断涌现，学术专著相继出版。据不完全统计，自曹顺庆《中西比较诗学》出版以来，国内出版的以"比较诗学"和"比较美学"命名的学术专著和学术文集，超过60部。二是不少大学的比较文学博士点专设"比较诗学""比较文论"或"比较美学"的研究方向。如北京大学比较文学博士点首先确认的培养方向就是"比较诗学"；暨南大学的博士点确认的是"比较文艺学"方向；四川大学的博士点选择的是以古典文论为主的"比较文论"方向。三是比较诗学研究领域出现了各具特色的研究群体。如以北大为主的华北地区的学者群体，比较重视西方诗学理论的引进、译介和诠释，重视基本诗学概念、范畴和研究范式的跨文化探讨；以四川大学为主的西南地区学者群，似乎以主攻中国传统文论总体规律和文论名著的现代性阐释为特色，进而不断提出一些热点问题引发学界的思考；以暨南大学为中心的华南地区学者群，更注重从哲学、宗教、语言和美学层面去追问和辨析诗学问题。比较诗学研究的多元化发展，正是学科成熟和繁荣的重要标志。

比较诗学的学科自觉虽晚于一般的比较文学，但不少有识之士日益认识到这种研究的重要性，认识到以理论问题作为比较研究的基础，其学术天地更为广阔，学术意义更为深远，预示着比较文学未来发展的新方向。艾田伯认为，"比较文学必然走向比较诗学"。著名比较文学学者克劳多·纪廉（Claudio Guillen）在《比较文学的挑战》一书中同样提出，以理论问题作为基础的比较，将会成为比较文学未来发展也许是最重要的方面，而对这种理论的比较或者说比较诗学，对"今日的东西方研究可以提供特别

① 参阅陈跃红：《比较诗学导论》"第二章中西比较诗学的历史与现状"，北京大学出版社2005年版。

有价值和希望的机会。"①对于中国学者来说，比较诗学超越东西方文化的界限，研究东方和西方共同或类似的批评概念和理论问题，这样的研究如果能够避免过度狭隘和抽象，同时注意同中之异，异中求同，就可能比传统的影响研究取得更有价值的成果。

三、比较诗学的三个层次

关于比较诗学的研究范围，为理解和操作的方便，似可细分为研究对象、研究范围和研究课题三个层次。所谓研究对象，是指比较诗学不同于比较文学领域其他学科分支的独特的研究对象；从这个意义上说，它是"诗学"研究而不是"诗歌"研究，是"文艺理论"研究而不是"文艺作品"研究，是"美学理论"研究而不是"审美现象"研究。所谓研究范围，是指研究对象所包含的具体范围；从比较诗学在中国的发展看，可以细分为三个领域，即比较文论、比较美学和比较艺术学。所谓研究课题，是指研究者在一部著作或一篇论文中，从上述对象和范围中选择的特定的研究论题；从这个意义上说，研究课题因人而异，也因时而异，从而显示出不同的学术个性和不同阶段的特点。

中国比较诗学研究范围是随着学科的发展不断拓展的。直至1982年，蒋孔阳在《中国古代美学思想与西方美学思想的一些比较研究》一文仍表示："比较文学、比较文化学、比较语言学、比较法学等等，都已经成为独立的科学。比较美学，虽然迄今还未成为独立的科学，但把各国的美学思想，特别是中国古代的美学思想拿来和西方的美学思想进行比较的研究，却事实上早已存在了。"②确实，最初的研究者并无比较诗学、比较文论、比较美学或比较艺术学的明确区分，他们大都从自己的学养和兴趣出发，发现问题，自发研究。王国维的《孔子之美育主义》（1904）、梁启超的《中国韵文里头所表现的情感》（1922）、宗白华的《论中西画法的渊源

① 转引自张隆溪：《道与逻各斯》，四川人民出版社1998年版，第5页。
② 蒋孔阳：《美学与文艺评论集》，上海文艺出版社1986年版，第1页。

与基础》（1936），从今天看，它们分别都是比较美学、比较诗学和比较艺术学的经典性论文，但研究者当时绝无这样的自觉意识。20世纪80年代以来，中国比较诗学研究的对象范围，基本集中在比较文论和比较美学两大方面，比较艺术学的理论成果相对较少。从曹顺庆的《中西比较诗学》（1988）、到余虹的《中国文论与西方诗学》（1999）、再到史忠义的《中西比较诗学新探》（2008），都是对中西比较诗学或比较文论的研究；从周来祥与陈炎的《中西比较美学大纲》（1992）、到张法的《中西美学与文化精神》（1994）、再到邓晓芒和易中天的《黄与蓝的交响——中西美学比较》（1999），则是中西比较美学研究的专著。至于中西比较艺术学的研究大多集中于一些专题问题，诸如中西诗画异同论、中西绘画透视法、西方的绘画科学和中国的绘画六法等，系统的比较艺术学专著并不多见，宗白华和伍蠡甫的系列论文依然是这一领域最有价值的著述。

关于中西比较诗学的研究课题，钱锺书发表过这样的看法："文艺理论的比较研究即所谓比较诗学(comparative-poetics) 是一个重要而且大有作为的研究领域。如何把中国传统文论中的术语和西方的术语加以比较和互相阐发，是比较诗学的重要任务之一"，而比较诗学的"最终目的"，就"在于帮助我们认识总体文学（litterature generale）乃至人类文化的基本规律"①。在这里，钱锺书特别把"中西文论术语"的比较阐发，作为比较诗学的重要任务。

从钱锺书的研究成果和近三十年中国比较诗学研究现状看，中西比较诗学的研究，主要集中在三大方面：一是中西文论术语的比较阐发；二是中西文论家思想的比较阐发；三是中西文评观念的比较研究。

钱锺书《谈艺录》中论"神韵""说圆""文如其人""理趣"，《七缀集》中论"通感""诗可以怨"，等等，都是中西文论术语和范畴比较阐发的精彩篇章。曹顺庆的《中西比较诗学》和张法的《中西美学与文化精神》，也是由系列中西文论术语和范畴的比较构成的。以前者为例，该书

---

① 张隆溪：《钱锺书谈比较文学与"文学比较"》，《读书》1981年第10期。

按流行文艺理论教材框架分五大部分，即艺术本质论、艺术起源论、艺术思维论、艺术风格论和艺术鉴赏论。每一章均选择中西文论中相关论题的两三组概念范畴作比较研究。"艺术本质论"选择"意境与典型""和谐与文采""美本身与大音希声"三组；"艺术起源论"选择"物感与模仿""文道与理念"两组；"艺术思维论"选择"神思与想象""迷狂与妙悟"两组；"艺术风格论"选择"风格与文气""风骨与崇高"两组；"艺术鉴赏论"选择"滋味与美感""移情、距离与出入"两组。文论术语和范畴的比较有两点必须注意：一是必须遵循可比性原则，寻找到各自的异同之点；二是既要进行二者的横向比较，又要考虑到各自的范畴史。如何把两个横剖面和各自的范畴史结合起来，是术语和范畴的比较研究中十分困难的事，也是必须遵循的原则。

王国维的《孔子之美育主义》和钱锺书《谈艺录》中的"白瑞蒙论诗与严沧浪诗话"一节，当是中西美学家、文论家思想比较研究的著名篇章。史忠义《比较诗学新探》一书"功能篇"中的几篇论文，也是中西思想家文艺美学思想的比较研究。如"柏拉图与墨子、商鞅、韩非'非诗'思想的比较""孔子的'诗教'说与亚里士多德的'Catharsis'说"的比较、"席勒的'审美教育'功能说、曹丕与车尔尼雪夫斯基和狄尔泰的本体论功用思想"的比较等。中西思想家、文论家文艺美学思想的比较研究，可以分为两个层次，即全面比较与局部比较。王攸欣的《选择·接受与疏理——王国维接受叔本华、朱光潜接受克罗齐美学比较研究》属于全面的比较研究；史忠义的上述三篇文章属于局部的比较研究，即着眼于"艺术功能"这一核心论题。

钱锺书《谈艺录》中"诗无达诂"与接受美学的比较，《管锥编》中"'道'与'名'"的阐释，属于中西文评观念的比较研究。叶维廉《比较诗学》中"东西比较文学中模子的应用""批评理论架构的再思"和《中国诗学》中"中国文学批评方法略论"，张隆溪的专著《道与逻各斯》，同样是中西文评观念的比较研究。在我看来，张隆溪的英文著作《道与逻各斯——东西方比较的文学阐释学》，实质是此前《诗无达诂》一文的扩展版。在"中译本序"中，张隆溪明确表示："在各类文学批评理论中，我仍然对阐释学最有兴趣，觉得它最能为中西文学和文化的比较研究提供一个学理基础。"①而这本书的意图，就在于从中西比较的角度来研究文学阐释学，以此证明人类阐释经验和阐释理论的普遍性和共同性。20世纪初，西方文论的"东渐"与改造中国传统的训诂式、体验式文评方式密切相关。因此，通过中西文评观念的比较研究，实现中国传统文学批评的现代性转化，是20世纪中西比较诗学的核心课题之一。

四、比较诗学的三种境界

比较诗学作为比较文学的分支，自然以"比较"为基本的研究方法。但是，从中国比较诗学走过的百年历史看，"中西比较诗学"又有自己的特点。

首先，在比较文学的三大学派中，"中西比较诗学"的基本方法不是"影响研究"，也不是单纯的"平行研究"或"阐发研究"，而是"平行阐释"研究。论及比较文化的研究方法，金克木曾说："作比较文化研究大致有三方面：一是寻轨迹，究因果。二是查中介（冲突焦点或传播途径），析成败。三是列平行，判同异。"②所谓"平行阐释"，就是金克木所说的"列平行，判同异"，即选择中西文艺学和美学中"没有影响而有相似性"的术语、概念、范畴、命题和观念方法等问题，通过同异阐释，既揭示中西之间的差异性，又能发现人类的相通性。因为，"比较"不是理由，不是目的而是手段，比较的最终目的是"文化照明"和"学理互补"。

其次，中西比较诗学中的"平行阐释"，从中国比较诗学的研究历程和不同学者的思维个性看，又大致可以分为三个阶段三种模式和三种境界：即互用、互明、互补。最初是创作相似而术语互为借用；继而是概念相近而理论互为照明；再而是理论貌同心异而体系学理互补。

① 张隆溪：《道与逻各斯》，四川人民出版社1998年版，第2页。
② 金克木：《文化呓言》，中国人民大学出版社2006年版，第39页。

其一，互用：创作相似，互为借用。

阐释是比较文学的灵魂，也是比较诗学的灵魂。阐释有不同的思路和不同的深度。中国比较诗学起始阶段，研究者大都借用西方文论的术语概念来阐释中国的文学创作。写实派与理想派、现实主义和浪漫主义，可能是最早被用来阐释中国文学创作的两个概念。1902年，梁启超在《论小说与群治之关系》中认为，小说对人生的表现有两种不同的特点：一种是"常导人游于他境界，而变换其常触常受之空气者"；一种是能将常人"行之不知，习矣不察"的人生经历和喜怒哀乐"和盘托出，澈底而发露之"。进而他指出："由前之说，则理想派小说尚焉；由后之说，则写实派小说尚焉。小说种目虽多，未有能出此两派范围外者也。"①梁启超不仅用这对概念阐释中国小说，也用以阐释中国诗歌。1922年，在《中国韵文里头所表现的情感》中分析古典诗歌的表情方法时，梁启超区分出"象征派的表情法""浪漫派的表情法"和"写实派的表情法"三种类型，并对浪漫派和写实派作了具体的论述。他写道："欧洲近代文坛，浪漫派和写实派迭相雄长。我国古代，将这两派划然分出门庭的可以说没有；但各大家作品中，路数不同，很有些分带两派倾向的。"②在梁启超看来，三百篇可以说代表诸夏民族平实的性质，凡涉及空想的一切没有，我们文学含有浪漫性的自楚辞始；接着，他分别评述了楚辞之后浪漫派文学在中国文学史上的发展和三百篇之后写实派文学在中国文学史的发展。20世纪的中国文学史家，有的把中国文学描述为现实主义与浪漫主义两种思潮的彼此消长，有的认为是"现实主义与反现实主义的斗争"，等等。可以说，梁启超是这种阐释思路的始作俑者。

随着西方文论和美学在中国的不断传播，"新学语"的输入越来越多，借用西方术语概念阐释中国文艺也越来越普遍。除写实、浪漫、象征外，诸如悲剧与喜剧、崇高与优美、典型与类型、审美与美育等，成为新批评家最常用、最喜欢的阐释工具，也成为新方法、新思维、新潮流的标志。

---

① 《梁启超文选》（下），中国广播电视出版社1992年版，第4页。
② 《梁启超文选》（下），中国广播电视出版社1992年版，第92页。

中国现代的"文学原理"和"美学原理"，正是在大量输入的西方术语概念不断条理化和系统化的基础上建构起来的。

借用西方文论的术语概念来阐释中国的文学创作，其优势是极为明显的。西方人长于抽象而精于分类，每个术语都经过严格的界定，具有明确的内涵，并做出清晰的表述；绝不像传统诗学"只知高唱其玄妙的神韵气味，而不知此神韵气味之由来"。研究者借用西方文论的术语概念和观念来阐释相似的创作现象，遵循"始、叙、证、辩、结"的逻辑程序，可以把问题表述得清楚明白，阐释得条理分明，给人以豁然开朗之感。但是，如果只是刻板搬用，单向阐释，其弊端也是不容忽视的；其中，"以西方的抽象概念遮蔽或裁剪中国的鲜活历史"，是最突出的问题。关于"中国没有悲剧"的论断，就是简单化地借用西方术语裁剪中国历史得出的肤浅武断的结论之一。

普遍性是理论的基本品格，真正的文学理论同样也应当是超越民族和语言界限的，应当为我们解读不同民族、不同语言的文学作品提供一个普遍的学理基础。同时，任何理论又都是从具体的文化、历史和社会语境中产生出来的，都带有特定的文化、历史和社会语境的色彩，因此在理论的普遍性与文化和历史的具体性之间必然存在一定的差异和矛盾。如果直接将西方理论的概念、术语和方法应用于非西方作品的阅读阐释，必然会造成抽象概念遮蔽鲜活历史的弊端。正因为如此，直接借用的单向阐释，只能是中西比较诗学的初级境界，应当被更成熟的思路、更开放的视野所超越。

其二，互明：概念相近，互为照明。

如果说，"互用"是初期的直接借用、以西释中的单向阐释，那么"互明"则是高一阶段的中西双向的互相阐释、互为照明。西方文论术语概念的大量输入和中国传统文评研究的不断深入，为中西诗学的互相阐释、互为照明提供了条件；而寻求中西文论超越民族和语言的人类共通性与不同民族理论传统的文化特殊性，则成为中西诗学互相阐释、互为照明的内在动力。与此相联系，中西诗学的互为照明也有两种不同的致思趋向，一种是通过互为阐释而异中见同，一种是通过互为阐释而同中见异。

钱锺书的中西比较诗学研究，侧重于通过互照互明而"异中见同"。钱锺书对那些热衷于谈论"东西文化特征"和"中西本位文化"的人特别反感①。他曾指出："我们常说，某东西代表地道的东方化，某东西代表真正的西方化；其实那个东西，往往名符其实，亦东亦西。"②他始终认为，任何文化不可能完全相同，也不可能完全不同。所谓"东海西海，心理攸同；南学北学，道术未裂"；所谓"心之同然，本乎理之当然，而理之当然，本乎物之必然，亦即合乎物之本然也"。因此，在研究西方的文学和文论时，经常会有"是曾相识的惊喜"，发现极为"有趣的类似"。他的打通中西，即旨在"抉发中西文学共同的诗心文心"：通过"打通"，以见到中西诗心和文心的"相通"和"共通"；通过"互证"，以见到中西诗心和文心的"相似"和"相当"。

仅举一例。钱锺书说，在文学上，"我们旧文学里有一种比兴体的'香草美人'诗，把男女恋爱来象征君臣间的纲常，精通西学而又风流绮腻的师友们，认为这种杀风景的文艺观，道地是中国旧文化的特殊产物，但是在西洋宗教诗里，我们偏找得出同样的体制，只是把神和人的关系来代替君臣了"③；而在诗学上，西方的"寓托"和中国的"比兴"，正可以互为阐释，互为照明。钱锺书《谈艺录》写道：中国诗学有阐"意内言外"之旨，推"文微事著"之原，比傅景物，推求寄托的"比兴"之说；"西方文学有'寓托'（Allegory）之体，与此略同。希腊斯多葛学派已开比拟附会之风，但丁本当时读《圣经》引申商度之法，推而至于谈艺，绝似

① 钱锺书《谈中国诗》："有种鬈毛凹鼻的哈巴狗儿，你们叫它'北京狗'（Pekinese），我们叫它'西洋狗'，《红楼梦》的'西洋花点子哈巴狗儿'。这只在西洋就充中国而在中国又算西洋的小畜生，该磨快牙齿，咬那些谈中西本位文化的人。"（《钱锺书集》第12册，生活·读书·新知三联书店2001年版，第60—61页）

② 《钱锺书集》（写在人生边上的边上），生活·读书·新知三联书店2001年版，第62页。

③ 《钱锺书集》（写在人生边上的边上），生活·读书·新知三联书店2001年版，第62页。

子夏叔师辈手眼。所异者：吾国以物喻事，以男女喻君臣之谊，喻实而所喻亦实；但丁以事喻道，以男女喻天人之际，喻实而所喻则虚。一诗而事，一诗而玄。故二者均非文章之极致也。"①在这里，钱锺书通过中国的"比兴"与西方的"寓托"之间双向的阐释与照明，使我们对这对范畴既即异而见同，又因同而见异，消除了二元对立的偏执之见，获得了中西相通的圆融之识。

与钱锺书有所不同，叶维廉的中西比较诗学研究，似乎更侧重于通过互照互明而"同中见异"。叶维廉把比较诗学分为中西的"跨文化"比较与欧美的"跨国度"比较两种，认为二者在性质上"是大相径庭的"。欧美文化的国家虽然各具独特的民族性和地方色彩，但从深层的文化根源看，是完全同出于一个文化系统，即同出于希罗文化体系。因此在欧美文化系统里所进行的"跨国度"的比较研究，比较容易寻出"共同的文学规律"和"共同的美学据点"。中国的文学艺术属于不同于希罗文化体系的另一个文化系统，即以儒道释为中心的东方文化系统，它的"文学规律"和"美学据点"渊源于自己的文化传统，带有自身的鲜明的文化特色。因此，中西"跨文化"的研究，应当避免"垄断的原则"，避免"用甲文化批评的模子来评价乙文化的文学"；而旨在通过"互照互对互比互识"，"要西方读者了解到世界上很多作品的成形，可以完全不从柏拉图和亚里士多德的美学假定出发，而另有一套文学假定去支持它们；是要中国读者了解到儒、道、佛的架构之外，还有与它们完全不同的观物感物程式及价值的判断。"②

从上述原则出发，叶维廉强调，具备"模子"或"理论模式"文化差异的自觉意识，在东西比较文学的实践上是非常迫切需要的，尤其是在双方的文化未曾扩展至融合对方的结构之前；否则就可能导致对一种文学的误解和曲解。例如，我们经常看见如下的尝试：《浪漫主义者李白》《从西

① 钱锺书：《谈艺录》，中华书局1984年版，第231页。
② 叶维廉：《比较诗学》，《叶维廉文集》（第1卷），安徽教育出版社2002年版，第5—6页。

方浪漫主义的传统看屈原》等。其实，西方的浪漫主义运动和范畴有其自身的文化根源和文化内涵，中国古典文学中没有相同于西方浪漫主义的运动。因此，当我们用浪漫主义的范畴来讨论李白和屈原时，我们不能说，因为屈原是个悲剧人物，"一个被放逐者，无法在俗世上完成他的欲望，所以在梦中、幻景中、独游中找寻安慰"，他便是一个道道地地的浪漫主义者。如果把西方的理论模式不加修正直接用于中国文学的阐释，这种做法就是只知其一不知其二，把表面的相似看作本质的相似，把部分的相似看作另一个系统的全部。同理，西方文论中的范畴系统，"譬如文学运动、流派的研究（例：超现实主义、江西诗派……），譬如文学分期（例：文艺复兴、浪漫主义时期、晚唐……），譬如文类（例：悲剧、史诗、山水诗……），譬如诗学史，譬如修辞学史（例：中世纪修辞学、六朝修辞学……），譬如文学批评史（例：古典主义、拟古典主义……），譬如比较风格学、譬如神话研究，譬如主题学，譬如翻译理论，譬如影响研究，譬如文学社会学，譬如文学与其他艺术的关系，等等，无一可以用西方或中国既定模子，无需调整修改而直贯另一个文学的。"①叶维廉的学术告诫是值得重视的。

其三，互补：貌同心异，学理互补。

互明是互补的前提，互补是互明的升华。中西诗学理论的互为照明，或是互为阐释而异中见同，或是互为阐释而同中见异；而在互明的基础上再进一步，就是对"貌同心异"或"心同貌异"的理论进行学理互补，以建设普遍性的文艺美学理论。厄尔·迈纳说得好："'跨文化……文学理论'只不过是'比较诗学'的另一种说法而已。"②换言之，比较诗学的最终目的，就是认识人类文学的共同规律，以建构"总体文艺学"或"普遍文艺学"。

---

① 叶维廉：《比较诗学》，《叶维廉文集》（第1卷），安徽教育出版社2002年版，第6—7页。

② 厄尔·迈纳：《比较诗学》，王宇根、宋伟杰等译，中央编译出版社1998年版，第4页。

中国著名比较文学教授周珏良，对"普遍文艺学"或"普遍诗学"的建构，同样充满了乐观精神。在《河、海、园——〈红楼梦〉、〈莫比·迪克〉、〈哈克贝里·芬〉的比较研究》这篇著名论文中，他通过文本细读，发现河、海、园这三大意象，在这三部作品中不仅起到刻画性格、制造气氛和烘托行动的作用，更重要的是构成了三部作品共同的"结构原则"，即都提供了一个和外界开放世界相对的封闭世界，而开放世界与封闭世界的冲突，正构成了三部作品共同的情节模式。据此，周珏良在全文最后乐观地提出了建立"普遍诗学"的构想：既然"在这国家不同、时代不同、文化背景不同的三本名著中竟能明显地体现出一个共同的结构原则，那么经过对不同国家不同时代的作品的更多的归纳研究，应当能发现更多共同的艺术结构原则，甚至达到建立某种普遍性的有实用价值的诗学都将不是不可能的事了。"[1]在《中国诗论中的形式直觉》一文中，周珏良通过中西文论的相互照明，拈出了"形式直觉"[2]这一具有"普遍文艺学"意义的理论命题，对中西艺术创作中的一种普遍现象作了精辟概括。王佐良认为，在中国，"建立普遍诗学，珏良是最有资格的一人。"[3]确实，周珏良基于中西共同创作规律的学术愿望是完全可以预期的，尽管这不是一个一蹴而就的目标。

根据对比较诗学的认识和比较诗学的研究成果看，中西诗学理论的学理互补，可以分为两个层次，即文化体系层面的学理互补和文论范畴层面的学理互补。就前者而言，这是比较诗学的发展方向和终极目标。如叶维廉所说，为了寻求建立可行的共同文学规律的基础，首要的，是要认识到：如果我们只局限于一种文化的模子中，是绝对无法达到共同基础的。以为一个文化系统里的美学假定可以放诸四海而皆准，可以不分皂白地应

---

① 周珏良：《构设普遍诗学——周珏良比较文学论集》，外语教学与研究出版社2007年版，第104页。

② 周珏良：《构设普遍诗学——周珏良比较文学论集》，外语教学与研究出版社2007年版，第42—52页。

③ 转引自张洪波：《编者序——周珏良："普遍诗学"的构设者》，《构设普遍诗学——周珏良比较文学论集》，外语教学与研究出版社2007年版，第1页。

用到别的文化和文学里去，这种想法是大可怀疑的。事实上，只有当两大文化系统的文学互相认识，互相观照，人类文学中一般理论的大争端方可以全面处理。就后者而言，即某些文论范畴的学理互补，是完全可以先行开始的，也不乏研究成果。朱光潜《文艺心理学》对诸多文艺美学问题的阐释，就是较为成功的范例。

朱光潜的美学研究有自己的独特方法，他在《悲剧心理学》中曾表示："我们的方法将是批判的综合的，说坏一点，就是'折衷的'。"[1]所谓"批判的综合的"或"折衷的"，从比较诗学的角度看，就是在"互相照明"基础上的"互为补充"。这种"批判的综合的"方法，是朱光潜美学研究的一贯方法。在《文艺心理学》中，朱光潜对"美感经验"的分析和"文艺与道德"关系的阐释，最为成功也最具启示意义。

朱光潜的美感论，实质包含双重理论内涵：从基本概念看，它以克罗齐的"形象的直觉"为起点，融入布洛的"距离说"以强调自觉的审美态度，融入立普斯的"移情说"和谷鲁斯的"内模仿说"以展开物我之间的交感共鸣，从而把美感经验描述为一个有机动态的心理过程；然而在对这一理论进行阐释时，朱光潜又以中国美学为参照系，"移花接木"，融入了中国古代美学中的意象论、虚静说和物感说等观念，从而使这一美感学说成为具有跨国度和跨文化的双重互补性的理论结构。因此，尽管朱光潜的美感论以西方美学为主要内容，但并非以西方概念为垄断，基本做到了中西融通、中西互补，是中西美学家美感经验观成功的"批判的综合"。

如果说美感经验论的中西学理互补基本上是逻辑层面的，那么文艺与道德论的中西学理互补，既是逻辑的又是历史的。首先，朱光潜对中西文论史上文艺与道德关系的观念史作了"寻根探固"的分析；然后，对两种文化传统和文化体系中的观念史作抽象概括和学理互补，提出了具有普遍意义的理论命题，并以中西观念史和审美实践为基础作具体的形态分析。如前所说，叶维廉认为，要寻求"共相"，我们必须放弃死守一个"模子"

---

[1] 朱光潜：《悲剧心理学》，人民文学出版社1983年版，第11页。

的固执，我们必须要从两个"模子"同时进行，而且必须寻根探固，必须从其本身的文化立场去看，然后加以比较对比，始可得到两者的面貌。朱光潜的抽象概括和学理互补，正是基于两个"模子"同时进行的"寻根探固"，所以他所提出的"没有道德目的而有道德影响"的命题，具有跨文化的普遍意义，也是跨越中西文化的共同审美规律。

人们对事物的认识是逐步提高逐步深化的，不同文化体系的人对同一事物的认识，又有不同的角度和不同的取向。因此，只有在互照互明的基础上，对"貌同心异"或"心同貌异"的理论进行学理互补，才能真正建构具有普遍意义的文艺学体系。韦勒克、沃伦的《文学理论》和韦斯坦因的《比较文学与文学理论》，作为享誉世界的"跨文化文学理论"名著，就是在互照互明的基础上，对欧美各国文学理论进行学理互补的产物。

互用、互明、互补，是中西比较诗学的三个阶段、三条途径、三种境界，它们虽有高下之分，并非截然对立。研究者根据不同的研究对象和研究目的，在方法的选择上必然有所侧重，但应当有机结合，尽量避免简单"移用"出现的误读误解；而在"互明"基础上的"互补"，则是中西比较诗学研究的方向，也是走向"总体文艺学"或"跨文化文学理论"的必由之路。

［原载《安徽大学学报》（哲学社会科学版）2011 年第 2 期，中国人民大学报刊复印资料《文艺理论》2011 年第 7 期转载、《新华文摘》2011 年第 10 期"论点摘编"］

也谈批评学与文学理论

——向达流先生请教

近读达流先生《批评学与文学理论》（载《文论报》1989年7月5日第三版，以下简称"达文"）一文，获益良多。文章提出，文学批评学的建设，应先弄清"文学批评""文学理论""文学批评学"之间的种种关系，这确是问题的关键；同时，文章对文艺学研究中"对概念的任意阐说和随意发挥"的轻率作风，对文学批评中"放弃对文学作品艰苦的阅读"，生硬套用"新的理论术语和批评名词"的简单做法，提出了批评，也可谓切中时弊。

现就达流先生文章中提出的有关批评学建设中的两个问题，请教如下。

一、批评学与文学理论

达文认为，"文学批评"的基础理论不是"文学理论"，而是"文学批评学"；换言之，"批评学"与"文学理论"是两种性质不同的学问。那么，批评学与文学理论究竟是一种什么关系呢？弄清这一问题，既有助于认清批评学在文学科学中的地位，也有助于建立具有独特性能的批评学体系。

应从解开"文学理论"之谜入手。何谓"文学理论"？似乎不言而喻，其实并未深究。长期以来，人们把它作为一个概念解释时，都把着眼点放在"理论"二字上，而任何一种"理论"都是对特定对象的性质、特点、规律、原则的研究阐述。因而，"文学理论"也被轻而易举地定义为"阐明文学的性质、特点和基本规律的一门科学"。至于作为研究对象的"一切文学现象"指什么，大多心中无底，便做随意罗列。

文学理论是关于"文学"的理论，要弄清"文学理论"的学科性质和研究范围，就不应从"理论"出发，而应从"文学"出发，应当首先弄清这种"理论"所研究的"文学"究竟是一种什么现象，包括哪些范围。

文学理论所研究的"文学"并不是一个简单的名词，而是人类的一种审美精神活动。文学理论就是以整体的文学活动为自己的研究对象的。何谓"文学活动"？美国学者艾布拉姆斯在《批评理论的方向》中指出："几乎所有旨在广泛包罗的理论，都把一部艺术作品的整个格局用这个或那个同义词区分为四种成分，并把它们突现出来"，即这是一个"由艺术家、作品、世界和听众组成的结构"①这是一个精辟的见解，以简洁的语言道出了文学活动的构成要素和内在结构，并突出了艺术作品在文学活动中的核心地位。稍感遗憾的是，由"艺术家、作品、世界和听众"组成的结构，只是一个静态的共时结构，尚缺乏动态的历时的维度，而人类的文学活动是一种历史现象，有其自身的发生发展的独特规律。据此我们认为，文学活动是以文学作品为中心，创作与接受双向流动，历史与现实古今沟通的审美艺术活动；文学作品居于共时结构与历时过程的核心位置，也是文学理论的核心对象。换言之，文学活动是由共时和历时两条线索交错组合的复杂现象：一方面，它是以文学作品为中心，由文学创作、文学欣赏、文学批评这三种基本的活动形式构成的共时过程；另一方面，在民族的文学发展史上，文学活动又形成了自己特殊的历史。从共时和历时两个方面看，文学活动便包括了相互勾连、互为渗透的五大环节和部分：文学创作、文学作品、文学欣赏、文学批评和文学历史；与此相应，研究文学活动的文学理论，也形成五大分支或系统：文学创作理论、文学作品理

---

① 迈·霍·艾布拉姆斯：《批评理论的方向》，戴维·洛奇编：《二十世纪文学评论》（上册），葛林译，上海译文出版社1987年版，第6页。

论、文学欣赏理论、文学批评理论和文学史理论。此外，还有旨在从人类活动的大系统中，从整体上阐释文学活动的本质和规律，对上述各分支理论具有指导意义的"文学哲学"。这便是初步认识的文学科学的学科体系最基本的内容

当然，更完整地描述文学科学的学科体系，还应当包括从边缘科学的理论方法出发，研究文学活动的理论分支，诸如文学语言学、文学心理学、文学社会学、文学人类学等。但是，在文学科学的两大构成部分中，直接研究文学活动的文学理论分支是更为基本、更为主要的。离开了文学活动就没有文学理论，从边缘学科建构的文学理论，也是从特定的角度，对文学活动的某一方面作系统考察的结果。

据此，我们平时所用的现代意义上的"文学理论"一词，在不同的场合，至少具有三种不同的意思：有时指包含了各种文学分支理论和边缘交叉理论的整个的"文学科学"；有时指从整体上系统阐述文学活动本质特征和价值规律的"文学哲学"；有时则是对文学的创作理论、文学的批评理论，或文学心理学、文学社会学的简称。

搞清了"文学理论"的多重内涵，要说明批评学与文学理论的关系，也就比较容易了。从第一种意义上说，批评学包含在文学理论之中，是文学科学的一个分支学科。"批评学"和"文学科学"是属概念和种概念的关系，"批评学"和"创作学""欣赏学"以及"文学语言学""文学心理学"等，则是同等并列的关系；从第二种意义上说，批评学与文学理论是一种互为前提、互为补充的关系。批评学既要依靠文学哲学阐明的文学活动的科学理论，又以自己的理论新成果不断深化文学哲学的普遍原则；从第三种意义上说，文学理论可能就是指文学批评理论，即批评学。国外许多称为"文学理论""文学原理"或"文艺学"的著作和教材，其实就是阐述文学批评理论和批评方法的"批评学"。

达文虽然花了很大的篇幅，"详细辨析了这两门科学的排斥性"，似乎依然没有作出令人心悦诚服的说明。这可能同没有从文学活动出发，完整把握文学科学的学科体系和批评学在学科体系中的地位有关，也同没有辨

清"文学理论"的复杂内涵有关。

如果说，只有从文学活动出发，才能真正弄清批评学与文学理论的关系，那么，同样只有从批评活动出发，才可能建立符合客观实际、富于实践意义的批评学体系。科学理论并非诗意想象的产物，而是对象规律的理性抽绎。

如同创作和欣赏一样，批评活动是文学审美活动系统中的基本一环。批评学的研究对象就是批评活动的整个过程。任何一种人类活动，都有不同的性质和功能、对象和主体、方式和方法、现状和历史等。批评学对批评活动的研究，离不开上述的基本方面。当然，由于批评活动既不同于创作活动和欣赏活动，更不同于其他的人类精神活动，批评学体系自然也不会等同于其他的科学理论。

从批评活动的自身特点和特殊规律出发，科学的批评学体系，至少由以下四大部分构成：

批评本体论：阐述批评的一般性质、批评的对象范围、批评的价值标准、批评的功能作用等；

批评方法论：阐述批评的基本范式、批评的逻辑方法、批评的思维方式、批评的文体类型等；

批评主体论：阐述批评主体的构成和特征、批评的主体性品格、批评家的个性和批评风格、批评家的心理特点等；

批评史论：阐述批评活动的发生和发展、批评学理论的形成和丰富、批评流派和批评思潮的兴衰和交替等。

当然，这仅仅是一种假设。然而，只有从批评活动和批评实践出发，才可能建设合规律有价值的批评学理论，则是确定无疑的。

二、批评学与文学批评

既然批评学根源于批评活动，那么，批评学与文学批评应有一种怎样的相互关系，似乎是不成问题的。

然而，达文的见解却出乎意料。他强调，文学批评的理论是"文学批评学"，却又表示作为基础理论的批评学，"并不企图为文学批评提供思维的范式和行为的准则，并不对文学批评作'应该这样而不应该那样'的提醒和训示"。一言以蔽之，批评学独立于文学批评而与批评实践无关。既然如此，批评学有何存在的必要呢？这实在令人费解。

批评学应是一种"有用之学"还是"不用之学"；应成为"提醒"人们正确展开批评活动的实践性理论，还是仅仅为了批评的独立地位和独立品格，与批评实践无关的"纯科学"？看来，"在文学批评学的建设热潮刚刚兴盛之际"，澄清这一问题是极为必要的。

历史是智慧的结晶，不妨先回望历史。西方的文论著作，从功能形态看，从亚里士多德《诗学》到黑格尔《美学》，大致经历了三个阶段，可分为三种类型，即"诗学""批评学"和"艺术哲学"。所谓"诗学"，即旨在阐述作诗的技艺或文学创作的方法技巧的著述，从亚里士多德《诗学》到布瓦洛《诗的艺术》即属此类；所谓"批评学"，即旨在阐述文学批评和文学史研究的方法论，德莱顿的《悲剧批评的基础》（1668）可以说是西方批评学的开山之作。此后，莱辛《汉堡剧评》（1769）、蒲伯《论批评》（1771）到丹纳《艺术哲学》（1869）都是西方批评学的经典著作；所谓"艺术哲学"，即从哲学观念出发、作为完整的哲学体系的构成部分的艺术理论，旨在从统一的哲学观念出发，建构系统的文艺学知识体系，如谢林《艺术哲学》和黑格尔《美学》等。

那么，理论的作用何在？黑格尔认为："其实艺术哲学没有任务要替艺术家开方剂，而是要阐明美一般说来究竟是什么，它如何体现在实际艺术作品里，却没有意思要定出方剂式的规则。"[①]确实，艺术理论只能引导创作而不可能指导创作，黑格尔的这段话也正是针对从贺拉斯到布瓦洛的新旧古典主义者说的。然而，在德莱顿、蒲伯和丹纳这些"批评学"家看

---

① 黑格尔：《美学》（第1卷），朱光潜译，商务印书馆1979年版，第23页。

来，理论就是批评的方法论。为此，丹纳提出了著名的文学史研究的"三动因"公式，并明确指出："要了解一件艺术品，一个艺术家，一群艺术家，必须正确的设想他们所属的时代精神和风俗概况。这是艺术品最后的解释，也是决定一切的基本原因。"①

再看现代。如前所说，国外许多"文学理论"和"文艺学"，其实就是阐述批评原理和批评方法的"批评学"。这些著作虽然出自不同国度的理论家之手，但有一个共同点：强调批评学的工具性和实用性，强调批评学的方法论意义和对文学批评的指导规范作用。

或许，人们无论如何不会把久已淡忘的季摩菲耶夫的《文学原理》同"批评学"联系在一起。然而，他在说明"文学原理的任务"时则明确指出："第二部分研究具体作品的结构，确定分析作品所应依据的原则和方法。第三部分建立分析文学发展过程所应依据的原则和方法。"②其实，"确定文学的本质"的第一部分，也并非与文学批评无关。文学的本质特征论就是文学的价值论，它构成批评的评价标准；因为，文学的本质和文学的价值是相互关联的，"在评论家看来，被评论的对象如果具有这种特质，那在某种程度上就是美的，否则就是丑的"③。波斯彼洛夫的文学观念不同于季摩菲耶夫，他在近年出版的《文艺学引论》中同样指出，文艺学与文学批评是紧密相关的，《引论》探讨的文学理论范畴，构成一个完整的批评学体系，"其中每个概念都具有一定的科学方法论的功能"，是文学批评"必需的全套工具"④。

欧美学者的看法同样如此。韦勒克在《文学理论》"第一版序"中表示，如果给这部书用一个确当的"短名字"，应当成为"《文学理论和文学研究的方法学》"，并进而指出，"文学理论，是一种方法上的工具（an

① 丹纳：《艺术哲学》，傅雷译，人民文学出版社1981年版，第7页。
② 季摩菲耶夫：《文学原理》，查良铮译，平明出版社1955年版，第5页。
③ C.J.杜卡斯：《艺术哲学新论》，王柯平译，光明日报出版社1988年版，第214页。
④ 波斯彼洛夫主编：《文艺学引论》，邱榆若、陈宝维、王先进译，湖南文艺出版社1987年版，第574页。

organon of methods），是今天的文学研究所亟需的"，"如果不是始终借助于批评原理，便不可能分析文学作品，探索作品的特色和品评作品"①。德国学者素好玄思而轻实用，但在《语言的艺术作品》这部著名的文学理论著作中，沃尔夫冈·凯塞尔一反传统，开宗明义："本书介绍各种工作方式，依靠这些方式的帮助，我们可以把一部文学创作作为语言的艺术作品来加以研究"②。沃尔夫冈·凯塞尔所提倡和阐述的"作品内涵诠释方法"，影响了德国"整整一代教师和两、三代学生"③。

事实上，近代以来，西方所谓的"艺术哲学"，本质上就是为艺术批评和艺术史研究提供方法论原则的批评学或"元批评"。在黑格尔的时代，深刻地去理解伟大的艺术作品和艺术史这个任务，已经极为迫切地提出来了。黑格尔的"美学"即"美的艺术的哲学"，他一方面认为，"艺术哲学没有任务要替艺术家开方剂"，另一方面则强调，艺术哲学对艺术批评来说是极为必要的："艺术的科学在今日比往日更加需要，往日单是艺术本身就完全可以使人满足。今日艺术却邀请我们对它进行思考，目的不在把它再现出来，而在用科学的方式去认识它究竟是什么。"④到了20世纪，西方的"艺术哲学"，更明确地把自己的任务确定为艺术批评或艺术谈论的方法论。1929年，杜卡斯在《艺术哲学新论》中明确说："我们可以把艺术哲学界定为关于艺术评论与审美客体的基本学说；若要充分明确其宗旨意义，我们反而会将艺术批评界定为应用艺术哲学。"⑤这令我们想起别林斯基的一句名言："批评是运动的美学"⑥。1979年，布洛克在《艺术哲

---

① 韦勒克、沃伦：《文学理论》，刘象愚、邢培明、陈圣生等译，生活·读书·新知三联书店1984年版，第6、38页。

② 沃尔夫冈·凯塞尔：《语言的艺术作品》，陈铨译，上海译文出版社1984年版，第1页。

③ 保罗·K.库尔茨：《联邦德国文学批评方法和文学理论》，《外国文学报道》1985年第1期。

④ 黑格尔：《美学》（第1卷），朱光潜译，商务印书馆1979年版，第15页。

⑤ C.J.杜卡斯：《艺术哲学新论》，王柯平译，光明日报出版社1988年版，第4页。

⑥ 《别林斯基选集》（第1卷），满涛译，上海译文出版社1979年版，第324页。

学》①的"导论"中，这样规定自己的任务："美学所关心的就是艺术批评家、艺术教育家、艺术史家、艺术教师和普通艺术爱好者思考和谈论艺术的方式，它所要解决的就是这样一些谈论中产生的概念问题。"②换言之，布洛克的"艺术哲学"，就是研究艺术批评家、艺术教育家、艺术史家和艺术教师的思考方式、谈论方式，以及思考和谈论中使用的概念范畴体系的学问。一言以蔽之，西方现代艺术哲学就是"批评学"，就是"元批评"，就是"运动的美学"。

批评离不开理论，批评学就是为批评提供理论原则和研究方法。因为，批评不同于欣赏，也不同于创作。欣赏是"走进审美幻境"，可以不学理论；创作是"创造审美幻境"，毋须先有理论；批评则是"走出审美幻境"后的理性反思，没有理论工具和批评方法是不可想象的。西方虽有"为艺术而艺术"的唯美主义，却不见"为理论而理论"的批评学。批评家莫不创建规范批评的原则和方法，各色各样的批评流派也因此而形成。事实上，也没有一种批评学不在宣扬着某一种批评原则和批评方法。虽然达文认为，批评学不应当对批评作"提醒和训示"，但是从他简单表述的批评观看，又分明在要求人们"应该这样而不应该那样"。

曾经产生过"轰动效应"的新时期文学，终因内容上脱离人生，形式上牺牲读者而危机重重。批评学的建设无论掀起怎样的"热潮"，未必会产生"轰动效应"。但是，如果在刚刚兴盛之际便摆出一副"纯科学"的姿态，那么，最终是否能让"批评学与文学理论携手跨入理想境界"，不能不令人怀疑。

窃以为，应反对的绝不是批评学对文学批评的"提醒和训示"，而是那种在批评理念、批评标准、批评方法上的"唯我独尊，别无选择"的狭隘观念。破除这种狭隘观念，着力建设一个既能有效地诠释艺术文本，又

---

① Gene Blocker: *Philosophy of Art*（NewYork,1979），中译本改为《美学新解——现代艺术哲学》，滕守尧译，辽宁人民出版社1987年版。

② H.G.布洛克：《美学新解——现代艺术哲学》，滕守尧译，辽宁人民出版社1987年版，第3页。

能把其他诸方面与这一文本中心联系起来的、多元综合的批评学体系，这才是更为迫切的任务。

[原载《文论报》1989 年 8 月 15 日]

文学是人学，文论即人论

——略论"文学理论"的人生意义

"文学理论"课在中国大学中文系已有百年历史。20世纪二三十年代，鲁迅、田汉、郁达夫、老舍，以及刘永济、姜亮夫、陈望道等著名作家、学者，都曾在大学教授过文学理论，并出版了翻译或自撰的文学理论教材。鲁迅翻译的《苦闷的象征》和老舍撰写的《文学概论讲义》，迄今仍是文学理论教学的经典参考书。

如今，大学的语言文学系课程体系中，文学理论依然是一门重要的核心课程，一门不可或缺的基础理论课程。大学期间，学好文学史需要文学理论，写好课程论文和毕业论文也需要文学理论；大学毕业，当好文学教师需要文学理论，从事学术研究更需要文学理论。对于语言文学系的学生来说，文学理论的学习还是培养理论思维、形成学术能力的基本途径。

然而，近年在"文学死了""文学理论死了"的喧嚣声中，文学理论的价值受到质疑，文学理论的地位受到挑战。针对"文学已经死亡"的危言，希利斯·米勒挺身为"文学永恒"辩护；与此同时，米勒又不得不承认，当今有关文学的严肃反思，都要以两个互相矛盾的论断为前提：一方面，坚信文学是永恒的、普世的，能经受一切历史变革和技术变革。文学是一切时间、一切地点的一切人类文化的特征；另一方面，又不能不时时面对，文学就要终结了，文学的末日就要到了，不同媒体各领风骚的时代到了，诸如此类的言论和挑战。①

我们不能漠视文学理论遭遇的挑战。其中最深刻的现实挑战，就是电子新媒体的挑战：是电子传媒对纸质传媒的挑战，电子文本对纸质文本的挑战，电子文化对传统文学的挑战，"电视认识论"对"文字认识论"②的挑战。面对在电视、电脑、E-mail、互联网、"掌上电脑"之类电子传媒构成的符号环境中成长起来的当代大学生，如何讲授在传统的"文字认识论"和纸质文本基础上形成的文学理论，即使学生默然以对，教师也不能以不变应万变。

语言文学系不可能取消文学理论。那么，如何应对电子传媒和电子文化对文学理论的挑战？如何让电子传媒时代的文学理论教学发挥更大的价值，依然能让学生终身受益？我认为，不妨从教学理念、教学过程和教学目标三方面，作一些新的探索和尝试。

其一，在教学理念上，拓展教学思路，打通文学理论与人生理论，让学生通过文学理论的学习，获得文学、文化和人生的多重启示。文学是人学，文论即人论。文学是人学，已成师生常谈；文论即人论，尚未成学人共识。一部文学理论，其实就是一部文化理论，一部人生理论。文学理论是阐释文学活动的审美本质和艺术规律的学问；而文学是人学，是人性和人情的学问，是人生和心灵的学问。因此，如果说，"文学史，就其最深刻的意义来说，是一种心理学，研究人的灵魂，是灵魂的历史"③；那么，文学理论，就其最本质的意义来说，是一种人生理论，是从美学的角度研究人性和人情的学问。例如，文学本质、抒情意境、叙事典型、戏剧冲突，这是文学理论中的基本问题和核心范畴，人们也一直把这些概念视为纯粹的文学理论问题；而从"文论即人论"的观念看，它们既是文学理论

---

① 希利斯·米勒：《文学死了吗》，秦立彦译，广西师范大学出版社2007年版，第7页。

② 尼尔·波兹曼：《娱乐至死》，章艳译，广西师范大学出版社2004年版，第105页。

③ 勃兰兑斯：《十九世纪文学主流》（第1分册），张道真译，人民文学出版社1980年版，第2页。

的，也可以是文化理论和人生理论的。

以"抒情意境"为例。根据中国古典诗学的诠释，文学理论教材对"意境"大都作这样的描述，即它是诗人的主观情思和富于特征性的客观景物浑融契合而形成的虚实相生的艺术境界；王国维在《人间词话》中进而描述了意境的多样形态，所谓有我之境和无我之境、优美之境和宏壮之境、写实性的写境和理想化的造境等。其实，无论我们对意境作怎样的理论描述，一个抒情意境实质是诗人的"瞬间情感的审美构型"，也可以是每一个人的"瞬间情感的审美构型"。因此，对抒情意境的一切理论描述，既是诗歌的，也是艺术的，更是人类心灵的；诗境、艺境、心境是相通的，是三位一体的。对诗歌意境的美学界定，也就是对人的心灵境界的美学要求；诗歌意境的多样形态，也是人的心灵境界的多样形态。在中国现代文艺美学家中，宗白华的艺术哲学和境界美学，最重视打通艺术理论和人生理论，最深刻地揭示了诗境、艺境、心境的相通和一致。宗白华所谓"中国艺术意境的诞生"，从直观感相的摹写，活跃生命的传达，到最高灵境的启示，既是指鸢飞鱼跃的艺术意境，也是指自然和谐的文化境界，最终直指活泼泼的心灵境界；用宗白华的话说：就是"以宇宙人生的具体为对象，赏玩它的色相、秩序、节奏、和谐，借以窥见自我的最深心灵的反映"①。

文学是永恒的。文学理论是永恒的。文学理论课必须首先传授文学理论知识。然而，在新的"符号环境"和审美文化环境下，仍以封闭的思路讲授纯粹的文学理论，往往会因学生缺乏广泛而丰富的文学经验和审美经验，失去实践针对性，难以产生理论共鸣。如戏剧理论和戏剧冲突，这是西方文论史上历史最悠久、内容最丰富的理论问题，也是研究中西文学史必不可少的理论工具。然而，对今天的大学生来说，读剧本者绝无仅有，观赏戏剧更是一种奢侈。在这种情况下，教师若还是按部就班地下经典定义、举传统例子了事，就会让学生有恍若隔世之感。相反，如果能进而与

---

① 《宗白华全集》（第2卷），安徽教育出版社1994年版，第361页。

现代的影视艺术相结合，最后与人生的戏剧性和心灵的冲突性相联系，让学生在文论中看到人论，那么传统的经典理论就会焕发现代的生命智慧。

其二，在教学过程中，提升教学境界，增强哲学品格和强化思辨训练，让学生在教师的带领下，学会用哲学的眼光看问题，用理性的思辨想问题。在语言文学系的全部课程中，文学理论是最富于哲学品格的课程，也是学生训练理论思维、培养学术能力最重要的途径。因此，提升教学的哲学境界，既有可能性，也有必要性。具体地说，可以从如下两方面着手。

一是从哲学角度诠释文论概念，使之具有普遍的文化美学意义。在美学文艺学学科体系范围内，文学理论是历史最悠久、概念最丰富、体系最完备的理论。西方从亚里士多德的《诗学》到黑格尔的《美学》，中国从刘勰的《文心雕龙》到刘熙载的《艺概》，要么就是文学理论，要么其核心就是诗学。文学理论这种独特的历史地位，使其对其他理论分支的建立和发展，产生了直接和间接的影响。从文论的历史看，传统的艺术理论和美学理论，基本上是在诗学或文学理论的基础上发展衍伸出来的；从当代文论发展看，文学理论依然是文艺美学和文化理论的主要理论资源。从文学批评到文化批评，从文学理论到文化理论，概念体系和学术思路的渊源关系清晰可见。文学理论的这种理论地位，为我们从哲学角度诠释文论概念提供了可能。所谓从哲学角度诠释文论概念，就是在基于文学又超越文学的广阔文化背景上，诠释文学理论的基本概念，从而使一部文学理论和一套文学理论概念，同时具有艺术理论、文化理论、人生理论的意义。学生具备了文学理论，同时也提高了艺术鉴赏能力和文化分析能力。当然，并非文学理论中的每一个概念都可以作哲学性诠释；但是，现代文学理论中属于本体论、价值论和方法论的系列概念范畴，是完全可以通过哲学诠释而获得普遍意义的。

二是从哲理角度强化思辨训练，提升学生有序的理论思考和逻辑思辨能力。何谓理论？理论就是普遍规律，文学理论就是关于文学活动的普遍规律；理论思维就是在个别中发现一般，在特殊中发现普遍，在历史中发现哲理。因此，成为思想家并不神秘：当你将自身的痛苦转化成对于人类普遍状况的思考时，你就是思想家了；当你将生命的体验升华成关于人类命运的观念体系时，你就是理论家了。所谓"上升到理论高度"，无非就是把针对具体事物的经验性描述，升华为揭示普遍规律的抽象性命题；这也是"记者"与"学者"的基本区别。所谓有序的逻辑思辨，简单地说，就是"有序提问的有序回答"："有序的提问"形成阐释的逻辑框架，"有序的回答"构成具体充实的阐释内容。文学理论教师的讲课过程，就是对从文学经验中概括出来的概念范畴和理论命题，进行"有序提问的有序回答"。因此，只要文学理论教师自觉地意识到这一点，文学理论课堂就可以不仅传授文学理论知识，而且可以有效地训练学生的有序的理论思辨能力。

其三，在教学目标上，扩大教学功能，传授文学理论以解决双重困惑，既着眼于解决文学问题的困惑，也有助于解决人生问题的困惑。其实，这也是拓展教学思路，打通文学理论与人生理论，提升教学境界，增强教学的哲学品格和强化思辨训练的必然结果。

首先，通过传授文学批评的价值体系和方法论体系，解决文学的困惑。完整的现代文学理论体系是本体论、价值论和方法论三者的有机统一。作为面向文科大学生、文学教师和文学研究者的文学理论，其基本的功能就是为文学批评、文学教学和文学史研究提供系统的价值体系和方法论体系。荷兰学者佛克马说得好："为了阐释文学作品和把文学当作人们一种特殊的传达模式来看待，我们必须掌握文学理论；不依赖于一种特定的文学理论，要使文学研究达到科学化的程度是难以想象的。"[1]20世纪是一个"批评的时代"，20世纪的文学理论主要是批评理论，各种批评流派层出不穷，为文学研究提供了多样的阐释思路和研究方法。文学理论首先应当向学生系统地讲授文学基本理论和多样的研究方法，使学生真正成为有理论意识的文学教师和文学研究的行家里手。

---

① 佛克马、易布思：《二十世纪文学理论》，林书武、陈圣生、施燕译，生活·读书·新知三联书店1988年版，第1页。

其次,同时又可以将这套文学理论,通过合理的推衍,转化成人生和文化研究的价值体系和方法论体系,认识文化现象,解决人生困惑。文学背后是文化,文化背后是人生;文学、文化、人生,是三位一体的。文学理想即是文化与人生的理想,以真善美为核心的文学价值论,既可以是文化价值论,也可以是人生价值论;文学风格亦是文化与人生的风度,以崇高与优美、刚健与柔婉、谨严与疏放等范畴体系构成的文学风格,既可以是文化风貌,也可以是人们崇尚的精神风貌;文体形态则与生命阶段密切相关,童话、歌谣、抒情诗、散文、小说、悲喜剧,每一种文体形态无不是生命精神的文学表现,与个体生命的特定阶段密切相关。如果说人的自然生命是从摇篮到墓地的过程,那么人的文化生命则是从童话到悲剧的过程;文学研究方法又是文化与人生的研究方法,以社会文化、个体心理、接受反应和微观文本分析构成的文学研究范式,既可以直接运用于文化研究,也可以启发学生直接运用于社会问题和人生问题的考察和研究。如此等等。当然,人生问题的哲学解决不等于个体解决;个体的人生困惑只能在人生磨砺中自我解决。然而,切理餍心的人生哲学的启迪,确实有助于青年学生解决人生困惑,确立正确的文化价值观;而且,学生在专业理论的浸润中获得的文化启迪和人生启示,或许比赤裸裸的"人生哲学",影响更深刻,运用更自如。

当代知名哲学家成中英先生在阐述"现代文学理论的适当条件"或"存在理由"时,明确指出:"一个完备的现代文学理论必须是一个哲学性的理论,且要包含对哲学意义中一些基本观念的参照。……作为一个哲学性的理论,一个现代文学理论不但在阐明文学经验与活动,同时也在解说人类经验与活动。这正是一个现代文学理论终极的自我辩解与存在理由。"[①]这是一个深刻的见解,既揭示了文学理论的哲学根基,也强调了文学理论的哲学功能。

文学理论不可能取代哲学理论和人生理论。但是,文学理论教师若能

---

① 成中英:《论现代文学理论的适当条件——一项哲学性的探讨》,《本体与诠释:美学、文学与艺术》(第七辑),浙江大学出版社2011年版,第257页。

真正做到打通文学理论与人生理论，增强哲学品格和思辨训练，进而扩大教学功能以解决学生的多重困惑，那么，文学理论的课堂就可能成为充满智慧的精神殿堂；它是理论学习的场所，也是文化交流的场所，更是境界升华的场所。在这样的精神殿堂里，学生决不会感到文学理论无用，相反，他们会更自觉地坚守精英文化的立场，迎接电子传媒文化的挑战。

[原载《安徽师范大学学报》（人文社会科学版）2012年第1期，中国人民大学报刊复印资料《文艺理论》2012年第5期转载]

为
接
受
史
辩
护

走出接受史的困境

——经典作家接受史研究反思①

经典作家接受史研究，曾几何时成了一个最缺乏学术新意的"学术避难所"。这与不少研究者缺少接受史的"问题意识"和正确方法密切相关。经典作家接受史实质是作家精神生命的"身后史"，也是接受主体与接受对象之间的多维审美对话史和多重意义生成史。从接受过程中的关注焦点、接受方式和功能效应看，经典作家接受史至少可以从五个方面展开：即经典地位的确立史，经典序列的形成史，艺术风格的阐释史，艺术典范的影响史，以及人格精神的传播史；从而由宏观到微观、由整体到局部，从创作到审美、从诗品到人品，通过对经典作家的经典地位、经典序列、艺术风格、典范影响和人格精神的传播等多维历时考察，为读者展示出一部立体的、全方位的、血肉丰满的经典作家的身后史。

一、"问题是学术的核心"

学术史上的学派大都经历了从自发到自觉的过程，自发的研究往往早于自觉的理论。同样，早在"接受美学"产生之前，欧洲文学史家就开始了对经典作家接受史的研究。据目前所见文献，最早似可以追溯到法国文

① "经典作家"和"经典作品"，是接受史研究的两个中心。1996年，笔者发表了《古典诗歌接受史研究刍议》（《文学评论》1996年第5期）一文，对"经典作品"接受史的研究方法提出了初步看法；本文试图根据近年经典作家接受史研究中存在的问题，对"经典作家"接受史研究的方法论问题作一探讨，故以"反思"名之。《刍议》与《反思》，可视为探讨接受史研究方法的姊妹篇。

学史家朗松①。朗松的《伏尔泰的影响》（1906）、《〈沉思集〉百周年》（1920）以及《文学史与社会学》（1904）、《外国影响在法国文学发展中的作用》（1917）诸文，不仅对蒙田、伏尔泰、拉马丁等法国经典作家的接受史和影响史作了专题研究，而且对经典作家接受史的研究方法和学术文化意义作了精辟阐述。此外，德国文学史家贡多尔夫的《莎士比亚和德意志精神》（1911）、施特里希的《歌德与世界文学》（1946）以及福德的《狄更斯与他的读者》（1955）、普拉维尔的《莫里克及其读者：一部效果史的尝试》等②，都被后来的学者视为经典作家接受史研究的先导。

在接受美学传入我国之前，中国学者同样意识到经典作家接受史研究的重要性。郑振铎在《研究中国文学的新途径》（1930）一文中认为，系统全面的"作家研究"，应当包含"作家作品的影响"或"作家接受史"的研究。他以"杜甫研究"为例指出：

> 我们应该有不少部关于作家研究的著作。例如，关于杜甫，至少要有一部杜甫传，一部杜甫的时代及其作品，一部杜甫的作品及其影响，一部杜甫及其诗派，一部杜甫的思想，一部杜甫的叙事诗等等③。

这里所谓的"一部杜甫的作品及其影响，一部杜甫及其诗派"，就属于经典作家接受史的范畴，并从"作品影响史"和"风格影响史"两个方面，指出了经典作家接受史研究的具体思路。郑振铎进而认为，中国文学史上"至少还有百个以上大作家"需要做这样"特殊的研究"④。钱锺书《谈艺

---

① 法国文学研究者郭宏安《朗松：永远的参照》："朗松的文学史理论包含了许多新的研究方向的萌芽，例如……读者对文学作品的接受研究……今日倡导和研究接受美学的人们在追溯接受美学的渊源时绝口不提朗松的名字，不能不说是一件令人不解的事情。"（《二十世纪西方文论研究》，中国社会科学出版社1997年版）所言甚是。

② 参阅 H.R.姚斯：《文学史作为向文学理论的挑战》，《接受美学与接受理论》，周宁、金元浦译，辽宁人民出版社1987年版；冈特·格里姆：《接受学研究概论》，刘小枫选编：《接受美学译文集》，生活·读书·新知三联书店1989年版；等等。

③ 郑振铎：《中国文学研究》（下），人民文学出版社2000年版，第278页。

④ 郑振铎：《中国文学研究》（下），人民文学出版社2000年版，第278页。

录》（1948）中的"陶渊明诗显晦"和"宋人论韩昌黎"，可以说各是一部微型的"宋前陶渊明接受史"和"宋代韩愈接受史"，而且对当代陶诗和韩诗接受史产生了多方面的启示和影响①。闻一多著名的《贾岛》（1941）一文，不仅勾勒了晚唐五代至宋元明清"贾岛接受史"的线索，而且揭示了各个时代"贾岛热"的深层文化心理根源②。

不过，无论欧美还是中国，经典作家接受史的自觉和兴起，都是接受美学和"读者文学史"正式提出以后的事。就中国而言，最早的一部中国古代作家接受史，当数1986年美国哥伦比亚大学奥斯卡·李的博士论文《韦应物诗歌的接受批评：一个诗人声誉的建立》。此后，高中甫的《歌德接受史》（1993），是中国学者撰写的第一部外国经典作家接受史专著，台湾杨文雄教授的《李白诗歌接受史》（2000），则是中国学者撰写的第一部中国古代作家接受史专著。迄今20多年来，经典作家接受史研究，受到新一代学者的广泛关注，发表了大量专题论文，出版了一批接受史专著，广泛涉及屈原、陶渊明、王维、李白、杜甫、韦应物、韩愈、柳宗元、李贺、李商隐、苏轼、辛弃疾等古典作家③；有的古典作家还出版了多部

---

① 以陶诗接受史为例，如钟涛《从陶诗显晦看中国古代诗歌审美观念之走向》（1991）、萧庆伟《北宋党争与杜诗陶诗之显晦》（1996），论题直接受到钱文的启发；卢佑诚《钱锺书的陶渊明接受史研究》（2003），从接受史角度重新阐释了钱文的现代学术意义；刘中文《唐代陶渊明接受研究》（2006版），则可视为钱文的现代扩展版。

② 《闻一多全集》（第6卷），湖北人民出版社1993年版，第61页。

③ 笔者寓目的接受史专著按出版时间先后有如下十多种，奥斯卡·李：《韦应物诗歌的接受批评：一个诗人声誉的建立》，哥伦比亚大学1986年，博士论文；许总：《杜诗学发微》，南京出版社1989年版；高中甫：《歌德接受史》，社会科学文献出版社1993年版；杨文雄：《李白诗歌接受史》，五南图书出版公司2000年版；王友胜：《苏诗研究史稿》，岳麓书社2000年版；蔡振念：《杜诗唐宋接受史》，五南图书出版公司2002年版；李剑锋：《元前陶渊明接受史》，齐鲁书社2002年版；刘学锴：《李商隐诗歌接受史》，安徽大学出版社2004年版；孙微：《清代杜诗学》，齐鲁书社2004年版；朱丽霞：《辛弃疾清代接受史》，齐鲁书社2005年版；刘中文：《唐代陶渊明接受研究》，中国社会科学出版社2006年版；米彦青：《清代李商隐诗歌接受史稿》，中华书局2007年版；谷曙光：《韩愈诗歌宋元接受研究》，安徽大学出版社2009年版；袁晓薇：《王维诗歌接受史研究》，安徽大学出版社2012年版等。

"断代接受史"。

学术专著的出现，意味着学科领域的初步形成；学术方法的独立系统，才标志着学术形态的最终成熟。那么经典作家接受史研究是否已具有一套符合学术理想的方法途径？当前所见经典作家接受史著作，在研究方法上大致可以概括为三种模式。

一种可称为"三维历时结构"。杨文雄的《李白诗歌接受史》既属此类。笔者曾把经典作品接受史区分为三个层面，即"以普通读者为主体的效果史研究；以诗评家为主体的阐释史研究；以诗人创作者为主体的影响史研究"①。杨著即以此为"取资学习的立足点"②，除"绪论"外，全书由三大部分构成，即"李白效果史研究""李白《蜀道难》《梦游天姥吟》阐释史研究""李白影响史研究"，每一部分又按时间顺序评述普通读者、诗评家和作家对李白诗歌的接受状况。属于这一模式还有刘学锴的《李商隐诗歌接受史》（2004）和朱丽霞的《辛弃疾清代接受史》（2005）等。

一种可称为"一维历时结构"，即对作家接受史不作效果史、阐释史、影响史和经典阅读史的细分，完全按时间顺序综合性地评述作家在历代的接受状况。这一思路较为普遍，高中甫的《歌德接受史》（1993）、蔡振念的《杜诗唐宋接受史》（2002）、刘中文的《唐代陶渊明接受研究》（2006）和米彦青的《清代李商隐诗歌接受史稿》（2007）等，均属此类。台湾中山大学蔡振念教授对他的"研究方法"作了这样说明："本文之所以对杜诗在唐宋的接受不细分为效果史、阐释史和影响史，主要是因为杜诗在唐宋的接受事实往往三者互为作用、交叉渗透。"③蔡著除"绪论"性的第一章，全书分为"唐人对杜诗的接受"和"宋人对杜诗的接受"两大部分，依次评述了大历诗人、韩孟诗派、元白诗派和李商隐及王安石、苏轼、黄庭坚、江西派二陈和陆游与文天祥对杜诗的接受情况。

一种可称为"多维历时结构"，李剑锋的《元前陶渊明接受史》当属

① 陈文忠：《古典诗歌接受史研究刍议》，《文学评论》1996年第5期。
② 杨文雄：《李白诗歌接受史》，五南图书出版公司2000年版，第27页。
③ 蔡振念：《杜诗唐宋接受史》，五南图书出版公司2002年版，第30页。

此类。李著在"绪论"中提出了"两条横线和五条纵线"的思路："一部陶渊明接受史在共时态上要把握陶渊明为人和诗文两条横线，……在历时形态上则要把握五条纵线：重点读者史、声名传播史、创作影响史、阐释评价史、视野史。"①而全书框架仍按时间顺序综合性地依次评述了陶渊明在东晋南北朝、隋唐五代和两宋的接受状况，"两横五纵"的思路则隐而未见。这种思路在理念上似对"三维历时结构"的申发，而在操作上则与"一维历时结构"相类。论者提出的应当顾及古代作家"为人和为文"对后世的双重影响，则非深有心得者不能言。

从上述三种研究模式看，目前的"作家接受史"，要么直接借用"经典作品接受史"的研究思路，要么按时间顺序综合性地评述历代接受者对经典作家的评点诠释。前者虽然展开了多角度的研究，但并未抓住经典作家接受史自身的独特问题，因而难以全面深入地展示经典作家在历史上的接受特点和文化意义，也难以提出和解决属于经典作家接受史自身有价值的学术问题；后者则往往流于"历代评论资料"的"排比和梳理"，所谓"研究"基本上只是对某一作家的"研究资料汇编"的"解释和串讲"，只见"接受者"不见"接受对象"，更未能从接受史深入时代和民族的精神文化史，经典作家的艺术生命和文化影响淹没在历代接受者毫无目标的众声喧哗之中。有学者对此提出了尖锐的批评，认为经典作家接受史研究已成为最缺乏创意和新意的"学术避难所"。导致这种令人沮丧的结果，实质上与不少研究者缺乏接受史研究的"问题意识"和合理方法密切相关。

那么，与经典作品接受史相比，经典作家接受史究竟有无属于自身的学术问题和学术方法？如果有，其问题和方法何在？关键还在于对接受史的性质和意义要有深入全面的认识。

纯粹的自然生命只有"生前史"，创造性的精神生命既有"生前史"，也有"身后史"。如果说"创作史"是作家的"生前史"，那么"接受史"则是作家精神生命的"身后史"。作家的生前史与身后史是一种辩证关系：

---

① 李剑锋：《元前陶渊明接受史》，齐鲁书社2002年版，第10页。

没有生前史就不会有身后史，没有身后史同样也不会有生前史；生前史是身后史的基础，身后史则是生前史的升华和延续；身后史的长度既能见出生前史的厚度，身后史的长度也能反观生前史的深度。因此，接受史的价值是无可置疑的。生前史和身后史是精神生命的两端，创作史和接受史则是文学史的两翼。

从学理上说，接受史就是"对话史"，就是作者与读者之间的双向"对话史"，而不是接受者单方面的"独白史"。经典作家的接受史，实质上是接受主体与接受对象之间的多维审美对话史和多重意义生成史；它通过多维对话的历时性考察，揭示经典作家在接受史上的生存特点、生命境遇、艺术影响以及在塑造民族精神中的深远意义。据此，从接受过程中独特的关注焦点、接受方式和功能效应看，经典作家接受史不妨"一分为五"，从五个方面展开研究：即经典地位的确立史，经典序列的形成史，艺术风格的阐释史，艺术典范的影响史，以及人格精神的传播史。由此，从宏观到微观、从整体到局部，从创作到审美、从诗品到人品，通过对经典作家的经典地位、经典序列、艺术风格、典范影响和人格精神的传播等方面的多元历史考察，为读者展示出一部立体的、全方位的、血肉丰满的作家身后史。

围绕授受双方的"对话—交往"的历史进程，经典作家接受史不同于经典作品接受史，至少承担五大任务：通过经典地位确立史和"光荣周期"的考察，揭示作家艺术声誉的形成变迁以及不同时代的审美趣味、社会心理以及意识形态观念的发展变化；通过经典序列形成史的考察，揭示经典作品的遴选过程和作品传播的时空广度和心灵深度；通过艺术风格阐释史的考察，揭示历代接受者对作家艺术个性的认识逐渐深化的过程和多元一致的特点；通过艺术典范影响史的考察，深入认识作家在文学史上的影响力和对文学变革的推动作用；通过作家人格形象影响史的考察，深入认识作家在民族精神发展史和民族性格塑造史上发挥的独特作用。经典作家接受史也由此可以真正成为一种具有独特对象、独特问题、独特方法和独特研究成果的独立的学术模式，既丰富和充实了文学接受史研究的理论和方法，也有助于从一个独特角度深入认识经典作家的历史命运、历史贡献和走向现代的精神价值。如果说经典作品接受史着眼于单一文本接受史的研究，那么经典作家接受史则着眼于创作主体接受史的全面考察。

二、经典地位的确立史

只有真正的经典作家才可能进入接受史的视野。作为接受史研究对象的经典作家，必须具备两个条件：一是艺术成就具有经典的品质，二是在接受史上经历了经典化的过程。

"什么是经典作家？"一位真正的经典作家应当具备怎样的品质？简言之，一位真正的经典作家无不具有精神的原创性、心灵的崇高性、艺术形式的完美性和语言风格的典范性；这样的经典作家，既是一位独创性的作家，又是一位集大成的作家，他以其卓越的才能、广阔的视野和崇高的境界，创造一种美的秩序，实现一种美的平衡，提供一种美的典范。[①]具有经典性是成为经典作家的前提，一个作家只有在长久的时期里博得人们普遍的赞赏，才可能成为真正的经典作家。从这个意义上说，每一个经典作家都有一个给予"长久不断的赞赏"的接受群体，都经历过一个经典化的过程，都有一部独特的经典化的历史。因此，经典作家接受史研究的首要任务就是全面考察经典地位的确立和经典化的进程。

从经典化进程的一般特点看，经典地位确立的研究有三大主要问题：即经典确立之前的接受境遇、经典确立之时的多重因素和经典确立之后的历史命运。

第一，经典确立之前的接受境遇。从接受史看，或"一鸣惊人"，或"落地无声"，这是作家经典地位确立之前最常见的两种接受境遇。前者要

---

① 关于"文学经典"的古典论述，可参阅朗加纳斯《论崇高》、布瓦洛《朗加纳斯〈论崇高〉读后感》、歌德《文学上的暴力主义》、圣·佩韦《什么是古典作家？》、艾略特《什么是经典作品？》，以及刘勰《文心雕龙》之《宗经》《辨骚》等论述；现代论述可参阅阎景娟：《文学经典论争在美国》，社会科学文献出版社2010年版；童庆炳、陶东风主编：《文学经典的建构、解构和重构》，北京大学出版社2007年版等论著。

么是民族文学史上的"第一批天才"，要么是文学发展过程中的"集大成天才"；而大多数作家没有这么幸运，他们往往落地无声，久遭冷遇，逐渐发现，方成经典。从关汉卿到汤显祖、从蒲松龄到曹雪芹，中国文学史上最伟大的戏曲家和小说家，从默默无闻到声名显赫，无不经历了漫长的接受过程。

对经典地位确立之前接受境遇的考察，至少有两方面意义。从接受对象看，扫除历史的迷雾，还原历史的真相。今人看古人犹如下级看上级，对象往往被经典的光环和历史的迷雾笼罩，评价者难免一开始就"以鉴赏为瞻仰"，先入为主而缺乏平和的心态和客观的眼光。事实上，无论历史人物还是历史事件，与对象越接近，看得越真切，评价也越客观。因此，考察经典化之前的接受境遇，了解同时代人的评价态度，有助于还原经典作家的历史真相，有助于今人以历史的眼光全面观察经典作家走向经典化的曲折历程，同时也有助于对经典作家的经典地位和经典价值做出合理的评价。从接受主体看，透过当时接受者和接受群体的评价态度，了解同时代人的审美趣味和审美风尚，可以在比较中发现经典化前后审美趣味和审美风尚的变化。例如，为什么同代人眼中的平凡之作或不合潮流之作竟会被后人奉为经典之作？为什么当时对作家的一片贬斥之声会变成后人的一片赞美之语？如此等等，这是极为有趣也是极为有价值的趣味史和观念史的问题。

第二，经典确立之时的多重标志。苏轼《答谢民师书》曰："文章如精金美玉，市有定价，非人所能以口舌定贵贱也。"经过或轰轰烈烈、或默默无闻的历史淘洗和审美选择，是真金美玉，必然"蝉蜕秽浊之中，浮游尘埃之外"，卓然独立而成为经典。关于华兹华斯经典地位的确立，德·昆西在1835年有一段经典论述："1820年之前，华兹华斯的名字给人家踩在脚下；1820到1830年，这个名字是个战斗的名字；1830到1835年，这已是个胜利的名字了。"①这段话概括了华兹华斯生前接受史的"三部

① 转引自华兹华斯：《华兹华斯抒情诗选》，黄杲炘译，上海译文出版社1986年版，第8页。

曲"，他在英国文学史上的经典地位也正确立于1830到1835年之间。

经典地位的正式确立，是经典确立史研究的重心所在。宇文所安指出："如果我们的文学史写作是围绕着'重要的'作家进行的，那么我们就必须问一问他们是什么时候成为'重要作家'的，是什么人把他们视为'重要作家'，根据的又是什么样的标准。"①由此可见，经典地位的确立绝不仅仅是个时间问题，它至少有三重标志，即确立时间、认同主体和确立原由。换言之，研究经典地位的确立，必须回答三个问题：即何时确立？何人确立？何以确立？

何时确立？即经典地位确立的具体时间和年代。这是经典作家接受史的开端，也是其在文坛和社会产生艺术影响和文化影响的开端，所以是一个不容忽视的重要问题。这里有两点值得注意。其一，古今作家经典确立的时间有一定的差异。一般地说，近现代作家经典地位确立的时间较为具体，古代作家经典地位确立的时间大多比较模糊，这与批评史的发展和接受文本保存状况密切相关。其二，作家声誉的传播不等于经典地位的确立。有的作家生前产生过"轰动效应"，然而是否得到"大多数人的长久不断的赞赏"，才是"一个颠扑不破的真理"②。

何人确立？即确立经典地位的接受者或接受群体。作家的经典地位不是凭空获得的，而是在"大多数人的长久不断的赞赏"中逐渐形成的。在这个由众多读者构成的接受群体中，不同眼光、不同境界、不同地位的接受者，对经典确认的权威性和有效性是不同的。一般地说，权威批评家的一致性评价具有举足轻重的意义。西哲所谓"时间是伟大的批评家"，然而这个"时间"并不是抽象的；"决定一个作家地位的'时间'，事实上，是一两位批评家，或好多批评家为这位作家'说项'所加起来的成绩。"③

---

① 宇文所安：《他山的石头记——宇文所安自选集》，田晓菲译，江苏人民出版社2003年版，第20页。

② 伍蠡甫主编：《西方文论选》（下卷），上海译文出版社1979年版，第305页。

③ 夏志清：《文学杂谈》，《谈文艺·忆师友》，上海书店出版社2007年版，第139页。

柯尔律治、德·昆西和安诺德之于华兹华斯，刘安、司马迁和王逸之于屈原，颜延之、萧统和苏轼之于陶渊明，等等，无不如此。

何以确立？即作家经典地位确立的缘由和标准。简言之，必须阐明作家经典性之所在，揭示作家真正的原创性、独特性和对文学史的贡献之所在，否则就不可能赢得"大多数人长久不断的赞赏"，更不可能成为"衣被后人"的经典作家。经典原由的揭示有两点值得注意。首先，经典地位的确立无不以经典的学理性认定为前提。因此只有对作家的认识不再停留于诗性的赞叹，而是由审美感性上升为学术理性，做出精当的理论阐释，其经典地位才可能真正确立。如杜甫的经典地位不是确立于任华的《杂言寄杜拾遗》或韩愈的《调张籍》，而是元稹提出著名的"李杜优劣论"的《唐故工部员外郎杜君墓系铭并序》。其次，对作家经典性的揭示和认同不可能一锤定音、异口同声，而是一个不断丰富、不断深化、起伏变化的复杂过程。这与作家创作身份的多样性与经典内涵的复杂性密切相关。苏东坡作为散文家、诗人和词人的经典地位，就是在不同时间逐步得到确认的。

第三，经典确立之后的历史命运。经典地位的确立，标志着作家接受史的真正开始，确立之后的历史命运，便成为接受史研究的主体内容。一般地说，作家经典地位确立之后，大都会经历一个由"光荣的周期"到"恒久的典范"的过程。首先会进入一个议论纷纷、跌宕起伏的"光荣的周期"；然后喧哗的众声渐趋一致，逐渐成为一个"恒久的典范"。

经典作家接受史上的"光荣的周期"，是法国诗人和批评家瓦莱里论述雨果接受史时提出的著名命题。瓦莱里写道：

> 如果一位作家去世半个世纪后还在引起激烈的争论，我们可以对他的未来放心。他的名字几百年后仍将充满活力。在未来的岁月里，抛弃和喜爱的阶段，受推崇和遭冷遇的时候会有规律地交替出现。对于一种光荣而言，这是其长久稳定的一个条件。光荣成为周期性

的了。①

确实，一位作家经典地位确立之后的最初阶段，其经典的光荣和声誉并不会一成不变始终称好，相反"在未来的岁月里，抛弃和喜爱的阶段，受推崇和遭冷遇的时候会有规律地交替出现"，光荣和声誉会成为一种时起时伏的周期性的现象。无论法国还是中国，作家经典地位确立之后，确实都随之进入了一个跌宕起伏的"光荣的周期"。这既与接受者的审美观念有关，也与作家自身特点有关，根本原因还在于作家自身创作和思想的矛盾性和复杂性。在纯粹的光明中和纯粹的黑暗中什么也看不见。在肯定与否定、抛弃与喜爱、推崇与冷落的对立评价中，经典的品质反而看得更清，理解得更深刻。经典作家一旦穿越了"质疑的风暴"，反对者的一切努力只能巩固其经典地位，并将舆论引向他，喧哗的众声渐趋一致，时间终于使其成为地位稳固的"恒久的典范"。

经历"光荣的周期"而成为"恒久的典范"，并不意味经典作家的接受史就此终结。原因很简单，恰如法郎士所说："既然后代永远没有尽头，一代代新人不断地对以前被判断过的事情提出疑问，那它们怎么可能是确定的呢？十七世纪谴责了龙沙，十八世纪肯定了这种评价，十九世纪又把它废除了。谁知道二十世纪会怎样评价？"②因此，"莎士比亚"是"说不尽"的。

在经典作家"说不尽"的接受史上，不同的接受主体、接受主体与接受对象之间，看法和立场并不会简单一致，常常会貌合神离，甚至所说非所是。具体地说，有两点值得注意。从接受主体看，不同的接受者对经典作家作一致称颂时，经常会出现"判断相同，判断的理由不同"的现象，所谓"貌同心不同"。自本·琼生以后，几乎所有英国人都"同意"莎士比亚是一位伟大作家，进一步研究却发现，历来认为莎士比亚"伟大的理

① 瓦莱里：《文艺杂谈》，段映虹译，百花文艺出版社2002年版，第148页。

② 法郎士：《文学渴了·法郎士评论精选集》，吴岳添译，北京燕山出版社2012年版，第272页。

由"因时而异，也因人而异。同样，元稹、苏轼和秦观对杜甫的称颂，与白居易、张戒和沈德潜对杜甫的称颂，理由也不尽相同。出现这种现象可能是接受者的趣味不同，也可能是对象选择的侧重点不同，研究者必须进行仔细辨析。从接受对象看，接受者对经典品质的评价，可能"判断歪曲了对象，而歪曲的判断往往流露了真实的心态"[①]。刘勰与钟嵘对陶渊明的判断就是如此。由于"歪曲了对象"，这种判断可能无助于经典特性的认识；然而流露的"真实的心态"可能折射出群体的、社会的和时代的观念，有助于趣味史、观念史和思想史的研究。

三、经典序列的形成史

经典作品是经典作家的标志，作家经典地位的确立正是以作品的经典性程度和影响力为基础的。从这个意义上说，作家经典地位的确立史也是其作品经典序列的形成史，二者相互依存，密切相联。不过，作品一经发表就不再属于作家，更不受作家控制，作品具有独立生命和独特境遇。因此，作品经典序列的形成史有其不同于作家经典地位确立史的特殊规律。

作品的经典序列不是一座静止的山峰，而是一条流动的河。在经典序列的形成过程中，经典序列的双重选择和选择重心的多样变化，是经典序列形成史的基本规律和基本特点，由此形成了不同作家经典序列的复杂性、多样性和流动性。

第一，经典序列的双重选择。每一位作家的经典序列都是双重选择的结果，不同的接受者有不同的选择，不同的时代也有不同的选择。因此，"古典文学的内部经常在调整，在变动，在补充和淘汰。不同时期公认为'古典'的作品，在后一时期里，地位动摇了，价值重估了，或者根本被否定了。前一时期不曾认为'古典'的作品，后一时期把它'发现'而安

---

① 参阅迈克尔·泰纳：《时间的检验》，《重新解读伟大的传统——文学史论研究》，社会科学文献出版社1993年版，第206—207页。

插在'古典'的行列里。"①

首先，经典选择因人而变。每一位读者都以自己的阅读史编写属于自己的文学史，也都以自己的阅读史编写属于自己的经典作品序列史。唐人眼中的杜诗经典就是如此。从樊晃的《杜工部小集》（772），到白居易《与元九书》（815），再到韦庄《又玄集》（900），虽然都把杜甫视为唐代诗人之冠，但他们眼中的杜甫"名诗"，无论诗体、诗旨、诗风，都各不相同。经典序列因人而异并非偶然：一方面，古代大家和名家无不兼擅众体，又创造出多样的艺术风格；另一方面，每个选家和评家都有自己的诗学体系，而一个诗学体系就是一套经典标准。面对大家和名家丰富多样的作品，持有不同标准的选家和评家自然会作出不同选择。

其次，经典选择又因时而变。王维经典序列的形成史便是显著一例。林庚《唐代四大诗人》一文指出："王维是一个全面的典型，这首先是由于他全面地反映了盛唐时代生意盎然的气氛。"②在唐人眼中，王维确是一个"全面的典型"，这从"唐人选唐诗"即可看出。然而到了宋元时代，王维则由"全面的典型"逐渐变成一个"山水诗人"，可谓"佳作尽是山水诗，眼中惟有辋川体"。钱锺书说："历史的过程里，过去支配了现在，而历史的写作里，现在支配着过去。"③从王维经典序列的形成史看，历史的写作如此，经典的选择同样如此。

如果说，经典序列的"因人而变"，是审美趣味的个体性在经典序列形成史上的体现；那么，经典序列的"因时而变"，则是审美趣味的时代性和历史性在经典序列形成史上的体现。在经典序列的双重选择中，时代的选择虽然是潜在的、隐蔽的，然而比个人的选择更具权威性和影响力。每一个接受者无不从属于特定的接受群体或"阐释群体"，所谓个体选择本质上仍是时代选择和历史选择。

① 钱锺书：《全国古典文学学术讨论会贺词》，何晖，方天星编：《一寸千思：忆钱锺书先生》，辽海出版社1999年版，第423页。
② 林庚：《唐诗综论》，清华大学出版社2006年版，第96页。
③ 钱锺书：《模糊的铜镜》，《钱锺书散文》，浙江文艺出版社1997年版，第469页。

第二，选择重心的多样变化。经典选择重心的多样变化主要表现为三个方面：即经典地位确立的不同步，经典涵盖范围的前后变化，以及经典作品的"光荣的周期"。

首先，经典地位确立的不同步。这是指作家经典地位与作品经典地位确立时间的不一致和不同步现象。对于"一篇成名"的作家，作品经典价值的确认之日也就是作家经典地位的确立之时。对于作品宏富的作家，作品经典价值的确认与作家经典地位的确立往往并不一致，或者与作家经典地位确立同时，或者先于作家经典地位的确立，或者后于作家经典地位的确立。《长恨歌》经典价值的确认就远远晚于白居易经典地位的确立。在晚唐张为的《诗人主客图序》中，白居易已经被奉为"广大教化主"，但直至明代中后期，《长恨歌》才被何良俊推为"古今长歌第一"，其时与白居易经典地位的确立已相隔六七百年了。对于后代接受者来说，作家的经典作品在各种总集、选本和文学史著作中已形成一个相对稳定的经典序列和谱系。然而，回顾每一位作家经典序列的形成史，可以发现其每一部作品经典地位确立的时间都是独特的，不仅作家的经典地位和作品的经典地位的确立前后不同步，对于兼擅众体的作家来说，每一种文体中的每一部作品的经典确立的时间也是不同的。揭示经典地位确立的不同步性，考察经典序列形成史上每一部作品经典确立的具体时间，对于认识作品的内在价值、当时的审美风气和作品在当下的接受境遇，都具有重要的参照意义。

其次，经典涵盖范围的前后变化。这是指经典作家接受史的不同阶段，其被视为经典作品的数量和范围是不同的，有的是经典范围不断缩小，有的是经典范围不断扩大。如果说白居易的经典范围在历史的选择中曾被不断缩小，那么陶渊明的经典范围则在接受者的赞美声中愈来愈扩大。从东晋南北朝到隋唐五代再到"渊明文名，至宋而极"的宋代，这是陶渊明经典范围扩展史的三个重要阶段。而从杜甫的"谢朓每篇堪讽诵"到苏轼的"陶诗篇篇皆唱和"再到严羽的"谢灵运无一篇不佳"，经典范围的不断扩大是古代作家接受史的主要趋势。经典涵盖的范围或扩大或缩小、经典作品的数量或增多或减少，自然与接受主体的审美选择有关，更主要的原因还在于作品自身的审美深度、审美普遍性和审美耐读性。陶渊明经典范围扩展史的三部曲，就是具有审美深度、审美普遍性和审美耐读性的作品，最终得到广泛认同的典型实例。

最后，经典作品的"光荣的周期"。这在"破体之作"和"俗体之作"中表现得最为突出。"破体之作"的"光荣的周期"，与传统诗学中的"辨体"与"破体"观念密切相关。以《孔雀东南飞》和《长恨歌》为代表的古代叙事诗所遭遇的"喜爱与抛弃""推崇与冷落"的"光荣的周期"，就是"诗以言志"和"史以叙事"两种文体观对立冲突的结果。柳永的词、元代的曲、明清白话小说所遭遇的"喜爱与抛弃""推崇与冷落"的"光荣的周期"，本质上是"雅正"与"俚俗""底下书"与"崇高体"两种观念矛盾冲突的反映。随着雅俗观念的此起彼伏，"底下书"与"崇高体"的去取不同，柳词的经典范围随之或大或小，柳词的经典声誉也随之或高或低。经典涵盖范围的由大而小或由小而大，主要取决于作品自身的审美深度和审美广度；"破体之作"和"俗体之作"的"光荣的周期"，则与接受主体审美趣味由保守趋向开放直接相关。所谓"稗史传奇随世降而体渐升，'底下书'累上而成高文"①。从《孔雀东南飞》和《长恨歌》的经典化进程，到当代"新武侠""新言情"和张爱玲小说的艺术地位不断提高，无不与此相关。

胡适认为，建构作家经典序列是文学史家的基本任务②。但这不是一件轻而易举的事情，只有深入版本史的考察、选本史的分析和诗话史的梳理，才可能全面呈现作家经典序列的波澜起伏和曲折幽微。

①钱锺书：《管锥编》（第4册），中华书局1991年版，第1420—1421页。
②胡适："我这部文学史里，每讨论一人或一派的文学，一定要举出这人或这派的作品作为例子。故这部分不但是文学史，还可算是一部中国名著选本。"（《白话文学史》，东方出版社1996年版，第8页）

四、艺术风格的阐释史

风格是伟大作家的标志，也是作家对人类做出独特艺术贡献的标志。风格体现在作家的作品之中，体现在作家的经典序列之中。因此，经典作品序列的选择史和形成史，也是作家艺术风格的发现史和阐释史。艺术风格的阐释史以经典序列的形成史为基础，同时又是对经典序列形成史的提炼和深化。

何谓艺术风格的阐释史研究？简言之，就是以接受文本为基础，对历代评论者对经典作家艺术风格的认识和阐释作历史考察，通过还原经典作家艺术风格的阐释史过程，揭示审美意识的历史嬗变，多角度地认识作家风格的审美特色和文化意义。

为什么要对经典作家的艺术风格作阐释史研究？通过还原阐释史来研究作家风格有什么必要？这主要是由古代风格论和风格批评的历史特点决定的。广义的古代风格学包含两方面内容：一是关于风格基本理论的探讨。如《文心雕龙》的《体性》《风骨》《定势》以及《诗式》《沧浪诗话》等，对诗文风格的艺术特性、形成条件和审美类型都有精辟论述；二是对作家和作品的风格特点作具体的分析阐释。这主要散见于诗评、诗序、诗话、词话、点评、批语之中。如果说前者着重理论分析和类型归纳，那么后者偏向于直觉领悟和形象化描述。换言之，古代风格学对具体的作家作品风格的评论，缺乏系统的理论分析和严密的逻辑论证，显得模糊玄秘，也难以索解；但是从阐释史角度看，可以发现古代诗评家在看似松散实质连贯的阐释史中，不仅以生动的概念准确揭示了作家的风格特征，而且对风格的生成根源、构成要素和美感特性，进行了系统的考察和精辟的分析。寓细密的诗学理论分析于历史的阐释过程之中，正是古代作家风格研究的特点和优点。正是基于古代风格批评的这一特点，有必要采用阐释史研究的方法，对散见于诗话、词话、点评、批语中的阐释文本作系统整理和深入分析。这有助于深入认识古代诗评对作家风格作诗学阐释的历史进程，也是对经典作家艺术风格作现代阐释的必要前提。

据此，经典作家艺术风格的阐释史研究，绝不是单纯对诗话、词话、点评、批语中的论述作简单的历时性的排列梳理，它具有自己的学术任务和学术使命，主要体现在三个方面。

一是风格形态由单一到多样的认识。风格的多样性是大作家的基本特点。杜诗的风格以"沉郁顿挫"为主调，同时又有《望岳》的"雄阔"，《赠卫八处士》的"淡雅"，《月夜》的"缠绵秾艳"和《江畔独步寻花》的"清狂野逸"等。如果说作家的多样风格是长期艺术实践的结果，接受者对多样风格的认识和发现同样是经过历代评论家不断体悟、不断探索、不断发现的结果。今人对屈原以来历代大家多样风格的认识，同样是阐释史上评论家审美探索审美发现的成果。

二是风格内涵由浅表到深层的把握。提出"词别是一家"的李清照，创造了别具风神的"易安体"。一部近千年"漱玉词"的接受史，其核心就是一部"易安体"的认同史和发现史，也是一部对"易安体"美学意蕴不断深化的阐释史。从南宋初年王灼的《碧鸡漫志》，经明代词论家张綖、王世贞和沈际飞，再到清代的王士祯、陈廷焯和况周颐等，三代学者对"易安体"的体认，经历了从"语体风格"，到"本色词境"，再到"人格风神"的阐释历程。仔细考察每一位大家的风格阐释史，都可以发现接受者对其主导风格审美内涵的阐释，无不经历了不断深化、不断升华的过程。

三是风格结构由平面到立体的阐释。作家风格体现于作品之中，作品风格则是在作品的多要素、多层次的审美结构中显现出来的。就某一家而言，以"点到即止"为特点的古代诗评家，大多满足于直觉把握，不做具体分析和立体透视；然而，从阐释史的角度看，围绕一位作家和一部作品的风格阐释史，其对风格内在结构的阐释，往往经历了由平面到立体、由要素到整体的不断深化的进程。陶诗风格阐释史上提出的诸多命题，就对"冲淡深粹"的总体风貌作了立体分析：如"无我之境，静中得之"，论生成心理；"写景不隔，如在目前"，论诗境；"理趣盎然，暗契道禅"，论情趣；"通文于诗，自然入妙"，评语言；"巧于组构，不见痕迹"，赞结构；

"诗韵幽远，超然自得"，说魅力。从阐释史看，"冲淡深粹"的考语不再是平面含混的了，而是由平面化为立体，由表层进入深层，成为一个内蕴丰富的美学结构。

传统的风格批评虽然重直觉轻分析，失之朦胧含混，却有两大优点：一是直觉感悟从作品出发；二是个性把握在比较中见出。这就为经典作家艺术风格的阐释史研究提供了两条既现成又有效的阐释思路。

其一，从具体作品的阐释史入手。作家的风格特色体现在经典作品之中，而直面经典的诗学沉思而不是抽象概念的逻辑演绎，这是古典诗学的一大特点，由此也形成了直觉感悟从作品出发的风格批评。从这一特点出发，对作家艺术风格的阐释史研究，可以围绕一部或一组经典作品的阐释史进行。例如，通过《离骚》的阐释史，揭示屈原风格的审美特征和内在结构；通过《饮酒二十首》的阐释史，揭示陶诗风格的审美特征和内在结构；通过《蜀道难》的阐释史，揭示李白风格的审美特征和内在结构；通过《秋兴八首》的阐释史，揭示杜甫风格的审美特征和内在结构等。这种以一部或一组经典作品的阐释史为中心的作家风格阐释史研究，不仅具有可操作性，而且通过由实而虚、由点及面的审美阐释，可以对作家的风格特色做到既有血有肉又全面整体的把握。

其二，从"并称作家"的风格比较入手。法国风格学家波雷指出：就风格学而言，"全部研究的步骤可以归结到一点：比较"。传统的风格批评擅长于在比较中把握不同作家的风格特点，于是在批评史上出现了一系列相对稳定的"作家并称"或"并称作家"。而从个性把握在比较中进行的风格学原理出发，就可以将艺术风格相近似的作家进行比较阐释史的研究。例如，"屈原与宋玉"辞风的比较阐释史；"陶渊明与谢灵运"诗风的比较阐释史；"李白与杜甫"诗风的比较阐释史；"韩愈与柳宗元"文风的比较阐释史；"元稹与白居易"诗风的比较阐释史；"苏轼与辛弃疾"词风的比较阐释史等。

直觉感悟从作品出发和个性把握在比较中进行，这二者在传统风格学中是融为一体的，在艺术风格的阐释史研究中二者也可以有机地结合起来。于是，在艺术风格的比较阐释史研究中，同样可以采取选择两位作家的一部或一组经典作品的阐释史，进行艺术风格的比较研究。例如，《白雪歌》《燕歌行》阐释史与高岑诗风的比较研究；《蜀道难》《哀江头》阐释史与李杜诗风比较研究；《长恨歌》《连昌宫词》阐释史与元白诗风比较研究；《雨霖铃》《念奴娇》阐释史与柳苏词风的比较研究等。

艺术风格是个人与时代的审美意识和审美情趣的直接体现，接受者对艺术风格的理解和阐释、提倡和强调，同样体现了时代的审美观念和审美趣味。因此，艺术风格的阐释史可以最直接地折射出不同时代的审美意识史和审美趣味史。

五、艺术典范的影响史

真正的经典作家，要么是民族文学史上的"第一批天才"，要么是文学发展过程中的"集大成天才"。他们卓越才能和创造性贡献，既创造了历史，又影响了历史，从而对民族文学的发展产生直接的推动作用。每一位经典作家在文学史上产生的持续影响，就形成了一部部规模不同各具特色的创作影响史。因此重视经典作家在文学史上的影响，描述经典作家对同时代人和后代人产生的影响，并非始于现代接受史，中西文评史上早已有之。

但必须指出，传统的影响描述与现代的影响史研究，具有明显区别。首先，从学术地位看，前者从属于作家论，纯然是为了赞美作家的伟大或证明作家的伟大，后者成为一种独立的学术形态，旨在揭示经典作家的影响与文学发展的关系，研究经典作家在文学变革中的独特贡献；其次，从学术态度看，前者大多从研究者的阅读经验出发，对研究对象的影响作较为随意的描述，后者则在自觉的接受史与历史诗学的指导下，对经典作家的影响史进行系统的考察；再次，从学术内容看，前者限于描述经典作家对同代作家或后代作家在创作上的影响，后者则应在此基础上全面考察经典作家影响的过程、影响的特点、影响的表现和影响的规律等问题。

上述诸种差别，最终根源于学术观念的差别，其核心是对"独创"与"影响"在文学发展中的认识出现了根本性的转化：即以现代的"创造性误读论"，取代传统的"独创至上论"。布鲁姆指出："诗的历史是无法和诗的影响截然区分开的。因为，一部诗的历史就是诗人中的强者为了廓清自己的想象空间而相互'误读'对方的诗的历史。"①独创中渗透了传统的影响，影响中包含了"误读"的独创；给予影响的是强者，接受影响的也是强者，给予影响没有特别的荣耀，接受影响更不是接受者的耻辱。因此现代的影响史研究，既要赞美经典作家给予的影响，更要研究接受者的接受影响，研究接受影响的过程、表现和再创造的规律等问题。

经典作家的影响是通过作家创造的艺术典范实现的。艺术典范影响史的研究可以从两个方面展开：一是从给予影响的经典作家出发，考察艺术典范是如何影响后人的，或者说这种影响通过哪些方面体现出来的；二是从接受影响的后代作者出发，研究后人在接受影响时是如何通过"误读"和"修正"前人而实现再创造的。前者形成了艺术典范影响史的多元结构，后者产生了"误读"和"修正"前人的多样艺术策略。

第一，从给予影响的角度看，艺术经典的典范性体现在作品结构的各个方面，从而形成了艺术典范影响史的多样性。它可以细分为四个层面，即艺术母题的影响史，艺术技巧的影响史，艺术风格的影响史，以及经典作品的二度创作史等。

一是艺术母题的影响史。西方文评中的"母题"，相当于中国文评中的"诗胎"或"诗祖"。艺术母题具有意象的象征性和意蕴的稳固性，它可以在不同时代、不同体裁的文本中无限重复。母题的表现形式是多样的，有意象母题、情志母题、情境母题、情节母题和人物母题等等。民族文学中的艺术母题源于民族的上古文化史和文艺创作史。中国诗歌的艺术母题有三大来源，即《诗经》、屈骚和经典作家的创造；后者如陶渊明的

---

① 哈罗德·布鲁姆：《影响的焦虑》，徐文博译，生活·读书·新知三联书店1989年版，第3页。

桃源、五柳与东篱菊，王维的辋川、红豆与渭城雨，李白的蜀道、长江与关山月，杜甫的岱岳、曲江与岳阳楼等。这些母题一旦获得经典意义，便成为一股诗意的生命之流，流淌在历代诗人的笔下，开始了它们的审美旅程，形成一部部渗透历代诗心的深远影响史。从某种意义上来说，一部文学史就是一组原型母题的嬗变史。

二是艺术技巧的影响史。钱锺书《谈艺录》论"七律杜样"[①]，便是一部微型的"杜律技巧影响史"，它为艺术技巧的影响史研究提供了一个极佳范例。经典作家在谋篇、布局、造境、用典、炼字、炼句等方面的艺术经验，是一笔极为珍贵的艺术遗产，也对后世作家产生了深刻影响。因此，艺术技巧的影响史是艺术典范影响史不可或缺的组成部分，也是探讨经典作家艺术贡献和艺术影响最切实有效的途径。智慧以知识为前提，技巧以手法为基础。技巧作为对手法的巧妙运用所包含的智慧难以口传，只有通过对经典的揣摩体会才能领悟；所谓只有"心灵的连接会使一个人的作品激发起另一个人的写作"。因此，只有深入考察经典作家艺术技巧的影响史，才能使经典作家艺术贡献和艺术影响的研究落到实处，才能发现艺术传承与艺术革新的内在奥秘。

三是艺术风格的影响史。风格的阐释史着眼于作家风格内在特点的历史理解，风格的影响史则着眼于作家风格对后人的历史影响。如果说母题与技巧的影响是局部的，那么风格的影响则是整体的。比之母题与技巧，对于经典风格的拟仿及其影响，在中国诗歌史上更为自觉，也更受诗评家的关注。自鲍照的《学陶彭泽体》和江淹的《效阮公诗十五首》之后，拟仿前代名家风格成为历代诗家的风尚，代代相传，形成了大量以经典诗人命名的诗体诗风。但由于缺乏自觉的影响史意识，无论古代文评家还是现代研究者，对诗风、词风、文章风格影响后人的具体过程及其对文学发展的意义，缺乏应有的重视，更缺乏系统的研究。艺术风格是艺术家所能企及的最高境界，也是文学艺术家对文学史和艺术史的最大贡献。因此，艺

---

① 钱锺书：《谈艺录》，中华书局1984年版，第172—175页。

术风格影响史的研究恰恰是艺术典范影响史不可或缺的内容，也是母题史和技巧史基础上的一种升华。

四是经典作品的二度创作史。除了母题影响史、技巧影响史和风格影响史之外，经典作品的"二度创作史"也是作家艺术典范影响史的重要构成内容。小如从王维的《渭城曲》到历代的"阳关三叠"，大如从白居易的《长恨歌》和陈鸿的《长恨歌传》到白朴的《梧桐雨》、洪升的《长生殿》以及历代的"长恨戏"等等，经典作品的"二度创作史"成为中国文学史上极为普遍的创作现象。明代学者田艺蘅的《阳关三叠图谱》，可以说就是一部颇为完整的《渭城曲》的"二度创作史"。一首小诗演绎成一部形式多样、历时千余年的多姿多彩的"二度创作史"，令人叹为观止。田艺蘅的《阳关三叠图谱》并非现代意义的"二度创作史"，但对于经典的"二度创作史"研究仍具有多方面的启示意义。

第二，从接受影响的角度看，后代的"强者诗人"在"影响的焦虑"的驱动下，对"前驱诗人"进行不屈的反抗，创造出"误读"与"修正"前人的多样策略，形成了一部影响史上特有的、内容丰富的"误读诗学"或"修正诗学"。这是现代影响史研究需要深入考察的第二方面的重要内容。

一部艺术典范的影响史，就是一部强者诗人对于前代巨擘的挑战史；而强者诗人在挑战前驱的过程中，必然运用多样的"误读"手法，创造出丰富的"修正"技巧。布鲁姆在《影响的焦虑》中提出的六种"修正比"[①]，实质就是根据近代英国诗歌史总结出来的强者诗人挑战前代巨擘

---

① 布鲁姆的"六种修正比"：1."克里纳门"（Clinamen）,意为诗的误读或者有意误读；2."苔瑟拉"（Tessera），意为"续完和对偶"，即有针对性地对前驱的诗续完；3."克诺西斯"（Kenosis），意为"重复和不连续"，即打碎与前驱的连续运动；4."魔鬼化"（Daemonization）或"逆崇高"（The Counter Sublime）,意为朝着个性化方向的"逆崇高"运动，是对前驱之"崇高"的反动；5."阿斯克西斯"（Askesis）,是一种旨在达到孤独之自我净化；6."阿波弗里达斯"（Apophrades）,意为"死者的回归"，到了最后一个"修正"境界，后来诗人的成就似乎可以使前驱诗人退居次席。参阅徐文博：《"一本薄薄的书震动了所有人的神经"（代译序）》，哈罗德·布鲁姆：《影响的焦虑》，徐文博译，江苏教育出版社2006年版。

时采用的"误读"手法和"修正"技巧。从中国诗史看，江西派的"夺胎换骨"同布鲁姆的"诗的影响"，颇为相似。其实，江西派的诗学理论就是在深入思考先宋诗歌的影响史后提出来的，并在以后的创作实践中不断充实，包含了丰富的"误读"技巧和"修正"手法。对此，80年代初美国学者斯图尔特·萨金特先于国人作了思考，并借鉴布鲁姆的理论对江西诗派的"主要策略"作了初步总结。他在《后来者能居上吗：宋人与唐诗》一文中写道：

> 在宋代的材料中，我们可以发现用来为后者争得一席之地的六种主要策略：一，模仿和补充；二，从反面立意的修正；三，对前人的认同；四，指出前人的前人；五，将自我升华为诗歌之源，并在与世隔绝的状态中囊括前人；六，按自己的意思将前人纳入诗歌，从而取代或超越他们。①

虽有套用布鲁姆模式的痕迹，但足以启示我们对中国诗歌影响史上"误读"和"修正"的策略，作更深入的思考和研究。

中国古代诗评家对影响史上的"误读诗学"和"修正诗学"，并非无所作为，南宋初吴开②所著的《优古堂诗话》，就可以视为专门研究"宋诗"挑战"唐诗"，以及历代诗人的"误读手法"和"修正技巧"的诗学专著。此书凡156则③，多论北宋人诗，间及唐人。除少数兼涉考证，其余均论诗家用字炼句、意境创构、体式风格的相承变化之由。《四库全书总目》评曰："夫夺胎换骨，翻案出奇，作者非必尽无所本，实则无心闇合，亦多有之。必一句一字求其源出某某，未免于求剑刻舟。……然互相参考，可以观古今人运意之异同，与遣词之巧拙。使读者因端生悟，触类引

---

① 莫砺锋编：《神女之探寻》，上海古籍出版社1994年版，第75页。

② 关于《优古堂诗话》作者的考辨，参阅郭绍虞《宋诗话考》（上卷）。

③ 《四库全书总目》谓"其书凡一百五十四条"，《历代诗话续编》本为一百五十六条。

申，要亦不为无益。"此诚通达之论。可以说，《优古堂诗话》是中国诗学史上第一部以自觉的美学意识，对中国固有的"修正诗学"进行较系统总结的诗学专著。

"影响的焦虑"深入一切文学想象之中，也是一切文学想象的动力；诗的影响和创造性的误读，更是一门玄妙深奥的学问。因此，立足中国文学传统，超越焦虑的"独创至上论"，借鉴西方的影响史论和修正诗学的理路，从经验到学理，从局部到系统，从潜在到显在，建立中国自己的"误读诗学"或"修正诗学"，确已成为现代影响史研究不容忽视的学术任务。

六、人格精神的传播史

一部经典作家的接受史，既是一部经典作家艺术生命的存在史，也是一部经典作家人格精神的传播史，二者为体为用，相互联结。若论区别，如果说艺术典范的影响史，侧重于考察经典作家的艺术生命在民族文学发展中的文学史意义；那么人格精神的传播史，侧重于展示经典作家的文化生命和人格范型在民族精神和民族性格塑造中的精神史意义。

"人性之形成来自影响"①，既来自哲人和伟人的影响，也来自文学家和艺术家的影响。相比而言，经典作家对人性形成的影响，更为广泛，更为深刻。这也是雪莱坚定地"为诗辩护"的理由所在。②华夏民族精神的塑造和形成，同样离不开诗人和艺术家。五千年华夏文明史上，对民族的

---

① 哈罗德·布鲁姆：《影响的焦虑》，徐文博译，生活·读书·新知三联书店1989年版，第5页。

② 雪莱《为诗辩护》："倘使但丁、佩脱拉克、薄伽丘、乔叟、莎士比亚、卡尔德伦、培根爵士、密尔顿不曾活在世界上；倘使拉斐尔和米开朗琪罗不曾诞生于人间；倘使希伯莱的诗不曾被翻译出来；倘使希腊文学的研究不曾经过复兴运动；倘使古代的雕刻并没有遗迹流传给我们；倘使古代宗教的诗跟着古代宗教的信仰一起湮没了；——那末，我们真无法想象世界上的道德状况将会变成怎样。"（见刘若端编：《十九世纪英国诗人论诗》，人民文学出版社1984年版，第151页）

心灵品格产生深刻影响的，既有孔子的博大，孟子的无畏，老子的无为，庄子的逍遥；更有屈子的深情，陶公的悠然，杜甫的沉郁，李白的飘逸。正是这些哲人的智慧和诗人的襟怀，共同塑造了华夏民族独特的精神品格。

经典作家人格精神的影响和传播，主要体现在两个方面：一是作品中的人生智慧对后人的精神滋养，二是作家的人格境界为后人树立典范。与此相联系，经典作家人格精神传播影响史的研究，也相应分为相对独立的两个层面：一是经典作品的阐释与人生智慧传播；二是人格范型的塑造与人格境界影响。

第一，经典作品的阐释史与人生智慧的传播。作品的精神价值和智慧魅力在接受过程中实现，作品精神影响力的程度则取决于接受群体的广度和接受时间的长度。于是从经典作品的阐释史入手，考察作家人生智慧的传播和影响，似应从前后相联的两个方面入手。

首先，系统考察传播作家人生智慧的作品序列。一般地说，传播作家人生智慧的作品序列，与经过双重选择形成的作家的经典序列是基本一致的。经典作品序列的考察及接受史研究，似可细分为四个层面，即选本史、影响史、阐释史和效果史。选本史有赖历代选家，影响史影响后代作家，阐释史借助历代诗评家，效果史则深入最广大的接受者或普通读者。进入选本，是作品产生精神影响的必要前提，但不是唯一条件，只有进而形成影响史、阐释史和效果史，才真正意味着它在民族精神的塑造史上产生了实质性的影响。其中，历代诗评家的审美阐释尤为重要，经过诗评家的持续阐释，经典的诗意得到不断发掘，作家的审美情怀和人生智慧得以广泛传播。

其次，进而深入作品的阐释史，研究作品传播人生智慧所达到的深度和广度。如何深入？系统考察经典的阐释史，至少有四个角度：阐释的主体、阐释的长度、阐释的频率和阐释的深度。从阐释的主体构成，可以见出经典影响社会群体的广泛性；从阐释的时间长度，可以见出经典影响力的历史延续性；从阐释的频率节奏，可以见出经典在同一时期受读者关注的程度；从阐释的心灵深度，可以见出经典意义的历史累积和民族心灵的不断丰富。一部精心筛选的经典作品的阐释史，就是一位作家审美情怀和人生智慧的传播影响史。中国文学史上一大批经典作品的阐释史都有待我们进行独立的专题研究，只有通过深入系统的阐释史研究，才可能真切地发现伟大作家的审美情怀和人生智慧是如何渗入和滋养我们民族的精神血脉的。

第二，人格范型的塑造史与人格境界的影响。研究经典作家人格范型的塑造史和人格境界的传播史，就是回到历史的起点，还原和展示作家人格范型的形成过程和人格境界的传播历史，从而考察他们在民族精神的发育史上产生的独特影响。

首先，研究作家人格范型的形成。这主要包括两个方面，即人格范型形成的基础和人格范型形成的规律。人格范型的形成，以经典作品为基础。作家人格形象的塑造，无不是以经典作品为中介，读者与作者双向对话的结果：一方面，接受者通过对经典作品的选择与阐释，不断地发掘和塑造着作家的人格形象；另一方面，接受者又自觉不自觉地以作家的人格境界为榜样，潜移默化地完善自我的人格形象。经典作家的人格境界对民族精神的影响，正是在读者与作者之间的双向对话、互为塑造的过程中实现的。

人格范型的形成过程，也有其自身的规律。一般地说，大多要经历从"现实人格"到"诗性人格"、再从"诗性人格"到"文化人格"的三部曲。诗性人格是现实人格的升华，文化人格又是诗性人格的升华。杜甫人格形象形成，就经历了从同代人心目中的"人间杜甫"，到中唐元稹和白居易心目中的"诗性杜甫"，再到北宋王安石和黄庭坚等心目中的"诗圣杜甫"的过程。王安石《杜甫画像》所谓"所以见公像，再拜涕泗流。推公之心古亦少，愿起公死从之游"，黄庭坚《老杜浣花溪图引》所谓"常使诗人拜画图，煎胶续弦千古无"，虽未曾称杜甫为"诗圣"，却已将杜甫作为"圣贤"崇拜了。

其次，追踪作家人格范型的演化。一般地说，人格范型的演化会出现两种趋向：或趋于"偶像化"，或重返"人间化"。人格形象的"偶像化"，是作家人格范型演化过程中的普遍现象。屈、陶、李、杜人格形象的演化无不如此。从这个意义上说，一部经典作家的接受史也就是作家人格形象的偶像化的历史。这与顾颉刚在"古史层累说"中所说的，"时代愈后，传说中的中心人物愈放愈大"①的现象颇为相似。从现代阐释学看，人格形象的"偶像化"，实质是"效果历史"原则的一种体现②。换言之，任何一个历史事件和历史人物，都是"历史的实在"与"历史理解的实在"的统一体，它们的历史绝不是纯客观的历史，而是一种饱含历史理解的"效果的历史"。

当人格形象的"偶像化"走向极端，走向超人的"神化"，尤其被主流意识刻意利用而成为全民膜拜的对象后，必然引起民众的反感而遭到接受者的排拒。于是，"偶像化"的人格形象就会受到怀疑而被重新阐释，并开始重返"人间化"和"平民化"。经典作家的人格形象往往就摇摆在"偶像化"与"人间化"之间。如果说20世纪之前，包括屈、陶、李、杜在内的一大批经典作家的人格形象始终处于"偶像化""理想化"的过程之中；那么进入20世纪之后，随着对传统文化的全面反思，他们的经典地位和"偶像化"的人格形象便开始遭到怀疑和反思、遭到解构和批判。研究者也试图通过对作品的重新解读和重新阐释，恢复他们的"人间真相"和"平常本色"。

不过，历史的钟摆似乎并没有从此就停留在"人间化"一端不再摆动。经过20世纪风云激荡、大起大伏的一百年，进入21世纪之后，在"国学热"和"经典热"的推动下，人们似乎又重新开始回望历史，回首传统，怀念和拜谒历史上的智者、圣人和诗人，经典作家的人格形象也因此进入了新的"光荣的周期"。

①　王煦华编选：《古史辨伪与现代史学——顾颉刚集》，上海文艺出版社1998年版，第25页

②　加达默尔：《真理与方法》（上卷），洪汉鼎译，上海译文出版社1999年版，第384—385页。

如何理解经典作家人格形象的"光荣的周期"？如何看待造神与去神、祛魅与返魅、偶像化与人间化的复杂现象？尤其是如何理解经典作家人格形象被偶像化和理想化的努力？问题的答案还在于"人性之形成来自影响"这一根本规律。卡西尔说："伦理世界绝不是被给予的，而是永远在制造之中。"①自然人性向伦理人性的转化也不是自发的，而是永远在"制造"之中、永远在"改造"之中、永远在"塑造"之中的。经典作家人格形象的理想化阐释和偶像化敬仰，就是为"自我塑造""自我完善""自我升华"的人们提供一颗温暖的诗心，伴随孤独的心灵一路向前；提供一盏精神的明灯，引导向善的人们勇往前行。因此，任何一个高贵的民族，都会永远珍爱民族的哲学和文学，都会永远敬仰民族的哲人和诗人。一个高贵民族的高贵气质，也正来源于被理想化、高贵化了的哲人和诗人的人格典范。

"问题是哲学的中心，论证是哲学的精髓。"②没有正确的提问，就没有真正的学术收获。经典作家接受史绝不止于上述五大问题，也不止于上述五条途径。立足文学传统，沿着以上思路，潜心深入经典作家接受史的学术深处，深入研究接受对象和接受主体，吃透两端，细读文本，就可能发现更多的学术问题，进行更深入的学术探讨。同时，经典作家接受史的写作方式也应当是多样的，既可以在充分的专题研究的基础上，采用"五条线索，同时并进"的方式撰写接受通史；也可以从经典作家自身的特点出发，采用"选择一点，专题深入"的方式进行专题研究。

一部经典的接受史是一个思想史事件。无论经典作品还是经典作家的接受史研究，绝不应只是"评论资料汇编"的通俗解说，绝不能成为柯林武德所谓的"剪刀加浆糊"③的历史；它应当是经过研究者"心灵重演"

---

① 卡西尔：《人论》，甘阳译，上海译文出版社1985年版，第77页。

② 陈康：《哲学——学习问题》，《陈康：论希腊哲学》，商务印书馆1995年版，第534页。

③ 柯林武德："由摘录和拼凑各种不同的权威们的证词而建立的历史学，我就称之为剪刀加浆糊的历史学……它们实际上根本就不是历史学。"（《历史的观念》（增补版），何兆武、张文杰、陈新译，北京大学出版社2010年版，第254页）

的历史，应当在一个个专题研究基础上再形成完整的历史。然而，没有全面细致的文献考索，不可能产生独特的问题意识；没有深入扎实的专题研究，不可能完成高质量的接受史著作。作为文学史的重要一翼，接受史不是"学术的避难所"，而是"学术的新领地"。

[原载《陕西师范大学学报》（哲学社会科学版）2011年第4期，《中国社会科学文摘》2011年第11期转摘]

唐诗的两种辉煌

——兼论唐诗经典接受史的学术方法

　　唐诗有两部历史，创作史和接受史；唐诗也有两种辉煌，创作史的辉煌和接受史的辉煌。前者是历经初盛中晚近300年唐诗创作史的辉煌；后者是与唐诗创作史相伴随迄今1300多年的唐诗接受史的辉煌。辉煌的唐诗创作史是唐人"全面生活的诗化"，也是唐人生存智慧的艺术结晶；辉煌的唐诗接受史则是唐人雄浑诗魂的传递史，更是唐诗对民族心灵的塑造史。经典是心灵与文化的结晶，是诗情与哲理的载体，也是审美阅读的直接对象。一部"唐诗接受史"实质是一部"唐诗经典接受史"。因此，唐诗接受史研究应当"以唐诗经典为中心"，通过唐诗经典接受史的多方面、多角度的深入研究，让唐诗的风神情韵进入现代人的生活，滋养现代人的心灵。

一、辉煌的创作史：唐人"全面生活的诗化"

　　辉煌的唐诗创作史，让唐朝获得了"诗唐"的称号。这是闻一多在《诗的唐朝》一文中提出的诗意命题，并对"诗唐"的提法作了具体说明。他写道："一般人爱说唐诗，我却要说'诗唐'，诗唐者，诗的唐朝也，懂得了诗的唐朝，才能欣赏唐朝的诗。"闻一多之所以要把"唐诗"和"唐朝"，称为"诗唐"或"诗的唐朝"，理由有二。

　　其一，从唐诗的艺术成就和影响看："（一）好诗多在唐朝；（二）诗的形式和内容的变化到唐朝达到了极点；（三）唐诗的体裁不仅是一代人的风格，实包含古今中外的各种诗体；（四）从唐诗分枝出后来的散文和小说等文体"。

其二，从唐诗对唐人生活的渗透看："唐人的生活是诗的生活，或者说他们的诗是生活化了的。……唐人作诗之普遍可说空前绝后，凡生活中用到文字的地方，他们一律用诗的形式来写，达到任何事物无不可以入诗的程度"①。

诗国唐朝诗歌创作的极大繁荣和无比辉煌，根源何在？这一问题曾引起无数文学史家的关注和兴趣，并对唐诗繁荣和唐诗辉煌的原因做出了种种解释。受西方19世纪实证主义文学史观的影响，唐诗研究者大多遵循"社会起因论"的思路，从外部揭示唐诗繁荣的多方面原因，诸如经济的空前繁荣，思想的极大解放，帝王的格外重视，以及六朝诗歌艺术的高度发展，等等。如果从诗歌创作本身来看，那么闻一多所谓"全面生活的诗化（诗的生活化，生活的诗化）"，既描述了唐诗繁荣的现象，同时也揭示了唐诗繁荣和唐诗创作史辉煌的内在根源和现实动因。

唐诗的创作之所以无比繁荣，唐诗的创作史之所以无比辉煌，就在于"诗唐"的"全面生活的诗化"——"诗的生活化，生活化的诗"；换言之，在诗国唐朝，诗深入到生活的一切领域，唐人生活的各个方面都与诗有着密切的关系。具体地说，唐人"全面生活的诗化"，至少包含三层意思：

首先，唐人"全面生活的诗化"是指唐诗表现了唐人日常生活的各个方面。如闻一多先生所说，"凡生活中用到文字的地方，他们一律用诗的形式来写，达到任何事物无不可以入诗的程度"。例如，"生活的记录——日记，生活的装潢——应酬——社交，生活的消遣——游戏——联句、集句、回文、时钟、诗令、赌博＝律诗"②等。方回《瀛奎律髓》专取唐宋人律诗，按生活内容细分为四十九类：

① 郑临川述评：《闻一多论古典文学》，重庆出版社1984年版，第83页。
② 《闻一多全集》（第6卷），湖北人民出版社1993年版，第120—121页。

登览类、朝省类、怀古类、风土类、升平类、宦情类、风怀类、宴集类、老寿类、春日类、夏日类、秋日类、冬日类、晨朝类、暮夜类、节序类、晴雨类、茶类、酒类、梅花类、雪类、月类、闲适类、送别类、拗字类、变体类、着题类、陵庙类、旅况类、边塞类、宫闱类、忠愤类、山岩类、川泉类、庭宇类、论诗类、技艺类、远外类、消遣类、兄弟类、子息类、寄赠类、迁谪类、疾病类、感旧类、侠少类、释梵类、仙逸类、伤悼类，等等。

诗是人生情怀的审美升华，一种题材类型，就是一个生活领域：从天文到地理，从日月到山川，从春夏到秋冬，从花卉到鳞羽，从乡村到都市，从宫廷到山林，从上层到市井，从沙场到酒肆，从少年到老寿，从摇篮到陵墓，日常人生，王朝更替，家庭邻里，文化习俗，世间百态，宇宙万象，中国传统社会生活的各个方面，无所不包，应有尽有。闻一多在比较中国、印度、以色列、古希腊"四个古老民族"的"文学的历史动向"时，对中国诗歌与日常生活的密切关系作了更深入的阐释。他写道：

诗似乎也没有在第二个国度里，像它在这里发挥过的那样大的社会功能。在我们这里，一出世，它就是宗教，是政治，是教育，是社交，它是全面的生活。维系封建精神的是礼乐，阐发礼乐意义的是诗，所以诗支持了那整个封建时代的文化。

闻一多的这段话具有极为重要的学术启示意义，可视为"诗与中国文化关系"的学术论纲；而在"整个封建时代"，"诗"与"文化"关系最密切的时期，便是作为"诗国高潮"的唐朝。闻一多进而写道："最显著的例是唐朝。那是一个诗最发达的时期，也是诗与生活拉拢得最紧的一个时期。"①诚哉斯言！诗是唐人的宗教，诗是唐人的哲学，诗是唐人的政治，

---

① 《闻一多全集》（第10卷），湖北人民出版社1993年版，第17页。

诗是唐人的教育，诗是唐人的社交，诗是唐人的全面生活！

其次，唐人"全面生活的诗化"又指唐诗表现了唐人心灵世界的各个方面。喜、怒、哀、惧、爱、恶、欲，人之七情，唐诗无不曲尽其幽，淋漓尽致。宋人敖陶孙"评古今诸名人诗"，论及十四家唐人诗风诗情曰："王右丞如秋水芙蕖，倚风自笑。韦苏州如园客独茧，暗合音徽。孟浩然如洞庭始波，木叶微脱。杜牧之如铜丸走坂，骏马注坡。白乐天如山东父老课农桑，言言皆实。元微之如李龟年说天宝遗事，貌悴而神不伤。刘梦得如镂冰雕琼，流光自照。李太白如刘安鸡犬，遗响白云，核其归存，恍无定处。韩退之如囊沙背水，惟韩信独能。李长吉如武帝食露盘，无补多欲。孟东野如埋泉断剑，卧壑寒松。张籍如优工行乡饮，酬献秩如，时有诙气。柳子厚如高秋独眺，霁晚孤吹。李义山如百宝流苏，千丝铁网，绮密瑰妍，要非适用。"①诗心即人心，诗情即人情。一种诗风和诗情，就是一种人格和人性。不同阶层、不同群体的唐代诗人，对人性人情的生动表现，使唐人的心灵世界得到了全面的诗化表现。歌德说："莎士比亚是一个伟大的心理学家，从他的剧本中我们可以学会懂得人类的思想感情。"②唐代诗人同样是一批伟大的心理学家，从他们的诗篇中，我们可以懂得唐人的情感，懂得中国人的情感，进而懂得人类的情感。

再次，唐人"全面生活的诗化"又有唐诗的"全面生活化"之意。所谓唐诗的"全面生活化"，包含两层意思：一是从创作主体看，唐诗的创作者包括了社会的各个阶层、各类群体。唐代诗人以文人、士子、官吏为主，此外还有帝王、后妃、宦官、农民、士兵、僧道、妇女、歌妓、儿童等，正所谓士人君子、三教九流，无所不包。恰如高棅《唐诗品汇》所说："唐世诗学之盛，上自帝王公卿，下至山林韦布，以及乎方外异人、闾阎女子，莫不学焉"；二是从文化影响看，唐诗的影响渗透到中国文学、中国艺术和中国人日常生活的各个方面。例如，"赋、词、曲，是诗的支

---

① 敖陶孙：《敖器之诗话》，王大鹏等编选：《中国历代诗话选》（二），岳麓书社1985年版，第784—785页。

② 爱克曼辑录：《歌德谈话录》，朱光潜译，人民文学出版社1982年版，第99页。

流，一部分散文，如赠序，碑志等，是诗的副产品，而小说和戏剧又往往以各自不同的方式夹杂些诗。诗，不但支配了整个文学领域，还影响了造型艺术，它同化了绘画，又装饰了建筑（如楹联、春帖等）和许多工艺美术品。"①

创作主体的全面多样、表现生活的全面多样和心灵主题的全面多样，造成了唐诗的全面繁荣和全面辉煌。对唐诗空前繁荣和无比辉煌的景象，胡应麟《诗薮》作了充满赞叹之情的精彩描绘：

> 甚矣，诗之盛于唐也！其体，则三、四、五言，六、七、杂言、乐府、歌行、近体、绝句、靡弗备矣。其格，则高卑、远近、浓淡、浅深、巨细、精粗、巧拙、强弱、靡弗具矣。其调，则飘逸、浑雄、深沉、博大、绮丽、幽闲、新奇、猥琐，靡弗诣矣。其人，则帝王、将相、朝士、布衣、童子、妇人、缁流、羽客，靡弗预矣。

胡应麟所谓"其体""其格""其调"，靡弗勿备，既是指唐诗诗体诗风的无所不备，也是唐人生活情调的无所不备，更是唐人心灵秘密的无所不备。

鲁迅有一句论唐诗的名言："我以为一切好诗，到唐已被做完，此后倘非能翻出如来掌心之'齐天大圣'，大可不必动手。"②鲁迅所谓"好诗到唐代已被做完"，当指中国诗歌艺术发展到唐代已臻于极境，同时也指古人的生活在唐诗中得到最全面最丰富的表现，古人的心灵在唐诗中得到最精微最深邃的揭示。一部文学史就是一部心灵母题的嬗变史。唐诗继《诗经》之后为后代诗人提供了最完美的艺术范本，建构了最全面的心灵母题系统，所以后来者难能"翻出如来掌心"。

---

① 《闻一多全集》（第10卷），湖北人民出版社1993年版，第17页。
② 《鲁迅全集》（第13卷），人民文学出版社2005年版，第307页。

二、辉煌的接受史:唐人雄浑诗魂的传播

辉煌的唐诗创作史,为唐诗接受史奠定了坚实的基础;辉煌的唐诗接受史,延续着唐诗创作史的艺术生命力,传递着唐诗创作史的文化影响力。

授受相随是中国古代诗史的一大特点。唐诗创作史开创之日,便是唐诗接受史开始之时。然而,一部唐诗接受史并不是唐人全部诗作的接受史,更不是一部无所不包的"全唐诗"的接受史,而是唐诗中的经典作品的接受史,是一部"唐诗经典"的接受史。每一代作家都可分为大家、名家和三流以下的无名小家,每一代作品也都可以分为杰作、佳作和乏善可陈的平庸之作。两千多位唐代诗人并非人人都有李杜之才,近五万首唐诗也并非篇篇都是传世佳作。只有大家和名家的真正的杰作和佳作,才可能成为恒久的接受对象,才可能具有绵延不断的接受史。因此,唐诗接受史实质是一部唐诗的经典作家和经典作品的接受史,其中心则是唐诗经典作品的接受史。一部唐诗接受史,实质上是一部召唤经典、遴选经典、赞美经典、阐释经典、拟仿经典和反思经典的唐诗经典接受史。唐人雄浑的诗魂正是在唐诗经典的接受过程中得到传播和光大的。

一部唐诗接受史的接受者不妨分为两个层次,即普通读者和专业读者。普通读者的审美接受和审美反应,在当时对经典的形成和经典的遴选具有直接的影响,然而他们大多未留下诉诸文字的接受文本,因此很难真正进入接受史研究者的视野。专业读者的接受因审美旨趣和学术旨趣的不同,各自采用不同的方式,留下了大量不同的接收文本。就唐诗接受史而言,专业读者的接受文本极为多样,有选家的各类选本,有评家的评点和诗话,有创作家接受影响的拟仿,也有诗学家反思诗学规律的诗论,等等。然而,无论是选家的选本、评家的评点,还是创作家的拟仿和诗学家的反思,都是围绕唐诗经典展开的,并由此形成了唐诗接受史的四大分

支：唐诗选本是唐诗经典的遴选史；唐诗诗话是唐诗经典的阐释史；唐代以后的诗史是唐诗经典的影响史；唐代以后的诗学则是唐诗经典的诗学反思史。

首先，唐诗选本是唐诗经典的遴选史。唐诗选本是历代诗选中数量最多、影响最大的一种。孙琴安先生《唐诗选本提要》"自序"说得好："选本之目，虽自《诗经》，严格来说，实肇自梁萧统所编《文选》一书。自此而后，各种选本应运而生。以种类说，有赋选、诗选、词选、曲选；以时代论，有通代之选、断代之选、当代之选。若以断代为限，从数量的多寡、选目的丰富、影响的深广来说，当以唐诗选本为冠。"①据孙琴安先生考订统计，唐诗选本目前可以考知的就有600多种，尚未计入诗文合选以及唐诗与其他朝代诗歌合选的本子。而据陈尚君先生《唐人编选诗歌总集叙录》，仅有唐一代可考知的"唐人选唐诗"，就有130余种②。然而，无论是"唐人选唐诗"，还是"后人选唐诗"，无不是选家对自己心目中"唐诗经典"的选择。仅以今存"唐人选唐诗"而言，有《珠英集》《河岳英灵集》《国秀集》《极玄集》《才调集》以及《搜玉集》等，而所谓"珠英""英灵""国秀""极玄""才调""搜玉"诸名称，无不是唐诗的经典作家和经典作品的一种别称。可以说，迄今1300多年的唐诗选本史就是唐诗经典的遴选史。

同时，通过考察不同时代唐诗选本对作家作品的不同选择，还可以发现经典作家和经典作品的审美声誉在接受史上的升降嬗变。例如，刘长卿最初仅以五言诗闻名，曾自诩为"五言长城"，其七律诗在当时并不引人注意。唐人选唐诗仅《中兴间气集》《又玄集》收其七律一首。元人的态度差异颇大，《唐诗鼓吹》专选七律，刘长卿七律仅选一首，《唐音》则选其七律多达十五首，远在王维、李商隐诸家之上，为该集七律选篇最多的诗人。明代李攀龙《唐诗选》重在盛唐，且对钱起、郎士元、卢纶、李益辈七律都选，惟刘氏七律一首未选，其偏废如此。稍后唐如询《唐诗解》

---

① 孙琴安：《唐诗选本提要》，上海书店出版社2005年版，第1页。
② 陈尚君：《唐代文学丛考》，中国社会科学出版社1997年版，184—222页。

选其七律十首，数量仅次于杜甫和王维。清姚鼐《五七言近体诗钞》选其七律十二首，数量仅次于杜甫和李商隐。经过明末诸家及清王士禛、乔亿、方东树等人的推重，刘长卿终于成为唐代七律的经典作家之一。[①] 1300年的唐诗选本史，既是唐诗经典的遴选史，也是唐诗经典声誉的嬗变史。

其次，唐诗诗话是唐诗经典的阐释史。狭义的诗话始于欧阳修的《六一诗话》，广义的诗话则可以包括诗格、诗话、纪事和评点等。这里所说的"唐诗诗话"，是就其广义而言。如果说诗格侧重于唐诗经典声律、句式的总结提炼，那么诗话与评点则侧重于唐诗经典诗旨意境的审美阐释。

罗根泽先生指出："诗格有两个兴盛的时代，一在初盛唐，一在晚唐五代至宋代的初年。"[②]初盛唐，特别是初唐，诗格格法的研究适应近体诗的发展出现了一个高潮。清人赵翼《瓯北诗话》论及初盛唐诗格研究兴盛的原因时写道："汉魏以来，尚多散行，不尚对偶。自谢灵运辈始以对属为工，已为律诗开端；沈约辈又分别四声，创为蜂腰、鹤膝诸说，而律体始备。至沈、宋诸人，益讲求声病，于是五、七律遂成一定格式，如园之有规，方之有矩，虽圣贤复起，不能改易矣。盖事之出于人为者，大概日趋于新，精益求精，密益加密，本风会使然。故虽出于人为，其实即天运也。"[③]换言之，诗格研究在初盛唐的兴盛，是"风会"使然，是"天运"使然，也是诗歌发展的必然所致。仔细考察一下初盛唐诗格的内容，则可以发现，如果说初唐的诗格还更多以六朝佳句为例，那么盛唐以后的诗格则更多是以唐人佳作和佳句为总结的对象。以王昌龄《诗格》为例，其著名的"十七势"，几乎全部以唐人佳句、尤其是以"昌龄"自己的诗作作为总结的对象。中唐以后，诗格对声律、句式和诗艺的总结，几乎都以经典唐诗佳作为例。释皎然《诗式》有著名的"三偷"之说，其"偷语诗例""偷意诗例"和"偷势诗例"，同样以唐诗经典为例。可以说，全唐五

---

① 孙琴安：《唐诗选本提要》，上海书店出版社2005年版，第16页。

② 罗根泽：《中国文学批评史》（二），上海古籍出版社1984年版，第186页。

③ 赵翼：《瓯北诗话》（卷十二），人民文学出版社1963年版，第175页。

代的诗格史，实质上是一部唐诗经典的声律、句式、诗法的总结史。

诗话与评点侧重于唐诗经典诗旨意境的审美阐释。"历代诗话"以历代诗歌为评点阐释对象，而唐诗经典始终是历代诗话家的关注中心和阐释中心。这些附着于具体作品的感悟式的评点，大多随感而发，点到为止，且富于感性色彩，不重理性概括，故一般不为现代研究者重视。事实上，如果把历代诗话家围绕某一经典作品的评点阐释细心搜集，系统整理，可以发现，这些诗话评点实质构成了一部精彩的经典作品的审美阐释史。这部阐释史对经典作品所作的阐释，汇聚了历代唐诗鉴赏家的审美智慧。因此，这个"众声喧哗"的鉴赏文本所达到的审美深度和审美广度，是任何一篇现代的"鉴赏"文章所难以达到的。从张若虚的《春江花月夜》到柳宗元的《江雪》，从贾岛的《寻隐者不遇》到白居易的《琵琶行》，无不如此。

再次，唐代以后的诗歌史不妨视为唐诗经典的影响史。关于唐诗对宋明诗歌和中国诗史的深远影响，钱锺书在《宋诗选注》"序"中有一段精辟的论述。他写道：

> 前代诗歌的造诣不但是传给后人的产业，而在某种意义上也可以说向后人挑衅，挑他们来比赛，试试他们能不能后来居上、打破记录，或者异曲同工、别开生面。假如后人没有出息，接受不了这种挑衅，那末这笔遗产很容易遗祸子孙，养成了贪吃懒做的膏粱纨袴。有唐诗作榜样是宋人的大幸，也是宋人的大不幸。看了这个好榜样，宋代诗人就学了乖，会在技巧和语言方面精益求精；同时，有了这个好榜样，他们也偷起懒来，放纵了摹仿和依傍的惰性。瞧不起宋诗的明人说它学唐诗而不像唐诗（何景明《读〈精华录〉》曰："山谷诗自宋以来论者皆谓似杜子美，固余所未喻也。"），这句话并不错，只是他们不懂这一点不像之处恰恰是宋诗的创造性和价值所在。明人学唐诗是学得来惟肖而不惟妙，像唐诗而又不是唐诗，缺乏个性，没有新意，因此博得"瞎盛唐诗""赝古""优孟衣冠"等等绰号。宋人能够把唐人修筑的道路延长了，疏凿的河流加深了，可是不曾冒险开荒，

没有去发现新天地。用宋代文学批评的术语来说，凭借了唐诗，宋代作者在诗歌的"小结裹"方面有了很多发明和成功的尝试，譬如某一个字眼或句法从唐人那里来而比他们工稳，然而在"大判断"或者艺术的整个方向上没有什么特著的转变，风格和意境虽不寄生在杜甫、韩愈、白居易或贾岛、姚合等人的身上，总多多少少落在他们的势力圈里。①

钱锺书的这段话可视为一部"唐诗影响史"的研究大纲，它对唐诗影响史的研究具有两点重要启示：一是简要勾勒了唐诗对于宋诗和明诗影响的历程；二是深入阐释了宋诗和明诗接受唐诗影响的不同特点，即所谓"明人学唐诗是学得来惟肖而不惟妙，像唐诗而又不是唐诗，缺乏个性，没有新意，因此博得'瞎盛唐诗''赝古''优孟衣冠'等绰号"；"宋人能够把唐人修筑的道路延长了，疏凿的河流加深了，可是不曾冒险开荒，没有去发现新天地"。

现代诗学认为：诗的历史就是诗的影响史——"一部诗的历史就是诗人中的强者为了廓清自己的想象空间而相互'误读'对方的诗的历史。"②因此，宋诗和明诗接受唐诗的影响是极为正常的，尤其是面对实现了"全面生活的诗化"和"全面心灵的诗化"的唐诗这个伟大的榜样，更是必然的。鲁迅所谓面对唐诗后来者难能"翻出如来掌心"，其实就是"诗的历史就是诗的影响史"的通俗表述。

然而必须指出的是，经典是心灵和文化的结晶，经典既是审美阅读的直接对象，也是艺术影响的直接基础。唐诗经典是300年唐诗创作史的最高艺术体现，无论唐诗对宋诗和明诗的影响，还是宋诗和明诗接受唐诗的影响，都是通过唐诗的经典作家和经典作品来实现的。从西昆诗派对李商隐的推尊、到江西派的"一祖三宗"之说，从宋诗中的"脱胎换骨，点铁

① 钱锺书：《宋诗选注》，人民文学出版社1989年版，10—11页。

② 哈罗德·布鲁姆：《影响的焦虑》，徐文博译，生活·读书·新知三联书店1989年版，第3页。

成金"之说、到宋词创作中对唐诗意境的点化和檃括，唐诗的产生影响和宋诗的接受影响，无不通过经典作家和经典作品来实现的。一言以蔽之，一部唐诗的影响史就是一部唐诗经典的影响史。

最后，唐代以后的诗学史又是面对唐诗经典的诗学反思史。任何一种诗学理论的提出无不基于特定的创作实践：依据不同的文体类型会建立不同的文学理论；依据不同风格的经典作家会形成不同的文学观念；依据不同境界的经典作品又会提出不同的文学命题。这也是美国学者厄尔·迈纳提出的"原创诗学"基于"基础文类"的问题。他写道：

> 当一个或几个有洞察力的批评家根据当时最崇尚的文类来定义文学的本质和地位时，一种原创诗学就发展起来了。……例如，揭开一个不甚大的秘密，西方诗学是亚里士多德根据戏剧定义文学而建立起来的，如果他当年是以荷马史诗和希腊抒情诗为基础，那么他的诗学可能就完全是另一番模样了。……所有别的诗学体系都不是建立在戏剧而是建立在抒情诗之上的。[①]

理论家所依据的"基础文类"，对于其诗学思考和"原创诗学"的建构具有决定性的意义。如果说西方诗学是亚里士多德根据"戏剧"定义文学而建立起来的，那么中国诗学便恰如厄尔·迈纳所说是中国历代诗论家根据"抒情诗"定义文学而建立起来的。中西诗学中摹仿与比兴、动作与意象、典型与意境、逼真与传神等理论范畴的差异，正是基于各自所依据的"戏剧"与"抒情诗"这两大"基础文类"而提出和形成的。

唐诗是诗国的高潮，唐诗标志了中国古代诗歌艺术的最高成就，唐代以后的诗学理论家对诗学问题的反思，无不以唐诗为首要玄思对象，无不从唐诗的经典作家和经典作品出发。例如，唐人绝句是唐诗中篇幅最短小、诗艺最精湛的一种诗体，它极力追求言外之意和韵外之旨，以达到小

---

① 厄尔·迈纳：《比较诗学》，王宇根、宋伟杰等译，中央编译出版社1998年版，第7—9页。

中见大、以一当十的审美效果。钱锺书说："比着西洋的诗人，中国诗人只能算是樱桃核跟二寸象牙方块的雕刻者。不过，简短的诗可以有悠远的意味，收缩并不妨碍延长，仿佛我们要看得远些，每把眉眼颦蹙。"①从诗评史看，唐人绝句逐渐被视为中国古代抒情诗的最高形式。诚如闻一多先生所说："所谓抒情诗，不只是说言情之作而已，我以为正确的含义应该是诗中之诗，如张若虚的《春江花月夜》就是抒情诗的最好的标本，而绝句又是抒情诗的最高形式……七绝当是诗的精华，诗中之诗，是唐诗发展的最高也是最后的形式。"②由于唐人绝句被视为"诗的精华，诗中之诗，是唐诗发展的最高也是最后的形式"，唐人绝句也成了唐代以后中国诗学的"基础文类"或文体基础。唐代以后的诗学理论和诗学范畴，与唐人绝句有着密切的关系。在我看来，中唐以后提出的意境、含蓄、神韵、兴趣等诗学命题，正是诗学理论家面对唐人绝句进行诗学反思的理论成果；而后人阐释"言外之意、韵外之旨"的意境、"不着一字，尽得风流"的含蓄、"调有弦外之遗音，语有言外之余味"的神韵等，同样都在唐人绝句中寻找最典型的范例。此外，如殷璠的"神来、气来、情来"说、王昌龄的"物镜、情境、意境"说、司空图的"二十四诗品"说、严羽的"妙悟""兴趣"说，以及明清著名的"神韵"说、"格调"说、"性灵"说和"肌理"说等，都是面对唐诗经典反思的结晶，这些理论命题也只能在唐诗经典和唐人绝句中找到其理论的源起。

梁实秋在讨论"文学的美"时指出："一首诗整个的目的若是在表现一个'意境'，这首诗一定是很短的。篇幅稍微长些的作品，如其里面有一段故事，则故事是动的，是逐渐开展的，便不能仅仅表现一个静止的意境；如其里面含着一段情感的描写，则情感须附丽于动作，亦自有其开展的程序，亦便不能仅仅表现一个静止的意境。"③这是有道理的。古典诗学

---

① 《钱锺书集·写在人生边上的边上》，生活·读书·新知三联书店2001年版，第56页。

② 郑临川：《闻一多论古典文学》，重庆出版社1984年版，第134—135页。

③ 《梁实秋文集》（第1卷），鹭江出版社2002年版，第507页。

中的"意境论",正是以唐人绝句为代表的"短诗"为文类基础的。因此,如果说唐代以后的中国诗学史,是一部直面唐诗经典的诗学沉思史;那么唐代以后以"意境论"为核心的"神韵诗学",则是一部直面唐人绝句的诗学沉思史。

三、接受史研究:以唐诗经典为中心

哈罗德·布鲁姆在《西方正典》一书中指出:"没有经典,我们就会停止思考。"[①]这是一个精辟的论断,道出了哲学史、思想史和审美接受史的本质真相。因此,一部欧洲哲学史便是一部苏格拉底和柏拉图哲学的阐释史,一部中国哲学史则是一部"十三经"和老庄哲学的阐释史。真正的艺术经典包含着普遍的人性内容和深邃的人类情感,蕴含着独特的哲学思想和美学理论,它是大多数人在长久时间里反复选择的结果,它也必将随着人类历史长久地流传下去,并不断地激发人们对人生的思考、对生命的思考、对人性的思考。审美接受直面艺术经典,审美接受史也就是经典的接受史,接受史研究自然也应当以经典的接受史为中心。

一部众声喧哗的经典接受史是一个思想史的事件,在众声喧哗的思想史事件的背后,必然包含丰富的人生意义、审美意义和诗学意义。唐诗接受史研究应当以唐诗经典为中心,应当成为唐诗经典的接受史研究。这种研究具有多样的学术思路,也有多方面的学术意义,包括人生的、审美的、诗学的等。其一,从唐诗经典的效果史,可以更具体地考察唐诗塑造民族心灵的审美功能;其二,从唐诗经典的阐释史,可以更深入地发掘唐诗独特的审美意蕴和审美价值;其三,从唐诗经典的影响史,可以更具体地揭示唐诗对中国诗史发展影响和推动;其四,从唐诗经典的诗学沉思史,可以更深入研究唐代以后中国抒情诗学发展的内在成因。

首先,唐诗效果史与民族心灵的塑造。中国是一个诗国,中国人有一

---

① 哈罗德·布鲁姆:《西方正典——伟大作家和不朽作品》,江宁康译,译林出版社2005年版,第29页。

颗诗心，诗是中国人的宗教①。中国人富于诗意的心灵，便是华夏三千年优美诗篇塑造而成的。然而，作为诗国的高潮，唐诗具有特殊的艺术魅力，也有特殊的审美功能。袁中道《宋元诗序》说得好："诗莫盛于唐。一出唐人之手，则览之有色，扣之有声，而嗅之若有香。相去千余年之久，常如发硎之刃，新披之萼。"②唐诗正以这种千年常新的色彩、声韵和馨香，熏染和陶冶一代又一代中国人的心灵，发挥着它独有的审美功能。通过唐诗经典效果史的研究，正可以更具体地考察唐诗塑造民族心灵的独特的审美规律和审美贡献。

"人性之形成来自影响"③。人的生命过程是"自然向精神生成"的过程，人的精神生命或文化生命的形成，正是"影响"的结果；它既来自哲人和伟人的影响，也来自文学家和艺术家的影响。文学艺术是人的生命精神最直接最生动的审美显现，因此经典作家对人性形成的影响，更为广泛也更为深刻。正是在这个意义上，诗人和艺术家被称为人类的最普遍最博大的教师，也是各民族最早的精神导师。在五千年华夏文明史上，对民族的心灵品格产生深刻影响的，既有孔子的博大，孟子的无畏，老子的无为，庄子的逍遥；更有屈子的深情，陶公的悠然，杜甫的沉郁，李白的飘逸。正是这些哲人的智慧和诗人的襟怀，共同塑造着华夏民族独特的精神品格。经典作家人格精神的影响和传播，主要体现在两个方面，一是作品中的人生智慧对后人的精神滋养，二是作家的人格境界为后人树立精神典范。与此相联系，经典作家人格精神传播影响史的研究，也相应分为相对

---

① "诗是中国人的宗教"，这是中国诗史和中国诗学中一个"隐而未发"的论题，前人从不同角度有所论及。古人如元代刘壎《禁题绝句序》："善乎刘玉渊之言曰：渊明之诗佛，太白之诗仙，少陵之诗仙佛备，山谷可仙可佛，而俨然以六经礼乐临之，盖论诗之极致矣。"今人如林语堂《吾国吾民》："如果说宗教对人类心灵起着一种净化作用，使人对宇宙、对人生产生一种神秘感和美感，对自己的同类或其他生物表示体贴的怜悯，那么依著者之见，诗歌在中国已经代替了宗教的作用。"前者暗寓，后者点题。

② 蔡景康编选：《明代文论选》，人民文学出版社1993年版，第335页。

③ 哈罗德·布鲁姆：《影响的焦虑》，徐文博译，生活·读书·新知三联书店1989年版，第4页。

独立的两个层面：一是经典作品的阐释史与人生智慧传播的研究；二是人格范型的塑造史与人格境界影响的研究。

其二，唐诗阐释史与经典意蕴的发掘。意义的不可穷尽性是经典作品的重要特点之一。在一切新的语境中，真正的艺术经典永远会生发出启示人心的无穷意义。正如施勒格尔所说："一部经典之作从来不可能被完全读懂。但是那些有教养并在继续提高修养的人，必须不断地从中发掘出更多的东西来。"①唐诗经典就是这样的作品，无论是一篇古风、一篇歌行，还是一首律诗、一阕绝句，一代又一代的诗评家、诗话家、评注家，在不同的语境中，以不同的眼光，对作品的意义作出了各具新意的阐释，留下了大量意蕴丰富的阐释文本。通过唐诗经典阐释史的研究，可以更深入地发掘唐诗独特的审美价值，丰富经典作品的审美意蕴。

此外，每一篇经典作品大都是某一种诗体的典型代表。围绕这首经典作品形成的阐释史，也往往是对这一诗体美学特征的评论史。如《春江花月夜》与唐代乐府、《江雪》与唐人五绝、《锦瑟》与晚唐七绝、《寻隐者不遇》与唐代寻隐诗、《长恨歌》与唐代叙事诗等。因此，一部经典的阐释史可发掘的学术意义是多方面的，既可以是一部经典的审美意蕴的累积史，也可以是一种诗体的审美特征的微观批评史。②

其三，唐诗影响史与中国诗史的发展。"现在总是处在过去的掌心之中"③，这是爱德华·希尔斯在《论传统》这部名著中提出的著名命题。这个命题并不悲观，不仅符合人类社会的发展规律，也完全符合文学艺术的历史规律。文学发展离不开历史传统，作家成长离不开对前人的模仿。

---

① 施勒格尔：《浪漫派风格——施勒格尔批评文集》，李伯杰译，华夏出版社2005年版，第227页。

② 参阅陈文忠：《唐人青春之歌走向顶峰之路——〈春江花月夜〉1300年接受史考察》，《东方丛刊》2008年第1期；陈文忠：《柳宗元〈江雪〉接受史研究》，《文史知识》1995年第3期；陈文忠：《唐人寻隐之冠走向现代之路——兼谈唐代寻隐诗》，《安徽师范大学学报》（人文社会科学版）2005年第2期；陈文忠《〈长恨歌〉接受史研究》，《文学遗产》1998年第4期等。

③ 爱德华·希尔斯：《论传统》，傅铿、吕乐译，上海人民出版社2009年出版，第37—47页。

模仿往往是作家成长过程中的一种必要的学习手段。然而，前代文学对后代文学的影响，后代作家对前代作家的拟仿，都是通过经典作家的经典作品实现的。正如美国学者约瑟夫·T·肖所说："所谓模仿，就是作家尽可能地将自己的创造个性服从于另一个作家，一般是服从于某一部作品，……仿作可能是整部的作品，也可能是局部；偶尔也可能是对一个作家总的风格的模仿，而不限于具体的细节。"①一部唐诗的影响史就是一部唐诗经典的影响史，它通过四唐经典作家的经典作品，为后人提供了崇高的艺术范本，启示后人的诗思，展现典范的意境，也影响着后人的诗风、诗艺以及意象的运用。宋祁《南阳集序》有曰："大抵近世之诗，多师祖前人，不丐奇博于少陵、萧散于摩诘，则肖貌乐天、祖长江而摹许昌也。"②其实不啻宋诗之于唐诗，元诗、明诗和清诗之于唐诗，同样如此。通过唐诗经典的影响史的深入研究，可以更具体地揭示唐诗对宋、元、明、清诗人诗作的实际影响和精微启迪。

所谓"经典的影响史"包含双重含义，即经典接受前代的影响和经典对后代的影响。母题意象是诗思的核心，从诗歌创作的实际看，经典的影响往往体现为原型母题的影响。如苏味道《正月十五夜》与两宋元夕词、白居易《长恨歌》与历代马嵬诗、秦韬玉《贫女》与历代贫士诗、张继《枫桥夜泊》与历代寒山寺诗等。因此，一部经典的影响史，往往是一部微型的母题嬗变史。在这部原型母题的嬗变史中，我们可以看到一种观念的历史，一种精神的历史，一部微型的诗意的民族心灵史。

其四，从唐诗经典的诗学沉思史，可以更深入研究唐代以后中国抒情诗学发展的内在成因。这主要有两方面的原因：首先，歌德指出："真正的艺术作品包含着自己的美学理论，并提出了让人们藉以判断其优劣的标准。"③，唐诗无体不备，无所不有，体现了古代诗歌艺术的最高成就。因

---

① 张隆溪选编：《比较文学译文集》，北京大学出版社1982年版，第36页。

② 宋祁：《宋景文集·南阳集序》，吴文治主编：《宋诗话全编》（一），江苏古籍出版社1998年版，第139页。

③ 约翰·格罗斯：《牛津格言集》，王怡宁译，汉语大词典出版社1991年版，第394页。

此，唐代以后的诗学理论家对诗学问题的反思，无不以唐诗为首要研究对象，无不从唐诗的经典作家和经典作品出发。其次，还有一个更深层的原因，就是中西诗学思维的差异。西方人的思维"长于抽象而精于分类"，是一种从概念出发的逻辑思辨；于是西方诗学从亚里士多德开始就形成了抽象思辨和建构逻辑体系的传统。中国人的思维"重视经验而精于体悟"，侧重于面对经验事实的沉思和领悟；于是中国诗学从先秦开始就形成了从经典出发，面对具体经典作诗学沉思的传统。《论语·八佾》："子曰：'《关雎》，乐而不淫，哀而不伤。'"这是面对具体经典作诗学沉思的典型一例。"乐而不淫，哀而不伤"这一诗学命题，就源于对《关雎》这一具体作品的诗学沉思。中国人的这种思维传统和诗学传统，一直延续到以王国维为代表的现代诗学诞生之前。

如前所述，唐代以后的中国诗歌理论史，实质是一部直面唐诗经典的诗学沉思史，是一部直面唐人绝句的诗学沉思史。因此，从唐诗经典的诗学沉思史入手，可以更深入、更切实地研究唐代以后中国抒情诗学发展的内在成因，可以更深入、更切实地揭示唐代以后诗论家诗学观念内在成因和内在意味。从这个意义上说，一部经典的诗学反思史可以成为一种诗学理论和诗学体系的建构史。据笔者的初步研究，金昌绪《春怨》的阐释史就是一部抒情诗美学的建构史，白居易《长恨歌》的阐释史则是一部叙事诗美学的建构史。

此外，还可以进行唐诗经典的比较接受史研究，可以在比较中更深入地探讨诗歌创作和诗学研究的各种问题。真理在比较中得以阐明，艺术在比较中显示独创；唯有比较，才是学术研究的生命。经典的比较接受史有多种思路，一是共时性比较和历时性比较，二是不同诗人作品之间的比较，三是同一诗人不同性质作品之间的比较。根据上述思路，笔者曾选择三组作品进行个案研究：如《古代登高诗境的生命进程》是历时性比较，同时试图探讨唐诗经典中所包含的人生意义和人文价值；《〈黄鹤楼〉〈凤凰台〉比较接受史》，是不同诗人作品之间的比较，同时进而探讨了"影响的焦虑"在中国古典诗歌创作中的独特表现，探讨了"批评的焦虑"在中国古典诗歌批评中的独特表现;《〈琵琶行〉〈长恨歌〉比较接受史》，是同一诗人不同性质作品之间的比较，同时进而探讨了这两部作品在后世的不同的接受境遇和文化影响。①总之，通过"唐诗经典的比较接受史"的研究，力求做到"一部经典的比较接受史成为一部诗学问题的探索史"。

近300年唐诗创作史的辉煌，已结束于千年之前；超越1300年唐诗接受史的辉煌，仍将延续下去。然而，迄今为止的唐诗研究，人们关注的依然是唐诗创作史的辉煌，而唐诗接受史的辉煌，尚未得到唐诗研究者真正的重视，唐诗接受史的研究更未获得应有的学术地位。单纯关注创作史，唐诗研究最终只能是一种对过去了的历史的赞颂；同时关注接受史，唐诗研究才会面对现实走向未来获得永恒的生命活力。

唐诗有两种辉煌，唐诗研究也应当有两种辉煌。纯粹的自然生命，只有有限的生前史；伟大的精神生命，既有有限的生前史，更有无限的身后史。如果说创作史是唐诗的"生前史"，那么接受史则是唐诗的"身后史"。对于精神生命来说，没有生前史就不会有身后史，没有身后史同样也不会有生前史；生前史是身后史的基础，身后史则是生前史的升华和延续。身后史的长度既能见出生前史的厚度，身后史的长度也能反观生前史的深度。

但愿本文的思考，能引起更多的学人关注诗歌接受史，关注辉煌的唐诗接受史，通过唐诗经典接受史的多方面、多角度的深入研究，使古老的唐诗永葆青春的生命，让唐诗的丰神情韵吹拂现代人的生活，滋养现代人的心灵。

［原载《安徽师范大学学报》（人文社会科学版）2010年第5期，《高等学校文科学术文摘》2010年第6期转摘］

---

① 参阅陈文忠：《从"影响的焦虑"到"批评的焦虑"——〈黄鹤楼〉〈凤凰台〉接受史比较研究》，《安徽师范大学学报》（人文社会科学版）2007年第5期；陈文忠：《一个母题的诞生与旅行——古代登高诗境的生命进程》，《安徽师范大学学报》（人文社会科学版）2008年第4期等。

唐人青春之歌走向顶峰之路

——《春江花月夜》1300年接受史考察

> 春江潮水连海平，海上明月共潮生。
>
> 滟滟随波千万里，何处春江无明月。
>
> 江流宛转绕芳甸，月照花林皆似霰。
>
> 空里流霜不觉飞，汀上白沙看不见。
>
> 江天一色无纤尘，皎皎空中孤月轮。
>
> 江畔何人初见月，江月何年初照人？
>
> ……………

"多么漂亮、流畅、优美、轻快哟！"好一位激情洋溢的"青春少年的清新歌唱"！确实，这是一首唐人的青春之歌，一个充满憧憬与理想、惊愕与向上的青春时代的青春之歌。张若虚的《春江花月夜》被视为中国诗歌史上"以孤篇压倒全唐"的"诗中的诗，顶峰上的顶峰"，又被称为中国"抒情诗的最好标本"。然而，《春江花月夜》1300年接受史，并非"滟滟随波千万里，处处春江有月明"，而是长期被忽视，遭冷遇。在它诞生近400年后借郭茂倩的《乐府诗集》方重现诗坛，又近500年后在胡应麟的《诗薮》中得到第一次阐释。胡应麟之后迄今400年才真正进入接受史的黄金时代。为什么《春江花月夜》的接受史如此跌宕起伏？明清之后的诗评家是如何细读这篇抒情经典的？从20世纪40年代延续到80年代的"宫体之辨"应当如何理解？最终，人们为什么又一致把它视为"诗中的诗"、唐人的"青春之歌"？这是《春江花月夜》1300年接受史考察中最值得关注的问题，也是本篇试图回答的问题。

一、"春江花月"何处寻？

唐宋两代可视为张若虚《春江花月夜》接受史的第一阶段。这位写出伟大诗篇的诗人在这一阶段的境遇最为寂寞。一言以蔽之，只传其名，不论其诗。唐宋两代分而论之，略有差别：诗人身后的唐五代近250年，只传文名，不见诗名；两宋金元400年，虽见诗篇，不论诗境。

张若虚在唐代的文名，不见于生前的文献，仅散见于身后的笔记、史籍，共有三处记载。现存文献最早提到张若虚的是晚唐郑处诲的《明皇杂录》。今本《明皇杂录》《辑佚》中有一则，云：

> 天宝中，刘希夷、王昌龄、祖咏、张若虚、孟浩然、常建、李白、杜甫，虽有文名，俱流落不偶，恃才浮诞而然也。

其次是成书于五代后晋的《旧唐书》卷190《文苑中·贺知章传》，云：

> 先是神龙中，知章与越州贺朝万、齐融，扬州张若虚、邢巨，湖州包融，俱以吴、越之士，文词俊秀，名扬于上京。朝万止山阴尉，齐融昆山令，若虚兖州兵曹，巨监察御史。融遇张九龄，引为怀州司户、集贤直学士。数子人间往往传其文，独知章最贵。

最后是成书于北宋仁宗时期的《新唐书》卷149《刘晏传》附《包佶传》，云：

> 佶字幼正，润州延陵人。父融，集贤院学士，与贺知章、张旭、

张若虚有名当时，号"吴中四士"。

这是今人了解张若虚生平事实和文名传扬仅有的材料，但它透露的信息却是多方面的。首先，这位被闻一多视为与陈子昂同为"初唐双峰"的杰出诗人，在两《唐书》中均无传，在唐宋笔记中也无专门记载，"张若虚"的名字皆依附于文人群体和他人传记才得以留传。其次，止于兖州兵曹又"恃才浮诞"而"流落不偶"的张若虚，虽正史无传，却"位卑而名著"：一是这位"文词俊秀、名扬于上京"的吴越之士，当时已被列为"吴中四士"之一，可谓既盛誉故里，又名扬上京；二是《明皇杂录》和两《唐书》所列"上京"与"吴越"两个文人群体，大多是初盛唐的大家和名家，尤其是李白与杜甫，一为诗仙，一为诗圣。张若虚被并列其中，足见当时其文名之盛。

虽有文名，却不见诗名。在唐代文献中，始终未见《春江花月夜》这首杰作的篇名。张若虚的时代，文人的作品可以通过专集、总集、选本、诗评和杂记或小说等多种方式流传下来。两《唐书》中的《经籍志》和《艺文志》均无《若虚集》，他的作品似乎在唐代就未编集成书，这便极大影响到诗人作品的传播与传世。《全唐诗》仅录其诗二首，一首是《春江花月夜》，一首是极平常的《代答闺梦还》，显然与此有关。那么，这两首诗何幸得以流传下来？今存唐人选唐诗十余种，依其编选断限和取舍标准，只有成书于天宝初年芮挺章的《国秀集》有将其诗选入的可能，然而集中却不见张氏作品。据陈尚君先生考证，除现存唐人选唐诗十多种之外，尚有已佚的唐人选唐诗30余种，其中不少唐前期诗选宋时大抵还在。[①]张诗当被选入其中某一诗选内，方得以由唐流传至宋。刘肃《大唐新语》卷八《文章》论刘希夷曰："少有文华，好为宫体，词旨悲苦，不为时所重……后孙翌撰《正声集》，以希夷为集中之最。由是稍为时人所称。"并特别提及以"年年岁岁花相似，岁岁年年人不同"一联名世的

---

① 陈尚君：《唐人编选诗歌总集叙录》，《唐代文学丛考》，中国社会科学出版社1997年版，第181—222页。

《代悲白头翁》。孙翌开元间曾为监察御史，《正声集》宋以后失传，据考为唐前期诗选之知名者。《春江花月夜》与《代悲白头翁》歌调相近，常为后人并提对照，莫非它正是借《正声集》而由唐传宋？

到了宋代，《春江花月夜》终于浮现诗坛。郭茂倩是《春江花月夜》传播接受史上的莫大功臣。今人见到的《春江花月夜》最早文本，即载于郭茂倩《乐府诗集》第47卷。此卷收录清商曲辞吴声歌曲《春江花月夜》，包括张氏之作共5家7篇。但这篇杰作只是静静地躺在《乐府诗集》中，无人过问。除郭茂倩《乐府诗集》，宋金元三代的唐诗选，尚未见一家选载张作。元人唐诗选本不多，成书于元末的杨士宏《唐音》是最应当选取《春江花月夜》的。一则有《乐府诗集》作为蓝本；二则此书分"始音""正音""遗响"三部分，在第一卷"始音"中收录了王、杨、卢、骆四杰诗，而清代选家沈德潜在其《唐诗别裁》中正认为张作"犹是王、杨、卢、骆之体。"遗憾的是这篇被后人视为"盛唐中之初唐"的杰作，却未能成为杨士宏的"唐音中之始音"。

宋代诗话大盛，前代与时人的名篇佳句无不进入诗话家的阐释视野。然而在数百种宋人诗话笔记中，包括宋编三大宋诗话总集《诗话总龟》《苕溪渔隐丛话》和《诗人玉屑》，以及今人编辑收录100种宋人笔记评诗之语的《宋人诗话外编》，均未见片言只语论及《春江花月夜》的诗意和诗境。元代的数十种诗话、诗格著述，同样如此。面对中国诗歌史上这首"抒情诗最好的标本"，宋元诗评家的集体性盲视，令人唏嘘不已。倘若郭茂倩选诗稍严，一个伟大青春时代的文学象征就会从此沉入诗海，销声匿迹。

初唐诗坛，"春、江、花、月"作为一组青春洋溢、充满时代朝气的母题意象，反复出现在诗人笔端，留下了许多脍炙人口的名篇佳句。如张九龄《望月怀远》之"海上生明月，天涯共此时"，苏味道《正月十五夜》之"火树银花合，星桥铁锁开；暗尘随马去，明月逐人来"，王湾《次北固山下》之"潮平两岸阔，风正一帆悬；海日生残夜，江春入旧年"，等等。这些名篇佳句既为时人广泛称颂，又为历代接受者口口相传。

　　那么，为什么将"春、江、花、月、夜"五字炼成一片奇光的长篇杰作，却长久默默无闻，几乎失传？张若虚生前未编文集，影响了作品的流传，自然是重要原因。但也不尽然，生前文名远不如张若虚的金昌绪，一生存诗仅一首，但他那首被誉为"五绝之最"的《春怨》，自晚唐顾陶选入《唐诗类选》后，阐释、品题、翻用不绝，形成了1200年持续不断的接受史，至少从晚唐到明中叶前的近700年间，五绝《春怨》的诗名远胜长篇歌行《春江花月夜》。

　　看来，宋元接受者对《春江花月夜》的集体盲视，还有更深的原因。其中最有可能也最为重要的，当是《春江花月夜》的宫体渊源和类似四杰歌行的轻丽风格，使它长久未能进入主流审美视野。关于后者，后文详述。这里可对前者提供两个例证。一是《乐府诗集》卷47所收"吴声歌曲"中相传为陈后主所作的几种曲调歌词，明代之前几乎都存而不传。《旧唐书·音乐志》曰："《春江花月夜》《玉树后庭花》《堂堂》，并陈后主所作。后主常与宫中女学士及朝臣相和为诗，太乐令何胥又善于文咏，采其尤艳丽者以为此曲。"《乐府诗集》卷47依次收录了《春江花月夜》5家7篇，《玉树后庭花》2家2篇，《堂堂》1家1篇。泛览明代之前的诗选、诗话、笔记、杂著，这8家10篇既不见选录，更不见品题。相反，随着杜牧"商女不知亡国恨，隔江犹唱后庭花"诗句的广泛流传，"陈后主"的"后庭花"作为"亡国之征"的靡靡之音，不断受到讥评和批判。显然，任何一个祈求永世长存的封建王朝，对于"亡国之音"都不能容忍，更难得到主流意识形态的正面评价。张若虚的《春江花月夜》虽一枝秀出，似也必然受此牵连。二是宋人诗话比较同一主题诗句的优劣，《春江花月夜》中佳句虽应列入，却视而不见。南宋末范希文《对床夜语》卷三曰：

　　高适《九日》诗云："纵使登高只断肠，不如独坐空搔首。"老杜有"羞将短发还吹帽，笑倩旁人为正冠"，亦反其事也；结句云："明年此会知谁健，醉把茱萸仔细看"。与刘希夷"今年花落颜色改，明年花开复谁在"之意同。气长句雅，俱不及杜。戴叔伦《对月》云：

"明年此夕游何处，纵有清光知对谁。"欲脱其胎而不可，盖才力不逮也。东坡用其意，作《中秋月》诗云："此生此夜不长好，明月明年何处看。"遂成绝句。

这里，唐宋五首诗的立意相同：人之生死，代谢无穷，月之圆缺，年年无异；借山水无恙，以衬人事难知。但在艺术境界上，高适、刘希夷与杜甫相比，"气长句雅，俱不及杜"，戴叔伦与杜甫相比，"欲脱其胎而才力不逮"，惟苏轼的《中秋月》诗可谓气长句雅，"遂成绝句"。其实，张若虚"江畔何人初见月，江月何年初照人。人生代代无穷已，江月年年只相似"诸句，立意相同而境界更高，以人生的永无穷尽，笑傲江月的年年相似，既启示"夐绝的宇宙意识"，又激发昂扬的生命情怀，故后人以之与刘希夷诗相比，均认为高出其上。刘希夷的《白头吟》被收入《乐府诗集》卷41，张刘二作同在《乐府诗集》，范希文取此舍彼，是耐人寻味的。

什么是艺术作品的存在方式？作家完成的文本是否就能证明其自身的价值？杜夫海纳在《审美经验现象学》一书中，把"艺术作品"和"审美对象"两个概念作了明确区分，认为前者的文本性存在只具有潜在价值，后者的心灵性存在才实现其真正价值。他指出："尽管创作行为赋予艺术作品的实在性是不可否认的，它的存在却仍然可能模糊不清。因为它的使命是自我超越，走向审美对象，只有成为审美对象，它才能被观众接受，达到完全的存在。我们探寻艺术作品而发现了审美对象，所以必须根据审美对象来谈论作品。"[1]换言之，"审美对象"是审美经验所把握的艺术作品，"艺术作品"只有被接受者观照和品味时才充分存在。一件艺术作品，不管它多么古老而经典，都只有生活在某种个性化的审美经验之中时，才实际上而不仅仅是潜在地是艺术作品。从盛唐至宋元，张若虚的《春江花月夜》湮埋在少数几个选本中，没有留下任何一位有名有姓的可靠接受者，因此它只是一篇具有潜在价值的"艺术作品"，没能成为真正的"审

① 杜夫海纳：《审美经验现象学》，韩树站译，文化艺术出版社1992年版，第29页。

美对象"。

二、从"诗之旁流"到"竟为大家"

从现象学美学和接受美学的观点看,《春江花月夜》到明代才真正成为审美对象而获得艺术生命,《春江花月夜》的接受史也从明代才真正开始。从明初高棅的《唐诗品汇》(1393)到万历年间胡应麟的《诗薮》(1590),从选家到诗评家,这篇歌行终于从文本性的"艺术作品"成为心灵性的"审美对象"。同时,《春江花月夜》自明代以降的接受过程,也是其被经典化的过程。而从明初到清末的经典化,应归功于选家的慧眼和评家的慧心,其背后则折射出这一时代审美意识和审美风尚的特点。

先看明清选家对《春江花月夜》的关注。在《唐诗品汇》中,《春江花月夜》是以低调入选的。高棅选诗自成体系,"类分七体,详列九目",即在每一体中视其品质地位的高下又详分之为正始、正宗、大家、名家、羽翼、接武、正变、余响和旁流。《唐诗品汇》"七言古诗"一体共13卷,《春江花月夜》即被置于第13卷"旁流"中;而在高棅选择更严的选本《唐诗正声》中,此诗则未被选入。可见在高氏心目中,《春江花月夜》仅为"旁流"而不在"正声"之列。尽管如此,高棅在《春江花月夜》接受史上仍有重要意义。首先,《唐诗品汇》的精选不同于《乐府诗集》的广采。选择即评价,经过高棅的选择和品评,《春江花月夜》已由客观的文本性存在,成为审美的心灵性对象,高棅也成为《春江花月夜》接受史上第一个自觉读者。其次,《春江花月夜》在明初的首次低调露面,再次表明其在宋元两代的冷遇并非偶然,而是有深层的审美文化根源。高棅的低调态度似乎不只是其个人态度,而是明代前期主流审美群体的共同态度。证据就是其后将近150年间,《春江花月夜》一直未出现在明人的唐诗选本和诗话笔记之中。

《春江花月夜》接受史的真正转折点,当在16世纪中叶的嘉靖时代。

其标志是后七子领袖李攀龙在《古今诗删》中再选此诗。李攀龙《古今诗删》后的百年左右，《春江花月夜》接受史出现了第一个高潮。清初选家不减晚明热情。康熙、雍正、乾隆三朝的重要唐诗选本，无不选录此诗。清代选家兼选评于一身，在明代选家基础上对诗境和诗艺作了更深入阐释，形成了《春江花月夜》接受史的第二个高潮。①经历晚明和清初的两个接受高潮，《春江花月夜》的经典地位已牢固确立。

在诗歌接受史上，评家大多晚于选家。但在经典地位的确立过程中，评家的作用和影响往往超过选家。《春江花月夜》在从明代至清末的经典化进程中，万历胡应麟、乾隆贺裳和清末王闿运三位是最值得重视的诗评家。他们从三个不同阐释角度，由品赏风格、到定为"名篇"、再到推为"大家"，一步步把《春江花月夜》推向"孤篇横绝，竟为大家"的经典地位，构成了经典化进程的三部曲。

如果说高棅是《春江花月夜》接受史上第一个别具慧眼的自觉读者，那么将近200年后的胡应麟则是第一个别具慧眼的审美阐释者。《诗薮》内编卷三论七言古体曰：

> 张若虚《春江花月夜》，流畅婉转，出刘希夷《白头翁》上，而世代不可考。详其体例，初唐无疑。

胡应麟这段评论成为《春江花月夜》阐释史的开篇，虽寥寥数语，却内涵丰富。首先，他从审美直觉出发揭示了这篇歌行"流畅婉转"的风格特色。这也是其作进一步判断的立论基础；其次，从这一审美判断出发，他论定《春江花月夜》与《代悲白头翁》风格相似，而艺术性则"出刘希夷《白头翁》上"。这一论断既具有翻案性质，又初步确定了《春江花月夜》的经典意义，为后来者奠定了阐释基调；再次，由于《春江花月夜》"世

---

① 明清选家对《春江花月夜》的热情态度，程千帆《张若虚〈春江花月夜〉的被理解和被误解》（《古诗考索》，上海古籍出版社1984年版）一文有详细介绍，此处从略。

代不可考"，他便根据作品的文体风格或体制格调，进一步推断作品的创作年代为"初唐无疑"。

在胡应麟的评语中，"流畅婉转"和"初唐无疑"是关键所在，它体现了阐释者对《春江花月夜》既充分肯定，又有所保留的谨慎态度。遍览《诗薮》，在胡应麟评论唐人歌行的辞典中，"流畅婉转"绝非轻许之词。一方面，在他看来，筋脉句调的"畅"与"未畅"，是七言歌行达到成熟境界的重要标志，而从"未畅"到"畅"，唐人七言歌行的发展经历了三个阶段："唐七言歌行，垂拱四子，词极藻艳，然未脱梁、陈也。张、李、沈、宋，稍汰浮华，渐趋平实，唐体肇矣，然而未畅也。高、岑、王、李，音节鲜明，情致委折，浓纤修短，得衷合度，畅乎，然而未大也。太白、少陵，大而化矣，能事毕矣"（《诗薮》内编卷三）；另一方面，他为初学者推举习作典范，也以"脉络分明，句调婉畅"为标准："惟歌行出自《离骚》、乐府，故极散漫纵横。初学当择易下手者，今略举数篇：青莲《捣衣曲》《百啭歌》，杜陵《洗兵马》《哀江头》，高适《燕歌行》，岑参《白雪歌》《别孤独渐》，李颀《缓歌行》《送陈章甫》《听董大弹胡笳》，王维《老将行》《桃源行》……皆脉络分明，句调婉畅。既自成家，然后博取李、杜大篇，合变出奇，穷高极远。"（《诗薮》内编卷三）由此可见，在胡应麟的心目中，被许以"流畅婉转"的《春江花月夜》既像高、岑、王、李的作品一样已达到七言歌行的成熟境界，又同李、杜、高、岑等作品一样可以作为初学的典范。但同时，胡应麟对《春江花月夜》的推许又是有所保留的，即所谓"详其体制，初唐无疑"。在唐诗阐释学中，初、盛、中、晚既是一个时代概念，又是一个价值概念。胡应麟论唐人初盛七古曰："初唐七言以才藻胜，盛唐以风神胜；李、杜以气概胜，而才藻风神称之，加以变化灵异，遂为大家。"据此他认定《春江花月夜》"初唐无疑"，同样既推定其创作年代，又论定其风格境界。换言之，《春江花月夜》的"流畅婉转"，止乎"才藻"而未达"风神"，更未抵李杜歌行才藻、风神和气概的浑融化合。

艺术作品的经典化进程是复杂多样的，有的可能一步登顶，更多的则要经历漫长时间才能达到声望的顶点。对于《春江花月夜》这篇渊源宫体，又"世代不可考"的作品，胡应麟持以谨慎的态度是完全可以理解的；而"流畅婉转"一语，由于充分揭示了作品的风度格调和章法节奏的审美特点，从而奠定了明清诗评家文本细读的基调。

过了将近150年，在成书于康、乾年间的《载酒园诗话》中，贺裳把《春江花月夜》的经典地位又提高了一步。《载酒园诗话又编》以初、盛、中、晚为序，专评唐诗。贺裳把张若虚列为"盛唐"第一家。论曰：

> 《春江花月夜》，其为名篇不待言。细观风度格调，则刘希夷《捣衣》诸篇类也。此诚盛唐中之初唐。且若虚与贺季真同时齐名，遽分初盛，编者殊草草。吾读诗至贺秘书，真若云开山出，境界一新。毋宁置张于初，列贺于盛耳。

贺裳的这番议论并非直承胡应麟而来，但二人的见解则有异同相间之处。首先，起笔第一句，便由胡应麟对作品审美风格的描述变而为对作品经典地位的论定。从高棅《唐诗品汇》到贺裳《载酒园诗话》的350年间，《春江花月夜》反复入选各种唐诗选本，并频频得到评家称赏，故其虽无"名篇"之名，却有"名篇"之实。贺裳把它列为"盛唐"第一家，又称"其为名篇不待言"，可以说是对《春江花月夜》此前350年"声誉史"的总结。其次，论及作品的"风度格调"，贺裳的见解同胡应麟基本一致，即所谓"刘希夷《捣衣》诸篇类也"。"《捣衣》诸篇"，当指《捣衣篇》《公子行》和《代悲白头翁》等刘氏歌行名篇。贺裳论刘希夷诗风曰："刘庭芝藻思快笔，诚一时俊才，但多倾怀而语，不肯留余。"在贺裳看来，唐诗的至善处在乎澹远含蓄，宋人失含蓄，明人失澹远。而"藻思快笔"的刘希夷，其诗"多倾怀而语，不肯留余"，即笔快有余而含蓄不足。《春江花月夜》既然与刘氏歌行同为一"类"，它同样存在"倾怀而语，不肯留余"的不足，尚未达到唐诗澹远含蓄的艺术境界。其三，正是基于上述看法，贺裳又把《春江花月夜》定为"盛唐中之初唐"。细读后文，这一断语实包含两层意思：一方面，"若虚与贺季真同时齐名，遽分初盛，编者殊草草"。这既为自己列若虚于盛唐辩护，也对选家把二位分列初盛、乃至胡应麟的"初唐无疑"的断语提出批评；另一方面，"吾读诗至贺秘书，真若云开山出，境界一新，毋宁置张于初，列贺于盛耳"。这就是说，虽若虚与知章同时齐名，但诗风与希夷相类的张若虚，尚未达到贺知章的高妙境界，故毋宁置张若虚于"盛唐中之初唐"，而列贺知章于"盛唐中之盛唐"。这里的初、盛之分，更是一个价值范畴，而非单纯的时代概念。古典诗学品第诗人诗作的经典性，有"大家"和"名家"之分。胡应麟《诗薮》外编卷四曰："大家名家之目，前古无之……篇精独诣，名家也；具范兼镕，大家也。"贺赏称《春江花月夜》为"名篇"而非"杰作"，正类似"名家"而非"大家"。

贺裳之后，又经过150年左右的审美阐发和意义累积，到清末王闿运，《春江花月夜》终于达到声誉的顶峰。陈兆奎辑《王志》卷二，《论唐诗诸家源流（答陈完夫问）》条云：

> 张若虚《春江花月》用《西洲》格调，孤篇横绝，竟为大家。李贺，商隐挹其鲜润，宋词，元诗尽其支流，宫体之巨澜也。

王闿运因这段评语，成为《春江花月夜》接受史上最杰出的知音，并在更高的美学层次上开启了接受史的新阶段。所谓"孤篇横绝，竟为大家"，意谓《春江花月夜》如孤峰突起，似横空出世，令人有空前绝后之感，诗人更是竟以一篇杰作，成为具范兼镕的"大家"。这八个字，与其说是评语，不如说是惊叹。为什么王闿运会发出这样的惊叹？这段评语的前后两句，以宏阔的诗史眼光，从艺术原创和历史影响两个方面，点明了"孤篇横绝，竟为大家"的原因。王闿运对唐人七言歌行的发展曾有这样的看法，即初唐歌行沿袭六朝，高岑王维初具规模，李白始为叙情长篇。这是唐人歌行发展的大势，也是常人的一般看法。但是始终没有人意识到，远在高岑王维和李白之前，张若虚已"始为叙情长篇"。评语前的所谓"张若虚《春江花夜》用《西洲》格调，孤篇横绝"，可以说王闿运是在修正自己关于唐人歌行发展的看法，同时又指出了提前成熟的《春江花月夜》在歌行发展史上的巨大贡献及成功的奥秘。评语后句所谓"李贺、商隐挹其鲜润，宋词、元诗尽其支流，宫体之巨澜也"，则充分肯定了《春江花月夜》对中晚唐诗及宋词和元诗的巨大影响，也为《春江花月夜》的影响史勾画出了简明的线索。

如果说，"孤篇横绝"主要是指《春江花月夜》在唐人歌行发展史上的原创性和独特地位；那么，"竟为大家"更多依据的是《春江花月夜》作为艺术典范对中唐以后诗歌创作的广泛影响。现代文学经典理论认为，"原创性"和"典范性"是艺术经典的基本品质。因此，可以说王闿运真正确立了《春江花月夜》的经典地位。屈指数来，《春江花月夜》从诞生时的初盛唐之间算起，至此已有1300年了，此篇杰作走向经典化之路，真可谓"路漫漫其修远兮"。

那么，能否把经典的建立完全归功于诗评家的发现？真正的批评家都有自己的批评智慧，与此同时，任何一个批评主体的价值取向和审美判断，又离不开特定的阐释群体和时代风会。程千帆先生的著名论文《张若虚〈春江花月夜〉的被理解和被误解》，就从时代风尚和审美风气的角度，对《春江花月夜》的被发现、被理解和经典化的审美文化原因作了精辟阐释。在考察了《春江花月夜》的选家和诗评家后，程先生进而指出："《春江花月夜》的由隐而显，是可以从这一历史阶段诗歌风会的变迁找到原因的。"①依据作品的风格特点和明清诗评家的一致看法，张若虚的《春江花月夜》在文体和风格上属于初唐四杰一派，正因为如此，它在中国诗史上始终"与四杰共命运，随四杰而沉浮"。初唐四杰的歌行从总体看未脱齐梁余习，所以当陈子昂的价值为人们所认识后，四杰的地位便陡然下降。从盛唐到明代，真正在杜甫《戏为六绝句》以后，几百年来第一次将王、杨、卢、骆提出来重新估价其历史意义和美学意义的，则是李梦

① 程千帆：《古诗考索》，上海古籍出版社1984年版，第88页。

阳之伙伴而兼论敌的何景明。何景明对四杰作"重新估价"的经典言论，就是其著名的《明月篇序》。在此序中，何景明从他的诗学"性情"论或诗歌"情爱"论出发，对以往全盘否定四杰的言论作了彻底颠覆，甚至认为四杰歌行还在杜甫之上，并把爱情题材和爱情主题置于至高无上的地位[①]。这个大胆见解显然是时代的产物，是明代中叶以后更为开放的社会风气和浪漫的审美思潮的反映。

美国学者阿拉斯戴尔·弗勒在《文学的类型》中提出一个重要观点，即经典的构成与体裁等级的变迁密切相关。他在该书"文学经典和体裁等级"一章中写道："文学趣味的变化总是与重估由经典作品所代表的体裁有关。每一时代都有一些体裁比其他文体更具经典型，更能得到作者、读者和批评家的热烈回应。"[②]这既体现在创作对文体的选择上，也体现在接受对经典的评价中。同样，四杰的地位提高了，四杰所代表的七言歌行也必然会受到重视。这就是自李攀龙《古今诗删》以下众多的选本，都一致入选《春江花月夜》的理由所在；同样也是自胡应麟以后众多评家，一步步把《春江花月夜》由"名篇""杰作"直至推为"孤篇横绝"的原因所在。

代表特定审美风尚的选家和诗评家在诗歌的经典化过程中发挥着重大作用，但一部作品之所以最终成为经典，决定性因素还在于自身具有经典品质。布鲁姆在回答"谁使弥尔顿成为经典"时说得好："当然，约翰逊博士和黑兹利特等批评家也对经典化做出了贡献。但是，弥尔顿如他之前的乔叟、斯宾塞、莎士比亚和他之后的华兹华斯等人一样，直接战胜传统

————————

① 《何大复先生集》卷十四《明月篇序》："夫诗，本性情之发者也，其切而易见者，莫如夫妇之间，是以《三百篇》首乎雎鸠，六义首乎风。而汉、魏作者，义关君臣朋友，辞必托诸夫妇，以宣郁而达情焉，其旨远矣。由是观之，子美之诗博涉世故，出于夫妇者常少；致兼雅颂，而风人之义或缺，此其调反在四子之下欤？"以是否表现"夫妇"为评价标准，见解独特，一反传统，令人称奇。

② 转引自布鲁姆：《西方正典——伟大作家和不朽作品》，江宁康译，译林出版社2005年版，第14—15页。

并使之屈从于己，这是检验经典性的最高标准。"[1]张若虚的《春江花月夜》能成为不朽的经典，同样在于诗人具有战胜传统的创造力和作品内蕴的经典品质。明代以后《春江花月夜》的阐释史，就是一部《春江花月夜》经典品质的发掘史，也是一部歌行美学的建构史。

三、历史视野中的经典细读

让我们回到文本。《春江花月夜》全诗从月升写到月落，实境与梦境结合，春江与明月照应，幽情与妙思相融，迷离恍惚，一片奇光，犹如一支梦幻般的月光曲。读者的心随着美丽的诗句起伏流转，往往只觉其美而把握不住诗人要写的究竟是什么，但又觉得深蕴的情思令人怦然心动忽有所悟。这是一个神秘的审美召唤结构，吸引着无数不畏艰辛的接受者，探寻其美的奥秘。

明清两代的接受者以持续不断的热情对歌行作了精彩解读，形成了《春江花月夜》阐释史上的高潮。从解读方式看，主要集中在诗话和选本的评点中，明代自胡应麟以下共得10余家，清代从王夫之到王闿运共得近20家。始而是诗话作者的率性而谈，继而是明代选家的集说集评，终而为清代说诗家的串讲解说。评家、选家和说诗家互相启发，步步推进对作品的审美理解。从解读内容看，除像胡应麟等对作品的写作年代和价值地位作出推测和总体性评价外，广泛涉及作品的诗体、诗旨、诗境，以及声韵结构、语言技巧、渊源创新等多方面问题。评语或长或短，明人尚空灵，往往只寥寥数言，清人求具体，解读益精细，直至产生了王尧衢《古唐诗合解》近两千言的长篇解说。从解读趋势看，由明而清，呈现出不断深化的趋向。解读的深化，集中于张若虚对长篇歌行的诗体发展和诗境创造的贡献上，通过直面《春江花月夜》的诗学沉思，形成了一套独特的歌行美学。

---

[1] 哈罗德·布鲁姆：《西方正典——伟大作家和不朽作品》，江宁康译，译林出版社2005年版，第20页。

其一，论诗体，解读"流畅婉转"的歌行之美。这还当从胡应麟说起。"流畅婉转"是胡应麟吟诵作品获得的第一印象，也是歌行给所有初读者最强烈的第一印象。胡氏之后，明清接受者曾用相似的语词表达他们的共同感受。李攀龙《唐诗选》曰："绮回曲折，转入闺思，言愈委婉轻妙，极得趣者。"毛先舒《诗辩坻》曰："而缠绵酝藉，一意萦纡，调法出没，令人不测，殆化工之笔哉！"等。流畅婉转的旋律和委婉轻妙的节奏同样是20世纪文学史家的共同体验。胡云翼《新著中国文学史》（1932）曰："语意回环，风调清丽，读其'愿逐月华流照君'之句，令人相见其风度。"①刘大杰《中国文学发展史》（1939）曰："全诗以清丽的词采，和谐的旋律，善于变化的文境，写出了春江月夜的美景和感染人心的画面，由此联系到哲学意蕴。"②当然，解读者并未停留于审美印象的笼统描述，而是从文体特点出发，对长篇歌行"流畅婉转"的内在成因作了进一步的探索。概而言之，略有三端：即句法的长言永叹，韵法的回环有序，结构的波折有致，这是《春江花月夜》"流畅婉转"的重要成因。

一是变五言为七言，有长言咏叹之美。六朝诗体尚以五言为主，入唐七言大量涌现。如果说五言以简约典雅为美，那么七言则有长言咏叹之美。七言的涌现催生了四杰的长篇歌行。张若虚也乘此东风，把传统的五言体的《春江花月夜》改造成了长言咏叹、流畅婉转的七言长篇。林庚先生对此有一段精彩的论述："由于七言诗所带来的解放，于是初唐以来涌现了大量的长篇歌行，这些歌行的盛行表现了文学语言获得解放的愉快，虽然有时不免过于轻快，甚至成为感情的泛滥，却带着最年轻活泼的调子"；而张若虚的《春江花月夜》，同王勃《采莲曲》、卢照邻《长安古意》、骆宾王《帝京篇》和刘希夷《代悲白头翁》等，都因此而成为"一时长篇杰作"。

二是逐解转韵，有声韵回环之美。长篇歌行为避免节奏单调和择韵困难，大多需要转韵。不同的韵法形成不同的节奏：一韵到底，决不转韵，

---

① 胡云翼：《胡云翼重写文学史》，华东师范大学出版社2004年版，第84页。
② 刘大杰：《中国文学发展史》（中卷），上海古籍出版社1997年版，第477页。

音节最为急促；二句一韵，音节虽急促而略有缓和；四句一韵，全篇一致，仄声韵与平声韵互用，最具委婉回环之美。《春江花月夜》的转韵之法就属后者。这对谙熟声韵之学的明清评家，无不一目了然。但作具体分析的是王尧衢的《古唐诗合解》，其曰："此篇是逐解转韵法，凡九解。前二解是起，后二解是收。起则渐渐吐题，收则渐渐结束。中五解是腹。虽其词有连、有不连，而意则相生。"九解九转韵，似九首绝句连缀而成。以平声庚韵起首，中间为仄声霰韵、平声真韵、仄声纸韵、平声尤韵、灰韵、麻韵，最后以仄声遇韵结束。唐人歌行的转韵之法渊源乐府，其自身又经历了由随意到规范的发展。四杰以后，歌行转韵渐有规律，大多四韵一转，且平仄韵递用。《春江花月夜》的逐解转韵则标志着歌行韵法的成熟，也为后人确立了典范。

三是波折有致，有绵绵不断之美。这是"流畅婉转"在结构上的体现。短章一目了然，长篇需留住读者的目光，因此七言长篇特别讲究结构的经营。冒春荣《葚原诗说》卷四论七言长篇体，有一段妙语："须波澜开阔，如江海之波，一波未平，一波复起，又如兵家之阵，方以为正，又复为奇，方以为奇，又复是正，出入变化，不可纪极。须开合粲然，音韵铿然，法度森然，神思悠然，学问充然，议论超然。"冒氏的"六然"说，对长篇歌行波折有致的绵绵不断之美作了生动概括。在明清评家看来，《春江花月夜》的结构正节节相生而波折有致，句句翻新又千条一缕。钟惺《唐诗归》曰："浅浅说去，节节相生，使人伤感，未免有情，目不能读，读不能厌。"徐增《而庵说唐诗》引而伸之，曰："此诗如连环锁子骨，节节相生，绵绵不断，使读者眼光正射不得，斜射不得，无处寻其端绪。"应当指出，《春江花月夜》波折有致的结构，同转韵与转意相结合的韵法有关。

其二，论诗境，探寻悬感见奇的"微情渺思"。吟诵诗篇，有流畅婉转之美，寻问诗境，则给人迷离微渺之感。陆时雍《唐诗镜》卷九叹曰："微情渺思，多以悬感见奇。"诗体的"流畅婉转"和诗境的"微情渺思"，使《春江花月夜》成为一个艺术矛盾体，也造成了审美解读的困难。明清诗评家对《春江花月夜》"微情渺思"的探寻，大致经历了三个阶段，即由注目"题面字翻弄"，到诗之"正意"的诠释，再到多重意蕴的解读。这是一个由表层到深层的理解过程，也是由封闭到开放的解读过程。

古典诗学论作诗，强调"诗与题称乃佳"。初读此诗，评家也都以为《春江花月夜》同寻常古题乐府一样，诗人只是依题吟咏以逞才情而已，诗的好处就是能将题中五字安放自然。明人王世懋说："句句以春江花月妆成一篇好文字。"钟惺《唐诗归》曰："将'春江花月夜'五字，炼成一片奇光，分合不得，真化工手。"周珽《唐诗选脉会通评林》更直接指出："语语就题面字翻弄，接笋合缝，铢两皆称。"那么诗人究竟是如何翻弄题面文字的呢？清人王尧衢和徐增循着同一思路从文字细读和表现手法两方面作了分析。在《古唐诗合解》中，王尧衢1800余字的解读，围绕"春江花月夜"五字逐层展开，最后的"总评"作了统计式总结：

> 至于题目五字，环转交错，各自生趣，"春"字四见，"江"字十二见，"花"字只二见，"月"字十五见，"夜"字亦只二见。于"江"则用海、潮、波、流、汀、沙、浦、潭、潇湘、碣石等以为陪；于"月"则用天、空、霰、霜、云、楼、妆台、帘、砧、鱼、雁、海雾等以为映。于代代无穷乘月、望月之人之内，摘出扁舟游子、楼上离人两种，以描情事。楼上宜"月"，扁舟在"江"，此两种人于"春江花月夜"最独关情。故知情文相生，各各呈艳。光怪陆离，不可端倪，真奇制也。[①]

这段细读看似琐屑，实质极有价值。首先可发现诗人于"春江花月夜"五字并非平均用力，而是以"江"和"月"为中心，所谓"楼上宜'月'，扁舟在'江'，此两种人于'春江花月夜'最独关情"；同时，抒情主人公在春江花月之夜，问明月，俯江流，最能生发无穷的微情渺思，把意境引向深入。徐增则对全诗起结处翻弄题面字的手法作了这样的概括："'昨

---

① 王尧衢：《唐诗合解笺注》，河北大学出版社2000年版，第83页。

夜闲潭梦落花'此下八句是结，前首八句是起。起用出生法，将春、江、花、月逐字吐出；结用消归法，又将春、江、花、月逐字收拾。"所谓"起用出生法""结用消归法"，虽带评点家习气，却也有助对章法结构的理解。

随着《春江花月夜》审美声誉的不断提升，人们对诗旨诗境的理解不再满足于只是"题面字翻弄"的解释，而力求把握诗之"正意"或诗境的"微妙情思"。明清诗评主要有两种看法，一是"望月思家"的单一主题说，二是顾及前后篇的双重意蕴说。

前者以明人唐汝询为代表。《唐诗解》卷十一围绕"望月思家"的诗旨对全篇作了逐层解读：

> 此望月而思家也。言月明而当春水方盛之时，随波万里，靡所不照。霜流沙白，状其光也。因言月之照人，莫辨其始。人有代更，月长皎洁。我不知为谁而输光乎？所见唯江流不返耳！又睹孤云之飞，而想今夕有乘扁舟为客者，有登楼而伤别者，已兴室家是也。遂叙闺中怅望之情，久客思家之意。因落月而念归路之遥，恨不能乘月而归，徒对此江树含情也。[①]

清人吴乔持同一见解，《围炉诗话》卷二曰："《春江花月夜》正意只在'不知乘月几人归'。"所谓"正意"，当指诗境的核心意蕴，而"不知乘月几人归"，既传达了游子望月思家之情，也蕴含了思妇望月盼归之意。"望月思家"说是有文本依据的。若将"谁家今夜扁舟子，何处相思明月楼""昨夜闲潭梦落花，可怜春半不还家"以及"不知乘月几人归，落月摇情满江树"等句连缀起来，确是一首典型的游子思归的"望月思家"之作。当代说诗者也往往从这一角度概括全诗主题。然而这主要是就全诗后半部分而言，未能顾及全篇；而且，"望月思家"的单一主题虽直截了当，却把"微情渺思"的诗境解说得索然无味。

---

① 唐汝询：《唐诗解》，河北大学出版社2001年版，第247页。

清代诗评家以更开放的视野提出了双重意蕴说。沈德潜是双重意蕴说的代表，其《唐诗别裁集》卷五对意蕴的阐释顾及了诗的前后两大部分，曰："前半见人有变易，月明常在，江月不必待人，惟江流与月同无尽也。后半写思妇怅望之情，曲折三致。"简言之，前半写望月时思人生宇宙，后半写月下的思妇游子；一轮明月，两种情致，虽分犹合。这虽是一个折中之见，却提出了一种新的阐释思路，即《春江花月夜》虽流畅婉转，浑然一体，但在"滟滟随波千万里"的曲折长篇中，不同段落包含不同意蕴，对诗意的解说不应执着单一的作者原意，而应从节节相生的文本出发，作开放的多元阐释。

确实，对诗境意蕴的探寻远未就此终结。闻一多作为《春江花月夜》接受史上最伟大的现代读者，重要贡献之一，就是以诗人兼哲人的特有敏悟，在这一深沉而寥廓、宁静而爽朗的境界中，发现了具有永恒价值的哲理玄思和生命精神，提出了三重意蕴说。在《宫体诗的自赎》中，他对全篇作了诗意解读，最后写道：

> 这里一番神秘而又亲切的、如梦境的晤谈，有的是强烈的宇宙意识，被宇宙意识升华过的纯洁的爱情，又由爱情辐射出来的同情心，这是诗中的诗，顶峰上的顶峰。[1]

先是"强烈的宇宙意识"，再升华为"纯洁的爱情"，再"由爱情辐射出来的同情心"，从单一主题，到双重主题，再到这里的三重意蕴，这是对诗境的"微情渺思"所作的最深刻的阐释，不仅包容了前人的理解，更以现代意识深化了前人的理解，赋予了这首唐人青春之歌全新的审美品格和现代人文意味，也为现代读者确立了新的接受基调。此后迄今，文学史家和美学家谈论《春江花月夜》的意蕴，几乎无不赞同闻一多的看法。

加达默尔说得好：对一个本文或一部艺术作品里的真正意义的汲取是永无止境的。参酌从胡应麟到闻一多以来400余年的阅读经验，再细察文

---

[1] 《闻一多全集》（第6卷），湖北人民出版社1993年版，第27页。

本，可以发现《春江花月夜》实质是由四个段落、四幅画面、四重意蕴、抒情主人公的四重角色所构成；同时，一轮明月由升而降，作为意象主线贯穿全篇，构成了全诗浑然一体的多元诗境。

其一，四韵一转，段落分明。从外在文体看，《春江花月夜》四韵一转，规则有序，恰如由九首绝句连缀而成的组诗。从内在诗意看，转韵与转意并不一致，全篇三十六句可分为相对独立的四个段落。首八句为第一段；次八句为第二段；再次十句为第三段；最后八句为第四段。王尧衢依头、身、尾的文章法，把全诗九解分成三部分，即"前二解是起，后二解是收，中五解是腹"。其实，"中五解"应当一分为二，前二解写"问明月"，后二解写"看人间"，画面情致明显不同。

其二，俯仰之际，画面转换。透过委婉轻妙的诗句，可以看到在这个明月之夜，随着抒情主人公视角的转移，诗中四个段落依次幻化成四幅画面。这四幅画面可以用四个字来概括：一"看"、二"问"、三"瞰"、四"叹"。首八句，看"春江明月生"。诗人用"出生法"，将春、江、花、月逐字吐出，画出一幅前无古人的春江明月图。张九龄"海上生明月，天涯共此时"的简约之句，化为张若虚笔下的绮丽名篇；次八句，问"江畔孤月轮"。诗人写月，由大到小、由远及近，凝聚于一轮孤月，引发无穷遐想，连连发问，创造出玄妙无穷的"天问篇"。此后，李白的《把酒问月》、苏轼的《水调歌头》，无不采用此种"天问模式"；又十句，瞰"明月照离人"。诗人化身为月，由仰视明月转而为俯瞰人间，以最深情的笔墨写出了一幕思妇游子相思图。"谁家今夜扁舟子，何处相思明月楼？""谁家"与"何处"，互文见义，把人世间的离愁相思之情渲染得充天塞地；结八句，叹"乘月几人归"。诗人用"消归法"，将春、江、花、月逐字收拾，同时由凌空俯瞰转而为体贴生情。收尾两句，余韵无穷。"不知"者，似渺茫而又未全失望；"摇情"者，将月光之情，离人之情，诗人之情融成一片，令读者与诗人为"月下未归人"同声慨叹。

其三，四重意蕴，层层深化。四幅画面，四重意蕴，由浅入深，层层递进，从而创造出微情渺思的复杂意境。一看"春江明月生"，用赋法描绘春江明月图，传达出一种纯粹的自然美感，也表明诗人具有自觉的自然美意识；二问"江畔孤月轮"，诗人由看春江时的感性审美转而为望星空后的哲理玄思。费尔巴哈说得好："最初的哲学家，就是天文学家。天空使人想到自己的使命，即想到自己不仅生来应当行动，而且，也应当要观察。"①诗人正是在"观察"时，观古今于须臾，抚四海于一瞬，与"永恒"猝然相遇，生发"夐绝的宇宙意识"。三瞰"明月照离人"，诗人的"观察"由天空转向人间，主题也为之转换，从永恒的把握到人性的歌唱。诗人通过对月下离人相思意的描写，歌唱了人间最纯洁的爱情；四叹"明月几人归"，由人间的纯洁爱情启发博大的同情心，表达了抒情主人公感叹世事古难全的悲天悯人之怀。据此，可对《春江花月夜》的四重意蕴作这样的概括：这里有着一番对春江的亲切晤谈，对明月的超然凝视，对人间的深情俯察，于是有的是纯粹的自然美感，有的是强烈的宇宙意识，继而是被宇宙意识升华过的纯粹的爱情，最后又由爱情辐射出来的广博的同情心。

其四，抒情主体，多重角色。随着画面的转化和意蕴的深化，抒情主人的角色也在不断变化。可以这样说，看"春江明月生"时，他是一位赏美的诗人；问"江畔孤月轮"时，他是一位问天的哲人；瞰"明月照离人"时，他是一位相思的情人；叹"乘月几人归"时，他又是一位悲悯的仁人。与此同时，抒情主人公的立场也在不断变换，时而在诗中，时而在诗外。如果说，作为赏美的诗人和相思的情人他深入诗中；那么，作为问天的哲人和悲悯的仁人他又超然诗外。

最后，四幅画面和四重意蕴虽相对独立，但全诗以明月为主线，一轮明月在一夜之间由生而落，贯穿始终。首段"海上明月共潮生"，点明"月初生"；次段"皎皎空中孤月轮"，点明"月中悬"；再次"可怜楼上月徘徊"，写出"月将斜"；最后"落月摇情满江树"，写出"月西落"。《春江花月夜》的高妙之处，正在于表层的咏月绝唱和深层的微情渺思的浑融

---

① 费尔巴哈：《基督教的本质》，荣震华译，商务印书馆1997年版，第34页。

一体，从而造成了情景画面句句翻新，诗体意境又流畅婉转的独特审美效果。

四、宫体之辨中的双重发现

《春江花月夜》1300年接受史，从接受特点看似可分为三个阶段：唐宋两代为第一阶段，所谓只传诗人之名，不论诗人之诗；明清两代为第二阶段，是为经典确立与经典细读；20世纪以来为第三阶段，这便是现代学术视野中的价值重估和80年代出现的宫体之辨。

20世纪80年代的宫体之辨，是围绕闻一多的著名论文《宫体诗的自赎》展开的。闻一多在分析了《春江花月夜》的审美意境后，高度评价了它在宫体诗发展中的功绩：

> 至于那一百年间梁、陈、隋、唐四代宫廷所遗下的那份黑暗的罪孽，有了《春江花月夜》这样一首宫体诗，不也就洗净了吗？向前替宫体诗赎清了百年的罪，因此，向后也就和另一个顶峰陈子昂分工合作，清除了盛唐的路——张若虚的功绩是无从估计的。[①]

这就是著名的"宫体自赎"说，它至少包含了四层意思：自梁至唐初的宫体诗犯了黑暗的罪孽；《春江花月夜》是一首宫体诗；张若虚的《春江花月夜》以夐绝的宇宙意识和沉静的美学境界替宫体诗赎清了百年的罪；作为初唐双峰，张若虚和陈子昂一起清除了盛唐的路。闻一多的论述充分显示出哲人的审美洞察力和史家的宏伟历史感，对《春江花月夜》的艺术价值和历史意义的认识达到了空前的高度。

然而20世纪80年代初，围绕闻一多的"宫体自赎"说，出现了对立的两派：程千帆和周振甫认为闻一多的"宫体说"是"误解"和"混淆"；李泽厚和吴小如则认同闻一多的观点，并针对周振甫的"认识"作了"再

---

① 《闻一多全集》（第6卷），湖北人民出版社1993年版，第28页。

认识"。

如何看待闻一多的"宫体自赎"说及80年代的"宫体之辨"？闻一多的"赎罪说"，无非是一种形象化的比喻。所谓"以毒攻毒""以宫体救宫体"，实质上揭示了《春江花月夜》的双重身份和双重超越性。首先从诗题看，它最初确为陈后主所做，是从陈朝宫中传出来的宫廷艳曲，但到了张若虚手中，他以"强者诗人"的巨大气魄战胜了《春江花月夜》作为艳曲的传统，实现了《春江花月夜》创作史上的伟大超越。其次从性质看，它原为宫廷艳曲，当然属于宫体诗范畴，但到了张若虚的手中，诗人充分感受到初盛唐之际的时代精神，赋予作品以青春时代的青春激情，实现了宫体诗净化史上的伟大飞跃，清除了走向盛唐之路。简言之，具有双重身份的张氏之作，一是实现了《春江花月夜》创作史上的伟大超越，二是实现了宫体诗净化史的伟大飞跃。这就是考察"宫体之辨"后，对闻一多"宫体自赎"说的双重发现。如果说程千帆的质疑提示我们发现了前者，那么吴小如的"再认识"则启示我们更深刻地认识到后者。

程先生认为闻一多的"宫体自赎"说实质是"对《春江花月夜》的误解"，误解的原因，一是"把宫体诗的范围扩大了"，二是对《春江花月夜》的创作实际缺乏具体分析。于是他根据现存作品把《春江花月夜》分成宫体和非宫体两类：

> 作为乐府歌辞的《春江花月夜》虽然其始是通过陈后主等的创作而以宫体诗的面貌出现的，但旋即通过隋炀帝的创作呈现了非宫体的面貌。而张若虚所继承的，如果说他对其前的《春江花月夜》有所继承的话，正是隋炀帝等的而非陈后主等的传统。作品俱在，无可置疑。①

这段话至少传达了三点信息：从现存作品看，《春江花月夜》可分为宫体面貌和非宫体面貌两类；隋炀帝"是宫体诗的继承者，又是其改造

---

① 程千帆：《古诗考索》，上海古籍出版社1984年版，第100页。

者"，通过隋炀帝的创作，《春江花月夜》呈现了非宫体的面貌；张若虚所继承的是隋炀帝而非陈后主的传统。把《春江花月夜》区分为宫体面貌和非宫体面貌，这确是一个重大发现，有助于我们认识张若虚《春江花月夜》的双重身份，即既源出宫体又超越宫体。问题在于，《春江花月夜》的"改造者"是隋炀帝还是张若虚？张若虚的艺术功绩，是继承了隋炀帝的传统？还是彻底改造了这种传统？答案显然是后者而非前者。

首先，恰如吴小如先生所说，现存隋炀帝和张子容的《春江花月夜》并非没有宫体诗的"艳情"成分。如隋炀帝诗中"汉水逢游女，湘川值两妃"两句，字面虽不"艳"，故事却有"艳"的成分。张子容的两首也并非毫无艳情可言。[①]如果说隋炀帝已完成了对《春江花月夜》的改造，那么张子容的作品在内容或体式上也应当呈现出同张若虚一样的"非宫体的面貌"，但事实却并非如此。隋炀帝的《春江花月夜》属吴声歌曲，为五言四句体式，后世同一体式的同题作品，不但没有被"改造"过的迹象，反而仍有"尤艳丽者"。明代唐伯虎《春江花月夜》二首：

> 嘉树郁婆娑，灯花月色和；春江流粉气，夜水湿裙罗。
> 夜雾沉花树，春江溢月轮；欢来意不持，乐极词难陈。

不仅故事艳，字面也艳。相反，后世同张若虚同一体式的《春江花月夜》，从晚唐温庭筠到清代王锡，真正呈现出了"非宫体的面貌"。

其次，传统《春江花月夜》的"改造者"不是隋炀帝，而是张若虚。张若虚的作品之所以真正呈现出"非宫体的面貌"，决非继承了"隋炀帝的传统"，而恰恰是用清新的"《西洲》格调"和崭新的"四杰之体"，对宫体传统作了真正的脱胎换骨的改造，从而实现了《春江花月夜》创作史上的伟大超越。张若虚改造传统、超越传统的功绩，表现在句式、文体、结构、格调和境界等各个方面。首先是句式和文体的改造。《唐诗别裁》曰："题中五字安放自然，犹是王、杨、卢、骆之体。"所谓"王杨卢骆之

---

① 吴小如：《古典诗词札丛》，天津古籍出版社2004年版，第149—150页。

体"，就是当时盛行的以《长安古意》《帝京篇》等为代表的洋洋洒洒的歌行巨篇。张若虚以新兴的七言长篇歌行体，改造了五言四句的吴声歌曲体。其次是《西洲曲》艺术结构的创造性转化。《古诗源》评《西洲曲》曰："续续相生，连蜷接萼，摇曳无穷，情味愈出。似绝句数首，攒簇而成，乐府中又生一体。初唐张若虚、刘希夷七言古，发源于此。"在张若虚的作品中，这种创造性转换主要体现在两个方面，一是前述转韵之法的成就和贡献，正发源于"似绝句数首"、逐解转韵而摇曳无穷的《西洲曲》；二是章法结构和意象构思。张玉谷《古诗赏析》卷十九评《西洲曲》曰："此闺情诗也。由春而夏而秋，直举一岁相思，尽情倾吐，真是创格。"《春江花月夜》从月生到月落的"一夜望月"，可以说是对《西洲曲》"由春而夏而秋，直举一岁相思"的创造性转换。再次是格调意境的脱胎换骨。闻一多论及《春江花月夜》"学《西洲曲》"时指出："刘、张七古，不但句法似，情调尤似。"[1]这里所说的用《西洲曲》的格调和情调，就是用在《西洲曲》中表现出来的"纯洁的爱情"，对肉欲主义的"艳情"进行脱胎换骨的改造。

布鲁姆认为："强势诗人"的风格经常发展为诗体成规，而弱小的诗人只能萧规曹随，跟着强势诗人的艺术成规随波逐流。张若虚对以宫体面貌出现的《春江花月夜》作了全面的创造性转换，终于使他的《春江花月夜》成为中国"抒情诗最好的标本"[2]；同时也使这首真正"非宫体面貌"的《春江花月夜》成了后世同题七言歌行的艺术典范。从温庭筠的《春江花月夜词》到清人王锡《春江花月夜》再到《红楼梦》第45回林黛玉的《秋窗风雨夕》，无不飘动张氏之作的风神。时至今日，人们甚至不再去考察旧题的原创者究竟是谁，而把《春江花月夜》这一诗题的真正创制权归之于张若虚。这一切充分表明，是张若虚而非隋炀帝，改造了传统，实现了《春江花月夜》创作史上的伟大超越。

闻一多对作品的历史价值作了双重考察，首先考察了它在《春江花月

---

① 《闻一多全集》（第6卷），湖北人民出版社1993年版，第99页。

② 郑临川述评：《闻一多论古典文学》，重庆出版社1984年版，第134页。

夜》创作史上的超越性意义，进而以更宏阔的历史眼光考察了它在宫体诗净化史上，以及唐诗从初唐走向盛唐的历史进程中的"清路"意义。闻一多的精辟见解在宫体之辨中，通过吴小如和李泽厚的阐发得到进一步的彰显，《春江花月夜》的艺术声誉也随之达到接受史的顶峰。

闻一多为什么如此重视《春江花月夜》在宫体诗净化史上的意义？这与他对宫体诗的净化与唐诗发展之间关系的认识密切相关。"宫体诗"这一概念在古典诗学中可作两种理解，一是指诗歌创作中的一种类型，一是指诗歌史上的一个流派。当代学者讨论作为诗歌流派的宫体诗，一般都把时限范围严格限定在齐、梁、陈、隋四朝，上限可以追溯至晋宋，下限决不下移至初唐。①这或许是为了维护唐诗的纯粹性和纯洁性。闻一多则认为："严格的讲，宫体诗又当指以梁简文帝为太子时的东宫及陈后主、隋炀帝、唐太宗等几个宫廷为中心的艳情诗。"②把初唐宫体诗纳入这一流派，应当说既符合宫体诗派的实际，也符合诗史变迁的一般规律。从唐太宗"戏作艳诗"到上官仪"绮错婉媚"诗风，史有明文，作品俱在。刘肃《大唐新语》则明确把刘希夷纳入宫体诗派，所谓"少有文华，好为宫体，词旨悲苦，不为时所重"。当然，初唐宫体不同于梁代宫体，刘希夷的宫体诗也不同于唐太宗的艳诗。于是闻一多把一部宫体诗史分成"宫廷中"和"出宫后"两大时段，着重考察"出宫后"被逐步净化直至走向盛唐的过程。对初唐宫体诗出宫后的"净化"过程，闻一多细述为三个阶段：卢照邻和骆宾王以"真实的感情"和"洋洋洒洒的巨篇"实现了宫体诗的第一个剧变；刘希夷通过"直向汉、晋人借贷灵感"，使"感情返到正常状态"，是宫体诗嬗变的又一重大阶段；最后终于出现了张若虚，"如果刘希夷是卢、骆的在狂风暴雨后宁静爽朗的黄昏，张若虚便是风雨后更宁静更爽朗的月夜"。与此同时，张若虚和陈子昂作为初唐双峰，一以灵感，一以理智，彻底清除了通向盛唐之路。

---

① 如汪春泓：《论佛教与梁代宫体诗的产生》，《文学评论》1991年第5期；石观海：《宫体诗派研究》，武汉大学出版社2003年版。

② 《闻一多全集》（第6卷），湖北人民出版社1993年版，第18页。

　　吴小如对闻一多的"净化"说和《春江花月夜》在宫体净化与唐诗高潮之间的关系，深以为然。他写道：

　　　　要知从艳情诗趋于净化、淡化，升华为美而不艳，也有一个逐渐进展、转化的过程，不是只凭张若虚一个作家的一首诗就倏尔妙手回春、尽渧前垢的。……不过张若虚的这一首《春江花月夜》，确乎出手不凡，一举而定乾坤，彻底改变了（或说扭转了，甚至可以说抛弃了）宫体诗的纨绔习气和以女性为玩物的恶劣作风，从而才博得闻先生如此崇高的评价。[1]

或许这也就是贺裳称张若虚的《春江花月夜》为"盛唐中之初唐"的真义之所在。

　　李泽厚则在闻一多基础上，从美学和审美意识史角度，在广阔的文化史背景上，对《春江花月夜》这一体现了新精神的新意境，作了更具体的阐发。他同样认为，从初唐四杰开始，诗歌随时代的变迁由宫廷走向生活，六朝宫女的靡靡之音变而为青春少年的清新歌唱；而代表这种清新歌唱成为初唐最高典型的正是张若虚的《春江花月夜》。那么，《春江花月夜》到底体现了怎样的时代精神？李泽厚极富诗意地写道：

　　　　其实，这诗是有憧憬和悲伤的，但它是一种少年时代的憧憬和悲伤，一种"独上高楼，望断天涯路"的憧憬和悲伤。所以，尽管悲伤，仍然轻快，虽然叹息，总是轻盈。它上与魏晋时代人命如草的沉重哀歌，下与杜甫式的饱经苦难的现实悲痛都决然不同。它显示的是，少年时代在初次人生展望中所感到的那种轻烟般的莫名惆怅和哀愁……它是走向成熟期的青少年时代对人生、宇宙的初醒觉的"自我意识"：对广大世界、自然美景和自身存在的深切感受和珍视，对自

――――――――――
　　[1] 吴小如：《古典诗词札丛》，天津古籍出版社2004年版，第150页。

身存在的有限性的无可奈何的感伤、惆怅和留恋。①

布鲁姆在界定"强者诗人"时说:"所谓诗人中的强者,就是以坚忍不拔的毅力向威名显赫的前代巨擘进行至死不休的挑战的诗坛主将们。"②张若虚就是这样一位使衰老颓废恢复青春朝气、变狂风暴雨为静朗月夜的"强者诗人";《春江花月夜》则是一首体现了走向盛唐的青春少年情怀的青春之歌。从王闿运的"孤篇横绝,竟为大家",到闻一多的"诗中的诗,顶峰上的顶峰",再到李泽厚的"青春少年的青春之歌",《春江花月夜》终于达到了声誉的顶峰。

闻一多在《读骚杂记》中论及屈原研究时,有一段妙语:"一个历史人物的偶像化的程度,往往是与时间成正比的,时间愈久,偶像化的程度愈深,而去事实也愈远。"③如果说历史人物的偶像化,可能会因时间愈久去事实愈远,那么真正的经典作品的接受史则恰恰相反,时间愈久,对意蕴的阐发则会愈丰富愈深入。面对《春江花月夜》这样"以孤篇压倒全唐"的杰作,我们有充分理由相信:"每一时代总能在过去的伟大作品中发现某种新东西。"④

[原载《东方丛刊》2008年第1期]

---

① 李泽厚:《美的历程》,文物出版社1981年版,第129—130页。

② 哈罗德·布鲁姆:《影响的焦虑》,徐文博译,生活·读书·新知三联书店1989年版,第3页。

③ 《闻一多全集》(第5卷),湖北人民出版社1993年版,第4页。

④ 巴赫金:《文本、对话与人文》,白春仁、晓河、周启超等译,河北教育出版社1998年版,第367页。

从"影响的焦虑"到"批评的焦虑"

——《黄鹤楼》《凤凰台》接受史比较研究

歌德说:"精美绝伦同时又通俗易懂是最为稀少的。"①崔颢的《黄鹤楼》便是既"精美绝伦"又"通俗易诵"的唐诗经典之一。宋人严沧浪称为"唐人七言律诗第一",明代无名氏赞为"千秋第一绝唱"。而在《黄鹤楼》传诵之初,李白登斯楼,更有"眼前有景道不得,崔颢题诗在上头"之叹。一首《黄鹤楼》竟让一代诗仙称叹,这实在令历代诗人和诗评家百思不得其解,甚至难以接受。于是唐代以来的接受者,围绕《黄鹤楼》的创作、"崔颢体"的特点,以及《黄鹤楼》与《凤凰台》的优劣等问题,展开了热烈争论。一部《黄鹤楼》的接受史因此也可一分为三:一是由《黄鹤楼》的影响史引发的"影响的焦虑";二是"崔颢体"的提出及美学阐释;三是崔李"优劣论"中表现的"批评的焦虑"。从"影响的焦虑"到"批评的焦虑",是《黄鹤楼》和《凤凰台》接受史最显著的特点,也是经典接受史上较普遍的现象。

一、《黄鹤楼》与"影响的焦虑"

李白称善《黄鹤楼》的本事,始见北宋李畋《该闻录》,曰:"唐崔颢《题武昌黄鹤楼》诗云……。李太白负大名,尚曰:'眼前有景道不得,崔

---

① 歌德:《论文学艺术》,范大灿译,上海人民出版社2005年版,第179页。

颙题诗在上头。'欲拟之较胜负，乃作《金陵登凤凰台》诗。"①这里包含了丰富的接受信息，最值得重视的似有两点。一是《黄鹤楼》可谓落地开花，一举成名，接受史与创作史紧紧相连。当时，崔颢常与王维并称②，稍后《河岳英灵集》《国秀集》和《又玄集》又先后收录此诗，也证明崔颢及《黄鹤楼》在当时主流诗坛的地位和盛名。二是李白作《凤凰台》"欲拟之较胜负"之说，正表明了这首好诗在"强者诗人"心中产生的"影响的焦虑"③，并在"以诗论英雄"的唐代所产生的巨大反响。

其实，"影响的焦虑"并非始于李白的《凤凰台》。在严沧浪看来，崔颢的《黄鹤楼》本身就是"影响的焦虑"的产物。严羽《评点李太白诗集》评《登金陵凤凰台》曰：

> 《鹤楼》祖《龙池》而脱卸，《凤台》复倚《黄鹤》而翩瞥。《龙池》浑然不凿，《鹤楼》宽然有馀，《凤台》构造亦新丰，凌云妙手，但胸中尚有古人，欲学之，欲拟之，终落圈圚。盖翻异者易美，宗同者难超。太白尚尔，况余才乎？

明人对严羽看法作了进一步发挥。田艺衡《留青日札·谈诗初编》论诗作之间的相互拟仿，由三篇扩展为四篇。其曰：

> 今人但知李太白《凤凰台》出于《黄鹤楼》，而不知崔颢又出于《龙池篇》也。若夫《鹦鹉洲》，则又《凤凰台》之余意耳。……四篇机杼一轴，天锦粲然，各用叠字成章，尤为奇也。特拈出之，以表当

① 此后宋人述及此事，如《苕溪渔隐丛话》前集卷五、《唐诗纪事》卷二十一、《后村诗话》前集卷一、《诗林广记》前集卷之三等，当均出自李畋《该闻录》。

② 傅璇琮：《唐代诗人丛考》，中华书局1980年版，第66—68页。

③ 哈罗德·布鲁姆在《影响的焦虑》一书中指出："诗的历史是无法和诗的影响截然区分的。因为一部诗的历史就是诗人中的强者为了廓清自己的想象空间而相互'误读'对方的诗的历史"；而"所谓诗人中的强者，就是以坚忍不拔的毅力向威名显赫的前代巨擘进行至死不休的挑战的诗坛主将们。"（《影响的焦虑》，徐文博译，生活·读书·新知三联书店1989年版，第3页）

场敌手。

《诗原》作者和万历文人赵宦光再进一层，由四篇扩展为五篇，并对诗人的创作心理和各篇的渊源优劣作了精要分析。赵宦光曰：

> 《诗原》引沈佺期《龙池篇》云……。崔颢笃好之，先拟其格，作《雁门胡人歌》云……。自分无以尚之，别作《黄鹤楼》诗云……。然后直出云卿之上，视《龙池》直俚谈耳。李白压倒不敢措词，别题《鹦鹉洲》云……。而自分调不若也，于心终不降，又作《凤凰台》云……。然后可以雁行无愧矣。……（赵）按《黄鹤》诗，调取之《龙池》，格取之《雁门》。李之拟崔，《鹦鹉》取其格，《凤凰》取其调。徐柏山谓李白《鹦鹉洲》诗全效崔颢《黄鹤》，《凤凰》非其正拟也。予则以为，论字句《鹦鹉》逼真，论格调则《鹦鹉》卑弱，略非《凤凰》《黄鹤》故手。当是太白既赋《鹦鹉》，不慊而更转高调。调故可以相颉颃，而语稍粗矣。二诗皆本之崔，然《鹦鹉》不敢出也。

《诗原》揣测了诗人的创作心理，赵氏则比较了各篇的渊源优劣。

严羽、田艺蘅、《诗原》和赵宦光四家合而观之，清晰地展现出了一部《黄鹤楼》的影响史。细析可分三层：先是"《鹤楼》祖《龙池》而脱卸"，即沈佺期《龙池篇》引起崔颢的焦虑，于是祖《龙池》而拟其格，先后作《雁门胡人歌》和《鹤楼》，袭而愈工，直出云卿之上；继而"《凤台》复倚《黄鹤》而翻尠"，青出于蓝胜于蓝的《黄鹤楼》引发李白的焦虑，先后作《鹦鹉洲》和《凤凰台》以较胜负；终则"宗同者难超"的李白拟仿之作，引起更多后代诗人的兴趣和焦虑，但因才力不足，故虽学之、拟之，气韵格调却每况愈下。试分述之。

第一，崔颢的焦虑："《鹤楼》祖《龙池》而脱卸"。

沈佺期《龙池篇》是一部影响史的肇端和原型。《唐会要》卷二二：

"开元二年闰二月诏，令祠龙池。六月四日，右拾遗蔡孚献《龙池篇》，集王公卿士以下一百三十篇，太常寺考其词合音律者，为《龙池篇乐章》，共录十首。"沈氏《龙池篇》是《龙池篇乐章》的第三首，同样是一首为玄宗皇帝歌功颂德的应制诗。诗曰：

> 龙池跃龙龙已飞，龙德先天天不违。
> 池开天汉分黄道，龙向天门入紫微。
> 邸第楼台多气色，君王凫雁有光辉。
> 为报寰中百川水，来朝此地莫东归。

　　由于此诗被认为与《黄鹤楼》以及《雁门胡人歌》有渊源关系，在传世《龙池篇乐章》中最为评家关注，并认为其在艺术上"应制诸公俱不能到"。陆时雍《唐诗镜》评价最高，曰："前四语法度恣纵，后四语兴致淋漓，此与《古意》二首，当是唐人诗第一"云云。李瑛《诗法易简录》则以传统诗评家眼光，对诗意逐句作了阐释，曰："首句龙已飞，指明皇即位后言也。次句推本龙德，原其所以能飞之故。三四句分顶'龙池'二字，写足'飞'字，一气相生，体格超拔。五六句以池上楼台、池中凫雁作旁面渲染。结以百川来朝，尤得尊题之体。"全诗以龙为喻，龙池、龙跃、龙德、龙辉，对帝王的歌功颂德真可谓"法度恣纵"而"兴致淋漓"。

　　沈氏《龙池篇》作于开元二年，崔颢《黄鹤楼》当作于天宝三载之前[①]，二者相距近三十年。但《龙池篇》是歌功颂德的应制诗，《黄鹤楼》是登楼起兴的抒怀诗，二者的渊源不在诗意，而在诗艺。且看《黄鹤楼》：

> 昔人已乘黄鹤去，此地空余黄鹤楼。
> 黄鹤一去不复返，白云千载空悠悠。
> 晴川历历汉阳树，芳草萋萋鹦鹉洲。

---

　　① 崔颢《黄鹤楼》收入《国秀集》，此集芮挺章编成于天宝三年，说详见傅璇琮：《唐人选唐诗新编》，陕西人民教育出版社1996年版。

日暮乡关何处是，烟波江上使人愁。

　　明清评家认为，《龙池篇》的艺术特点主要有四：一是经语入诗，典雅庄重；二是叠字成章，用语奇特；三是歌行风调，以律为颂；四是意得象先，浑若天成。而《黄鹤楼》与《龙池篇》，"机杼一轴"又"神韵过之"，主要表现在后三方面。屈复《唐诗成法》曰："五'龙'字，二'池'字，四'天'字，崔之《黄鹤楼》所本，而神韵过之，然此味较厚。"此论叠字成章；沈德潜《说诗晬语》曰："沈云卿《龙池》乐章，崔司勋《黄鹤楼》诗，意得象先，纵笔所到，遂擅古今之奇。所谓'章法之妙，不见句法，句法之妙，不见字法'者也。"此论意得象先；张世炜《唐七律隽》曰："诗之奇岂在叠字？《龙池》《黄鹤》俱以歌行风调行于律体之简，故有翩若惊鸿、婉若游龙之态，而为千秋绝调也。"此论歌行风调。然而，言语之间显然都认为《黄鹤楼》青出于蓝而胜于蓝，即《诗原》所谓"别作《黄鹤楼》诗，然后直出云卿之上"。

　　《诗原》所谓崔颢"先拟其格作《雁门胡人歌》"的揣测有无道理呢？《雁门胡人歌》是一首边塞诗，状边塞之景，写胡人之勇，如在目前。诗曰：

高山代郡东接燕，雁门胡人家近边。
解放胡鹰逐塞鸟，能将代马猎秋田。
山头野火闲多烧，雨里孤峰湿作烟。
闻道辽西无斗战，时时醉向酒家眠。

结句尤为论家称道，如贺裳《载酒园诗话又编》曰："叙萧条沦落，而沉毅之概令人回翔不尽者。"《诗原》所谓"拟其格"，当指《雁门胡人歌》同《黄鹤楼》一样，拟仿了《龙池篇》"歌行风调"的"体制格式"。虽是揣测之词，仍有一定依据。从诗格看，许学夷《诗源辩体》曰："崔颢七言有《雁门胡人歌》，声韵较《黄鹤》尤为合律……实当为唐人七言律第一。"轻许"第一",实属无谓。细按文本,中二联虽较《黄鹤》合律,然全篇用字、句式,并不严守律法,结句更纯为歌行格调。从诗风看,盛唐诗人中崔颢以乐府歌行著称,《渭城少年行》《江畔老人愁》《邯郸宫人怨》诸篇,均为传世名作。尤其《邯郸宫人怨》,叙事几四百言,李杜而外,盛唐歌行无赡于此,情致委婉,真切如见,后来《连昌》《长恨》,皆此兆端。本是歌行高手,又"笃好"《龙池》体格,"以歌行风调行于律体之间",是再自然不过的事了。

严羽曰:"翻异者易美。"从《雁门胡人歌》到《黄鹤楼》,崔颢首先以"强者诗人"的姿态"拟其格"而"异其意",实现了对《龙池篇》的创造性超越。

第二,李白的焦虑:"《凤台》复倚《黄鹤》而翻甒"。

如果说崔颢的"焦虑",是后人基于诗歌文本的揣测;那么李白的"焦虑",既有千年相传的自白,更有仿迹凿凿的文本。先录诗作,再作分析。

> 鹦鹉来过吴江水,江上洲传鹦鹉名。
> 鹦鹉西飞陇山去,芳洲之树何青青。
> 烟开兰叶香风暖,岸夹桃花锦浪生。
> 迁客此时徒极目,长洲孤月向谁明!
>
> （《鹦鹉洲》）
>
> 凤凰台上凤凰游,凤去台空江自流。
> 吴宫花草埋幽径,晋代衣冠成古丘。
> 三山半落青天外,二水中分白鹭洲。
> 总为浮云能蔽日,长安不见使人愁。
>
> （《登金陵凤凰台》）

这两首诗与《黄鹤楼》的关系,宋代以来的接受者主要谈论三个问题:一是李白作诗时的心态是服善抑或争胜?二是这两首诗作于何时,二者孰先孰后？三是这两首诗哪一首更饶情趣。对李白作诗心态的描述和揣测，反映出诗评家"批评的焦虑"，留待后文论述。

首先，《鹦鹉洲》与《凤凰台》的写作孰先孰后？哪一首是对《黄鹤楼》的直接模仿？历代《李太白集》均把《凤凰台》置于《鹦鹉洲》之前。编年作者也把两首诗系于诗人经历的两个不同阶段。明代朱谏《李诗选注》将《凤凰台》系于"帝赐金放还"的天宝三载，曰："此李白被贵妃、力士之谗，恳求还山，帝赐金而放回，浪游四方，至金陵时登金陵凤凰台而作此诗。"王琦年谱则将《鹦鹉洲》系于乾元元年，注曰："诗有'迁客此时徒极目'句，是流夜郎至江夏时作。"据此，两首诗的写作前后相距近十五年。

《鹦鹉洲》的系年，当代学者虽微有歧见，但都认定是"流夜郎至江夏"时的乾元元年（758）至上元元年（760）之间所作。《鹦鹉洲》对《黄鹤楼》的直接仿效，则是宋代以来诗评家的一致看法。李白同期还写了《望黄鹤山》《望鹦鹉洲怀祢衡》等情境相同的诗作。"黄鹤楼"与"鹦鹉洲"二语又反复出现在同期多首诗中。如《经乱离后书怀赠江夏韦太守良宰》曰："一忝青云客，三登黄鹤楼。顾惭祢处士，虚对鹦鹉洲。"《江夏赠韦南陵冰》曰："我且为君搥碎黄鹤楼，君亦为吾倒却鹦鹉洲。赤壁争雄如梦里，且须歌舞宽离忧。"《醉后答丁十八以诗讥予搥碎黄鹤楼》曰："黄鹤高楼已搥碎，黄鹤仙人无所依。黄鹤上天诉玉帝，却放黄鹤江南归。"云云。这几首诗从不同角度抒发了诗人"经乱离、遭流放"后的苦闷忧愤之情；而"黄鹤楼""鹦鹉洲"的反复出现，则又可以说强烈流露了诗人"眼前有景道不得"的焦虑不安之情。

那么《凤凰台》究竟作于何年？当代学者有三种看法，其一，与李谏持见相同，认为是天宝年间李白被排挤离开长安南游金陵时所作；其二，不少学者持谨慎态度，不作编年；其三，袁行霈先生则认为："此诗是作者流放夜郎遇赦返回后所作。"①即稍后于《鹦鹉洲》、遇赦南归重游金陵

① 萧涤非等：《唐诗鉴赏辞典》，上海辞书出版社1983年版，第328页。

时所作。本文倾向于第三种看法。因为这比较符合情理，也有一定的文本依据。从情理看，李白先是惊叹于《黄鹤楼》，故"拟其格"而作《鹦鹉洲》，后心有未甘，至金陵又作《凤凰台》以较胜负。其实前人就有持此种看法的。这可从明人两首咏叹"崔李故事"的诗见出。何孟春《黄鹤楼忆李太白》诗曰："当时颇让崔颢作，有景不复重较酬。孤凤伤情在称子，留题只悼鹦鹉洲。"倪正宗《读李白凤凰吟》诗曰："黄鹤楼头崔颢诗，凤凰台上再扬眉。名姬细马金陵道，明月清风月树枝。"简言之，先是在江夏"留题只悼鹦鹉洲"，继而到金陵"凤凰台上再扬名"。从文本看，两首诗不仅意境构思、格调体式一致，而且从《鹦鹉洲》的"迁客此时徒极目"到《凤凰台》的"长安不见使人愁"，诗人的情感思绪也前后相续，一气贯通。

其次，《凤凰台》与《鹦鹉洲》相比，哪一首诗更绕情趣？更能与崔诗相敌？《凤凰台》更胜一筹，这几乎是前人的一致看法。宋代诗评家论崔李诗境，多将《凤凰台》与《黄鹤楼》捉对相比。明清评家对《鹦鹉洲》，更是贬多而褒少。许学夷《诗源辩体》有"《鹦鹉》则太轻浅"之说；金圣叹《选批唐诗》有"一蟹不如一蟹"之叹；王世贞《艺苑卮言》更明言："太白《鹦鹉洲》一篇，效颦《黄鹤》，可厌。"或许确实《鹦鹉洲》在前而《凤凰台》在后，因此前者"率尔"而太过"轻浅"，后者"较胜"而力求"自出机杼"。

不过，《鹦鹉洲》作为《太白集》以至《全唐诗》中登览抒怀的七律名篇，自有其意趣所在。与《鹦鹉洲》同时，李白尚有《望鹦鹉洲悲祢衡》一诗，二作互读，可照明诗意。明人朱谏对诗中典故和全诗旨趣作过扼要体贴的解说。而对《鹦鹉洲》的诗艺，严羽的分析最为全面，并由此奠定了全诗审美阐释的基调。曰：

> 极似《黄鹤》。"芳洲"句更拟"白云"，极骚雅，政嫌太骚。"烟开"二句，较"晴川"句竟分雅俗矣。结故清远足敌。

四句包含四层意思，有综述，有分述，有赞赏，有批评。首句综述，亦即格调语意"极似"崔体。次句论颔联，所谓"芳洲之树何青青"句"极骚雅"，即以骚体句式入律，与崔诗"白云"句一样，均为"律间出古"。此句最能体现李白飘逸诗风，故极为后人称赏。以至否定全诗的金圣叹也不禁写道："'芳洲之树何青青'，只得七个字，一何使人心杳目迷，更不审其起尽也。"三句论颈联，认为与崔句相比，有"雅俗"之分。此句也最为后人诟病。许学夷曰："下比李赤，不见有异耳。"纪昀曰："五六二句，亦未免走俗。""俗"在何处？以艳笔写艳景，与杳然飘逸的上篇不同，也与迁客伤情的下篇不合。然而何孟春《冬余诗话》认为太白"岸夹"句与韩愈、苏轼诗，"皆状桃花之盛，而妙语各臻其极"。毛奇龄《西河诗话》认为五六"固是俊句"，"盖唐四韵律全在五六，到此必抖擞更作裁练故。"诚所谓"智者见智，仁者见仁"。末句论尾联，"结故清远足敌"。意谓诗人身为迁客，经过此洲，极目一望，徒然景物之伤情，而不知洲中之月向谁而明；清音远韵，百端交集，结语足与《黄鹤》《凤凰》相敌。

严羽曰："宗同者难超。"尽管《鹦鹉洲》和《凤凰台》的高下优劣，歧见纷纷，但从《鹦鹉洲》到《凤凰台》，李白同样以"强者诗人"的姿态，"效其体"而"拟其格"，然虽欲争胜而终难超越。这是严羽的看法，也成为接受史上的主导意见。

第三，从"影响的焦虑"到"模仿的快乐"："学之、拟之，终落圈圆"。

唐代诗人试图超越《黄鹤楼》的脚步，似乎并未因李白"眼前有景道不得"的感叹而戛然停止，相反愈益激发起更多"强者诗人"的焦虑和雄心。"咸通十哲"之一、郑谷的登览抒怀诗《石城》，规摹有法，最为评家关注。诗曰：

> 石城昔为莫愁乡，莫愁魂散石城荒。
> 江人依旧棹舴艋，江岸还飞双鸳鸯。
> 帆去帆来风浩渺，花开花落春悲凉。

烟浓草远望不尽，千古汉阳闲夕阳。

　　诗人通过"莫愁魂散石城荒"与"江人依旧棹舴艋"的情境对比，抒发了人生无常、世间无情的苍茫悲凉之感；而体格意境则明显袭取《黄鹤楼》《凤凰台》，而又自翻机杼。对于《石城》的蹈袭规摹抑或自翻机杼，清人论之最详，并有"青胜于蓝"与"大小巫之隔"两种不同评价。

　　金圣叹《贯华堂选批唐才子诗》对之赞赏有加，溢于言表。其评前四句曰："千古人只知李青莲欲学《黄鹤楼》，何曾知郑鹧鸪曾学《黄鹤楼》耶？看其一二，照样脱胎出来，分明鬼偷神卸，已不必多赏。吾更赏其三四'江人'、'江岸'之句，真乃自翻机杼，另出新裁，不甚规摹《黄鹤》。而凡《黄鹤》所未尽之极笔，反似与他补写极尽，此真采神妙手"；评后四句则曰："'浩渺'字，妙！'悲凉'字，妙！从古至今，从今至后，只有浩渺，只有悲凉，欲悟亦无事可悟，欲迷亦无处得迷。看他如此后解，亦复奚让《黄鹤》耶？"其子金雍更进一解，曰："汉阳、夕阳中间，着一'闲'字，不知是汉阳闲？夕阳闲？吾亦曰：眼前有景道不得，郑谷题诗在上头。"父子双簧，把《石城》推到了超越《黄鹤》的极致。

　　钱牧斋、何义门《唐诗鼓吹评注》则不以为然，评价相反，曰："此当拟《黄鹤楼》《凤凰台》《鹦鹉洲》诸篇而作，终不免大小巫之相隔也。"钱朝鼐、王俊臣的《唐诗鼓吹笺注》虽有赞赏之语，却较客观冷静，曰："此郑都官学《黄鹤楼》也，其间有规摹《黄鹤》处，有不尽规摹《黄鹤》处，而神气绝似《黄鹤》。余最爱其'江人''江岸'二句，自翻机杼，另出新裁，可以补前人之未逮。"

　　平心而论，都官之作，词绮调古，境近意远，寓苍茫之思于绮丽之笔，自有一番韵致。然而毕竟"胸中已有古人"，出于因袭而非独创，故虽力求自翻机杼而终入二流水平。

　　宋元以后，《黄鹤楼》《凤凰台》《鹦鹉洲》诸作往往浑成一体，共同作为艺术经典而成为诗人规摹学习的对象。然而，真正能自出机杼的作品愈来愈少，作者大多只撷取现成的意象或句式，以表达对前人的追慕和怀念，"影响的焦虑"一变而为"模仿的快乐"。

元代诗人萨都剌的"登凤凰台"诗，在大量规摹之作中最为典型。萨都剌是李白的崇拜者，曾有"我思李太白，有如云中龙"之句。其诗风，清俊若洛神凌波，春花霁月，豪放若天风海涛，鱼龙出没，追摹太白而能得其似。凡到金陵游，几必登凤凰台。恰如其《寄马昂夫总管》所说："日暮江东怀李白，凤凰台上几回登。"一部《雁门集》，有十多首诗写到凤凰台，而融崔李诸作入诗而能得其似的，至少有以下三首。

> 梧桐叶落秋风老，人去台空凤不来。
> 梁武台城芳草合，吴王宫殿野桃开
> 石头城下春如水，燕子堂前雨长苔。
> 莫问人间兴废事，百年相遇且衔杯。
>
> （《登凤凰台》《雁门集》卷二）
>
> 凤凰台上望长安，五色宫袍照水寒。
> 彩笔千年留翰墨，银河半夜挂阑干。
> 三山飞鸟江天暮，六代离宫草树残。
> 始信人生如一梦，壮怀莫使酒杯干。
>
> （《登凤凰台》《雁门集》卷四）
>
> 凤凰一去不复返，竹实桐花空满庭。
> 莫雨楼台连埜寺，秋风鼓角动边城。
> 水边万井吴烟白，天外三山楚树青。
> 不见骑鲸李公子，几回惆怅此中行。
>
> （《凤凰台怀古》《雁门集》卷四）

萨氏的两首《登凤凰台》直接化用了李白《登金陵凤凰台》的诗意和诗句，前者如"人去台空凤不来""吴王宫殿野桃开"，后者如"三山飞鸟江天暮，六代离宫草树残"云云；而《凤凰台怀古》中的"凤凰一去不复返""天外三山楚树青"诸句，则同时把崔颢《黄鹤楼》和李白《凤凰台》

的诗意诗句巧妙地融入诗中。

当年李白面对崔颢的《黄鹤楼》因难以超越而充满了"影响的焦虑",而萨都剌面对崔颢和李白的诗作时似乎已不再有"影响的焦虑",相反因能自如地取用大师的名章佳句而充满了"模仿的快乐"。"影响的焦虑"是一种积极的创作动力,它推动诗人进行创造的超越,努力"另出新裁,补前人之未逮",从而成为一位"强者诗人";"模仿的快乐"则是艺术创作中的惰性心理,诗人由此而失去了创造的冲动,满足于因袭古人、模拟经典,其结果必然是"学之、拟之,终落圈圆",最终成为只有模仿性而没有创造性的"弱者诗人"。

从崔颢《黄鹤楼》到李白《凤凰台》、从"翻异者易美"到"宗同者难超"、从唐人的"影响的焦虑"到宋元人的"模仿的快乐",这是《黄鹤楼》影响史所包含的丰富的诗学启示,它也为我们认识"诗的历史就是诗的影响史"的艺术史规律,提供了一个独特范例。

二、"崔颢体"的美学阐释

在历代诗评家看来,《黄鹤楼》的影响史实质就是"崔颢体"的影响史,诗人们对《黄鹤楼》的模仿实质是对"崔颢体"的追摹。那么"崔颢体"一说,是谁提出的?方回《瀛奎律髓》卷一评李白《鹦鹉洲》曰:"太白此诗,乃是效崔颢体。"这是古代诗学首次把《黄鹤楼》独特的七律体称之为"崔颢体"。明人桂天祥《批点唐诗正声》评崔颢《送单于裴都护赴西河》曰:"全首气格字句无一不佳,崔颢诗体胜在不用功处,太白推之亦在此。"这里所说的为太白推崇的"崔颢诗体",同样是指以《黄鹤楼》为代表的"崔颢体"。

"崔颢体"能否成立,并不在于由谁提出,而在于有无实质性的美学内涵。细察《黄鹤楼》的阐释史,同时又是一部"崔颢体"美学内涵的发掘史。从宋代到清代,诗评家围绕《黄鹤楼》的艺术特征,对"崔颢体"

的文体特点、审美意境、创作心态和文化成因作了多角度的美学阐释；进而由诗体特点见出诗人风格，由诗人风格提炼出诗家妙诀。

其一，"律间出古"的变体七律。何谓"崔颢体"？"崔颢体"的文体特点究竟何在？一言以蔽之，"崔颢体"者，"律间出古"的"七律变体"、或"以古笔为律"的变体七律。李东阳《麓堂诗话》首明此意，曰："古诗与律不同体，必各用其体乃为合格。然律犹可间出古意，古不可涉律。……若孟浩然'一杯还一曲，不觉夕阳沉'，杜子美'独树花发自分明，春渚日落梦相牵'，李太白'鹦鹉西飞陇山去，芳洲之树何青青'，崔颢'黄鹤一去不复返，白云千载空悠悠'，乃律间出古，要自不厌也。"虽置崔颢于最后，实崔颢有首创之功。明代以来的诗评家无不认为，崔颢即兴而成的《黄鹤楼》，在不经意间创造出了一种独特的七律体式。

那么，以古笔为律的《黄鹤楼》在艺术上究竟与正体七律有何区别？沈德潜《说诗晬语》作了神秘主义的回答，曰："沈云卿《龙池》乐章，崔司勋《黄鹤楼》诗，意得象先，纵笔所到，遂擅古今之奇。所谓章法之妙，不见句法，句法之妙，不见字法者也。"其实，明清诗评家从章法到句法、从句发到字法，对《黄鹤楼》的体式特点都作了精细解读。

就章法而言，前为"访古"，后为"思乡"。唐汝询《唐诗解》解曰："此访古而思乡也。言昔人于此跨鹤，故是楼有黄鹤之名，然黄鹤无返期，唯白云长在而已。于是登楼远眺，则见汉阳之树遍于晴川，鹦鹉之洲尽为芳草，古人于此作赋者亦安在耶？怅望之极，因思乡关不可见，而江上之烟波，空使我触目而生愁也。"诗意确乎明白如话。换言之，前四句叙楼名之由，流利鲜活，后四句寓感慨之思，清迥凄怆；前半首为实写，后半首为虚写，虚实相生，神韵悠然。

就句法而言，前半首是古诗体，以古笔为律诗；后半首为近体诗，转用律诗句式。在句式技巧上，前四句的"金针体"，与《鹦鹉洲》的"扇对格"形成对照。许印芳则进而对全诗的声韵格调作了层层分析，曰："此诗前半虽属古体，却是古律参半。律诗无拗字者为平调，有拗字者为拗调。……崔诗首联、次联上句皆用古调，下句配以拗调。古律相配，方合拗律体裁。前半古律参半，格调甚高。后半若遽接以平调，不能相称，是以三联仍配以拗调。"云云。

就字法而言，"不为律缚"的《黄鹤楼》全诗得一"叠字诀"。字相重，词相叠，重重叠叠而不嫌其复，不觉其烦。赵臣瑗《山满楼笺注唐诗七言律》说得好："妙在一曰黄鹤，再曰黄鹤，三曰黄鹤，令读者不嫌其复，不觉其烦，不讶其何谓。尤妙在一曰黄鹤，再曰黄鹤，三曰黄鹤，而忽然接以白云，令读者不嫌其突，不觉其生，不讶其无端。此何故耶？由其气足以充之，神足以运之而已矣。"

吴昌祺《删订唐诗解》曰："不古不律，亦古亦律，千秋绝唱，何独李唐？"这正是"变体七律"的基本特点，也是"崔颢体"最显见的表层特色。无论李白、郑谷，还是萨都剌，后人对"崔颢体"的仿效，首先就是对这种由独特的字法、句法和章法构成的"亦古亦律"的七律体式的模仿。

其二，"宽然有馀"的审美意境。《黄鹤楼》的美学价值不只是体式上的"不为律缚"，还在于意境上的"宽然有馀"。用"宽然有馀"四字概括《黄鹤楼》的审美意境，明清评家可谓三致其意。《唐诗归》谭元春曰："此诗妙在宽然有馀，无所不写。"纪昀《瀛奎律髓刊误》曰："此诗不可及者，在意境宽然有馀，此评最是。"周容《春酒堂诗话》再曰："独喜谭友夏'宽然有馀'四字，不特尽崔诗之境，且可推之以悟诗道。"何谓"宽然有馀"？所谓"宽然有馀"者，即气势开阔，寄情高远，能令千载读者生无限感慨之意。明清诗评家常用"鹏飞象行""浑若天成""气格高迥"等语词赞叹崔诗，这实际上从艺术想象、审美结构、文本意蕴诸方面揭示了"宽然有馀"之境的美学内涵。

"鹏飞象行，惊人以远大"，这是王夫之《唐诗评选》对《黄鹤楼》的赞叹。其实这也是《黄鹤楼》前四句给人最强烈的审美印象。沈德潜《说诗晬语》论歌行开篇曰："歌行起步，宜高唱而入，有黄河落天走东海之势。"《黄鹤楼》开篇即用歌行句式，诗人通过丰富的艺术想象，以超迈奇崛之句"高唱而入"，意境开阔，气势宏大，从而创造出"黄河落天走东海"的浩荡境界。查慎行认为《黄鹤楼》被奉为"七律之祖"，正是"取其气局开展"。许印芳则强调："若欲效法此诗，但当学其笔意之奇纵，不可摹其词调之复叠。"这无不是对"鹏飞象行"的开篇的肯定。

开篇气势如虹，全篇又"浑若天成""一气旋转"，形成一个有机统一的生命整体，这是《黄鹤楼》在艺术结构上的显著特点。古典诗学认为，律体能"一气旋转"者，五律已难，七律尤难，而"律间出古"、一诗二体的"变体七律"当难上加难。俞陛云《诗境浅说》认为《黄鹤楼》"向推绝唱"的"佳处"之一，恰在于此，曰："七律能一气旋转者，五律已难，七律尤难，大历以后，能手无多。崔诗飘然不群，若仙人行空，趾不履地，足以抗衡李杜，其佳处在格高而意超也。"全诗从前四的古体到后四的律体、从前四的登楼怀古到后四的望远思乡，确乎若"仙人行空，趾不履地"，自然流转，浑若天成。

不仅"一气旋转"而"浑若天成"，而且"格高意超"而"气格高迥"，这是明清评家从艺术结构到文本意蕴对《黄鹤楼》审美意境的进一步阐发。"格高意超""气格高迥"，究竟"高"在何处？多数评家只有赞叹而没有解释。《唐三体诗评》何焯评《黄鹤楼》曰："此篇体势可与老杜《登岳阳楼》匹敌。"黄鹤楼与岳阳楼并踞江湖之胜，杜甫、孟浩然登岳阳楼诗，皆就江湖壮阔发挥。崔诗若专咏江景，未必能出杜、孟范围。俞陛云认为，崔诗的独特之处恰在于转换了一个角度，即"崔独从'黄鹤楼'三字着想"，曰："首二句点明题字，言鹤去楼空，乍观之，若平铺直叙，其意若谓仙人跨鹤，事属虚无，不欲质言之。故三句紧接黄鹤已去，本无重来之望，犹《长恨歌》言入地升天、茫茫不见也。楼以仙而得名，仙去楼空，馀者唯天际白云，悠悠千载耳。谓其望云思仙固可，谓其因仙不可知，而对此苍茫，百端交集，尤觉有无穷之感，不仅切定'黄鹤楼'三字着笔，其佳处在托想之空灵、寄情之高远也。"换言之，《黄鹤楼》超越杜、孟"岳阳楼"之处，就在于诗人由江景而江楼、由自然画面而历史神话，托想空灵，寄情高远，终于创造出了"鹏飞象行"而又"一气旋转"，"气格高迥"而又"宽然有馀"的审美意境。

臧懋循《与许孝廉书》尝曰："每诵崔颢诗：'日暮乡关何处是？烟波

江上使人愁',辄欲令人泪淫淫下也。"如此魅力,决非尾联之功;寻其根由,实在于起处鹏行又通篇浑成、寄情高远又煞处悲壮、宽然有馀又千载同慨的整体审美意境。

其三,"偶而得之"的诗家妙诀。"不为律缚"而又"宽然有馀"的审美意境,是怎样创造出来的呢?鹏飞象行的开端,重字叠词的句式,如在目前的景致,凄怆悲壮的结尾,这一切是诗人的刻意所为,还是偶然所得?评家的一致看法,无不是后者而非前者。纪昀所谓:"偶然得之,自成绝调。"金圣叹《贯华堂选批唐才子诗》则对"偶然得之"的创作心境作了生动传神的描绘,曰:

> 通解细寻,他何曾是作诗,直是直上直下放眼恣看,看见道理却是如此,于是立起身,提笔濡墨,前向楼头白粉壁上,恣意大书一行。既已书毕,亦便自看,并不解其好之与否。单只觉得修已不须修,补已不须补,添已不可添,减已不可减,于是满心满意,即便留却去休回,实不料后来有人看见,已更不能跳出其笼罩也。且后人之不能跳出,亦只是修补添减俱用不着,于是便复袖手而去。

陆时雍《诗境总论》又借李白之语概而言之,曰:"'眼前有景道不得,崔颢题诗在上头',此语可参诗家妙诀。"金、陆二氏,一为小说笔法,一为诗家评语,然无不认为崔氏之作是"偶然得之",读李白之语可悟"诗家妙诀"。"偶然得之",便成千秋绝调,"诗家妙诀",究竟妙在何处?个中道理,并不神秘,略而言之,似可析为三端。

首先,简短自由的体式使一气浑成成为可能。诗体与文体不同,诗思与文思亦不同。文体长,诗体短;文思宜缓,诗思可速。吴乔《围炉诗话》说得好:"诗思与文思不同,文思如春气之生万物,有必然之道;诗思如醴泉朱草,在作者亦不知所自来。"同时,崔诗虽为律体,却又不为律缚,以古体入律,以文笔行之,故能趁着"神来、气来、情来"的灵感闪现之时,一挥而就,一气浑成。倘若换一种诗体,且莫说歌行大篇,即便同是律体，但要求严守平仄格律，想做到"恣意大书"而用不着"修补添减"也是很难想象的。

其次，强烈的"第一印象"使偶然之作成为千秋绝调。在论述希腊诗歌之所以成为一切现代诗歌的先行者时，斯达尔夫人提出一个重要观点，她写道："对春天、雷雨、夜景、美貌、战斗的描写可以在细节上有所变化；可是最强烈的印象是由描绘这些东西的第一个诗人产生出来的。……你可以用各种差别细微的色彩使你的作品完美，然而毕竟是在众人之前掌握住原始色彩的那个人保持着创造的功绩，他给他描绘的图景以后人所无法企及的光辉。"①李白登上"黄鹤楼"感叹"眼前有景道不得，崔颢题诗在上头"的原因就在于此；纪昀所谓"偶尔得之，自成绝调。然不可无一，不可有二。再一临摹，便成窠臼"的原因也在于此。斯达尔夫人的理论和崔颢的创作同时包含一条"诗家妙诀"：捕捉住"第一印象"的艺术原创，必然会成为永恒的艺术原型。

再次，诗人深厚的修养和时代的风会气象为妙手偶得提供了基础和氛围。金圣叹曾叹曰："作诗不多，乃能令太白公阁笔，此真笔墨林中大丈夫也。"崔颢存诗确实不多，仅40余首。但存诗不多，并不一定"作诗不多"，更不一定"修养不深""作诗不佳"。崔颢的创作经历和艺术成就正显示出了诗人的博大学问和深厚性情。殷璠《河岳英灵集》曰："颢年少为诗，名陷轻薄，晚节忽变常体，风骨凛然。"崔颢的这种变化主要体现在歌行大篇的写作上，并成为李杜之前盛唐歌行的"旷世高手"。成似容易却艰辛，天然之中藏功夫。没有长久的艺术探索和性情修养，无论"万难嗣响"的《黄鹤楼》，还是"咫尺万里"的《长干曲》，要想做到一挥而就又神采郁然，实在是不可思议的。恰如周容《春酒堂诗话》在肯定"'宽然有馀'四字，推之可悟诗道"后所说："非学问博大，性情深厚，则蓄缩羞赧，如牧竖咕席见诸将矣。"此外，这还与精力弥漫、力主自由创新的盛唐气象有关。许印芳评《黄鹤楼》说得极为中肯："此篇以古笔

---

① 斯达尔夫人：《论文学》，徐继曾译，人民文学出版社1986年版，第38页。

为律诗，盛唐人有此格。中唐以后，格调渐卑，用此格者鲜矣。间有用者，气魄笔力又远不及盛唐。此风会使然，作者不能自主也。"从郑谷到萨都刺，因袭之作的渐行渐远，也充分证明了这一点。

三、"优劣论"与"批评的焦虑"

尽管一首《黄鹤楼》成就了一种"崔颢体"，然而崔颢与李白的经典地位，莫说中国诗史，单就盛唐诗坛而言，也是不可同日而语的。李白是千载独步、旷世一遇的大诗人，崔颢充其量只是天分不浅、尚有佳作传世的小奇才。如今，这位二流诗人居然写出了万难嗣响的千古绝唱，以致令旷代诗仙焦虑不安，屡拟此篇欲一见高下，却反被讥为"邯郸学步"。另一方面，由于李白成了《黄鹤楼》接受史上的"第一读者"，极大地提高了作品的审美声誉，使《黄鹤楼》的接受史成为一路高歌的赞美史。这种尴尬的局面，实在令无数李白的崇拜者无法理解，难以接受，以至忿忿不平。当年诗人的"影响的焦虑"，一变而为诗评家的"批评的焦虑"。

在难以平衡的焦虑感的推动下，崇拜者们便纷纷以"强者批评家"的姿态，竭力为李白辩护，为李白正名，为李白争胜。当然，崇拜者的辩护必然会遭到批评者的反驳。于是，辩护与反驳，反驳与辩护，构成了《黄鹤楼》和《凤凰台》阐释史上一道独特的景观。辩护者的策略大致可概括为两种：一种是通过整体高下的比较为李白辩护；一种是通过文本优劣的细读为李白辩护。

其一，通过整体高下的比较为李白辩护。经典的阐释史大多经历由粗而细、由远观而近察的过程。李白的最初辩护者也大多作整体观，对两部作品的意境高下作整体比较，力求证明《凤凰》不逊《黄鹤》，太白远胜崔颢。辩护者的观点各不相同，主要有四种说法。

一是各擅胜境的"敌手说"。南宋刘后村最早在李畋《该闻录》基础上将《凤凰台》与《黄鹤楼》连类比较，进而提出了棋逢对手的"敌手说"。《后村诗话》卷一曰："古人服善，太白过黄鹤楼有'眼前有景道不得，崔颢有诗题上头'之句，至金陵，遂为《凤凰台》诗以拟之。今观二诗，真敌手棋也。"刘后村的"敌手说"，得到明清评家的广泛响应。方回、郎瑛的"格律气势未易甲乙"说、田艺衡的"当场敌手"说、贺贻孙的"其相似者，才有所兼能；其不相似者，巧有所独至"说、爱新觉罗弘历的"意象偶同，胜境各擅"说，以及潘德舆的"运意不同，各有境地"说，等等，用不同语言强调《凤凰台》与《黄鹤楼》是各擅胜境的"敌手"之作，不分高下而难见轩轾。此说貌似折中，其实是以退为进为李白辩护。李白登黄鹤楼感叹自愧不如，众人则认为李白的拟仿之作绝不逊色，相反恰是一种独具胜境的天才之作。潘德舆《养一斋诗话》说出了诸家的心里话："夫作诗各有意到，何况供奉天才，岂难自立？"各擅胜境而绝不逊色，这是李白辩护者的心理底线。

二是更觉雄伟的"特胜说"。此说为宋末评点家刘辰翁最先提出。《唐诗品汇》卷八十三引曰："刘须溪云：其开口雄伟，脱落雕饰，具不论。若无后两句，亦不必作。出于崔颢而特胜之。"明人瞿佑《归田诗话》更进一解，曰："崔颢题黄鹤楼，太白过之不更作，时人有'眼前有景道不得，崔颢题诗在上头'之讥。及登凤凰台作诗，可谓十倍曹丕矣。"刘氏的"特胜说"主要是就"后两句"而言，瞿氏的"十倍曹丕说"则是对全篇的赞颂。瞿佑过于夸张的赞美无人应和，几乎遭到一致的反驳；溪须的"特胜说"较"敌手说"亦更上一层，但有文本为据，故得到众多评家的共鸣。《唐诗选脉会通评林》引周敬语曰："读此诗，知太白眼空法界，以感生愁，勍敌《黄鹤楼》。一结实胜之。"全篇可相敌，一结特胜之，这是"特胜说"的基本观点。

三是意境偶似的"契合说"。随着《黄鹤楼》审美声誉的日益提高，"敌手说"和"特胜说"不断遭到反驳者的讥评。于是评家转换思路，避开拟仿的优劣，不作正面比较，提出意境偶似的"契合说"为之辩护。计有功《唐诗纪事》引《该闻录》，文后着"恐不然"三字，对所谓李白"遂作《凤凰台》诗以较胜负"的传闻予以否定。这实质否定了"影响的焦虑"，也否定了《凤凰台》《鹦鹉洲》与《黄鹤楼》可能的关系，言外之意只是偶然相似。明清的辩护者则明确指出只是偶然契合，而且口气越来越坚定。胡应麟《诗薮》卷五曰："崔颢《黄鹤》，歌行短章耳。太白生平不喜俳偶，崔诗适与契合。"不是太白与崔诗契合，而是崔诗与太白契合。沈德潜《唐诗别裁》评《登金陵凤凰台》曰："从心所造，偶然相似，必谓摹仿司勋，恐属未然。"刘存仁《屺云楼诗话》比沈德潜口气更坚定："太白《凤凰台》诗才力相埒，意境偶似，谓有意摹仿者，非也。"

四是天才太白的"自咏说"。李调元《雨村诗话》卷下曰："太白与崔颢皆盛唐人，其时风气相似，《凤凰台》诗，太白自咏凤凰台耳！人乃以为太白学崔颢《黄鹤楼》而作，何其小视太白也。太白仙才，岂拾人牙慧者？"张晋本《达观堂诗话》卷三曰："谓太白因倾倒崔诗，其题凤凰台七律，遂仿其格局；不思太白天才，其屑屑于此乎。故论古不可无识。"

如果说上述三说主要通过意境风格的整体比较为之辩护，那么"自咏说"虽然也承认意境偶似，但认定太白仙才，不屑拾人牙慧，从诗人的天分、才力和动机方面为之辩护。

其二，通过文本优劣的细读为李白辩护。两宋之际的张表臣或许是《凤凰台》接受史上的"第一读者"，其《珊瑚钩诗话》曰："金陵凤凰台，在城之东南，四顾江山，下窥井邑，古题咏惟谪仙为绝唱。"单言李白，未及崔颢。而就历代"凤凰台诗"言，李白此篇的确称得上以原创为原型的艺术经典。辩护者则更上一层，认为李白诗中的每一联都胜过崔颢。这种看法自然遭到批评者的反驳。于是在文本优劣的细读中，辩护与反驳、反驳与辩护，形成了一场持续数百年的拉锯战。

辩护者对文本的解读，或论全篇，或赞一联。《闻鹤轩初盛唐近体读本》评《凤凰台》论及全篇，曰："高迥遒亮，自是名篇。起联有意摹崔，敛四为二，繁简并佳。三四登临感兴。五六就台上所见，衬起末联'不见'，眼前指点，一往情深。江上烟波，长安云日，境地各别，寄托自殊。"语似不偏不倚，实则句句为李白辩护，通过全文解读，以证明是独擅胜境的"真敌手"。

更多的辩护者是就某一联而言。赞首联者，如陆贻典曰："起二句即崔颢《黄鹤楼》四句意也，太白缩为二句，更觉雄伟。"赞颔联者，如冯班曰："次联定过崔语。"如金圣叹曰："妙则妙于'吴宫''晋代'二句，立地一哭一笑。……此二句只是承上'凤去台空'，极写人世沧桑。然而先生妙手妙眼，于写吴后偏又写晋，此是其胸中实实看破得失成败，是非赞骂，一总只如电拂。"金氏评《鹦鹉洲》曾有"一蟹不如一蟹"之说，而对《凤凰台》颔联倒是赞不绝口。赞颈联者，如冯舒曰："第三联绝唱。"无名氏曰："五六雄俊，太白本色。"欧阳修甚至认为胜过杜律，邵博《邵氏闻见后录》尝曰："欧阳公每哦太白'三山半落青天外，二水中分白鹭洲'之句，曰：杜子美不道也。"赞结联者，评家最多，调子最高，分析也最细。刘辰翁的"特胜说"即主要由结句提出的。瞿佑的"十倍曹丕"说，虽及全篇，更重结联，曰："盖颢结句曰：'日暮乡关何处是，烟波江上使人愁。'而太白结句云：'总为浮云能蔽日，长安不见使人愁。'爱君忧国之意，远过乡关之念，善占地步矣。"王夫之《唐诗评选》论之更细，曰："'浮云蔽日''长安不见'借晋明帝语影出。'浮云'以悲江左无人，中原沦陷。'使人愁'三字总结'幽径'、'古丘'之感，与崔颢《黄鹤楼》落句语同意别。宋人不解此，乃以疵其不及颢作，觌面不识而强加长短，何有哉！太白诗是通首混收，颢诗是扣尾掉收；太白诗自《十九首》来，颢诗则纯为唐音矣。"如果说瞿佑是从"爱君忧国"的政治伦理性赞美结语，那么王夫之则通过诗思结构的整体分析，从"通首混收"胜于"扣尾掉收"的审美艺术性为之辩护。

无论整体高下的比较，还是文本优劣的解读，辩护者的观点似可概括为四：从文体看，李白诗更合格律；从文本看，李白诗更为简练；从立意看，李白诗更为积极；从艺境看，李白诗更为浑成。一言以蔽之，李白的《凤凰台》更符合正规的诗体，也更符合正统的诗教。

上述看法一直影响至今，成为现代辩护者"优李劣崔"的主要依据。施蛰存先生《唐诗百话》关于"黄鹤楼与凤凰台"优劣的评论，基本重申了上述见解。

然而，辩护者的每一个观点几乎都遭到批评者的反驳。清代屈复的

《唐诗成法》以法论诗，对李白二律的字句诗法作了全面批评。评《鹦鹉洲》曰："青莲自《黄鹤楼》以后，屡为此体，然皆不佳。此首稍胜《凤凰台》，究竟只三、四好，以下音节已失，字句非所论矣。"评《凤凰台》更毫不留情，曰："三四熟滑庸俗，全不似青莲笔气。五六佳句，然音节不合。结亦浅薄。"几乎一无是处，与辩护者的完美无缺形成鲜明对照。

最令批评者不满的是对结联评价。辩护者普遍称好，尤其是瞿佑认为表现了"爱国忧君"之意而"善占地步"。对此，王世懋《艺圃撷馀》作了针锋相对的反驳，入情入理，见解精深，不由人不服。这也是古代诗话中难得一见的经典细读的好文章，不妨全文照录：

> 崔郎中作《黄鹤楼》诗，青莲气短。后题凤凰台，古今目为勍敌。识者谓前六句不能当，结语深悲慷慨，差足胜耳。然余意有不然。无论中二联不能及，即结语亦大有辨。言诗须道兴比赋，如'日暮相关'，兴而赋也，"浮云""蔽日"，比而赋也，以此思之，"使人愁"三字虽同，孰为当乎？"日暮乡关"，"烟波江上"，本无指著，登临者自生愁耳。故曰："使人愁"，烟波使之愁也。"浮云""蔽日"，"长安不见"，逐客自应愁，宁须使之？青莲才情，标映万载，宁以予言重轻？尺有所短，寸有所长，窃以为此诗不逮，非一端也。如有罪我者，则不敢辞。

""'使人愁'"三字虽同，孰为"当乎"的"当"与"不当"问题，是辨析的核心所在。换言之，同为登临抒怀之作，同以"使人愁"三字结束全诗，但从诗人的创作心境和全诗的意境气脉看，究竟哪一首更为自然得当？哪一首更为天然浑成？哪一首更能引起普遍的心灵共鸣？

崔颢之"愁"，是"烟波使之愁"，是"登临者自生愁"，在诗法上属于"兴而赋"，即登临凭眺，即兴成诗；李白之"愁"，是"长安不见"之"愁"，是"逐客自应愁"，在诗法上属于"比而赋"，即虽也登临凭眺，却是别有怀抱。古典诗学论"登览诗"，以能即景生情、即兴成诗为上乘；

张晋本《达观堂诗话》所谓"古人登临凭眺，即景成诗，长歌短咏，皆关兴会。"由此观之，崔颢的"自生愁"，写的是所有登临者的眼中所见，心中所感，因而属于天下所有人；李白的"自应愁"写的是天涯逐客的眼中所见，心中所想，抒发的只是古今逐客的"爱君忧国之意"。因此，从纯粹审美而非政治伦理的眼光看，崔颢的"烟波使之愁"的"兴而赋"，要比李白的"逐客自应愁"的"比而赋"，更为自然得当，更为天然浑成，更具审美的普遍性。这是《黄鹤楼》所谓"偶然得之，自成绝调。然不可无一，不可有二"的原因所在；也是李白感叹"眼前有景道不得"、掷笔而去的原因所在；更是登临此境，千载同慨，每诵崔颢诗"日暮乡关何处是，烟波江上使人愁""辄欲令人泪涔涔下"的原因所在。

那么，为什么《凤凰台》的辩护者不能以纯粹审美的眼光平心而论，却由当年诗人的"影响的焦虑"，一变而为众多评家的"批评的焦虑"？纪昀《瀛奎律髓刊误》对方回的批评，道出了个中根由。方回《瀛奎律髓》"登览类"选朱熹《登定王台》一诗并作了极高评价，认为可与老杜并论，曰："用事命意，定格下字，悉如律令，杂老杜、后山集中可也。"纪昀《刊误》对这种夸大不实之词作了坚决否定，指出："以大儒故有意推尊，论诗不当如此。"可以说，这种"以大儒故有意推尊，以大家故有意袒护"的心态，正是引起"批评的焦虑"的重要根源，也是二三流诗人的一流佳作常常得不到充分肯定的主要原因。

在中国诗歌史上，常常可以见到这样一种现象：一位诗人在生前或成名之前，或默默无闻，或任人雌黄；然而一旦被史家推为名家、大家、经典作家之后，境况马上发生戏剧性的变化，作品由无名奉为经典，读者由欣赏变为瞻仰，争议之作则会有众多评家为之作种种辩护。萧统《陶渊明集序》有"白璧微瑕者，惟在《闲情》一赋"之讥，然而苏轼之后，一篇《闲情赋》的阐释史，便成了一部陶公人格精神的辩护史。杜甫《月夜》"香雾云鬟湿，清辉玉臂寒"一联，被认为以"秾艳"之词掩"沉郁"之情，然而宋代以来，一首《月夜》的阐释史，则成为老杜多样风格的辩护史。东坡乐府时人讥谓"多不谐音律"，然而自晁无咎之后，一部苏词的阐释史又成了"横放杰出，自是曲子中缚不住者"的赞美史。如此等等，不一而足。

中国诗评史上"论诗捧大家，鉴赏为瞻仰"的现象，从某种意义上可以说是政治伦理中"正统观念"影响下的、经典崇拜的"权威意识"在艺术批评中的体现。其实，这种现象并非中国特有，波德莱尔认为在法国文艺界同样存在。他在《现代生活的画家》一文中写道："在社会上，甚至在艺术界，有这样一些人，他们去卢浮宫美术馆，在大量尽管是第二流却很有意思的画家的画前匆匆而过，不屑一顾，而是出神地站在一幅提香的画、拉斐尔的画、或某一位复制品使之家喻户晓的画家的画前。随后他们满意地走出美术馆，不止一位心中暗想：'我知之矣。'也有这样的人，他们谈过了博叙埃和拉辛，就以为掌握了文学史。"针对这种现象，波德莱尔写下一段发人深省的话：

> 幸好不时地出现一些好打抱不平的人、批评家、业余爱好者和好奇之士，他们说好东西不都在拉斐尔那儿，也不都在拉辛那儿，小诗人也有优秀的、坚实的、美妙的东西。总之，无论人们如何喜爱由古典诗人和艺术家表现出来的普遍的美，也没有更多的理由忽视特殊的美、应时的美和风俗特色。①

"李杜文章在，光焰万丈长"，史有定评，经典地位无可争辩；《黄鹤楼》《凤凰台》，孰优孰劣，见仁见智，审美趣味也无可争辩。然而，"小诗人也有优秀的、坚实的、美妙的东西"，同样是一个无可争辩的真理。真正从内心认同这一真理，就能超越"批评的焦虑"，获得"审美的宽容"，从而以平等的眼光评价所有的艺术，以开阔的心胸容纳各色的美。

[原载《安徽师范大学学报》(人文社会科学版) 2007年第5期]

---

① 波德莱尔：《波德莱尔美学论文选》，郭宏安译，人民文学出版社1987年版，第473页。

从"手抄本"到"印刷本"的文化旅程

——《寻隐者不遇》传播接受史研究

> 松下问童子，言师采药去。
>
> 只在此山中，云深不知处。
>
> 贾岛《寻隐者不遇》

近读田晓菲《尘几录——陶渊明与手抄本文化研究》。作者告诉我们：《尘几录》的主要目的，是勾勒出手抄本文化中的陶渊明被逐渐构筑与塑造的轨迹；并认为："每一个抄本和版本，都是一场独一无二的具有历史性和时间性的表演，参与表演的有抄写者、编辑者、评点者、刻版者和藏书家，他们一个个在文本上留下了他们的痕迹，从而改变了文本。"[1]《尘几录》是一本才情与学理、辞章与考据俱佳的学术作品，在陶诗研究中具有开拓性，对接受史研究也具有启示性。上面一段与尧斯名言颇为相似的论述，引发我进一步思考贾岛《寻隐者不遇》从"手抄本"到"印刷本"的文化旅程，进而探讨其千年接受史的学术意义。

---

① 田晓菲：《尘几录——陶渊明与手抄本文化研究》，中华书局2007年版，第21、18页。

一、《寻隐者不遇》流传考

贾岛生前科场屡挫而诗名流播。姚合《寄贾岛》曰："新诗有几首，旋被世人传"。然而《寻隐者不遇》似并不在此列。一是"唐人选唐诗"中未见此绝。诗友姚合《极玄集》，被称为"识鉴精当，去取法严"，岛诗未取一首。韦庄继姚合成《又玄集》，取岛诗五首，但未见"寻隐"。稍后韦縠编《才调集》，选岛诗七首，仍未见此绝。二是贾岛自名诗集《长江集》，也未见此绝。

这首单纯的寻隐佳作，从"手抄"到"印刷"，经历了一段复杂的流变过程。诗篇最初藉北宋《文苑英华》和南宋洪迈《万首唐人绝句》得以流传，但作者、诗题互不相同，诗的首句也稍异。此后两宋迄今千余年，在总集、选本、别集等不同类型的不同版本中，编选者对绝句的作者、诗题与诗句的取舍态度，均有所不同。

分歧最大的是作者的归属，其演化过程似可概括为"两个源头，三种态度"。先说"两个源头"，即北宋的《文苑英华》和南宋洪迈的《万首唐人绝句》。

《文苑英华》卷二百二十八"道门类"首载此诗，署名孙革[①]，题作《访羊尊师》，诗曰：

> 花下问童子，言师采药去；只在此山中，云深不知处。

《文苑英华》虽直至南宋宁宗嘉泰四年（1204）方刻印问世，但最初成书实在二百多年前的北宋太宗朝（977—997），其时去唐不远，所收诗作应有所据。

《万首唐人绝句》卷二十五收《寻隐不遇二首》，署名"无本"。诗曰：

---

① 《文苑英华》"明刻本"同卷作"孙韦"。

松下问童子，言师采药去；只在此山中，云深不知处。

闻说到扬州，吹箫有旧友。人来多不见，莫是上迷楼。

第一首的诗题、作者、首句均与《文苑英华》不同。《万首唐人绝句》成书于南宋绍熙三年（1192年），其时《文苑英华》尚未刊印，洪迈所收署名"无本"的《寻隐不遇二首》，当另有所据。而所谓"无本"，即贾岛为僧时的法名[①]。

计有功《唐诗纪事》早于洪迈《万首唐人绝句》，卷四十《贾岛》条未见《寻隐不遇二首》，但卷三十二《包何》条有《同诸公寻李方真不遇》一绝，云："闻说到扬州，吹箫有旧友。人来多不见，莫是上迷楼。"此即以上第二首。《万首唐人绝句》中两首"寻隐不遇"，意趣决然不同，前者虔敬，后者几同戏谑。莫非洪迈编《万首唐人绝句》，"令人抄类而成书"（刘克庄语）时，"抄手"将题目相近的包何诗，误置于无本名下？

洪迈《万首唐人绝句》之后直至宋末，现存宋人著述论及《寻隐不遇二首》第一首，均将作者署为"无本"。南宋中期王十朋《东坡诗集注》卷七《庐山五咏·庐敖洞》"还在此山中"句注曰："唐僧无本诗云：'只在此山中，云深不知处。'"南宋后期陈景沂《群芳备祖》后集卷十四木部载此诗，诗末署名"无本"。宋末蔡正孙《诗林广记》后集卷之九载魏处士《寻隐者不遇》，评曰："愚谓：此诗模写幽寂之趣，真所谓蝉蜕汙浊之中，蜉蝣尘埃之表，与僧无本诗同一意趣。"其后附录了"僧无本《访隐者不遇》"。以上三人，或引短句，或引全诗，或诗题不尽相同，但作者均署"无本"。这是简单因袭洪迈，还是宋人共识？

从元明清直至现代诸总集、别集、选本的编者，对作者归属的看法大

[①] "无本"即贾岛。《新唐书》本传："岛字浪仙，范阳人。初为浮屠，名无本。"《唐诗纪事》卷四十《贾岛》条、《直斋书录解题》卷一九等所载均同；亦见于同时人诗中，韩愈有《送无本师归范阳》，孟郊有《戏赠无本》等。何光远《鉴戒录》卷八《贾忤旨》："岛后为僧，名无本。"贾岛为僧时间，尝存二说。

致可分"三种态度",即遵循《文苑英华》的"孙革派",赞同《万首唐人绝句》的"无本—贾岛派",以及二者并存的"存疑派"。

元代杨士弘《唐音》是第一个遵循《文苑英华》的"孙革派"。《唐音》卷十四"唐诗遗响七"选入此诗,作者孙革①,诗题《访羊尊师》,诗曰:"松下问童子,言师采药去;只在此山中,云深不知处。"首句"花下"改为"松下"。杨士弘编《唐音》历时十年,用力甚深,当时或比较了两个本子,诗的作者遵循了《文苑英华》的权威版本,首句诗则悄悄采用了《万首唐人绝句》更符合诗境的文字。此后,明万历年间由赵宧光和黄习远整理、增补的《万首唐人绝句》,将此篇自无本下删去,其依据显然就是《文苑英华》。刘永济则是现代选家中坚定的"孙革派",其《唐人绝句精华》选此诗,作者、诗题和诗句均与杨士弘《唐音》一致,并"释"曰:"此诗杨士弘《唐音》作孙革。或以为贾岛作,恐非。"明确排除了属于贾岛的可能性。

明清迄今的总集和别集,大都属于二者并存的"存疑派"。明末胡震亨《唐音统签·巳签三》作孙革,但又于诗下记云:"岛集不载此,惟《品汇》附入岛集后,存之再考。"《全唐诗》据以两出②:卷四七四作孙革诗一首《访羊尊师》,注"一作贾岛诗";卷五七四作贾岛《寻隐者不遇》,又注曰:"一作孙革《访羊尊师》"。今人李嘉言《长江集新校》和齐文榜《贾岛集校注》,均将这首诗归入"附集"。前者诗题后注曰:"一作孙革《访羊尊师》";后者"校记"曰:"《英华》二二八题作《访羊尊师》","注释"进一步交代了从《文苑英华》到《全唐诗》的流传过程,表示"今仍存之备考"。总集和别集以保存历史原貌为主,故采取"二者并存"的态度是完全应当的。

---

① 商务印书馆影印《文津阁·四库全书》杨士弘《唐音》卷十四《唐音逸响七》作"孙卓",当为"鲁鱼亥豕"之误。

② 明代曹学佺《石仓历代诗选》亦两出:卷五十一中唐五收包何诗七首,有《同诸公寻李方直不遇》;卷一百十方外七收无本诗二首,即《寻隐者不遇》和《寄友》,《寄友》同于包何的《同诸公寻李方直不遇》。重出而未作说明,简单照录前人。

那么，谁将好诗赠贾岛？明初高棅是第一个赞同《万首唐人绝句》的"无本—贾岛派"。《寻隐者不遇》的流传，从两宋、经元代、到明初高棅，进入第三个阶段，《唐诗品汇》在《寻隐者不遇》千年传播史上具有划时代的意义。这主要表现在三个方面。

其一，首次将作者由"无本"进而明确为"贾岛"。《唐诗品汇》卷四三选贾岛五绝二首，即《剑客》和《寻隐者不遇》；在《寻隐者不遇》下注曰："《唐音》作孙华①《访羊尊师》。"虽加注释，以显严谨，但选家的立场是极为明显的。至此，这首诗的作者经过《文苑英华》的"孙革"、《万首唐人绝句》的"无本"，至《唐诗品汇》终于确定为"贾岛"。

其二，首次将诗题确定为《寻隐者不遇》。此前这首诗曾有三个不同的题目：《文苑英华》的《访羊尊师》《万首唐人绝句》的《寻隐不遇》、蔡正孙《诗林广记》的《访隐者不遇》。细心揣摩，高棅最终采用"寻隐者不遇"的诗题，显然比"寻隐不遇"更明确，也比"访隐者不遇"也更虔诚。唐人诗中，《寻人……不遇》《访人……不遇》之作甚多，但《全唐诗》中除贾岛的《寻隐者不遇》这一首外，尚未见其他同题作品。高棅将诗题改为《寻隐者不遇》，是否受到蔡正孙《诗林广记》中魏（野）处士《寻隐者不遇》的影响，亦未可知。

其三，肯定《唐音》对首句的改动，定"花下"为"松下"，诗境更为谐美。其实唐人"访尊师""寻隐士"的诗中，并非无"花"。如刘长卿《寻南溪常山道人隐居》"溪花与禅意，相对亦忘言"，李白《访戴天山道士不遇》"犬吠水声中，桃花带雨浓"，朱湾《寻隐者韦九山人于东溪草堂》"初行竹里唯通马，直到花间始见人"，道人与隐者，无不与花为伴。但就这首诗而言，为凸显"云深不知处"的"真隐者"，"松下"问童子，显然比"花下"问童子更得其神。

上述三个方面，把作者由"无本"明确归为"贾岛"最为重要，影响也最大。那么高棅把好诗赠贾岛，除了文献版本的依据外，有无诗境和诗

① "孙华"当为"孙革"之误。

风的内在依据呢?《唐诗品汇》总序和各体叙目多处论及贾岛,品评精当。可以说,高棅的决断并非轻率随意,而是熟读《长江集》的慎重之举。验之《长江集》,至少有如下数端。

其一,希企隐逸之意时见岛诗。《酬张籍王建》曰:"渐老更思深处隐,多闲数得上方眠。"隐逸之意盘旋心胸,愈近老年,愈益强烈。《唐才子传》论贾岛心境云:"自称碣石山人,尝叹曰:'知余素心者,惟终南紫阁、白阁诸峰隐者耳!'"所引岛语未详何本,或也是来自辛文房阅读《长江集》的内心感受。

其二,"思隐""访隐""寻隐"之作频见集中。贾岛与终南紫阁、白阁诸峰隐者之交游,可于诗中得知。如《怀紫阁隐者》曰:"寂寥思隐者,孤灯坐秋霖";《就可公宿》曰:"十里寻幽寺,寒流数孤兮";《山中道士》曰:"不曾离隐处,那得世人逢"。再如《题隐者居》曰:"虽有柴门常不关,片云孤木伴身闲。犹嫌住久人知处,见拟移家更上山。"写隐者高致,与"只在此山中,云深不知处",何其相似。

其三,此绝格调也与时人眼中贾岛诗风一致。唐人苏绛以贾岛"知己"身份作《贾司仓墓志铭》,论贾岛诗风曰:"所著文篇不以新句绮靡为意,淡然蹑陶谢之踪,片云独鹤,高步尘表。"陶为"古今隐逸诗人之宗",说《寻隐者不遇》"蹑陶公之踪,片云独鹤,高步尘表",诚可谓妙于形容。

孙革于德宗时进士及第,历任监察御史、刑部员外郎、后迁洛阳令等。据两唐书,孙革为官正直,为民请命,邪正分明,表彰"孝友"[①];然存诗仅此一首,要证明此诗为孙革所作,除《文苑英华》这部具有皇家背景的权威版本外,别无其他材料。但是,若遵从洪迈这位宋代大学者的看法,认定此诗为"无本—贾岛"所作,既有一以贯之的文献依据,又有《长江集》内在的文本依据。或许正是基于这样的原因,高棅便毫不犹豫

---

① 事见《旧唐书》卷一百四十一《张宗明传》、《新唐书》卷一百九十五《孝友列传》等。

地认定作者为贾岛，尽管不免带有某种"主观臆测"[①]的成分。

高棅的决断是深思熟虑的，故深得明代以后选家和诗评家的普遍认同。明代著名选本陆时雍《唐诗镜》、唐汝询《唐诗解》，清代著名选本徐增《而庵说唐诗》、黄生《唐诗评》、沈德潜《唐诗别裁集》，以及孙洙《唐诗三百首》等，均毫不犹豫认定作者为贾岛。霍松林则是现代坚定的"贾岛派"，其《历代好诗诠评》选贾岛诗六首，于《寻隐者不遇》后注曰："一作孙革，题为《访羊尊师》，无根据。"霍松林的坚定语气，与其说来自确凿无疑的文献依据，不如说来自历代接受者对贾岛的审美好感。

二、唐宋寻隐诗的"试金石"

从高棅《唐诗品汇》开始，《寻隐者不遇》由"手抄本文化"时代，进入了"印刷本文化"时代，由变动不居的文本流变史，进入了文本稳定的诗学阐释史。明清选家和诗评家无不从审美的眼光出发，把《寻隐者不遇》纳入《长江集》的诗歌整体中加以解读。

不过，高棅只是《寻隐者不遇》作者、诗题和文本的"第一确定者"，宋代蔡振孙才是这首诗的真正的"第一读者"，也是其经典地位的"第一确定者"。如前所述，《诗林广记》后集卷之九载魏处士《寻隐者不遇》，评曰：

> 愚谓：此诗模写幽寂之趣，真所谓蝉蜕汙浊之中，蜉蝣尘埃之表，与无本诗同一意趣。

其后附录了"僧无本《访隐者不遇》"。紧接着"附诗"，蔡振孙还有一段

[①] 宇文所安："'诗话'中的记载使我们得以窥见北宋编辑情况之一斑：一个编者在碰到诗中的一个字因为抄本不同而具有多种选择的时候，最终依据的是他个人觉得像杜甫这样一个诗人'应该'会用哪一个字这样的主观臆测。"（《孤落的文学史》，《他山的石头记：宇文所安自选集》，江苏人民出版社2003年版，第21页）其实这是面对"手抄本文化"的唯一选择。

论述，曰：

> 唐人多有"访隐者不遇"诗，意味闲雅，率皆脍炙人口。高骈云："落花流水认天台，半醉闲吟独自来。惆怅仙翁何处去，满庭红杏碧桃开。"李义山云："城郭休过识君稀，哀猿啼处有柴扉。沧江白石樵鱼路，日暮归来雪满衣。"韦苏州云："九日驱驰一日闲，寻君不遇又空还。怪来诗思清入骨，门对寒流雪满山。"

综观蔡振孙全部引诗和评述，有三点印象极为深刻也极为重要：一是对唐宋寻隐诗的意趣、境界与风格作了精辟的诠释和概括，而"与僧无本诗同一意趣"之说，则暗含宋人寻隐诗渊源于唐人寻隐诗之意；二是将"僧无本"的《访隐者不遇》独立出来，置于上列的宋人寻隐诗与下引的唐人寻隐诗之间，俨然有将其作为唐宋寻隐诗的"试金石"①之意；三是就引述的唐人"访隐者不遇"诗看，韦应物、李商隐和高骈的作品随意地置于无本诗之下，只作"意味闲雅，率皆脍炙人口"的泛泛之论；换言之，只有"僧无本"的《访隐者不遇》才是"寻隐诗"的真正典范，也是唐人寻隐诗的艺术之冠。

现代学者认为：如果一部作品"起到了为文学批评提供参照系的作用"②，就标志其具有了经典的品格，获得了经典的地位。蔡振孙《诗林广记》已俨然将《寻隐者不遇》作为唐宋寻隐诗的"试金石"。因此可以说，蔡振孙是这首诗真正的"第一读者"，也是诗意的"第一发现者"，经典地位的"第一确定者"。

---

① 安诺德："把大诗家的一些诗的字句，牢记在心，并用它们当做试金石应用到别人的诗上，是能够帮助我们发现什么是属于真正优秀好诗的最好的办法"（《论诗》，《安诺德文学评论选集》，殷葆琛译，人民文学出版社1958年版，第89页）；严羽："诗之是非不必争，试以己诗置之古人诗中，与识者观之而不能辨，则真古人矣"（郭绍虞：《沧浪诗话校释》，人民文学出版社1983年版，第138页）。东西诗学，旨趣相通。

② 佛克马论"经典的构成"："文学经典"即"认为它们是精选出来的一些著名作品，很有价值，用于教育，而且起到了为文学批评提供参照系的作用。"（《文学研究与文化参与》，俞国强译，北京大学出版社1996年版，第50页）

　　继蔡振孙之后，经高棅《唐诗品汇》，以至今日，《寻隐者不遇》接受史可分为三个阶段，明代、清代和现代；这是《寻隐者不遇》不断被解说阐释的历史，也是其诗意不断被发掘累积的历史。

　　明代的诗评家正是从"唐宋寻隐诗典范"的角度来解读这首诗的，并在蔡振孙的基础上，对绝句的运思、意境和手法诸方面，作了更精细的阐释。

　　首先，运意构思的一气呵成，所谓"不用意而得，一笔入圣证"。最初指出此点是高棅《唐诗正声》的评点者吴逸一，曰："自是妙音，所谓不用意而得者。"全诗四句，设为问答，不加藻采，合于口语，自然流转，一气呵成。《寻隐者不遇》这一"不用意而得"的运思特点也为王夫之见出，并引出了王夫之从"一笔草书"到"一笔入圣证"的一段大议论[①]。所谓"一笔"并非"一句"，而是强调运意落笔的流转浑圆，不着痕迹，以神气合一、一气贯穿的"一笔"，创造出一个纯如"天籁"的诗境。贾岛作诗向以"奇僻""苦吟"著称，且有"意思塞涩""气韵枯寂"之评。《寻隐者不遇》则一反惯常，自然口语，不着痕迹，问答之际，意思宛妥，所谓"但取一句，便入化境"，难怪有论者会怀疑此诗非阆仙所作。

　　其次，对意境韵味的欣赏，所谓"意境闲雅，直中宛曲"。《唐诗广选》俞仲蔚评曰："意味闲雅，脍炙人口。"《增定评注唐诗正声》曰："首句问，下三句答。直中婉，婉中直。"钟惺《唐诗归》则曰："愈近愈杳。"诸家评点着语不多，精神传出，揭示出绝句直捷中含义至深，自然中措辞超俗的特点。诗中的寻隐者，寻隐不遇，松下问童，数问数答，终不见隐者踪迹，留无穷意味见于言外。贾岛诗友姚合也有"寻隐不遇"之作，可作比较：

---

　　① 《薑斋诗话》卷二："王子敬作一笔草书，遂欲跨右军而上。字各有形埒，不相因仍，尚以一笔为妙境，何况诗文本相承递邪？一时一事一意，约之止一两句；长言永叹，以写缠绵悱恻之情，诗本教也。《十九首》及《上山采蘼芜》等篇，止以一笔入圣证。自潘岳以凌杂之心作芜乱之调，而后元声几熄。唐以后间有能此者，多得之绝句耳。一意中但取一句，'松下问童子'是已。……"

入门愁自散，不假见僧翁。花落煎茶水，松生醒酒风。拂床寻古画，拔剌看新丛。别有游人见，多疑住此中。(《寻僧不遇》)

访师师不遇，礼佛佛无言。依旧将烦恼，黄昏入宅门。(《访僧法通不遇》)

两首诗均"寻隐不遇"，但心态不同：前者"入门愁散"，自得其趣，后者，"烦恼依旧"，惆怅而归；前者点缀小景，搜求新意，后者通篇白话，了无余韵。姚合五绝与贾岛五绝相比，意味浓淡，极为分明。

再次，对表现手法的独到发现，明代评点者无不见出其问答谋篇的显著特色。《增定评注唐诗正声》曰："首句问，下三句答。"唐汝询《唐诗解》曰："设为童子之言，以状山居之幽。"云云。唐人的"寻隐不遇"之作，对"不遇情境"的表现大致有三种情形。一种是寂然无人，难以寻问。如白居易七律《寻郭道士不遇》前四句："郡中乞假来相访，洞里朝元去不逢。看院只留双白鹤，入门唯见一青松。"一种是虽见童子，却并不寻问。如张籍七绝《寻徐道士》："寻师远到晖天观，竹院森森闭药房。闻入境来经七日，仙童檐下独焚香。"一种是隔门借问，淡然作答。如皎然五律《寻陆鸿渐不遇》："移家虽带郭，野径入桑麻。近种篱边菊，秋来未著花。扣门无犬吠，欲去问西家。报道山中去，归时每日斜。"上述三种情况，虽有问与不问之别，无一以问答结撰全篇者，而主要着眼于寻隐过程和不遇心情的刻画上。贾岛的《寻隐者不遇》恰好相反，设为童子之言，纯以问答谋篇，如此显著的表现特色自然容易见出。

高棅之后，《寻隐者不遇》已为众人瞩目，成为选家必选的经典之作。但可以看出，明人的解读大都仅限于文本表层，往往点到为止，有感受无分析，给人琐碎恍惚之感。这首单纯的绝句所蕴涵的丰富意味，似还有待清人和今人作进一步探寻。

三、一首绝句写活三个人物

霍松林不仅是现代坚定的"贾岛派",《好诗诠评》对《寻隐者不遇》的诠释也显出别样的眼光。他在诠释诗意后作了这样的概括:

> 四句诗,通过问答形式写出了"我""童子""隐者"三个人物及其相互关系,又通过环境烘托,使人物形象更加鲜明。[①]

一首绝句写活三个人物,这确是这首寻隐诗的高妙之处。不过若细读清人的诗评,《寻隐者不遇》的清代诠释史,就是围绕"一首绝句写活三个人物"这一中心展开的。清代诗评家不像明人那样空灵恍惚,而能抓住"往复问答"的结构特点,对"诗中人物"的神情风采作出精妙的发掘。

问答谋篇是古诗常用的手法,不仅用于叙事长篇,如《孔雀东南飞》《石壕吏》《琵琶行》《秦妇吟》,无不以个性鲜明、深情动人的对话摇曳生姿;而且常见于抒情短章,如贺知章《回乡偶书》、李白《山中问答》、孟浩然《春晓》、崔颢《长干曲》等。然而清代鉴赏家发现,《寻隐者不遇》在大量问答成篇的抒情短章中,自有其不可取代的特点。

一首五绝二十个字,究竟能起多少波澜?清初黄生《唐诗评》曰:"此诗分明两问两答。而复一问,却从答处见出。……初问云:'尔师何在?'言'师采药去矣'。又问'往何处采药?'答:'只在此山中,云深不知处也。'"清末李瑛《诗法易简录》则曰:"一句问,下三句答,写出隐者高致。"近人王文濡《唐诗评注读本》更曰:"此诗一问一答,四句开合变化,令人莫测。"如果说黄生的"两问两答",见出其藏问于答;李瑛的"一句问,下三句答",仅从字面理解;那么王文濡的"一问一答"似一代不如一代了,但其又认为"四句开合变化,令人莫测",于是又让人不能对其"一问一答"仅作字面解释了。

---

① 霍松林:《历代好诗诠评》,中国社会科学出版社2000年版,第546页。

二十字的绝句，确实不只是有问有答，一问一答，而是藏问于答，几问几答，层层曲折，无穷波澜；同时，把"寻者"和"童子"的问答，置于云雾山中的苍"松"之下，"隐者"则似首尾不见的神龙，藏于深山云雾之中。于是，在典型的"寻隐情境"中，通过"开合变化，令人莫测"的对答，塑造出了"寻隐者""隐逸者"和"童子"三个精神各别的人物形象。

首先，以急切的诘问写出寻隐者急切的心情。清代诗评家无不首先注目这位"寻隐者"，对其"寻隐不遇"的层层曲折作了饱含同情的精细分析。徐增《而庵说唐诗》析之最详："夫寻隐者不遇，则不遇而已矣，却把一童子来作波折，妙极！有心寻隐者，何意遇童子，而此童子又恰是所寻隐者之弟子，则隐者可以遇矣。问之，'言师采药去'，则不可以遇矣……曰'只在此山中'，'此山中'见甚近，'只在'见不往别处，则又可以遇矣。岛方喜形于色，童子却又云：'是便是，但此山中云深，卒不知其所在，却往何处去寻？'是隐者终不可遇矣。此诗一遇一不遇，可遇而终不遇，作多少层折！"徐增这段精彩的"文本细读"，一方面揭示了寻者与童子往返问答所潜藏的无穷波澜，同时也对寻者的思隐之深、寻隐之急和见隐之切的心情作了充分展露。

唐人"寻隐不遇"诗表现的寻者心态，大致有两种情况：一种是虽寻隐不遇却已彻然觉悟。除丘为《寻西山隐者不遇》、韩翃《寻胡处士不遇》外，还如于武陵的《访道者不遇》："人间惟此路，长得绿苔衣。及户无行迹，游方应未归。平生无限事，到此尽知非。独倚松门久，阴云昏翠微。"一种则是寻隐不遇而惆怅忧怨之意见于言外。如窦巩《寻道者所隐不遇》："篱外涓涓涧水流，槿花半点夕阳收。欲题名字知相访，又恐芭蕉不奈秋。"再如易思《寻易尊师不遇》："烂熳红霞光照衣，苔封白石路微微。华阳洞里人何在，落尽松花不见归。"如果说前一类寻者如王子猷雪夜访戴安道般旷达洒脱，后一类寻者则因"相访未相见，烦恼仍依旧"而难免怅然生怨。贾岛笔下的寻者则与之均不同，通过重重曲折写出了他不见隐者决不甘休的坚定与执着。对这位寻者来说，"寻隐"不啻是寻信仰、求解脱，而寻者的钦慕与执着同时又衬托出隐者的高致。

其次，以典型的情境细节写出隐者的高逸情致。虽然隐者欲遇而终不遇，但隐者高致曲曲传出，隐者神情宛然目前。一是借典型环境写隐者高致。"松下问童"的"松"和"云深不知"的"云"，既点出了如画的山居幽景，也是"隐者"精神品格的象征。王尧衢《古唐诗合解》释"松下"说得好："此隐者处也，与'云'字生情。"以"松"与"云"传隐者精神又是唐人寻隐诗的常用手法，如刘长卿《寻南溪常山道人隐居》："白云依静渚，春草闭闲门。过雨看松色，随山到水源"；李白《寻山僧不遇作》："石径入丹壑，松门闭青苔"；白居易《寻郭道士不遇》："看院只留双白鹤，入门惟见一青松"。贾岛的《题隐者居》所谓"片云孤木伴身闲"，同样采用了"苍松""白云"互为生情的手法。二是以人物行动写隐者高致。所谓言师"采药去"，而不是言师"访友去"，更不是言师"饮酒去"。诗中隐者采药为生，济世活人，是一位超尘绝俗而又高尚其德的真隐士。韩偓《访隐者遇沈醉书其门而归》："晓入江村觅钓翁，钓鱼沈醉酒缸空。夜来风起闲花落，狼藉柴门鸟径中。"与之相比，一位"深山采药去"，一位"沈醉酒缸空"，虽"沈醉"不妨真隐士，但"采药济世"与"自我沈醉"毕竟有高下之分。三是如前所述，以寻者高山仰止的钦慕和见隐心切的执着衬托隐者高致。李颀《古今诗话》曰："太上隐者，人莫知其本末。好事者从问其姓名，不答，留诗一绝云：'偶来松树下，高枕石头眠。山中无历日，寒尽不知年。'"这位"太上隐者"，虽"人莫知其本末"，然"好事者"不寻而遇，与贾岛笔下"一遇一不遇，可遇而终不遇"的隐者相比，避世之真心亦可见矣。

再次，以从容的对答写出童子从容自得的神态。明清诗评家都见出"童子"在诗中的重要性。唐汝询《唐诗解》曰："设为童子之言，以状山居之幽。"吴烶《唐诗选胜直解》曰："设为童子之言，以答寻问之意，不必实有此事。"确实，入山的寻者，有童子接待，隐者的行迹，由童子指点，幽静的山居，也由童子描状，童子俨然成为全诗的中心。面对急切的"寻者"，童子的答问，从从容容，有礼有节，欲吐又吞，生发无穷意趣。

虽为小小"童子",却也现出乃师那种"俯仰自得,游心太玄"的情致神态。

唐人寻隐诗有不少写到"童子""弟子"的。如于鹄《寻李逸人旧居》:"旧隐松林下,冲泉入两涯。琴书随弟子,鸡犬在邻家";张籍《寻徐道士》:"闻入静来经七日,仙童簏下独焚香";鱼玄机《访赵炼师不遇》:"何处同仙侣,青衣独在家"等。然而这里的"弟子""仙童"和"青衣",远不如贾岛诗中的"童子"生动有神而不可或缺。其中奥秘便是,前者"设为童子之言",童子便成为全诗核心,后者仅随笔淡淡点到,诗人没有赋予其行动和语言。"言为心声",要在有限的篇幅中写活人物,写出精神,传神的对话是极为有效的手段。李清照《如梦令》"昨夜雨疏风骤","短幅中藏无限曲折"的奥秘也正在于此,恰如黄蓼园《蓼园词选》所说:"一问极有情,答以'依旧',答的极淡,跌出'知否'二句来。而'绿肥红瘦',无限凄婉,却又妙在含蓄。短幅中藏无限曲折,自是圣于词者。"贾岛在二十字中"藏无限曲折",可谓"圣于诗者"。

唐人绝句的高妙处,不只"诗中有画,画中含情",而且"画中有人,人物传神"。至此,我们将《寻隐者不遇》置于唐人寻隐诗和明清阐释史的双重视野之中,对其运思、意蕴以及诗中塑造的三个人物作了"秘响旁通"式的互照互明性细读。

四、丰神情韵化为哲理沉思

今人在这首小诗中还能发现什么?在"深山寻隐"已成为悠邈往事的今天,这首唐人寻隐诗还能给今人怎样的启迪?唐人的丰神情韵确实启发了现代两位哲学家的哲理沉思,他们的哲理沉思就来自诗中那位小小的"童子"。

《寻隐者不遇》是一个"叙事性"诗题,"寻隐者不遇"五个字,叙述了包括人物、事件、结局在内的完整故事。在这令人怅然的诗境中,心情急切的"寻隐者"和情致高逸的"隐逸者",形象最为鲜明,神情最为感人,对读者心灵的影响也最为直接。那个首句就出现的"童子",似乎仅仅是个烘托"隐者"的陪衬性人物,或者被视为制造审美波澜的结构性人物。然而就是在这位小小的"童子"身上,两位现代哲学家领悟到了别样的诗意。

让我们寻着接受史的线索,考察一下"寻隐者""隐逸者""童子"三个诗中人物,被不同时代的读者逐一发现的过程。

"寻隐者"是直接出场者,也是整个情境的创造者和推动者,因此读者首先关注的是这位人物。"寻隐者"怀着希望出发、最终失望而返的遭遇和失望之情,最能引起读者的同情和共鸣,也最能引起普遍的人生联想。清初著名唐诗学者徐增就是无数同情"寻隐者"的读者代表之一。他的解说从体贴"寻隐者"的心理入手的,所谓"此诗一遇一不遇,可遇而终不遇,作多少层折"!徐增为明末秀才,明亡不仕,居家讲学著书。工诗善书,尤长于解诗。其说诗,不仅能设身处地深入诗人心灵和诗境深处,体验真切而解析细致入微,而且往往把解诗视为创作,将自己的全副精神、饱满热情和晶莹的性灵流注笔端;或许还加之徐增作为明末遗民对明王朝的灭亡深感痛苦失望,因此对"寻隐者"的失望之情体会得格外真切。倘若从超越文本的审美文化心理角度看,似乎还可以发现在寻隐者"寻而不遇"怅然若失的背后,隐藏着深一层的意蕴,那就是在人类生活中常见的"希望→失望→再希望→希望破灭"的悲剧性境遇和心理。"寻隐者"的悲剧境遇隐藏的这一深层心理模式,是这首五绝具有超时代审美意义的重要根源。

从接受史看,"隐逸者"是第二个被发现的人物。最为"隐者高致"所折服的,当以乾隆举人李瑛为代表。其《诗法易简录》所谓"一句问,下三句答,写出隐者高致",目光越过"寻隐者",直指"隐逸者"。此前,明末唐汝询《唐诗解》所谓"设为童子之言,以状山居之幽",已见出诗人借"山居之幽",映衬"隐逸之志"的用心,但此评似乎更多在于欣赏诗法而非赞赏隐者。"隐逸者"虽为"寻隐者"心中的精神偶像,在历代接受者心目中却成为"第二等人物",不外两方面原因:首先是他在诗境中处于"被寻者"的被动地位,而且只是借"童子之言"作侧面描写;但更主要的或许是历来隐士中,真隐者太少而欺世盗名者居多,故自《荀子·非十二子》①以来,就大有深恶隐士、痛诋隐士者。因此之故,历代读者对诗中的隐者也不免持谨慎态度。《新唐书·隐逸列传序》曰:"古之隐者,大抵有三概:上焉者,身藏而德不晦,故自放草野,而名往从之,虽万乘之贵,犹寻轨而委聘也;其次,挈治世具弗得深,或持峭行不可屈于俗,虽有所在,其于爵禄也,泛然受,悠然辞,使人君常有所慕企,怡然如不足,其可贵也;末焉者,资槁薄,乐山林,内审其才,终不可当世取舍,故逃丘园而不返,使人常高其风而不敢加訾焉。"经过历史的沉淀,读者发现,这首诗中的隐者,虽无万乘之贵寻聘,却有高山仰止的寻者和"采药"济世的情怀,足见其为"身藏而德不晦"的"上隐",故最终得到了接受者的认同。

"童子"在诗境中的艺术地位,徐增论"寻隐者"曲折经历时曾作过精细分析。然而真正见出"童子"的人格精神的,则是现代两位哲学家。首先是逻辑学大师金岳霖。金先生晚年谈到古代诗画的"哲学背景或根源"时,道出了"童子"身上前人未道的深意。他写道:中国哲学"有有利的一面,它没有要求人自外于他自己的小天地(天性),也不要求人自外于广大的天。'松下问童子,言师采药去,只在此山中,云深不知处。'这位童子对于他所在的山何等放心,何等亲切呀!"②最后一句中的"何等放心""何等亲切",最为吃紧,既揭示了《寻隐者不遇》这首小诗所体现的传统哲学精神,也道出了它对现代人的精神启示。

金先生的学生、当代哲学家叶秀山读到这段话后不禁感慨道:"金先

---

① 《荀子·非十二子》论古今"处士"(即"隐士")之别曰:"古之所谓处士者,德盛者也,能静者也,修正者也,知命者也,箸是者也。今之所谓处士者,无能而云能者也,无知而云知者也,利心无足而佯无欲者也,行伪险秽而强高言谨悫者也,以不俗为俗,离纵而跂訾者也。"

② 《金岳霖文集》(第4卷),甘肃人民出版社1995年版,第770页。

生用'亲切'来形容童子当时的心情，这是大家都会用的，但用'放心'来说童子的心态，则是金先生独特的发现，不但妥切的很，而且有很深的意义在。"①于是叶秀山写了《论"放心"》一文，把童子的"放心"置于当下社会背景中，以现代哲学语言作了淋漓尽致的发挥：首先，童子般的"放心"应是人与人之间"基础性的态度"。我们要"（相）信（任）""他人"，因为我们自己不能事事躬亲、包打天下，无论古代或现代，大部分的事情总是要"让"（请）"他人"来做；其次，从童子对天地的"放心"可见出中西文化的差异。西方世界设想一个"绝对的他者"来让自己"放心"，而在传统中国人的眼里，就连山山水水、日月星空也是可以"放心"的；最后，作者笔锋一转，对传统的"放心"态度，在市场经济中可能被嘲弄，表现出深深的忧虑："就总体来说，就传统来说，中国人的'风险意识'不是很强，我们的市场经济还刚刚起步不久。这样，我们传统的高尚、深刻的'放心'的态度，常常被一些'不可信'、'不可靠'的'他者'所嘲弄。"②《论放心》的作者由此也告诉人们：让传统的高尚、纯真的"放心"态度不被嘲弄，是现代人的严肃使命；而古老诗篇中童子的"放心"态度，正可成为照亮现代人心智的明镜。

考察《寻隐者不遇》的传播接受史，似有三点启示。

其一，先宋文学史上有大量名篇佳作都存在类似《寻隐者不遇》这样的问题，即在不同时代的不同版本中，诗文的作者、诗题与文本互不相同，存在大量"异文"和"异说"。如《登幽州台歌》与《春怨》的作者问题，李白《静夜思》与杜甫《杜鹃》的异文问题，等等。面对这种"手抄本文化"的特殊问题，与其徒劳地去寻找无法找到的"原始文本"，不如坦然遵循"手抄本文化"的原则："既然作者的'原本'已不存在，在很多情况下，我们不可能知道哪一异文是'正确'的，但是，我们至少可

---

① 《叶秀山文集》（散文随笔卷），重庆出版社2000年版，第406页。
② 《叶秀山文集》（散文随笔卷），重庆出版社2000年版，第407页。

以检视选择某一异文和排除另一异文的历史动机。"①这也是陈寅恪先生所说的"伪材料"之"真价值"。

其二,由于不同时代的读者对诗中人物的选择和阐释各不相同,因此在不同语境和不同读者的眼中,绝句的主题意蕴是不尽相同的。从"寻隐者"角度读,似乎反映了人生理想的追求中努力与失败的困惑;从"隐逸者"角度读,可以体会到人诗意地栖居大地上的自由状态;从"童子"角度读,可以领略到从容不迫的态度放心山水的亲切感。

其三,可以发现古今读者对诗中人物精神意蕴的解读有明显的差异。传统诗评家大都紧扣文本,贴近人物,力图对诗人旨趣和文本原意作出客观阐释;而现代哲学家则不妨取其一点,超越文本,力求结合现代语境对诗意作创造性的发挥,发现古典诗歌中的现代意蕴。审美不是认识而是想象,诗意不是知识而是智慧。要让古典诗歌走向现代人生,既要像传统诗评家那样作紧扣文本的诗艺阐释,也要像现代哲学家这样作超越文本的哲理想象。

[原载《浙江社会科学》2011年第12期]

---

① 田晓菲:《尘几录——陶渊明与手抄本文化研究》,中华书局2007年版,第13页。

为接受史辩护

——《中唐元和诗歌传播接受史的文化学考察》的学术意义

尚永亮教授主持完成的《中唐元和诗歌传播接受史的文化学考察》（武汉大学出版社2010年版，以下简称《考察》），堪称近30年唐诗接受史研究的一部力作，它以适度的研究对象、坚实的文献史料、开阔的文化视野和深入的学理分析，为我们展示了中唐元和诗歌迄今1200多年波澜壮阔的接受史，揭示了起伏不定的接受史背后复杂的社会文化原因，极大地超越了当下接受史研究中常见的简单化、平面化现象，发挥了接受史在古典文学研究中独特的学术作用，取得了一系列耳目一新的学术成果。《考察》为唐诗接受史提供了一个成功的学术范例，也为古典文学接受史提供了一个可资借鉴的学术模式。

一百余万言的《考察》是一部厚实而有深度的著作，也是一部兴味盎然、令人振奋的著作。细读这部著作，可以感受中唐元和诗歌的"第二种辉煌"，获得接受史研究的方法论启示，也引发了我对接受史问题的进一步思考。

一、两点思考

先谈两点思考：一是接受史的学术地位，接受史与创作史是文学史的两翼；二是接受史的学术价值，接受史承担多重学术任务而任重道远。

接受史与创作史，相对又相连。二者的关系，打个比方：创作史是作家的"生前史",也是作品生命的诞生史;接受史则是作家的"身后史",也是作品生命的延续史。从这个意义上说,接受史与创作史应是文学史的两翼,既前后相续,又相对独立。传统的文学史研究,侧重作家生前的创作史,今天则还应以更自觉的学术意识关注作家身后的接受史。这是作家独特的精神生命的本质决定的,纯粹的自然生命只有有限的生前史,精神生命既有生前史,更有身后史。一位作家精神生命的生前史和身后史是一种辩证关系:生前史是身后史的基础,身后史则是生前史的升华和延续,身后史的长度既能见出生前史的厚度,也能反观生前史的深度。对一位把"文章"视为"不朽之盛事"的古代作家,身后史的关注绝不亚于生前史的珍视。曹植所谓"年寿有尽,文章无穷,寄身翰墨,声名传后"。同样,唐诗作为唐人精神生命的产物也有两部历史、两种辉煌。如果说唐诗创作史是唐诗的"生前史",那么唐诗接受史则是唐诗的"身后史"。近300年唐诗创作史的辉煌已结束于千年之前,而超越1300年唐诗接受史的辉煌仍将延续下去。历史的辩证法还提醒我们,现在左右着过去,后人支配着传统,文本是流动不居的[①];换言之,1300年前完成的唐诗创作史并非凝固不变,它在1300年来无数的"接受者"手中发生着种种变化。从这个意义上说,我们今天所能看到的唐诗,并非1300年前原初的唐诗,而是1300

---

① 钱锺书:"我以为史学的难关不在将来而在过去,因为,说句离奇的话,过去也时时刻刻在变换的。我们不仅将将来理想化了来满足现在的需要,我们也把过去理想化了来满足现在的需要。"(《旁观者》,《钱锺书集·写在人生边上的边上》,生活·读书·新知三联书店2001年版,第282页)宇文所安:"针对重写文学史所提出的第三个建议,是我们应该在多大程度上承认我们在对传统中国文学的接受当中,被前人对传统的过滤所左右支配……现在我们看到的文学史是被一批具有很强的文化与政治动机的知识分子所过滤和左右过的。"(《瓠落的文学史》,《他山的石头记——宇文所安自选集》,田晓菲译,江苏人民出版社2003年版,第17—18页)田晓菲:"对作品与作者之间关系的传统看法,在手抄本文化的情况中不仅不再适用,而且是一种幻象。读者并不只是被动地阐释作品,而是亲自对作品进行塑造,并用自己参与创造的文本'证明'他们的诠释……每一个抄本和版本,都是一场独一无二的具有历史性和时间性的表演,参与表演的有抄写者、编辑者、评点者、刻板者和藏书家,他们一个个在文本上留下了他们的痕迹,从而改变了文本。"(《尘几录——陶渊明与手抄本文化研究》,中华书局2007年版,第18—21页)

年来经无数接受者重新整理、编辑、选择、评点的唐诗；它已远远不是"唐诗创作史"的原初面貌，而是复杂的"唐诗接受史"的再创造结果。今天每一个唐诗的编者、读者和研究者，何尝不像1300年来唐诗的选家和评点家一样，以自己的方式参与着唐诗的再创造、延续着唐诗的接受史？对于一位经典作家来说，文学史上的"历史连续性"，不可能是生前有限的创作史，只能是身后无限的接受史；那么，一个流派、一个时代、一种文类，又何尝不是呢？这是我认为接受史和创作史应是文学史两翼的原因，也是为接受史辩护、为《考察》感到振奋的原因。

接受史的学术地位不可取代，接受史的学术价值同样不可忽视。根据接受方式和接受效应的不同，不妨把接受史区分为经典阐释史、创作影响史和审美效果史等不同层面。所谓阐释史，既是经典的形成史，也是经典的重读史和精读史。作家和作品的经典地位在阐释中得到确立，作品的意义也在阐释中不断丰富和累积。接受史视野中的经典细读，远比传统的文本细读更合理、更有趣，也更精彩。关于影响史，布鲁姆有句名言："诗的历史是诗的影响史。"这是有道理的。人类文明五千年，自然生命一百年，自然生命是重复，文化生命是重叠。如果说五千年的哲学史是百年人生问题的反思史，那么五千年的文学史则是百年人生情怀的咏叹史。因此，一部文学史实质是一组生命母题的嬗变史，一部中国诗歌史也可以说是一组《诗经》母题的影响史。从审美效果看，接受史是民族性格的塑造史。人性的形成来自影响，接受者在与经典的审美对话中获得心灵的陶冶、精神的升华。因此，单纯关注创作史，唐诗研究最终只能是一种对过去了的历史的赞颂；同时关注接受史，唐诗研究才会面对现实走向未来获得永恒的生命活力。辉煌的唐诗接受史是唐人雄浑诗魂的传递史，更是唐诗对民族心灵的塑造史；通过唐诗接受史多方面、多角度的深入研究，就可能让唐诗的风神情韵更有效地进入现代人的生活，滋养现代人的心灵。从文化影响看，对传播接受史的研究可以重现中华文化对世界文明的历史影响和历史贡献。人类文化是以亚欧大陆两端为重心组合而成的文化。所谓东方与西方，就是中国与西欧。中国是亚洲文化的核心大国，长期以来对周边和世界产生着广泛和深刻的影响。当年，法国人通过"比较文学"的影响研究，展示了"法兰西文化的骄傲"；今天，我们应当通过中国文学在海外的"传播接受史"研究，重现中国文学的历史辉煌和中华文化对世界文明的历史贡献。接受史，任重而道远！

二、三点启示

尚永亮教授主持完成的《中唐元和诗歌传播接受史的文化学考察》，为任重而道远的接受史提供了一个成功的学术范例，它对唐诗接受史研究至少有三点启示。

首先，这是一部"唐诗断代接受史"的开创之作，也为文学"断代接受史"研究提供了一个成功的学术范例。

中外接受史研究现状显示，迄今为止的成果主要集中在经典作家和经典作品两个方面。德国学者也承认，接受史方法在处理单个作品、单个作家和单个问题上，要比总述一个流派、一个时代甚至一部文学史用得更为广泛。文学阅读是面对具体的作家作品的，接受史也是围绕具体的作家作品延续的。因此，用接受史方法处理单个作品和单个作家就显得比较容易。但是，接受史研究的深化必须拓展自己的领域。《考察》从作家作品接受史到"唐诗断代接受史"，正是为了拓展接受史领域，并有意识地接受这一挑战。在富于理论色彩、对全书的学术构思和学术方法作精彩阐述的《导论》中，作者指出：目前的唐诗接受史虽已涉及不少著名诗人，"但总体看来还缺乏系统性和深入度，选题范围既需要向其他诗人进一步拓展，也需要由个体向群体转变，尤其需要向重要时期的重要作家和重要群体转变，以期获得研究范围和研究深度的整体突破。"[1]正是出于这种考虑，《考察》选择了"中唐时期的元和诗人群"作为研究对象。

同时，《考察》之所以选择"中唐时期的元和诗人群"，诚如作者所

---

[1] 尚永亮等：《中唐元和诗歌传播接受史的文化学考察》，武汉大学出版社2010年版，第4页。

说，还在于"中唐，特别是中唐的元和时期，是唐代诗史乃至中国诗史上极堪注意的一个时期"，起着承上启下、继往开来的作用，有"古今百代之中"之称；而包括韩孟、元白、刘柳等在内的"元和诗人群"，其创作规模、艺术成就和历史影响，堪与包括王孟、高岑、李杜等在内的"盛唐诗人群"相媲美。《考察》的经验告诉我们，无论作家、作品、流派或诗人群，只有具有真正的重要性和经典性，才具有研究价值。

确定对象后，如何有序地描述"中唐元和诗歌"迄今1200多年的接受历程，深入分析各个接受阶段的特点和意义，这是一个全新的课题；断代接受史没有先例，庞大诗人群的接受史也没有先例。《考察》面对这一时期庞大的诗人群，采用了先整后分，突出重心，以历史上形成的"诗人群"或"诗派"为中心对象，多线索并行推进的研究思路和撰写体例。具体地说，首先把元和诗人分为三个群体，"一是韩孟诗派，二是元白诗派，三是以刘禹锡、柳宗元为代表的贬谪诗人"；然后，"按中晚唐、两宋、金元、明清、近现代诸大时段，描述其在传播接受过程中的不同变化和情形，揭示传播接受史的某些特点和规律"。《考察》的这一学术思路是成功的。首先具有可操作性，它使"断代群体接受史"的描述有了可能；其次具有合理性，历史是"英雄"创造的，接受史也是"英雄"创造的，任何时代的接受史实质上都是一位或几位经典作家的接受史。按照这一思路，是否可以续写"盛唐诗歌接受史""晚唐诗歌接受史"？若要撰写"唐宋词接受史"，这一学术思路和学术范式是否有参考意义呢？

其次，《考察》不仅提供了一个"断代接受史"可资参考的学术范式，而且努力向深度开掘，多角度、多层次地对"中唐元和诗歌传播接受史"进行多元的"文化学考察"，发挥了接受史在文学史研究中独特的学术作用。

《考察》作者意识到，接受史研究实质包含两个层次：一是文献学意义上的接受文本或接受史料的系统整理，二是批评学、阐释学意义上的接受过程的审美文化阐释；而一部众声喧哗的接受史实质是一个文化史事件，在这一众声喧哗的文化史事件背后，必然包含丰富复杂的精神意蕴：

诗学的、美学的、人生的、哲学的、政治文化的等。正是基于这种认识，《考察》的着力点不是铺排接受史料，而是"运用接受学、文化学、比较学、心理学和定量分析方法，对其诗歌在后世传播接受之升沉起伏等不同情形予以系统考察，希望从中发现一些尚未被人注意的方面，并总结某些规律性的东西"。①

于是，《考察》不仅按五个时段为我们展示了"中唐元和诗歌"1200多年波澜壮阔的接受历程，而且让我们看到了接受史背后的问题和意义、原因和规律。哈佛教授宇文所安谈到"重写文学史"的建议时说过这样一句话：我们在讨论一个"重要作家"的时候，"应该明确指出是什么人在什么时候根据什么标准把他定义为'重要作家'的"；其实，这也是考察经典作家接受史的一条基本原则。《考察》自觉遵循这一原则，对三个诗派"重要诗人"接受史的描述，抓住各自的特点，有起有结，有升有降，有缘有委，曲尽幽微，为之展示出一部立体的、多姿多彩的"身后史"。其中，对各自的接受史上重大问题的深入探讨，尤为精见纷呈而兴味益然。依次如："贾岛现象"的社会文化原因、"元和体"诗的传播接受和内涵阐释、欧阳修和梅尧臣对韩孟的群体接受、"白俗"论及其在两宋的流变、道德评判与元稹诗歌在宋代的接受、从柳诗接受主流看苏轼"第一读者"的地位和影响、从元好问论诗绝句看谢柳诗风的异同、明清诗评家对韩孟诗派个体特色的探析及其接受境遇，以及从"事件评价"和"人物接受"两方面反思"政治家刘柳在明清时期的接受转机"等，尤为印象深刻而多发前人所未发。

一位西方历史学家曾说：当一个历史事件发生之后，对这个历史事件的记忆和叙说便开始了这个历史事件的新的历史过程。接受史研究便是要探寻这个"新的历史过程"的原因和意义；这是传统创作史所难以承担的。应当指出，《考察》所探讨的不少问题，前人并非毫无察觉，相反有的问题曾经过反复讨论，如"元和体""贾岛现象""元轻白俗"等。但

---

① 尚永亮等：《中唐元和诗歌传播接受史的文化学考察》，武汉大学出版社2010年版，第4页。

是，以前的学者大多持绝对主义立场，坚信自己找到或发现的意义是本义、原意、唯一的意义。而从接受史角度看，就可以由绝对主义走向"透视主义"①，承认理解的历史性和意义的多样性，进而发现背后的社会心理和审美趣味的深层原因。

在研究方法上，《考察》从接受对象与接受主体双向对话的特点出发，广泛采用了艺术文本与接受文本"双重文本分析"、社会心理与接受心理"双重心理分析"、创作群体与接受群体、经典作家与经典作品"双重比较分析"等多种方法，为丰富接受史研究方法作了有益的尝试。此外值得注意的是，《考察》第五编"选本与元和诗考察"把"计量分析"方法有效运用于接受史研究。审美是个体心理现象，具有极大的主观性和偶然性；另一方面，一切个人都有一个共同的心灵，杜牧所谓"一人之心千万人之心也"。因此，"计量分析"与"审美分析"，并非水火不相容。《考察》运用"计量分析"至少有两方面意义：一是有助于认识作家作品经典化的过程和经典地位的确立；二是有助于考察经典接受的普遍性和"光荣周期"的曲线。

再次，《考察》给我们的学术启示，除了以"诗人群"为中心的三线并行论述结构、接受现象背后的多元"文化学考察"，还有一个重要方面就是对接受史研究的理论与方法的丰富与发展。

只有把握创作史的规律才能写好创作史；同样，只有认清接受史的规

---

① 关于"透视主义"，韦勒克写道："我们必须既防止虚假的相对主义又防止虚假的绝对主义。文学的各种价值产生于历史批评的累积过程之中，它们又反过来帮助我们理解这一过程。对历史相对论的反驳，不是教条式的绝对主义——绝对主义诉诸'不变的人性'或'艺术的普遍性'。因此我们必须接受一种可以称为'透视主义'（perspectivism）的观点。我们要研究某一艺术作品，就必须能够指出该作品在它自己那个时代的和以后历代的价值。一件艺术品既是'永恒的'（即永久保有某种特质），又是'历史的'（即经过有迹可循的发展过程）。"换言之，"透视主义"既不同于"虚假的相对主义"，也不同于"虚假的绝对主义"，它是指在历史和永恒之间，"把诗，把其它类型的文学，看作一个整体，这个整体在不同时代都在发展着，变化着，可以互相比较，而且充满着各种可能性。"（韦勒克、沃伦：《文学理论》，刘象愚、邢培明、陈圣生等译，生活·读书·新知三联书店1984年版，第36—37页）

律才能写好接受史。尚永亮教授的古典文学研究，兼擅文献学和阐释学，尤以学理思考和逻辑思辨见长。他在研究这一课题时，首先对中国诗歌接受史的特点和规律作了深入的思考，提出了诸多符合中国诗歌接受史特点的概念，采用了一系列符合中国诗歌接受史规律的方法。例如，从"第一读者"到"第二读者"，"个体接受"与"群体接受"，"事件评价"与"人物接受"，接受者的"审美态度"与"道德态度"，研究者的"多元考察"与"双重阐释"，等等。中国与西方的文学接受史有一个重要差别，西方除古希腊罗马外，包括英法德在内的大多数民族国家只有近千年或数百年的文学史和接受史，中国则至少有三千年的文学史，也有三千年的接受史；《考察》在"第一读者"的基础上提出"第二读者"的概念，显然有助于我们深入考察漫长的接受史，考察漫长的接受过程中接受主体的多样性和复杂性。中国是诗国，诗是中国人的宗教，唱和酬答则是中国文人最常见的精神交往方式；《考察》基于这一事实提出了"群体接受"的概念，并进而研究了"群体接受"的多种方法和独特意义，这不仅使我们对群体的"唱和酬答"获得了一种新的认识，这一概念对中国文学接受史也具有普遍的方法论意义。中国古代诗人并非现代意义的"专业作家"，他们大多首先是官员、大臣、政治家，他们对"功业"的重视胜于"诗文"；因此，接受史研究不应忽视与他们的诗歌创作密切相关的"事件评价"与"人物接受"，这不仅扩大了接受史考察的范围，更有助于对其诗歌的"光荣周期"和复杂影响的认识。至于接受者的"审美态度"与"道德态度"及其复杂变化，更是考察中国诗歌接受史不可或缺的阐释视野，从《诗经》的"诗作经读"到"诗作诗读"，从《长恨歌》的"乐天诗中为最下"到"古今长歌第一"等，无不是这一接受态度变化的反映。此外，接受史不是接受者的"独白史"，更不是评点资料的"排列史"，接受史本质上是接受主体与接受对象的多元审美对话史，因此对接受史作多层次的"双重阐释"，是接受史最基本的阐释原则，也是接受史由平面走向立体的有效方法。

　　传统的文学史基本上是创作史，传统的文学理论也基本上是文本分析和文学发展史理论。20世纪海外对中国影响最大的四本文艺理论著作，二三十年代是厨川白村的《苦闷的象征》和丹纳的《艺术哲学》，五六十年代是季摩菲耶夫的《文学理论》，80年代以来则是韦勒克、沃伦的《文学理论》，这四本书无一不是文艺创作、文本分析和文学史研究的理论。尧斯的《挑战的文学史》是一篇接受美学的宣言，也提出了"读者文学史"的假设，但并没有提出"读者文学史"的方案，更无法想象中国的文学接受史应当如何撰写。中国文学接受史的理论与方法，只有靠中国学者在研究实践中自己发现，自我建构。在这一点上，《考察》已做出了出色的贡献和示范。

接受史与创作史是文学史的两翼，但无疑创作史是接受史的前提。因此，只有深入创作史，才可能写好接受史。尚永亮教授此前的大量研究著作表明，他首先是一位成果丰硕的"创作史"的研究者。这一前提必须充分强调，有志于接受史研究的青年学者也应充分认识。

说不尽的唐诗，说不尽的唐诗接受史。即便"中唐元和诗歌"的接受史，《考察》也无意穷尽所有的问题，如元和诗歌传播接受的地域分布及各时代的差异、元和诗歌对古典抒情诗学的贡献、元和诗歌与元和诗人对宋人及民族精神性格的独特影响，等等。《考察》称得上是一部"中唐元和诗歌传播接受史"的奠基性著作，它让我们看到了中唐元和诗歌的"第二种辉煌"，也为我们提供了一个接受史的成功范式，更为接受史作了一次精彩的学术辩护。

扬誉即埋没，显示即遮蔽。把百万余言的著作概括为有限的几点，是危险和不负责任的。贤明的读者会有不同的收获，也会有不同的发现和评价。

[原载《文学与文化》2011年第3期]

美学的动机与情结

20世纪中国美学的集体情结

美学家的"美学情结"有个体和集体之分。强调美学的人本性，追求心灵的审美性，成为20世纪中国美学的集体情结，并由此形成了美学的两大特点：审美主义和功利主义的内在统一，艺境求索和艺术心培育的互为呼应。20世纪中国美学的集体情结，实质上又是美学本土性问题的体现。

一、"美学情结"：从个体到集体

美学史和哲学史的研究一样，有多种思路和方法。作为哲学史家的黑格尔认为："讲哲学史这门科学，必须依时间次序对个别人物逐一加以陈述，因为哲学史的外表形象是由个别人物构成的。"[①]古人曰："故人者，天地之心也"。人为天地之心，人也是历史的主体。如果说哲学家是哲学史的主体，思想各异的哲学家构成哲学史的外表形象；那么美学家则是美学史的主体，一代又一代美学家独具理论个性而又互为激发的美的探索，构成了人类斑斓多姿的美的反思史。美学思想史就是研究美的"思想者"，如何"思想"、"思想"如何的历史。

20世纪的中国美学有自己的道路。论及20世纪美学研究，李泽厚曾把中国美学学人分为三代："中国近代的美学研究可以分为三代，第一代是

---

① 黑格尔：《哲学史讲演录》（第1卷），贺麟、王太庆译，商务印书馆1996年版，第52页。

蔡元培、王国维，第二代是朱光潜、宗白华。我是属于第三代的。"①当然，这里并无美学研究就此终止之意。李泽厚说他"属于第三代"，是从50年代参加美学大讨论算起的。80年代的"美学热"中又出现了一批青年美学家，至90年代崭露头角，思想渐趋成熟。阎国忠教授在评述"中国当代美学"时论及的"超越美学""生命美学"和"体验美学"，即为此中翘楚②。这样看来，把20世纪中国美学家分为四代，可能是一个更完整的概念。"第四代"美学家是行进中的一代，是"走出古典"迈向新世纪的一代，他们更为成熟的思想学说或许又将构成21世纪中国美学的起点。

李泽厚的"三代"说也是有道理的。这个"代"，既有"时代"之义，更有"代表"之义。第一代以蔡元培、王国维为代表，理当包括梁启超和鲁迅。蔡、王与梁、鲁，他们又分别开启并影响了贯穿20世纪的"审美主义"与"功利主义"的两条美学理路。第二代以朱光潜、宗白华为代表，他们代表了20世纪中国美学的第一个高潮期，即20年代到40年代。这一时期的美学家，以朱、宗为坐标环视前后左右，在前尚有吕澂、范寿康和陈望道等，他们三人的三本《美学概论》，是20世纪中国第一批美学专书；同时期则有邓以蛰、丰子恺等，宗白华与邓以蛰，时有"南宗北邓"之称，朱光潜与丰子恺在20年代便成为好友，彼此呼应，培育一颗艺术心，倡导人生的艺术化；稍后有影响的美学家应包括周扬、蔡仪和吕荧等，蔡仪以《新美学》名世而更显专门。"审美主义"和"功利主义"的美学理路，分别通过朱光潜、宗白华与周扬、蔡仪等人得到延续和发展。第三代以李泽厚为代表，在前尚有以艺术的美学分析自成一家的王朝闻，而蒋孔阳、高尔泰、周来祥等，则是与之同时又自成一格的美学家。他们大多秀出于50年代，圆成于80年代。李泽厚美学的影响已持续了将近半个世纪，博采众长而自成一家的蒋孔阳，则可视为第三代美学家中的殿军。

---

① 李泽厚：《与台湾学者蒋勋关于〈美的历程〉的对谈录》，《走我自己的路·对谈集》，中国盲文出版社2002年版，第107页。

② 阎国忠：《走出古典——中国当代美学论争述评》，安徽教育出版社1996年版，第466—499页。

　　美学家的分代又是相对的。朱光潜被称为世纪"美学老人"，他的美学生涯从20年代一直持续到80年代中期，从30年代的第一个高峰期，到50年代的美学大讨论，再到80年代的"美学热"，他的一生缩影式地反映了20世纪的中国美学历程。那么，像朱光潜这样一生经历几个时代的"美学老人"，他的美学基本思想是否如设想的那样始终"与时俱进"而"代代不同"呢？情况似乎恰恰相反。对朱光潜美学深有心得的汪裕雄教授曾发出这样的感叹：

　　　　通观朱光潜先生50年代前后的著述，其美学思想面貌变化之巨与其基本观点的持续之久，同样令人惊讶。他对自己作过痛切的批判，否弃过许多；但他却始终珍爱着并以非凡的勇气与毅力坚持一个基本主张：美是主客观的统一。①

再进一步，这个"美是主客观的统一"的主张，又如50年代蔡仪、李泽厚所说，实质是其30年代提出的"心物关系说"或"意象情趣说"在新的理论背景下的新表述。因而不妨说，从理论表述看，其美学思想变化巨大，从理论实质看，其美学主张始终如一。

　　这一现象在20世纪美学家中绝非个别，而是一种普遍现象。且不说蔡仪一生以顽强的毅力坚持他的美的客观论和美在典型说，从而使《新美学》改写本与《新美学》原版本相比，除篇幅的增大外，在美学主张上仍一如其旧。即使给人"变化莫测"之感的李泽厚，也是"坚持与发展"相伴，如他对美的本质的探讨，从50年代的美的客观社会性、60年代的"实践观点"美学，到80年代的人类学文化本体论美学，虽新仍旧；再如对美感的本质的观点，从50年代的美感二重性、60年代的形象思维论、70年代的内在自然人化说，到80年代的情感本体论和建立新感性，初衷未改。李泽厚迄今的"美的历程"，用他90年代自己的话来说："我还是我，基本

――――――――――
　　① 汪裕雄：《朱光潜论审美对象："意象"与"物乙"》，《安徽师范大学学报》（哲学社会科学版）1997年第1期。

看法没有变化。"①

这是什么原因？这就是我想提出的美学家的"美学情结"现象。一位真正的美学家提出他的美学主张，绝不是轻易之举，无不调动他的全部知识学养，经历痛苦的求索过程，交融着热烈的追求和冷静的深思，体验着难解的烦恼与成功的欢欣，一旦豁然开朗，便成知识信仰。这包含着观念、情感和理想的学说主张，成为一种思想的情结，盘旋心胸而终生相守，小则成为他终身相守的思想观念，大则成为他终身经营的理论体系。

论及宗白华美学，李泽厚在《宗白华〈美学散步〉序》中曾感叹："你看那两篇罗丹的文章，写作时间相距数十年，精神面貌何等一致。"这"两篇罗丹的文章"，一篇是指写于1920年的《看了罗丹雕刻之后》，一篇是指写于1963年的《形与影——罗丹作品学习杞记》。这两篇文章的"精神面貌"为何如此一致？从宗白华美学思想的发展看，前者正标志着他美学观的基本形成，而"自然生命活力论"和"宇宙生命节奏论"也成为他终生信守、反复阐发的一个"美学情结"。1920年经过巴黎，"徘徊于罗浮艺术之宫，摩挲于罗丹雕刻之院"后，宗白华顿觉："我的思想大变了。否，不是变了，是深沉了。"随之，他写下了当时的心情：

> 我们知道我们一生生命的迷途中，往往会忽然遇着一刹那的电光，破开云雾，照瞩前途黑暗的道路。一照之后，我们才确定了方向，直往前趋，不复迟疑。纵使本来已经是走着了这条道路，但是今后才确有把握，更增了一番信仰。②

这里有"破开云雾"的惊喜，也有"直往前趋"的信念，理性的美学主张从而内化为一种精神信仰，一种盘旋心底的美学情结。

这种具有普遍性的精神现象，诗性的宗白华恰巧记了下来，理性的朱光潜只是没有记下而已。朱光潜美学之所以理论话语变化巨大而理论实质

---

① 李泽厚：《坚持与发展》，《世纪新梦》，安徽文艺出版社1998年版，第145页。
② 《宗白华全集》（第1卷），安徽教育出版社1994年版，第324页。

持续如初；宗白华文章之所以"精神面貌何等一致"；李泽厚之所以声称
"我还是我，基本看法没有变化"；王朝闻之所以强调自己40年美学研究
"一贯性的基本特征"，等等，其深层根源就在于此。

自弗洛伊德学说流行，探寻作家和艺术家的创作情结和审美情结，已
是寻常做法。其实，一位真正的学者同样会有盘旋心胸、终身相守的"学
术情结"。英国哲学家约德说："我的一切意见在25岁时已是固定的了，到
40岁的时候，并没有什么重要的改变。"①《东方学》的作者爱德华·W·
萨义德说："我的这一研究的个人情结大部分源于小时候在两个英国殖民
地所获得的'东方人'意识……从许多方面来说我对东方学的研究都是试
图为我身上留下的这些痕迹、为东方这一主体、为曾经在所有东方人的生
活中起着强大支配作用的文化理出一个头绪。"②叔本华则早在《作为意志
和表象的世界》中便已指出："康德的自在之物和柏拉图的理念"，就是这
两位伟大哲学家的"两大思想结"③。如果说哲学家有"哲学情结"、思想
家有"思想情结"，那么美学家也就有"美学情结"；而且，正是这种种不
同的学术情结，形成了学者们各不相同的学术个性和理论独创性。

于是，抓住美学家的"美学情结"，重视其"美学情结"形成期的思
想观点，对于正确认识和评价一个美学家的思想特征和理论成就就显得十
分重要了。从这个意义上讲，王国维的美学思考戛然而止于30岁的青年时
代，这并不妨碍他已是一位杰出而成熟的美学家。基于同样的原因，鲁迅
思想的发展虽被认为有"早年的革命浪漫主义、前期的批判实现主义、后
期的马克思主义"之分，但作为一位美学思想家，其1907年写下的《摩罗
诗力说》和1924年翻译的《苦闷的象征》，特别值得重视；在我看来，鲁
迅的难分难解的"美学情结"，正潜藏在这一作一译之中。

---

① 《钱锺书散文》，浙江文艺出版社1997年版，第124页。

② 萨义德：《东方学》，王宇根译，生活·读书·新知三联书店2000年版，第33—
34页。

③ 叔本华：《作为意志和表象的世界》，石冲白译，商务印书馆1987年版，第
239页。

20世纪的中国美学家，既有各自的个体情结，又有时代的集体情结。与强邦富国、民族振兴的时代主题相呼应，20世纪中国学人的美学研究决非出于纯粹的思辨兴趣或满足于知识体系的建构，而是一开始就同现实人生相联系，具有鲜明的人生目的性。一言以蔽之，强调美学的人本性和追求心灵的审美性，通过国民精神的重塑以实现民族国家的自强，成为20世纪中国美学学人共同的集体情结。受这一美学情结的深刻影响，20世纪中国美学具有两大显著特点：一是审美主义和功利主义的内在统一；二是艺境求索和艺术心培育的互为呼应。

二、审美主义与功利主义

20世纪中国美学的这一特点，同美学研究者的集体动机密切相关。这种不约而同的美学动机，既受到时代风云的激荡，又得到西方美学的启迪和传统美学的支撑。

写于1911年的《〈国学丛刊〉序》，是王国维转向国学研究后的一篇重要文章。文章旨在针对"今之言学者，有新旧之争，有中西之争，有有用之学与无用之学之争"的惑人现象，正告天下："学无新旧也，无中西也，无有用无用也。"最后论及学之"有用无用"，王国维感叹道："世之君子，可谓知有用之用，而不知无用之用者矣。"[①]若从"有用之用"和"无用之用"的角度考察美学动机，那么，20世纪的美学似可分为强调"有用之用"的功利主义美学和强调"无用之用"的审美主义美学两种倾向。前者包括前期梁启超、鲁迅、瞿秋白、冯雪峰，胡风、周扬、蔡仪及王朝闻。这一美学倾向直接渊源于俄国民主主义美学，以及马克思、恩格斯、普列汉诺夫和列宁的美学思想。蔡仪的《新美学》则试图从马克思、恩格斯的美学论断出发，对这种功利主义的美学理论作体系化的建构；后者包括王国维、后期梁启超、蔡元培、朱光潜、宗白华、丰子恺，以及后

① 刘刚强编：《王国维美论文选》，湖南人民出版社1987年版，第172页。

期李泽厚。这一美学倾向直接渊源于康德、席勒，以及叔本华、尼采的德国古典美学中的审美主义的传统。以"建立新感性"为指归的李泽厚美学，试图在人类学文化本体论或主体性实践哲学基础上，对这一美学倾向作体系化的建构。

对此，吴予敏教授在描述"中国美学的现代性理路"时，作了颇为精辟的概括。他写道：

> 中国美学的现代性的基本命题既不是单纯的认识论，也不是本体论，而是由美学所折射的实在问题：中国人是否能通过审美方式获得有价值的生存或精神拯救？由此引出中国美学现代性的两条理路：一者以审美形式求取族群、阶级、国家之生存发展，重建文化精神的同一性。美学被赋予远超过其本来学术身份的意义。另一条理路则以审美为个体精神的解放或解脱。由于中国近百年来的社会政治文化的特殊性，以及重建现代国家和社会组织的历史任务，致使前一条美学理路大张其道，后一条美学理路则蛰伏潜延。"①

这一概括基本符合笔者对20世纪中国美学的整体印象②，故特予标出。

然而问题是，同"德国美学东渐"③有直接渊源关系的20世纪中国审美主义美学倾向，与席勒、叔本华、尼采式的审美形而上学到底是否一回事呢？分别地看，从王国维、蔡元培到宗白华、朱光潜，直至李泽厚，各自的接受态度和阐释重点都是不同的，但就其总的倾向看，无不经传统美学的改造和时代风气的熏染而被中国化、伦理化了，消解了它的形上性，强化了它的现世性，成为一种以健全人格的建构和艺术化人生态度的培育为中心的审美教育理论。

---

① 吴予敏：《试论中国美学的现代性理路》，《文艺研究》2000年第1期。

② 参见陈文忠：《美学领域中的中国学人》，安徽教育出版社2001年版。

③ 张辉：《审美现代性批判——20世纪上半叶德国美学东渐中的现代性问题》，北京大学出版社1999年版。

王国维的美学历程是耐人寻味的。冯友兰说："在引进西方近代哲学到中国的工作中，严复是引进英国经验派的首要人物，王国维和蔡元培是引进欧洲大陆理性主义的首要人物。"①王国维确是"德国美学东渐"的首要人物，1904年的《孔子之美育主义》便是一个典型的文本。文章分三部分：第一部分评述了康德、叔本华和席勒的美学思想，最后把自亚里士多德以后直至席勒的西方美学思想，归结为"皆以美育为德育之助"，简明直截而似失本意；第二部分"转而观我孔子之学说"，把近代德国的审美形而上学同伦理化的传统诗教主义联结了起来。王国维写道：

> 然其教人也，则始于美育，终于美育。《论语》曰："小子何莫学夫诗。诗可以兴，可以观，可以群，可以怨；……"又曰："兴于诗，立于礼，成于乐。"……且孔子之教人，于诗乐外，尤使人玩天然之美。故习礼于树下，言志于农山；游于舞雩，叹于川上。使门弟子言志，独与曾点。……由此观之，则平日所以涵养其审美之情者，可知矣。之人也，之境也，固将磅礴万物以为一。我即宇宙，宇宙即我也。……邵子所谓反观者，非欤？此时之境界，无希望，无恐怖，无内界之争斗，无利害，无人无我。不随绳墨，而自合于道德之法则。一人如此，即优入圣域；社会如此，则成华胥之国。孔子所谓安而言之，与希尔列尔所谓乐于守道德之法则，舍美育无由矣。

在王国维的笔下，席勒形而上的"审美王国"，化为孔子伦理化的"道德人间"；第三部分批评了国人凡事"必质其有用与否"因而对美育的轻视，重申"孔子之美育主义"的现代性意义："美之为物，为世所不顾久矣，庸讵知无用之用，有胜于有用之用者乎？……故备举孔子美育之说，且诠其所以然之理，世之言教育者，可以观焉。"②

---

① 冯友兰：《中国现代哲学史》，广东人民出版社1999年版，第64页。

② 王国维：《孔子之美育主义》，《王国维美论文选》，湖南人民出版社1987年版，第4—8页。

　　细绎全文可以发现，王国维的审美主义已大不同于席勒的审美形而上学。德国人对神秘的形上本体的追求，变而为中国人道德的"完全之人物"的塑造；德国的"古典美学"，变而为中国的"现代美育"。王国维虽力举"无用之用"的审美，仍着眼于审美的实际教化意义："不随绳墨，而自合于道德之法则。一人如此，即优入圣域；社会如此，则成华胥之国。"①

　　王国维的"美学动机"是双重的，也是极为复杂的。一方面，作为《教育世界》的实际主编，极力宣扬美和注重审美的现实教育意义；另一方面，作为一个性情忧郁而心灵敏锐的青年，他又希望从"可爱"的德国哲学美学中寻找到往复胸臆的"人生问题"的最终答案。这种双重的"美学动机"，使王国维的美学显得极为复杂，绝非纯然是"始终执著追求个体生命苦痛解脱"。最后，他终于"觉其可爱而不能信"，所以"渐由哲学而移于文学，而欲于其中求直接之慰藉者也"。这个"由哲学而移于文学"的转向是意味深长的：它既是由"哲学"的形上追求转向"文学"的直接慰藉，也是由西方的"纯粹理性"转向中国的"实用理性"，更是从西方的"两个世界"回归中国的"一个世界"。从而，《人间词话》中的"境界"论，实质上是一种"人生境界"的展示。王国维这个被误解为终生服膺叔本华悲观主义的"世纪苦魂"②，尚且最终走向了审美主义和功利主义的内在融合，况他人乎？

　　"始于美育，终于美育"，可以说是20世纪中国美学现代性历程的缩影，也是美学家的集体情结和理论指归。蔡元培提出的"以美育代宗教说"，与王国维所倡导的"孔子之美育主义"，正可谓"殊途同归"。重要的是，他们二人为什么不约而同地得到了同一结论？李泽厚说得好："这正是儒家传统与西方美学相遇渗透的结果；非酒神型的礼乐文化、无神论的儒门哲学又一次地接受和同化了康德、叔本华的哲学和美学，而提出了

---

　　① 王国维：《论教育之宗旨》，《王国维美论文选》，湖南人民出版社1987年版，第3页。

　　② 夏中义：《世纪初的苦魂》，上海文艺出版社1995年版。

新命题。"①

从此，蔡元培的"以美育代宗教"，成为20世纪中国美学家的一个集体的"美学情结"。从朱光潜的"人生的艺术化"到丰子恺的"人人得为艺术家"，从宗白华的"将生活变为艺术"到李泽厚的"以美启真"和"以美储善"，等等，无不把美学归结到美育，无不是对"以美育代宗教"的延伸和阐发。李泽厚最近在回顾自己的哲学生涯时再次表示，他的哲学美学不是"超然世外的思辨"，而是与时代环境相交错激荡的产物，并重申了一贯的美学主张："九十年代，我将'人活着'分为人'如何活'（认识论）、'为什么活'（伦理学）和'活得怎样'（美学）……我认为，与感性充分实现相关的幸福问题，是关于人'活得怎样'的讨论，属于美学，不属于伦理学，它由个体非理性对理性规范的突破又补充以取得自由。我再次确认八十年代提出的'以美启真'（自由直观）、'以美储善'（自由意志）等等，并提出'情本体'（《论语今读》，一九九八年）与美联结，将之推向哲学的最高点——不是一个先验的、绝对的、思辨的、不变的精神，而是经验的、多元的、相对的、变化的，在各种情况下产生的心理情感，才是人生的本质、实在，对之加以智慧观照，可以成为心灵的最高境地。"②李泽厚把自己的哲学概括为两个"三位一体"："马克思、康德、中国传统在我的哲学中融成了一个'三位一体'"，而"美学、哲学、历史（思想史）在我的哲学发展中形成了另一个'三位一体'"③。确实，李泽厚的哲学、美学、思想史研究日趋聚合，指向一个共同的方向，形成了建设"心理情感本体"或实现"天人合一"的人生境界为核心的"人类学历史本体论"或"主体性实践哲学"的文化哲学体系；而以讨论人"活得怎样"或人生幸福问题的美学，始终是这一文化哲学体系的"动力式的

---

① 李泽厚：《华夏美学》，《李泽厚十年集》（第1卷），安徽文艺出版社1994年版，第405页。

② 李泽厚：《课虚无以责有》，《读书》2003年第7期，第60—62页。

③ 李泽厚：《课虚无以责有》，《读书》2003年第7期，第60—62页。

中心"①。

于是，20世纪中国美学是德国式的"审美主义"？还是俄国式的"功利主义"？抑或是中国化的强调美学的人本性和人生的审美性、以"陶冶性情，塑造心灵"为指归的"审美—功利"主义或曰"孔子之美育主义"？是不难得出结论的。

三、艺境求索与艺术心培育

然而，诗意的审美精神不可能指望灰色的理论语言来培育，人生的艺术化必须借助优美而高贵的人类艺术。只有在诗人和艺术家那里，而不是在美学家那里，才存在着真正的审美精神的生动形态。于是，艺境求索和艺术心培育的互为呼应成为20世纪中国美学的又一特点。

首先，20世纪中国美学的艺术境界论实质上又是人生境界论。艺术境界理论是中国古典美学的民族特点之所在。"如果说西方人比较早地发展了'摹仿'说和典型性格理论，那么中国人则比较早地发展了'言志'说和艺术意境理论。这种意境理论在庄子的寓言、荀子的《乐论》和《礼记·乐记》中已经具体而微，到魏晋南北朝便奠定了基础，经过源远流长的发展，到明清之际达到了总结阶段。"②20世纪美学的艺境学说史，由王国维开篇，邓以蛰、朱光潜、宗白华、李泽厚等，无不"取外来之观念与固有之材料"互相参证，写下了各具色彩的理论续篇。应当指出的是，无论是"庄周梦蝶"中的"物化"之境，还是《人间词话》中的"诗人之境界"，都不只是艺术评价的标准，更是人生境界的展示。王国维《人间词话》曰："境界有二：有诗人之境界，有常人之境界。诗人之境界，惟诗人能感之而能写之，故读其诗者，亦高举远慕，有遗世之意。"对这种"高举远慕，有遗世之意"的诗人之境界，李泽厚写道："我认为，这'境

① 李泽厚：《世纪新梦》，安徽文艺出版社1998年版，第302页。

② 冯契：《中国近代美学关于意境理论的探讨》，《智慧的探索》，华东师范大学出版社1997年版，第288页。

界'的特点在于，它不只是作家的胸怀、气质、情感、性灵，也不只是作品的风味、神韵、兴趣，同时它也不只是情景问题。它是通过情景问题，强调了对象化、客观化的艺术本体世界中所透露出来的人生，亦即人生境界的展示。"①诚哉斯言。

宗白华先生"终生情笃于艺境之追求"，宗先生的美学也因而被称为"境界美学"。在《中国艺术意境之诞生》这篇经典论文中，宗先生有两段诠释艺境的文字最值得玩味，最能见出其人生旨趣。首先他论述了"艺术境界"在人生境界中的位置及其特点。他认为，人与世界接触，因关系的层次不同，可有五种境界：功利境界、伦理境界、政治境界、学术境界和宗教境界；"功利境界主于利，伦理境界主于爱，政治境界主于权，学术境界主于真，宗教境界主于神。"紧接着他写道：

> 但介乎后二者（即"学术境界"和"宗教境界"）的中间，以宇宙人生的具体为对象，赏玩它的色相、秩序、节奏、和谐，借以窥见自我的最深心灵的反映；化实景而为虚境，创形象以为象征，使人类最高的心灵具体化、内身化，这就是"艺术境界"。艺术境界主于美。②

审美的"艺术境界"介乎"学术境界"和"宗教境界"之间，它既不同于学术境界的纯理追求，也不同于宗教境界的超然出世，而是"人类最高心灵"的具体化和肉身化；没有心灵的映射，是无所谓美的，换言之，艺术境界实质上是人生最高心灵境界的展示。其次，宗先生进而对艺术境界展示的心灵境界的层次作了深入分析。他借助蔡小石《拜石山房词序》形容词境的一段话，对艺术境界"从直观感相的渲染，活跃生命的传达，到最高灵境的启示"的"三境层"作了诗意诠释：

---

① 李泽厚：《华夏美学》，《李泽厚十年集》（第1卷），安徽文艺出版社1994年版，第402页。

② 《宗白华全集》（第2卷），安徽教育出版社1994年版，第361页。

夫意以曲而善托，调以杳而弥深。始读之，则万萼春深，百色妖露，积雪缟地，余霞绮天，此一境也。（这是直观感相的渲染）再读之，则烟涛澒洞，霜飙飞摇，骏马下坡，泳鳞出水，又一境也。（这是活跃生命的传达）卒读之，而皎皎明月，仙仙白云，鸿雁高翔，坠叶如雨，不知其何以冲然而澹，翛然而远也。（这是最高灵境的启示）①

艺术境界只有基于人生境界而又超越和指示人生境界，才真正获得其生命意义和审美人生价值。宗白华的艺境论从审美与艺术出发，朝向人心的不同层面展开，不仅揭示了艺术境界的人类心灵本质，而且展示了心灵境界的不同层次，从而指示人们在艺境观照的同时不断向更高的灵境攀升，这也是宗白华的境界美学比之王国维的"诗人之境界"说，更进一层之处。

其次，20世纪中国美学的艺术境界论集中于传统的诗画意境的探寻，尤其是对山水诗和山水画的审美诠释。从王国维的《人间词话》到朱光潜的《诗论》，从邓以蛰的《画理探微》到宗白华的《中国艺术意境之诞生》，无不如此。这是有深刻根源的：20世纪中国美学家无不认为，在传统的中国诗画艺术中，蕴涵着华夏民族最美丽的文化精神，映射着最精微的心灵境界。在朱光潜看来，一个人不喜欢读诗，是审美趣味和人生趣味低下的表现。朱光潜解释说："一个人不喜欢诗，何以文学趣味就低下呢？因为一切纯文学都要有诗的特质。一部好小说或是一部好戏剧都要当作一首诗看。诗比别类文学较谨严，较纯粹，较精致。"②换言之，诗比别类文学"更谨严，更纯粹，更精致"。如果说一切纯正的艺术都逼近音乐，那么一切纯正的文学都逼近诗。事实上，第一流小说家不尽是会讲故事的人，第一流小说中的故事大半只像枯树搭成的花架，用处只在撑扶住一园锦绣灿烂、生气蓬勃的葛藤花卉。这些故事以外的东西就是小说中的诗。读小说只见到故事而没有见到它的诗，就像看到花架而忘记了架上的锦绣

① 《宗白华全集》（第2卷），安徽教育出版社1994年版，第365页。
② 《朱光潜全集》（第3卷），安徽教育出版社1987年版，第350页。

花卉。正因为一切纯正的文学都逼近诗，把诗的兴趣视为纯正趣味的标志也是西方美学家的普遍看法。英国哲学家穆勒甚至这样写道："那最深沉而又最崇高的心灵和胸怀，通常从诗中获得最大乐趣；相反，那些最浅薄、最空虚的心灵和胸怀，无论如何，总最喜欢阅读小说。"[1]

如果说王国维、梁启超和朱光潜的艺术境界论着重于对诗境的诠释，那么邓以蛰、宗白华和王朝闻的艺术境界论则着重于对画境的探寻。邓以蛰在《画理探微》中写道："六朝以后之诗与山水画皆所以继承老庄者耳。吾国谈宇宙玄理之学，舍老庄而何？故在诗画必曰直寻、妙得、玄解、明赏云者，盖以之为探求宇宙玄理之事耳。……古人画家者流果期期以天地之心，画者之心，鉴者之心为一心，求其画近于此心，方号成功。此心为何？吾犹曰：气韵生动是也。"[2]宗白华在《徐悲鸿与中国绘画》中几乎以相同的思致谈论中国画蕴涵的精神境界："中国古代画家多为耽嗜老庄思想之高人逸士。彼等忘情世俗，于静中观万物之理趣。其心追手摹表现于笔墨者，亦此物象中之理趣而已（理者物之定形，趣者物之生机）……山水人物花鸟中，无往而不寓有浑沌宇宙之常理。宋人尺幅花鸟，于聊聊数笔中写出一无尽之自然，物理其足，生趣盎然。此实中国画法所到之最高境界。"[3]以"天地与我并生，万物与我为一"为哲学背景的山水诗画，体现了中国艺术最空灵纯净、生趣盎然的境界，也是中国对世界文化的最大贡献之一；同样，"气韵生动"的画境和"时空一体"的诗境，也最能指引人们走向天人合一的审美人生之境。

再次，艺境求索和艺术心培育的内在呼应，成为20世纪中国美学艺术境界论的最终归宿。培植和永葆一颗"艺术心"，是丰子恺美学思想的核心，也是其艺术人生观的灵魂。何谓"艺术心"？丰子恺在《新艺术》一文中认为，日本作家夏目漱石《草枕》（又译《旅宿》）中的一段话是对

① 穆勒：《论诗及其变体》，《十九世纪英国文论选》，盛宁等译，人民文学出版社1986年版，第219—220页。

② 《邓以蛰全集》，安徽教育出版社1998年版，第224页。

③ 《宗白华全集》（第2卷），安徽教育出版社1994年版，第51页。

"艺术心"的极好表述:"诗思不落纸,而铿锵之音,起于胸中。丹青不向画架涂抹,而五彩绚烂,自映心眼。但能如是观看所处之世,而在灵台方寸之镜箱中摄取浇季溷浊之俗世之清丽之影,足矣,故无声之诗人虽无一句,无色的画家虽无尺缣;但其能如是观看人生,其能解脱烦恼,其能如是出入于清净界,以及其能建此不同不二之乾坤,其能扫荡我利私欲之羁绊,——较千金之子、万乘之君、一切俗界之宠儿为幸福也。"丰子恺接着指出:

> 这里所谓"解脱烦恼","出入于清净界","建此不同不二之乾坤","扫荡我利私欲"诸点,皆"艺术的心"所独到的境地。艺术的高贵的超现实性,即在于此。高尚的艺术,所以能千古不朽而"常新"者,正为其具有这高贵的超现实的原故。①

无论从事艺术抑或观赏艺术,无不在于开拓胸境,培植这颗高贵的"艺术的心"。具体地说,丰子恺追求的"艺术心"包括三方面涵义:一是广大的同情心,即一种无物不及的爱心,出于对生命的尊重、同情和热爱的广大同情心;二是艺术的眼光,即"破我执""去私欲"的非功利的审美态度,而"功利迷心,我欲太深",会破坏艺术上最可贵的一种心境;三是"物我一体"的境界,即以一种平等纯洁的眼光来看待自然人生,"能使无情尽有情",可生庄子所言的"天地与我并生,万物与我为一"的审美化境。应当指出,梁启超倡导的"趣味主义"人生态度、朱光潜的"人生的艺术化"、宗白华的"唯美的眼光"和"艺术人生观"等见解,同丰子恺所追求的"艺术心"是完全一致的,但似都未上升到宗教层面。唯有深得佛家三昧的丰子恺,从"最初一念之本心"出发,以培养"艺术心"为中介,以永葆童心、上攀佛心为主旨,赋予"以美育代宗教"和审美境界论以全新的意义,显示出与朱光潜、宗白华等学人同中有异的美学旨趣。

---

① 《丰子恺文集》(第2卷),浙江文艺出版社1990年版,第576页。

20世纪美学家对艺术境界不懈追求的集体情结，对当下美学界和艺术学界关于"美学"与"艺术学"关系的讨论无疑具有极大的启示意义。审美离不开艺术，只有纯正的艺术，才能"移世界"和"移我情"，培植一颗高贵的艺术心；也只有在诗人和艺术家那里，而不是在美学家那里，才存在着真正的审美问题，创造着人生的种种审美形态。因此，美学离不开艺术学，美学与艺术学更难以完全独立。然而，现代美学所应包含的艺术学，主要不是单纯的创作技艺学，也不是批评方法学，而应是沟通艺境与心境的艺术阐释学或接受美学。

20世纪中国美学的集体情结，生成于20世纪中国的社会现实和心灵现实；它是20世纪的中国人文学者试图以美学途径解决身处时代的人生问题和精神困境的一种不约而同的集体努力。因此，20世纪中国美学的集体情结，实质上又是20世纪中国美学本土性问题的体现。

[原载《中国美学研究》第一辑，上海三联书店 2006 年 5 月]

一生与青年为友的美学家

——论朱光潜的美学动机和美学情结

朱光潜的第一本著作是 1928 年出版的《给青年的十二封信》，最后一本著作是 1980 年出版的《谈美书简》。从《给青年的十二封信》到《谈美书简》，从二十八岁的青年到八十三的老人，从青年"朋友"到青年"朋友们"，朱光潜一生为青年写信，一生与青年为友。当年，夏丏尊在《给青年的十二封信》的《序》中这样写道：

> 这十二封信，实是作者远从海外送给国内青年的很好的礼物。作者曾在国内担任中等教师有年，他那笃热的情感，温文的态度，丰富的学殖，无一不使和他接近的青年感服。他的赴欧洲，目的也就在谋中等教育的改进。作者实是一个终身愿与青年为友的志士。信中首称"朋友"，末署"你的朋友"，在深知作者的性行的我看来，这称呼是笼有真实的感情的，决不只是通常的习用套语。①

"一个终身愿与青年为友的志士"，这是真正的"深知作者性行"的"知心者"之言，道出了朱光潜一生学问的出发点。

美是青春的色彩，美学是青春的学问。从中学教师和青年的朋友，到大学教师和著名美学家，朱光潜的学术生涯，始于写信，终于书简；朱光潜的美学动机，始于青年，终于青年。朱光潜是一个终生愿与青年为友的

---

① 《朱光潜全集》（第1卷），安徽教育出版社 1987 年版，第 77 页。

美学家，朱光潜的美学是青年的心灵美学。青年是朱光潜研究的对象，对话的对象，也是理想的读者对象。正确把握朱光潜的美学对象和美学动机，可以对朱光潜亲切的美学风格、独特的美学理想和始终一贯的美学情结，获得更深刻的认识和理解。

一、美学动机："消除烦闷与超脱现实"

朱光潜和宗白华，并称为20世纪中国"美学双峰"。《悲剧心理学》（1927—1933）、《文艺心理学》（1931—1936）和《谈美》（1932），则是朱光潜美学前期的"美学三书"，也是奠定其美学地位、学术影响极为深广的"美学三书"。但是，在出版了美学三书、赢得了美学家的声誉后，朱光潜却说："从前我决没有梦想到我有一天会走到美学的路上去"①。莫非"无心插柳柳成荫，一不小心成名家"？朱光潜究竟是如何走上美学之路的？此后为何又在美学的路上不倦探索、孜孜以求？朱光潜在《文艺心理学》的"作者自白"中有一段为人熟悉的话：

> 我原来的兴趣中心第一是文学，其次是心理学，第三是哲学。因为喜欢文学，我被逼到研究批评的标准、艺术与人生、艺术与自然、内容与形式、语文与思想诸问题；因为喜欢心理学，我被逼到研究想象与情感的关系、创造和欣赏的心理活动以及趣味上的个别的差异；因为喜欢哲学，我被逼到研究康德、黑格尔和克罗齐诸人讨论美学的著作。这么一来，美学便成为我所喜欢的几种学问的联络线索了。②

人类的一切事物都有研究的价值。不过，一个人研究一种学问，原因或动机不外两种：一种是那种学问对于他有直接的实用意义，如教育心理学之于教师；一种是它虽没有直接的实用价值，但它的问题引起广泛的好

---

① 《朱光潜全集》（第1卷），安徽教育出版社1987年版，第200页。
② 《朱光潜全集》（第1卷），安徽教育出版社1987年版，第200页。

奇心，人们研究它以一探究竟。根据朱光潜的"自白"，他走上美学之路，纯粹是出于自己的学问兴趣和探索精神，纯粹是自己喜欢文学、心理学和哲学的必然结果，似乎别无其他目的。

那么，朱光潜走上美学之路，果然纯粹出于学术好奇心，别无深层动机和文化目的吗？回顾此前朱光潜的生活经历和学术思想，可以发现：朱光潜之所以走上美学之路，进而以美学为自己的终身事业，与他当年深深体验到的"青年的烦闷"，从而为青年"消除烦闷"，倡导"超脱现实"的人生态度和"艺术慰情"的审美观念密切相关。换言之，他是从"青年研究"走向"美学探索"的。

人生难以一帆风顺、一路锦绣，无不充满曲折坎坷，生发无数烦闷苦恼。正如朱光潜所说："人生是最繁复而诡秘的，悲字乐字都不足以概其全。愚者拙者混混沌沌地过去，反倒觉庸庸多厚福。具有湛思慧解的人总不免苦多乐少。"[1]青年更是免不掉烦闷苦恼的时期。每个时代都有那么多的不期然而然的愁苦，那么多的隐藏的不满和对人生的厌恶；对青年来说，更有那么多对世界的不满情绪，那么多的理想愿望和现实社会的冲突。对于20世纪二三十年代的中国青年来说，更是如此。他们身处新旧交替，民族内忧外患，看不到个人前途，作为"弱国的子民"，烦闷苦恼和悲观绝望之情更是盘旋心胸，无以解脱。当时，郭沫若翻译的《少年维特之烦恼》顺势出版，它像一把野火，顿时点燃了青年心中潜藏的烦闷苦恼，引起广泛的心灵共鸣。

240年前的德国，"《维特》出版了，'维特热'的流行日渐猖獗了。'生的苦闷'的怨男怨女，以手枪自杀者相随继。"[2]90年前的中国，郭译《少年维特之烦恼》出版了，"维特热"同样日渐流行起来了。因"生的苦闷"而自杀的青年，也绝非个别。

1926年春夏之际，远在欧洲的朱光潜得到了一个沉痛的消息：他去欧洲前在吴淞公学时的一位学生夏孟刚，于当年4月12日服氰化钾自杀了。

① 《朱光潜全集》（第1卷），安徽教育出版社1987年版，第77页。

② 郭沫若：《文艺论集》，人民文学出版社1979年版，第189页。

这是一位朱光潜曾寄予厚望的学生：

> 孟刚在我所教的学生中品学最好，而我属望于他也最殷，他平时
> 沉静寡言语，但偶有议论，语语都来自衷曲，而见解也非一般青年所
> 能及。那时他很喜欢读托尔斯泰，他的思想，带有很深的托氏人生观
> 的印痕。我有一个时期，也受过托尔斯泰的熏沐。我自惭根性浅薄，
> 有些地方不能如孟刚之彻底深入。①

然而就是这位"品学最好"、令朱光潜"自惭根性浅薄"的夏孟刚，因绝
望而自杀了。②

苦恼烦闷而竟至于自杀，那是一种怎样的苦闷啊！夏孟刚的自杀，正
是当年"烦闷青年"的一个缩影和极端表现。夏孟刚的自杀有远因也有近
因，有社会原因也有个人原因；而在朱光潜看来，烦闷苦恼而无以解脱则
是直接原因。生的自由倘若被环境剥夺了，死的自由是谁也不能否认的。
但是，担负民族未来的青年普遍感到"生的苦闷"，甚至要以自杀的极端
行为表达内心痛苦和绝望之情，这无论如何都是令人痛心和惋惜的，更令
人对民族前途感到深深忧虑。

从20世纪20年代初开始，"青年烦闷的解救"已成为当时有识之士热
议的话题。朱光潜是最初参与这一问题讨论的学者之一。从1923年的《消
除烦闷与超脱现实》到1926年的《悼夏孟刚》再到1928年《给青年的十
二封信》的出版，朱光潜思考和写作的中心，就是关于青年的心理病象、
如何提高青年的精神修养、消除烦闷保持心灵健康，从而成为担负民族重

---

① 《朱光潜全集》（第1卷），安徽教育出版社1987年版，第73页。
② 夏孟刚又名夏侠，是当时上海江湾立达学院理科一年级学生。他的自杀在当时
社会上引起极大反响，除朱光潜外，郑振铎在当月的《文学周报》上发表了《青年的
自杀》一文专论此事。郑文沉痛地写道："我们的青年，你们要做一朵被摘被毁的鲜
花，不要消极的做一朵自萎的枯花，枯在枝头"；并鼓励青年："事情决不至如你们所
想象的那样的可怕，那样的无希望。只要鼓足了勇气走去，走去，走去，光明终于是
你们的！"（《郑振铎全集》（第3卷），花山文艺出版社1998年版，第62—63页）

任的理想青年的问题。

如何消除"青年的烦闷",化悲观为乐观,化消极为积极?不同的人士有不同的"解救之法"。1923年,王光祈在《学生杂志》的《学生生活号》上发表了《中国人之生活颠倒》一文,对青年烦闷的原因作了透辟的分析,并提出了消除烦闷的方法。王光祈认为:人生的各个时期有各个时期的欲望与嗜好,这种生命的欲望与嗜好应当有机会予以满足和得到自由发展,免得斫伤生机。因之,假使每个人都能"及时行乐",不致有过失之感,人生便可以没有烦闷苦恼了。在王光祈看来,欧洲人无论男女老幼都及时行乐,所以他们的生活最为愉快而没有烦恼。简言之,王光祈试图用"享乐主义"的人生观来解救或取代"悲观主义"的人生观。

王光祈的"解救之法"显然是经不起追问的。朱光潜在随后发表的《消除烦闷与超脱现实》中作了三点分析。首先,若研究欧洲近代文学,就会发现欧洲人心窝里也还有许多忧愁愤懑。否则何以会有歌德的《少年维特之烦恼》和"维特热"的猖獗流行?其次,欲望跟着理想走,是一件随时伸缩不可餍足的东西。欲望不餍足,就是失望的代名词;失望又可以说是烦闷的代名词。失望便烦闷。因此,"今天行乐便种下明天烦闷的种子"。再次,要想在现实界通过"及时行乐"以消除烦闷,既要"顾及当然",也要"顾及可然"。事实上,"当然"不等于"可然",主观理想的"当然"往往受到现实"可然"的制约。烦闷就产生于不能调和理想和现实的冲突。换言之,烦闷的根源就是人们太执着于受环境的因果律支配的现实界,他们的精神不能超脱现实。

据此,朱光潜提出了他的"解救之道":要想"消除烦闷",就应"超脱现实",超越限制的"现实界",进入自由的"精神界"。精神的世界是自由的世界,举凡一切维系人类生活的,有价值的,有终极意义的,都是精神性的。朱光潜写道:

> 一个人如果只能在现实界活动,现实如果顺遂,他自然可以快乐;但是现实如果使他的活动不成功,而他又没有别条路可以去求慰

安，他自然要失望悲观。但是，倘若他的精神能够超脱现实，现实的困难当然不能屈服他的精神，那么，他自然可以坚持到底和环境奋斗了。①

这是朱光潜"超脱人生观"的最初表述。他进而指出：实现"超脱现实"有三种方法，即"宗教信仰""艺术慰情"和"保存孩子气"；同时，一个人"超脱现实在精神界求慰安"，至少有双重意义，"就积极方面说，超脱现实，就是养精蓄锐，为征服环境的预备。就消极方面说，超脱现实，就是消愁遣闷，把乐观，热心，毅力都保持住，不让环境征服。"②换言之，"超脱现实"不是"逃离现实"，而是以超脱现实的精神，突破现实的困境，战胜现实的困难。

如果说在《消除烦闷与超脱现实》中，朱光潜对"青年烦闷"的理解是普泛的、有距离的；那么在《悼夏孟刚》中，他对"青年烦闷"的体验则是深切的、刻骨铭心的。面对于悲观绝望竟至自杀的"烦闷青年"，朱光潜提出了"绝我而不绝世"和"以出世的精神，做入世的事业"的著名观点。一个人悲观绝望，不外乎"绝世"和"绝我"两条路。在现实中可能有三种表现：一是"绝世而兼绝我"，这就是自杀；二是"绝世而不绝我"，这可能是玩世或逃世；三是"绝我而不绝世"，这就是"舍己为群"。朱光潜对"舍己为群"的"绝我而不绝世"作了这样的阐释：

> 所谓"绝我"，其精神类自杀，把涉及我的一切忧苦欢乐的观念一刀斩断。所谓"不绝世"，其目的在改造，在革命，在把现在世界换过面孔，使罪恶苦痛，无自而生。……我自己不幸而为奴隶，我所以不惜粉身碎骨，努力打破这个奴隶制度，为他人争自由，这就是绝我而不绝世的态度。持这个态度最显明的要算释迦牟尼，他一身都是

---

① 《朱光潜全集》（第8卷），安徽教育出版社1993年版，第91页。

② 《朱光潜全集》（第8卷），安徽教育出版社1993年版，第95页。

"以出世的精神，做入世的事业"。①

从《消除烦闷与超脱现实》"以超脱现实的精神去战胜现实的困难"，到《悼夏孟刚》"以出世的精神，做入世的事业"，二者是一脉相承的。而"以出世的精神，做入世的事业"，也成为朱光潜终身信奉的人生理想的经典表述。这种"超脱人生观"，用当今的话说，就是既要有"仰望星空"的情怀，又要有"脚踏实地"的行动。

审美的本质就在于超越性和非功利性。朱光潜在《消除烦闷与超脱现实》和《悼夏孟刚》中表述的超脱人生观，正是其最初的超脱审美观的思想基础；作为"超脱现实"三种方法的"宗教信仰""艺术慰情"和"保存孩子气"，正是其最初的超脱审美观的具体内涵；而倡导超脱人生观和超脱审美观的最终目的，就是消除青年烦闷，培育超越精神，走向积极人生。

从"消除烦闷"到"超脱人生观"再到"超脱审美观"，三者的内在逻辑必然性显而易见；而从"超脱人生观"到"超脱审美观"，正是朱光潜走上美学之路的深层动因之所在。

其实，朱光潜把审美和艺术作为青年修养的途径，一方面是受到了席勒审美教育学说的影响，另一方面也是当时中国学者的普遍见解。早在1920年，宗白华在《青年烦闷的解救法》中就把"唯美的眼光"作为首要方法。宗白华指出，所谓"唯美的眼光"，就是"一种超小己的艺术人生观"，"这种艺术人生观就是把'人生生活'当作一种'艺术'看待，使他优美、丰富、有条理、有意义"；具有这种艺术人生观，"消极方面可以减少小己的烦闷和痛苦，而积极的方面，又可以替社会提倡艺术的教育和艺术的创造"②。朱光潜的"超脱人生观"与宗白华的"艺术人生观"，何其相似！

从朱光潜的学术道路看，"青年问题"和"美学研究"从此成为他关

---

① 《朱光潜全集》（第1卷），安徽教育出版社1987年版，第75—76页。

② 《宗白华全集》（第1卷），安徽教育出版社1994年版，第194—195页。

注的两大重心，并构成其学术体系互为映照的两翼①。因关注青年问题而走上美学之路，以审美情怀来培育理想青年，成为他美学研究的特色和终极目标；这也体现在朱光潜当时著作的命名和内容的构成上。1928年朱光潜出版了他的处女作《给青年的十二封信》，1932年出版的第一本美学著作《谈美》则称为给青年的"第十三封信"；而1943年出版的《谈修养》一书，始于"一番语重心长的话——给现代中国青年"，终于"谈美感教育"，从"青年问题"到"美学研究"的意图体现得更为鲜明。

关注现实人生，指向人生审美化，是20世纪中国美学的"集体情结"②。然而，由关注"青年问题"而走上"美学研究"，则是朱光潜美学动机的独特之处③。事实上，只有把握朱光潜"消除烦闷"的美学动机，其培育"理想青年"的美学理想和以"美感经验"为中心的美学情结才能得到更深的理解。

二、美学理想："理想青年"的培育

朱光潜提出"以出世的精神，做入世的事业"的超脱人生观和人生理想，包含双重意图和目的：始于"青年烦恼"的解脱，终于"理想青年"

---

① 朱光潜把自己的美学历程分为"解放前"和"解放后"两个时期，其主要美学著作均出版在美学研究的前期。对青年问题的关注则贯穿美学前期的始终，大致可以分为三个阶段：从1923年发表《消除烦闷与超脱现实》到《给青年的十二封信》出版的20年代为第一阶段；以《谈美——给青年的第十三封信》和《给〈申报周刊〉的青年读者》系列文章为代表的30年代为第二阶段；以《谈修养》及《谈理想青年》等系列文章为代表的40年代为第三阶段。这三个阶段关注的问题，既有一致性，也有时代差异性；著作数量虽少于美学，但起始早而延续长。

② 参阅陈文忠：《美学领域中的中国学人》，安徽教育出版社2001年版；《20世纪中国美学的集体情结》，《中国美学研究》（第一辑），上海三联书店2006年版。

③ 不过，这一点远未被学界充分认识。如最近出版的《朱光潜人生九论》（人民文学出版社2011年版）一书，所收文章包括《给青年的十二封信》《谈修养》及朱光潜历年"给青年读者"或针对青年的问题所写的文章；然而"论人生"的一般性书名，遮盖了"论青年"的特殊性问题，尽管这些文章不乏普遍的人生启示。

的培育；从消极方面说是解脱青年的烦恼，从积极方面说则是为了培育理想青年。而培养"理想青年"，正是朱光潜美学理想或审美人生理想的根本所在。从1928年的《给青年的十二封信》到1943年的《谈修养》，朱光潜讨论青年修养的专著和论文始终贯穿着这一中心，阐述着他的审美人生理想。

夏丏尊在《给青年的十二封信》的《序》中，对朱光潜"十二封信"的"一贯出发点"作了这样的概括：

> 各信以青年们所正在关心或应该关心的事项为话题，作者虽随了各话题抒述意见，统观全体，却似乎也有一贯的出发点可寻。就是劝青年眼光要深沉，要从根本上做功夫，要顾到自己，勿随了世俗图近利。[①]

在《谈修养》"自序"中，朱光潜对全书的意图和宗旨又作了这样的概括：

> 这些年来我在学校里教书任职，和青年接触机会多。关于修养的许多实际问题引起在这本小册子里所发表的一些感想。问题自身有些联络，我的感想也随之有些联络。万变不离其宗，谈来谈去，都归结到做人的道理。[②]

总之，朱光潜以超脱人生观或审美人生观为基础青年修养理论，"万变不离其宗"的"一贯的出发点"，就是阐述"做人的道理"，培育"理想的青年"。

朱光潜与当时教育界和知识界的有识之士一样，经过沉痛的反思，达

---

① 《朱光潜全集》（第1卷），安徽教育出版社1987年版，第77—78页。
② 《朱光潜全集》（第4卷），安徽教育出版社1988年版，第4页。

成一个共识："我们事事不如人，归根究竟，还是我们的人不如人"①；"我个人深切地感觉到，中国社会所以腐浊，实由我们人的质料太差，学问、品格、才力，件件都经不起衡量。要把中国社会变好，第一须先把人的质料变好。"②总之，要改变国家民族的命运，首先必须改变人，改变人的质料，升华人的精神品质。然而"社会所属望最殷的青年"，当时是一种什么状况呢？当时展现在国人面前的是一个"很可伤心的现象"，一部无以摆脱的"悲惨的三部曲"：

> 时光向前疾驶，毫不留情去等待人，一转眼青年变成中年老年，一不留意便陷到许多中年人和老年人的厄运。这厄运是一部悲惨的三部曲。第一部是悬一个很高的理想，要改造社会；第二部是发现理想与事实的冲突，意志与社会恶势力相持不下；第三部便是理想消灭，意志向事实投降，没有改革社会，反被社会腐化。给它们一个简题，这是"追求""彷徨"和"堕落"。③

"青年们，这是一条死路！"朱光潜沉痛地说："在你们天真烂漫的头脑里，它的危险性也许还没有得到深切的了解，你们或许以为自己决不会走上这条路。但是我相信：如果你们没有彻底的觉悟，不拿出强毅的意志力，不下艰苦卓绝的功夫，不作脚踏实地的准备，你们是不成问题地仍走上这条路。"④天真烂漫的青年若想打破"追求""彷徨"和"堕落"这"悲惨的三部曲"，就必须"觉悟""立志"、成为"理想青年"，这可以说是朱光潜提出的"希望的三部曲"。

什么样的青年才是"理想青年"？从《给青年的十二封信》到《谈修养》、从《消除烦闷与超脱现实》到《谈理想的青年——回答一位青年朋

---

① 《朱光潜全集》（第4卷），安徽教育出版社1988年版，第12页。
② 《朱光潜全集》（第4卷），安徽教育出版社1988年版，第40页。
③ 《朱光潜全集》（第4卷），安徽教育出版社1988年版，第8—9页。
④ 《朱光潜全集》（第4卷），安徽教育出版社1988年版，第9页。

友的询问》，朱光潜关于"理想青年"或审美人生的观念，经过较长一个时期的思考，有一个不断自觉、逐渐明确的过程。

在《给青年的十二封信》中，朱光潜认为，一个有为的青年，应当超越"十字街头"，具有"超效率"观念，确立"多元宇宙"。

首先，应当超越"十字街头"。自厨川白村的《出了象牙之塔》和《走向十字街头》传入中国，"走向十字街头"成为一个时髦口号。从文化传播看，"走向十字街头"有其积极意义。如把哲学从天上搬到地下，让文学艺术走向民众。但是，朱光潜清醒地看到了"十字街头"的"另一副面孔"，并指出其存在的两大问题：其一，"十字街头的空气中究竟含有许多腐败剂，学术思想出了象牙之塔到了十字街头以后，一般化的结果不免流为俗化（vulgarized）。昨日的殉道者，今日或成为市场偶像，而真纯面目便不免因之污损了。到了市场而不成为偶像，成偶像而不至于破落，都是很难的事。"其二，"十字街头上握有最大权威的是习俗。习俗有两种，一为传说（Tradition），一为时尚（Fashion）。……传说尊旧，时尚趋新，新旧虽不同，而盲从附和，不假思索，则根本无二致。"十字街头的叫嚣，十字街头的尘粪，十字街头的挤眉弄眼，处处引诱青年汩没自我。据此，朱光潜告诫青年："我们要能于叫嚣中：以冷静态度，灼见世弊；以深沉思考，规划方略；以坚强意志，征服障碍。"①总之，有为的青年要清醒地坚守自我，不要汩没在十字街头的叫嚣之中。当年切中时弊，今日发人深省！

其次，应当具有"超效率"的观念。"超效率"就是超功利，超越急功近利。这是朱光潜"在卢佛尔宫所得的一个感想"。1927年夏天，朱光潜在卢佛尔宫摩挲《蒙娜·丽莎》肖像。突然，一个法国导游领着一群四五十个男女的美国人蜂拥而来，不到三分钟又蜂拥而去了。朱光潜由此想到，中世纪人想看《蒙娜·丽莎》须和作者或他的弟子有交谊，真能欣赏他，才能侥幸一饱眼福，现在卢佛尔宫好比十字街头，任人来任人去了。

① 《朱光潜全集》（第1卷），安徽教育出版社1987年，第22—25页。

这似乎是科学进步、交通发达、"高效率"的成就。然而在文化建设上，在人生观念上，这种急功近利的"高效率"未必就是好事。朱光潜坚信，如果在美国人所谓"效率"以外，还有其他标准可估定人生价值，现代文化就会少含有若干危机。于是针对"太贪容易，太肤浅粗疏，太不能深入，太不能耐苦"的青年的毛病，朱光潜大声疾呼："假如我的十二封信对于现代青年能发生毫末的影响，我尤其虔心默祝这封信所宣传的'超效率'的估定价值的标准能引入个个读者的心孔里去。"①朱光潜倡导的"超效率"观念，与本雅明对"机械复制时代的艺术"的反思，颇有相与契合之处；夏丏尊在"序言"中，则对此作了特别的发挥和强调。

再次，应当确立"多元宇宙"。什么叫做"多元宇宙"？人生是多方面的，每方面如果发展到极点，都自有其特殊宇宙和特殊价值标准。所谓"多元宇宙"，就是指多元的价值标准或价值体系。现代青年应当在心灵中确立健全多元的价值体系，以此作为人生追求的目标和人生评价的标准。"多元宇宙"基本有三方面构成：一是"道德的宇宙"，善恶便是"道德的宇宙"中的价值标准；二是"科学的宇宙"，真伪便是"科学的宇宙"中的价值标准；三是"美术的宇宙"，美丑便是"美术的宇宙"中的价值标准。在三个宇宙中，如果能登峰造极，就能实现伟大的自我，创造科学的奇迹，进入纯美的境界。朱光潜是为"辩护恋爱"而提出"多元宇宙"的。在他看来，恋爱也可自成一个宇宙。在"恋爱的宇宙"里，"恋爱至上"；我们只能问某人之爱某人是否真纯，不能问某人之爱某人是否应该。然而在现实中，"道德的宇宙"里真正的圣贤少，"科学的宇宙"里绝对的真理不易得，"美术的宇宙"里完美的作家寥寥，"恋爱的宇宙"里真正的恋人不多见。因此，确立"多元宇宙"，追求高远境界，对于青年来说是多么迫切和重要。

从超越"十字街头"，到"超效率"观念，再到确立"多元宇宙"，对于青年来说，这是精神境界不断攀登、不断提升的过程；对于朱光潜来

---

① 《朱光潜全集》（第1卷），安徽教育出版社1987年，第56页。

说，这是其理想青年观不断构建、不断完善的过程。但就以真善美为内容的"多元宇宙"观来说，虽然理论上颇为完备却实属老生常谈，确实"很有些青年人的稚气"。朱光潜关于"理想青年"的成熟思想，在15年后的《谈修养》和《谈理想的青年》中，作了更完整的表述。

1941年，《谈修养》的开篇"一番语重心长的话——给现代中国青年"中，朱光潜对"现代中国青年"提出了四点要求："现在要抬高国家民族的地位，我们每个人必须培养健全的身体、优良的品格、高深的学术和熟练的技能，把自己造成社会中一个有力的分子。"[1]要求颇为明确，看法依然泛泛。"语重心长"的开篇之作，对"现代青年"关切有余，对"理想青年"尚思虑不足。

1943年发表的《谈理想的青年》一文，朱光潜依然认为"理想青年"应当具备四个条件，但具体内容与上述四点有很大区别。在回答"一个青年应该悬什么样一个标准"时，他以四类人物为喻，提出并阐述了"理想青年"的四大条件。要义如下：

第一是运动选手的体格。一个身体羸弱的人不能是一个快活的人，也不能是一个心地慈祥的人。健全精神宿于健全身体。身体不健全而希望精神健全，那是奇迹。

其次是科学家的头脑。会尊重事实，会搜集事实，会见出事实中间的关系，这就是科学家的本领。要社会一切合理化，要人生合理化，必须人人都明理，都能以科学家的头脑去应付人生的困难。

第三是宗教家的热忱。宗教家大半盛于社会紊乱的时代，他们看到人类罪孽痛苦，心中起极大的悲悯，于是发下宏愿，要把人类从水深火热中拯救出来，虽然牺牲了自己，也在所不惜。古往今来许多成大事业者虽不必都是宗教家，却大半有宗教家的热忱。

最后是艺术家的胸襟。艺术是欣赏，在人生世相中抓住新鲜有趣的一面而流连玩索；艺术也是创造，根据而又超出现实世界，刻绘许多可能的

---

[1] 《朱光潜全集》（第4卷），安徽教育出版社1988年版，第12页。

意象世界出来，以供流连玩索。有艺术家的胸襟，才能彻底认识人生的价值，有丰富的精神生活，随处可以吸收深厚的生命力。①

健美的体格、健全的理性、宗教的热忱和艺术的情怀，"理想青年"的这四个条件，代表了朱光潜关于"理想青年"最成熟的思考，也体现了朱光潜自己的审美的人生追求和超脱的人生理想。

首先，这是朱光潜数十年关于"理想青年"思考的总结和概括。在《消除烦闷与超脱现实》中，他曾提出"宗教信仰""美术慰情"和"保存孩子气"三种超脱方法；其实，二者的手段与结果、途径与目标是有内在联系的。此后，关于宗教家的热忱、艺术家的胸襟和科学家的头脑等话语，反复出现在谈论青年修养的论文著作中。1949年1月发表的《我要向青年说的》，是目前所知朱光潜在共和国之前的最后一篇文章；在这个新旧交替的特殊时刻，朱光潜再次语重心长地对青年说："人类如果不向毁灭路上走，就要抛弃毁灭之神的两大工具：人类劣根性中所潜伏的自私和愚昧所造成的偏见。因此，我以为青年们如果想尽他们的时代的使命，第一要有宗教家的悲悯心肠，其次要养成科学家的冷静的客观的缜密的头脑。"②在四个条件中，朱光潜特别强调了"宗教家的悲悯心肠"和"科学家的缜密头脑"。而"宗教家的悲悯心肠"和"科学家的缜密头脑"，正是"以出世的精神，做入世的事业"的前提。

其次，这也是朱光潜自身的人生理想和人格精神的体现。在《谈修养》的"自序"中，朱光潜阐述全书的"中心思想"，有一段未被重视而极为重要的"自白"：

> 我的先天的资禀与后天的陶冶所组成的人格是一个完整的有机体，我的每篇文章都是这有机体所放射的花花絮絮。我个性就是这些文章的中心。如果向旁人检讨自己不是一桩罪过，我可以说：我大体上欢喜冷静、沉着、稳重、刚毅，以出世精神做入世事业，尊崇理性

① 《朱光潜全集》（第9卷），安徽教育出版社1993年版，第157—161页。
② 《朱光潜全集》（第9卷），安徽教育出版社1993年版，第533—534页。

和意志，却也不菲薄情感和想象。我的思想就抱着这个中心旋转，我不另找玄学或形而上学的基础。我信赖我的四十余年的积蓄，不向主义铸造者举债。①

这段文字是朱光潜极为重要的"精神自白"和"学术自白"，有助于认识朱光潜的学术原则、学术理想和学术个性。至少包含三层意思。

其一，先哲所谓"修辞立其诚"，"文如其人"；是太阳就会放射光芒，是月亮就会给人以荫凉。"我的每篇文章都是这有机体所放射的花花絮絮。我个性就是这些文章的中心"，亦即所谓诗品出于人品，文品出于人品；而"以我手，写我心"，正是朱光潜始终的学术原则。在《给青年的十二封信》的"代跋"中他就说过："我所要说的话，都是由体验我自己的生活，先感到（feel）而后想到（think）的。换句话说，我的理都是由我的情产生出来的，我的思想是从心出发而后再经过脑加以整理的。"②朱光潜曾明确指出："教育重人格感化，必须是一个具体的人格才真正有感化力"③。因此，道德与文章的统一，是前贤的追求，学问与人生的统一，则是朱光潜的目标。

其二，"我大体上欢喜冷静、沉着、稳重、刚毅，以出世精神做入世事业，尊崇理性和意志，却也不菲薄情感和想象"；这一段对自我人格的自我概括，与朱光潜所期待的"理想青年"的人格精神完全一致。1980年，朱光潜在《纪念弘一法师》一文中再次重申："我自己在少年时代曾提出'以出世精神做入世事业'作为自己的人生理想。"④因此可以说，朱光潜关于"理想青年"的标准，正是其人格精神和人生理想的写照。

其三，"平易亲切"是朱光潜学术风格最鲜明的特点。读其文章，文字通俗易懂，语气亲切诚恳，议论切理餍心，随处现身说法。而"我不另

---

① 《朱光潜全集》（第4卷），安徽教育出版社1988年版，第4—5页。
② 《朱光潜全集》（第1卷），安徽教育出版社1987年版，第81页。
③ 《朱光潜全集》（第4卷），安徽教育出版社1988年版，第99页。
④ 《朱光潜全集》（第10卷），安徽教育出版社1993年版，第525页。

找玄学或形而上学的基础。我信赖我的四十余年的积蓄，不向主义铸造者举债"，正是其学术个性和学术风格形成的原因。

朱光潜是一位一生与青年为友的美学家，"青年问题"和"美学研究"是其学术研究不可分割的两翼。《文艺心理学》是朱光潜的美学代表作，中国现代美学史研究者，大多依据《文艺心理学》评论朱光潜美学体系的得失。如有学者就认为，《文艺心理学》"美感经验—美—艺术"的理论模式存在明显的缺陷，即"局限于艺术，缺乏美育部分，即缺乏一种效应落实"①。我以为，单就《文艺心理学》"全文"看，这一判断似有一定道理；若就朱光潜"全人"看，这一判断就不免片面了。且不说作为《文艺心理学》"缩写本"的《谈美》最后"落实"到"人生的艺术化"，从朱光潜"走上美学之路"的全过程看，美育或"理想青年"的培育，既是其美学的起点，也是其美学的归宿。

三、美学情结："美感经验"与"怡情养性"

何谓"美学情结"？一位严肃的美学家形成他的美学问题，提出他的美学主张，都不是轻易之举，无不调动他的全部学养，经历艰苦的求索，包含热烈的追求和冷静的深思，难解的烦恼与成功的欢欣，一旦豁然开朗，便成精神信仰。这包含着观念、情感和理想的学说和主张，成为一种精神情结，盘旋心胸而终生相守。

"美感经验"是朱光潜美学研究的核心，也成为朱光潜盘旋心胸的美学情结。从《文艺心理学》对"美感经验"的精细分析②，到1950年自我辩护性的《关于美感问题》，再到首次发表于1962年再次发表于1983年具

————————

① 杨恩寰主编：《美学引论》，人民出版社2005年版，第27页。

② 朱光潜的"美感经验"理论，拙作《美学领域的中的中国学人》（安徽教育出版社2001年版）论朱光潜美学一章有较详细评述，可参阅。

有学术总结性的《美感问题》①，可以说朱光潜的美学研究，"始于美感经验，终于美感问题"。《美感问题》的结尾，朱光潜写道："美感问题要牵涉到美学领域里所有的基本问题，不能孤立地看待。这些问题都是有长久历史的老问题，大半还没有一致的意见，足见它们是复杂的，困难的。它们都还有待于进一步深入的研究。"②朱光潜之于"美感问题"，真可谓情有独钟而终身相守。

为什么"美感经验"或"美感问题"成为朱光潜盘旋心胸而终生相守的美学情结？《文艺心理学》开宗明义："近代美学所侧重的问题是：'在美感经验中我们的心理活动是什么？'至于一般人所喜欢问的'什么样的事物才能算是美'的问题还在其次。"③据此，人们大都从西方近代美学研究由"自上而下"到"自下而上"的学术转向、朱光潜从心理学走向美学的学术背景来解释。

而据我看来，除了西方的美学潮流和个人的学术背景之外，还有一个更重要的内在原因，那就是在朱光潜看来，"美感经验"与"理想青年"和"完美人格"的培育有密切关系，是"人心净化，人生美化"最根本最有效的途径。

《谈美》的"开场话"，便是朱光潜的"美感功能论"，深入阐明了"美感经验"研究的理论目的。它至少包含三层意思。

首先，"人心之坏，在于'未能免俗'，'俗'无非是缺乏美感的修养"；因此，完美人格的培育，不是依靠道德家的"道德教训"，必须从"怡情养性"做起："我坚信情感比理智重要，要洗刷人心，并非几句道德

---

① 1982年，朱光潜在《〈美感问题〉作者题记》中写道："此文的目的显然有两个：一是对批判讨论中所引起的一些基本问题我个人作一次小结；二是对自己在动手写的《西方美学史》进行初步的规划。"[《朱光潜全集》（第10卷），安徽教育出版社1993年版，第642页]可见"美感问题"也是潜藏于《西方美学史》中的核心问题；《西方美学史》"结束语"中"形象思维：从认识角度和实践角度来看"，实质就是"美感问题"。

② 《朱光潜全集》（第10卷），安徽教育出版社1993年版，第364页。

③ 《朱光潜全集》（第1卷），安徽教育出版社1987年版，第205页。

家言所可了事，一定要从'怡情养性'做起，一定要于饱食暖衣、高官厚禄等等之外，别有较高尚、较纯洁的企求。要求人心净化，先要求人生美化。"①

其次，因为现实世界是个密密无缝的利害世界，美感的世界才是一个超利害的理想世界。"美感的世界纯粹是意象世界，超乎利害关系而独立。在创造或是欣赏艺术时，人都是从有利害关系的实用世界搬家到绝无利害关系的理想世界里去"。朱光潜进而"现身说法"："我时常领略到能免俗的趣味，这大半是在玩味一首诗、一幅画或是一片自然风景的时候。我能领略到这种趣味，自信颇得力于美学的研究。"②

最后，《文艺心理学》是"美感经验"的学理研究，《谈美》则以培育青年的"美感修养"为最终目的。朱光潜解释说："在写这封信之前，我曾经费过一年的光阴写了一部《文艺心理学》……在那部书里我向专门研究美学的人说话，免不了引经据典，带有几分掉书囊的气味"；而"在这封信里我只有一个很单纯的目的，就是研究如何'免俗'……假如你看过之后，看到一首诗、一幅画或是一片自然风景的时候，比较从前感觉到较浓厚的趣味，懂得像什么样的经验才是美感的，然后再以美感的态度推到人生世相方面去，我的心愿就算达到了。"③《谈美》最后一章"'慢慢走，欣赏啊！'——人生艺术化"，便是对"开场白"的回应和重申。

关于《文艺心理学》与《谈美》的关系，以及《谈美》最后一章在朱光潜美学体系中的地位，朱自清在《〈谈美〉序》中有一段重要论述："孟实先生还写了一部大书，《文艺心理学》。但这本小册子并非节略；它自成一个完整的有机体；有些处是那部大书所不详的；有些是那里面没有的。——'人生艺术化'一章是著明的例子；这是孟实先生自己最重要的理论。……孟实先生引读者由艺术走入人生，又将人生纳入艺术之中。这

---

① 《朱光潜全集》（第2卷），安徽教育出版社1987年版，第6页。
② 《朱光潜全集》（第2卷），安徽教育出版社1987年版，第6—7页。
③ 《朱光潜全集》（第2卷），安徽教育出版社1987年版，第6—7页。

种'宏远的眼界和豁达的胸襟',值得学者深思。"①朱自清指出"人生艺术化"一章"这是孟实先生自己最重要的理论",可谓慧眼独具,也可以启发我们对朱光潜美学体系和美学动机更全面深入的认识。

首先,加上"人生艺术化"这一"孟实先生自己最重要的理论","美感经验—美—艺术"的理论模式就得到了"效应落实",由"三段论"变成"美感经验—美—艺术—人生艺术化"的"四段论";这也是现代"美学原理"普遍采用的理论模式。

其次,从《文艺心理学》开篇的"美感经验"的分析,到《谈美》卒章的"人生艺术化",既有逻辑的必然性又有明确的动机和目的;那就是"美感经验"的学理分析,是为其倡导"美感修养"提供理论依据。没有理论依据,难以令人信服;这也是"美感经验"成为朱光潜"美学情结"的根源之所在。

那么,为什么要求"人心净化",先要求"人生美化";要"洗刷人心",一定要从"怡情养性"做起?这个主张源于朱光潜一个根深蒂固的观念:"我坚信情感比理智更重要。"②这是朱光潜特有的"以情为本"的"情本体"观念。这一观念的形成和提出,与青年朱光潜的心理学背景密切相关,并从此成为其终生信守的学术理念。

青年朱光潜的学术起步,便是"文学和心理学问的'跨党'分子"③。他是我国介绍弗洛伊德学说的第一人;他的第一篇学术论文就是《弗洛伊德的隐意识说与心理分析》。在1921年发表的这篇论文中,他从弗洛伊德隐意识宣泄和文艺的功能出发,指出了审美和文艺对隐意识的"陶淑作用":"我国美育本太欠缺。一般人视饮食男女外,别无较高尚的生活目的,实在是社会上卑鄙龌龊一个主因。文艺是陶淑隐意识的无上至宝;宗

---

① 《朱光潜全集》(第2卷),安徽教育出版社1987年版,第100页。

② 《朱光潜全集》(第2卷),安徽教育出版社1987年版,第6页。

③ 高觉敷:《变态心理学派别·序》,《朱光潜全集》(第1卷),安徽教育出版社1987年版,第193页。

教也可使普通人有较高尚的生活目的。我愿教育家稍稍注意此点。"①这是朱光潜重视情感陶冶观念的最初萌芽。

1923年发表的《消除烦闷与超脱现实》中，朱光潜首次明确提出了情感胜于理智，教育以陶冶情感为本的主张。他在分析人类行为的心理根源时写道：

> 人类行为大部分都受感情支配。事前并不很揣摩为什么要这样做。事后追维，才找出一些理由来解释庇护自己的以往举动。……在理论上，吾人生活当然受理性支配，但在实际上，吾人生活是不受理性支配的。因为无意识和感情在那儿默化潜移，意识的防范实在鞭长不及马腹。所以想养成道德的习惯，与其锻炼理智，不如陶冶情感。②

这可以说是朱光潜"以情为本"的"情本体"观念的最初明确表述。此后，这一基于近代心理学的"情本体"观念不断向美学、伦理学和教育学延展。

在《给青年的十二封信》的"谈情与理"专章中，朱光潜对"情感比理智更重要"的观点作了更深入系统的阐述，并进而提出了"问心的道德胜于问理的道德"③的重要命题：

> 纯任理智的人纵然也说道德，可是他们的道德是问理的道德（morality according to principle），而不是问心的道德（morality according to heart）。问理的道德迫于外力，问心的道德激于衷情，问理而不问心的道德，只能给人类以束缚而不能给人类以幸福。……孔子讲道

① 《朱光潜全集》（第8卷），安徽教育出版社1993年版，第8页。
② 《朱光潜全集》（第8卷），安徽教育出版社1993年版，第91—92页。
③ 朱光潜的"问心的道德"和"问理的道德"与李泽厚的"宗教性道德"和"社会性道德"，有某种近似，亦可互为补充。参阅李泽厚：《历史本体论》，生活·读书·新知三联书店2002年版；《哲学纲要》，北京大学出版社2011年版。

德注重仁字，孟子讲道德注重义字，仁比义更有价值，是孔门学者所公认的。仁就是问心的道德，义就是问理的道德。……一言以蔽之，仁胜于义，问心的道德胜于问理的道德，所以情感的生活胜于理智的生活。①

在1936年发表的《论大学教育方式的机械化》中，朱光潜针对当时大学师生之间"没有一点人性的温热的接触"的弊端，指出成功的教育必须以"情谊"作基础，必须建立在师生"情谊的基础"之上：

> 教育是一种人性的接触，没有情谊做基础，无论制度如何完密，设备如何周到，决难收完美的效果。现在学校制度最大的毛病就在缺乏情谊的基础与人格的熏陶，而这个毛病的原因则大半在授课方式的机械化。②

在1943年发表的《音乐与教育》中，朱光潜在分析了音乐的"感化"功能后，更明确提出了"德育须从美育上做起"的主张：

> 感动是暂时的，感化是久远的。音乐由感动至感化，因为他的和谐浸润到整个身心，成为固定的模型（Pattern），习惯成为自然，身心的活动也就处处不违背和谐的原则。……谈到究竟，德育须从美育上做起。道德必由真性情的流露，美育怡情养性，使性情的和谐流露为行为的端正，是从根本上做起。惟有这种修养的结果，善与美才能一致。③

从"情感胜于理智"到"问心的道德胜于问理的道德"、从"情谊的基础与人格的熏陶"再到"德育须从美育上做起"，朱光潜的"情本体"

---

① 《朱光潜全集》（第1卷），安徽教育出版社1987年版，第44—46页。
② 《朱光潜全集》（第8卷），安徽教育出版社1993年版，第471页。
③ 《朱光潜全集》（第9卷），安徽教育出版社1993年版，第144页。

观念从心理学扩展到美学、伦理学和教育学诸领域，对情感陶冶的重要性和优先性作了系统全面的阐述。

弗洛伊德墓碑上有句名言："理性的声音是微弱的"。这是这位心理学大师以毕生心血凝聚而成的留给人类的赠言；它既有心理学依据，也为人类行为所证明。理性的声音是微弱的，本能的力量是强大的，如果人人都能按照道德家的箴言行事，那么圣人就可以批量生产了。事实上，人的情感的冲动，远胜于理智的审慎。因此在人性的培育中，怡情养性优先于道德教训，道德升华始于情感陶冶，纯正的情趣是理想人格的基础。

这提示我们，有必要对朱光潜美论的核心范畴作新的思考。什么是"美"？朱光潜说："美不仅在物，亦不仅在心，它在心与物的关系上面；它是心借物的形象来表现情趣。……创造是表现情趣于意象，可以说是情趣的意象化；欣赏是因意象而见情趣，可以说是意象的情趣化。美就是情趣意象化或意象情趣化时心中所觉到的'恰好'的快感。"①据此，有学者认为，应当把朱光潜的美学观概括为"美在意象"②。其实，从"美是心借物的形象来表现情趣"的短语看，重心在"情趣"而不在"形象"；再者，"意象"未必有"情趣"，而"情趣"则必然依托于"意象"；最后，联系朱光潜一贯的以情为本的"情本体"观念，与其说"美在意象"不如说"美在情趣"。细读朱光潜的文艺美学著作，从《谈美》到《文艺心理学》、从《诗论》到《谈文学》，"情趣"始终是朱光潜美学思想的核心范畴。

教育是"自然向人生成"。美育则是"自然情感"向"审美情感"的生成。因而，审美教育就是情感教育。苏珊·朗格说得好："艺术教育就是情感教育，一个忽视艺术教育的社会就等于是使自己的情感陷入无形式

---

① 《朱光潜全集》（第1卷），安徽教育出版社1987年版，第346—347页。

② 叶朗《从朱光潜"接着讲"——纪念朱光潜、宗白华诞辰一百周年》："参加那场讨论的学者和朱先生自己都把这一理论概括为'美是主客观的统一'的理论。但是照我看来，如果更准确一点，这一理论应概括成为'美在意象'的理论。"（《胸中之竹》，安徽教育出版社1998年版，第267页）

的混乱状态，而一个产生低劣艺术的社会就等于使自己的情感解体。"①朱光潜的"美感论"以"美育论"为指归，"美感经验"的研究旨在"怡情养性"和"纯正趣味"的形成。那么，怎样"怡情养性"？怎样"化性为情"？怎样把粗鄙的"自然本性"转化为纯正的"审美情趣"？这是朱光潜更为关心的问题，也是反复阐述的问题。

朱光潜的"美育途径论"，大致可分前后两个时期：前期以《给青年的十二封信》和《谈美》为代表，着重对青年作循循善诱的正面引导，提出了以空灵的心境"领略静趣"、"纯正趣味"的养成从读诗入手、以"看戏"和"演戏"的态度看待人生以及"以出世的精神做入世的事业"等著名观点；后期以《流行文学三弊》和《刊物消毒》等论文为代表，侧重对"流行文学"的陈腐、虚伪、油滑和"黄色刊物"的低级趣味作沉痛反思和深刻批判；前者醒人，后者警世。尤其是1948年发表的《刊物消毒》一文，六十多年前的警世之言，今天读来依然切中时弊，发人深省。

文章首先展现了一幅20世纪40年代中国"流行文化"的斑驳图景："你如果在国内作一次旅行，你可以看见轮船上、火车上、飞机上、旅馆里、码头上、车站上，处处都是这些印着电影名星乃至于妓女照片的红红绿绿的小型刊物。我说'红红绿绿的'，本是事实，不过据说它们的通行的台衔是'黄色刊物'。……这些刊物的内容是家喻户晓的，无庸缕述。总之不外是影星妓女以至于学府校花名门闺秀的桃色新闻，贪官污吏的劣迹，社会里层的奸盗邪淫的黑幕，以及把这一切乌烟瘴气杂烩在一起的章回小说。"②

此类"流行文化"的大肆泛滥，既与出版界的唯利是图有关，也与社会风气败坏和民族精神堕落有关："凡是刊物如果不沾染它们的一点色彩，就行不通，卖不掉"；这样的刊物迎合了人们"低等的欲望"，满足了"猪

---

① 苏珊·朗格：《艺术问题》，滕守尧、朱疆源译，中国社会科学出版社1983年版，第69页。

② 《朱光潜全集》（第9卷），安徽教育出版社1993年版，第321页。

滚污泥的瘾"①，与文化的人文使命完全背道而驰。

此类"流行文化"的危害何在？"它在生命的源头下毒，把一切生命毒得一干二净。……它是精神食粮中的吗啡鸦片烟。像吗啡鸦片烟一样，它刺激你，麻醉你，弄得你黄疲刮瘦，瘫软无能；弄得你骨髓精血里都深藏它的毒素，遗传给你的子子孙孙。"②

这篇文章一反朱光潜温柔敦厚、娓娓而谈的行文风格，充满了愤激之情和痛斥之语。因为：这种"黄色文化"是"在生命的源头下毒"，"这种黄色刊物一日不扑灭，中国人就一日不能成为一个纯洁的健康的民族"。③每当读到朱光潜的"警世之语"，联想当今的"电子新媒体"，偶尔会跳出的一些不雅内容，且有过之而无不及，不免令人黯然神伤。

1937年5月，朱光潜在主编的《文学杂志》的"发刊词"中，郑重提出了"理想的文艺刊物"应负有的"四大文化使命"，即"四个应该"：

> 一种宽大自由而严肃的文艺刊物对于现代中国新文艺运动应该负有什么样的使命呢？它应该认清时代的弊病和需要，尽一部分纠正和向导的责任；它应该集合全国作家作分途探险的工作，使人人在自由发展个性之中，仍意识到彼此都望着开发新文艺一个公同目标；它应该时常回顾到已占有的领域，给以冷静严正的估价，看成功何在，失败何在，作前进努力的借鉴；同时，它应该是新风气的传播者，在读者群众中养成爱好纯正文艺的趣味与热诚。④

归根到底，"理想文艺的刊物"应该成为"新风气的传播者"，应当承担起在青年中"养成爱好纯正文艺的趣味与热诚"的使命。

艺术的创造与欣赏是"怡情养性"最主要的途径。然而，并非所有冠

---

① 《朱光潜全集》（第9卷），安徽教育出版社1993年版，第322页。
② 《朱光潜全集》（第9卷），安徽教育出版社1993年版，第322页。
③ 《朱光潜全集》（第9卷），安徽教育出版社1993年版，第322页。
④ 《朱光潜全集》（第3卷），安徽教育出版社1987年版，第438页。

以"艺术"名义的作品都具有美育功能；只有"纯正的文艺"才能养成"严正的趣味"，只有"高雅的艺术"才能陶冶"优雅的情趣"。朱光潜论述美育的途径，反复强调以空灵的心境"领略静趣"、"纯正趣味"的养成须从"读诗"入手、"在玩味一首诗、一幅画或是一片自然风景时领略免俗的趣味"等，其原因就在于此。"万物静观皆自得"，从容的心境得力于"静的修养"。

教育是青春的事业，美学是青春的学问。朱光潜作为一位一生与青年为友的美学家，六十年的美学生涯，始于"青年烦闷"的超脱，终于"理想青年"的培育。把握这一核心，不仅有助于全面认识其以"青年问题"与"美学问题"为两翼的学术体系，也有助于认识其完整的美学思想和亲切的美学风格。而从学术动机和学术情结的追问入手，从发生学角度揭示学术体系和学术思想形成的主体动因，是学术研究中不可或缺的视角和方法。

[原载《美育学刊》2012年第4期]

"腹有诗书气自华"

——"新读图时代"为什么还要读"诗书"？

从"孔子之美育主义"到蔡元培的"以美育代宗教"，两千五百年的审美情结一脉相承，形成了中国文化的审美主义传统。而"以诗为教"的"诗教"，则是传统美育最主要的方式，所谓"腹有诗书气自华"。正是在这个意义上，中国是一个诗国，诗是中国文化的中心，诗是中国人的宗教。当今中国同西方一样，进入了"新媒体时代"或"新读图时代"。但真正的诗化人生，依然需要读"诗书"。因为图像是视觉的媒介，语言是心灵的媒介；图像给你提供视觉的盛宴，但图像把你挡在思想的门外；语言把你引入思想的轨道，文字才能滋养你的心灵世界。这是"腹有诗书气自华"的深层根源，也是这句古代名言的现代意义之所在。

一、苏轼与《和董传留别》

宋英宗治平元年（1064）12月，29岁的苏轼罢凤翔签判任赴汴京，途经长安与友人董传话别，写下了《和董传留别》一诗：

> 粗缯大布裹生涯，腹有诗书气自华。
> 厌伴老儒烹瓠叶，强随举子踏槐花。
> 囊空不办寻春马，眼乱行看择婿车。
> 得意犹堪夸世俗，诏黄新湿字如鸦。

这首七律，在苏诗中并非上乘之作，但"腹有诗书气自华"却成为最启人心智的千古佳句。

苏轼以"腹有诗书气自华"称赞董传，并非浮泛的应景之语。苏轼任凤翔签判时，董传曾与苏轼交游，常在一起谈古论今，吟诗作文，相知甚深。苏轼深感年轻的董传不但诗才出类拔萃，而且善于论诗衡文。对于董传的学问和诗才，在《上韩魏公一首》中，苏轼曾有极高的评价："其为人，不通晓世事，然酷嗜读书。其文字萧然有出尘之姿，至诗与楚词，则求之于世可与传比者，不过数人。"诗的开头两句"粗缯大布裹生涯，腹有诗书气自华"，正写出了董传"飘然而来，有昂头天外之概"的风神。遗憾的是，终身布衣且又终身未娶的董传，只留下了两句诗："古来风义遗才少，近世公卿荐士希。"倾吐了怀才不遇、世态炎凉的怨愤之情。对于董传论诗的独到之见，苏轼印象更为深刻。《东坡题跋》有"记董传论诗"一则："故人董传善论诗。予尝云：杜子美不免有凡语，'已知仙客意相亲，更觉良工心独苦'，岂非凡语耶！传笑曰：此句殆为君发。凡人用意深处，人罕能识，此所以为独苦，岂独画哉。"董传不认同苏轼评杜诗的"凡语"之说，认为这恰恰是杜甫的奇警之语，道出了"用意深处，人罕能识，此所以为独苦"的审美哲理。董传对杜诗"更觉良工心独苦"（杜甫《题李尊师松树障子歌》）的独到诠释，苏轼深为叹服，此后曾反复运用于琴棋书画的赏鉴。《东坡题跋》卷六《书林道人论琴棋》曰："元祐五年十二月一日，游小灵隐，听林道人论琴棋，极通妙理。余虽不通此二技，然以理度之，知其言之信也。杜子美论画云：'更觉良工心独苦。'用意之妙，有举世莫之知者。此其所以为独苦欤？"当年的董传之语，已成为今日的东坡之论；似乎只要内心认同，你的不妨就是我的。从董传的诗才和识见看，他是完全当得起"腹有诗书气自华"的赞誉的。

再回到"腹有诗书气自华"。韩愈有一首著名的教子诗《符读书城南》，开篇劝子读书有云："人之能为人，由腹有诗书。诗书勤乃有，不勤腹空虚。"何焯《义门读书记》评韩诗曰："诗书乃文章根本，人之所以不陷于不义者，莫不由之也。"苏轼的"腹有诗书气自华"，既源于韩愈诗篇，又是对韩愈诗句的凝练升华，因而得到诗评家的高度评价。谭元春《东坡诗选》评曰："'腹有诗书气自华'，使人不敢空慕清华之气，语亦大妙。"

"妙"在何处？"妙"就"妙"在它既是一句优美的诗，又蕴含一个深刻的理。"腹有诗书气自华"，既概括了中华文化的诗性本质，又道出了心灵修养和审美教育的一个普遍有效的规律。从"孔子之美育主义"到蔡元培的"以美育代宗教"，两千五百年的审美情结一脉相承，形成了中国文化的审美主义传统；而"以诗为教"是传统美育最主要的方式，所谓"腹有诗书气自华"，所谓"《诗》《书》乃文章根本，人之所以不陷于不义者，莫不由之也"（何焯语）。正是在这个意义上，中国是一个诗国，诗是中国文化的中心，诗是中国人的心灵宗教。

在当今的"新读图时代"，依然需要读"诗书"。因为，图像是视觉的媒介，语言是心灵的媒介；图像给你提供视觉的盛宴，但图像把你挡在思想的门外；语言把你引入思想的轨道，文字才能滋养你的心灵世界。这也是"腹有诗书气自华"的深层原因，也是这句古代名言的现代意义之所在。

二、从"读图时代"到"新读图时代"

中国是诗的民族，欧洲是造型艺术的国度，"读图时代"始于西方。近代以来，西方的"读图时代"经历了性质不同的两个时代，即从文艺复兴时期人文主义的"读图时代"，到电子传媒时代大众文化的"新读图时代"。

从文艺复兴开始，西方便由基督教的"读经时代"开始进入人文主义的"读图时代"。以《蒙娜·丽莎》为代表的绘画艺术，正是文艺复兴时代人文主义精神的象征。对这一时期充满青春朝气的绘画作品，法国艺术史家丹纳作了热情洋溢的赞美："意大利文艺复兴期的画家创造了一个独一无二的种族，一批庄严健美，生活高尚的人体，令人想到更豪迈，更健壮，更安静，更活跃，总之是更完全的人类。"[①]达·芬奇"绘画是一门科学"的绘画理论，则可视为"读图时代"到来的宣言。达·芬奇从审美感官的高下出发，区分了诗与画的高下。他认为：听觉是低级的感官，视觉是高贵的感官；诗是听觉的艺术，所以只是给盲人准备的东西；"绘画替最高贵的感官——眼睛服务"，所以绘画是"最高贵的艺术"。

针对达·芬奇的"抑诗扬画"论，近代美学家对诗与画地位孰高孰低、读图与读诗意义孰轻孰重等问题，展开了激烈争论。

首先，德国启蒙美学家莱辛以科学理性精神讨论了"画与诗的界限"。他从媒介符号的不同特性出发，对"画与诗的界限"作了四点区分：从媒介符号看，画是空间中的形体和色彩，诗是时间中发出的声音；从题材内容看，画是空间中并列的事物，诗是时间中先后承续的事物；从展示方式看，画是静态不动的空间艺术，诗是运动中的时间艺术；从感知方式看，画的一切都是可以眼见的，诗是诉诸读者自由想象的[②]。莱辛的"诗画界限"论，是"媒介即信息"这一现代命题在古典美学中最初的精彩发挥，同时又带有明显的"扬诗抑画"的倾向性。莱辛把在空间中并列的符号即线条和色彩称为"自然的符号"，把在时间中先后承续的符号即语言称为"人为的符号"；精神性的"人为符号"显然高于物质性的"自然符号"。

接着，黑格尔从"理念论"美学观出发，在其宏伟的美学体系中对莱辛的"扬诗抑画"论作了更深入的阐发。黑格尔认为，"诗"作为最富于心灵性的艺术，在"各门艺术的系统"中处于最高位置，诗是"人类的最普遍最博大的教师"："诗的首要任务就在于使人认识到精神生活中各种力量，这就是凡是在人类情绪和情感中回旋动荡的或是平静地掠过眼前的那些东西，例如人类思想，事迹，情节和命运的广大领域，尘世中纷纭扰攘的事务以及神在世界中的统治。所以诗过去是，现在仍是，人类的最普遍

①丹纳：《艺术哲学》，傅雷译，人民文学出版社1981年版，第76页。
②莱辛：《拉奥孔》，朱光潜译，人民文学出版社1979年版，第82—83页。

最博大的教师。"①其实这是对康德思想的发挥，康德在《判断力批判》中比较"各种美的艺术的审美价值"时，即已指出："在一切美的艺术中，诗艺保持着至高无上的等级。"②

从达·芬奇的"抑诗扬画"论，到莱辛倾向性的"诗画相分"论，再到康德、黑格尔的"诗艺保持着至高无上的等级"和"诗是人类最博大的教师"说，西方从文艺复兴开始的"读图时代"，似乎又回到了"读诗时代"，"诗"这位"灰姑娘"，似乎又成了"美皇后"。

然而，进入20世纪以后，新媒介文化让人目不暇接。人们似乎才见识了"机械复制时代的艺术"，又铺天盖地涌来了"电子传媒时代的艺术"。正是"忽如一夜春风来，千树万树梨花开"。随着大众传播时代的到来，西方从人文主义的"读图时代"全面进入了大众文化的"新读图时代"。中国人则乘着"地球村"和"全球化"的东风，直接进入了大众文化的"新读图时代"。如今的中国，以"图像"取胜的电影、电视、电脑、网络、手机等电子传媒，一应俱全，人人武装，全面介入人们的日常生活和文化生活。随着这个"新读图时代"的到来，文学和"诗书"在一夜之间失去了轰动效应，失去了昔日的辉煌，遭遇全面的挑战。"新读图时代"对文学和"诗书"的挑战，至少表现在三个方面。

首先，从艺术地位看，传媒文化的兴盛使文学经典成了当代文化生活中的"灰姑娘"。大众传播的发展迎来了大众文化的时代，以电子传媒为载体的图像文化以贴近大众的亲和力受到人们的喜爱。过去《红楼梦》的读者，如今成了电视连续剧的观众。《红楼梦》的读者愈来愈少，"唐诗""宋词"的读者也愈来愈少。

其次，从观赏方式看，传媒文化观赏的心神涣散正在取代文学观赏的凝聚观照。欣赏文学经典和观赏大众文化的心态正好相反，前者是凝心定神的读者沉入作品之中，追求心灵的陶冶；后者是心神涣散的游戏者沉入

---

① 黑格尔：《美学》（第三卷下册)，朱光潜译，商务印书馆1981年版，第19—20页。

② 康德：《判断力批判》，邓晓芒译，人民文学出版社2002年版，第172页。

自身之中，获得身心的快感。随着传媒文化的发展，人们愈来愈缺乏凝神观照的心境，追求随意的消遣和游戏的快感。

再次，从审美效应看，大众文化的震惊体验正在取代文学经典的含蓄韵味之美。文学经典以含蓄韵味为美，大众文化以"震惊体验"取胜。大众传媒的动态画面更能吸引人们的注意和兴趣。面对需要反复品味的文学经典，心气浮躁的当代人愈来愈失去耐心，愈来愈远离文学，远离"诗书"。

娱乐啊，娱乐！"娱乐至死"①，无以抽身。

三、"诗是一个民族最精细的感受"

我们注定要"娱乐至死"吗？20世纪30年代，当"机械复制时代的艺术"刚刚进入人们生活，艾略特（T.S.Eliot）在阐述"诗的功用"时写下了一段警世之言：

> 文学的永久重要性即使不是不可动摇的信条，也是一个不移的据点。一个民族当其不再关心自己的文学遗产时，就变为野蛮了；一个民族不再产生文学时，思想和感觉也就不灵活了。一个民族的诗歌从民族的语言里汲取生命，回头来又把生命注入语言；诗代表一个民族的最高意识形态、最大的力量和最精细的感受。②

"诗代表一个民族的最高意识形态、最大的力量和最精细的感受"，这就是为什么是"腹有'诗书'气自华"，而不是"腹有'图像'气自华"的原因所在。

---

① 尼尔·波兹曼：今天，"我们的政治、宗教、新闻、体育、教育和商业都心甘情愿地成为娱乐的附庸，毫无怨言，甚至无声无息，其结果是我们成了一个娱乐至死的物种。"（《娱乐至死》，章艳译，广西师范大学出版社2004年版，第4页）

② 艾略特：《托·史·艾略特论文选》，周煦良等译，上海文艺出版社1962年版，第53页。

在大众传媒和大众文化主导的"新读图时代","诗—文学"依然具有"至高无上"的审美优势和艺术地位，这至少表现在以下几个方面。

第一，文学作为语言的艺术是一种最具有心灵性的艺术，也是一种最具有心灵深度的艺术。康德认为"诗艺"具有"至高无上的等级"，被奉为最崇高的艺术，首先在于"诗"最富于心灵的表现性，是最深邃的心灵艺术。古人有云，"言为心声"。语言艺术表现情思的深邃性，正根源于语言这种心灵符号的思维性。古罗马朗吉弩斯曾说："用语言表达的思想和表达思想的语言，总是密切相连的。"①确实，一方面思维是语言的内容，没有思维就没有语言；另一方面语言为思维提供刺激物，又是思维的物质外壳，没有语言就没有思维。一言以蔽之，语言是思维的直接现实，"思想就是语言的新娘"②。语言把你引入思想的轨道，文字滋养你的心灵世界。诗的艺术作为崇高的心灵艺术的独特价值就在于此：只有诗能在思想和情感的内在空间与内在时间里逍遥游荡，也只有经过诗情和诗意浸润的心灵才有高贵的气质和从容的气度。

第二，当代影视艺术大多以优秀的文学作品为再创造的基础，文学创作仍是一切艺术创作之母。这表现在许多方面。首先，影视创作要以文学剧本为基础，所谓"剧本、剧本，一剧之本"。而现代大多数影视剧的剧本都来源于得到读者认可的小说作品。如张艺谋的《大红灯笼高高挂》《秋菊打官司》《菊豆》《红高粱》等。其次，古代文学经典成为现代影视剧取材的宝库和灵感的源泉。从《三国》《水浒》《西游记》，到《聊斋》《儒林》《红楼梦》，明清优秀的长篇小说和短篇小说，为现代影视剧提供了数量丰富的题材。于是，文学经典的直接读者虽已减少，但优秀作品借助影视传媒获得"第二次生命"，赢得更多的间接读者。此外，古典诗词为现代歌曲提供了丰厚的资源。"流行歌曲"往往成功点化了古典诗词意境而久唱不衰。陈小奇的"江南三部曲"就是成功一例，《涛声依旧》点化张继的《枫桥夜泊》，《白云深处》点化杜牧的《山行》，《巴山夜雨》则

---

① 伍蠡甫主编：《西方文论选》（上卷），上海译文出版社1979年版，第128页。
② 黑格尔：《美学》（第2卷），朱光潜译，商务印书馆1979年版，第135页。

点化李商隐的《夜雨寄北》。其中，《涛声依旧》成功化用了《枫桥夜泊》的诗境和诗句，这首充满古典神韵的现代歌曲，一时唱遍大江南北。

第三，文学阅读是一切艺术欣赏的基础，其他门类艺术形象的意蕴，需要借助"文学语义场"来理解。关于艺术欣赏的"文学语义场"问题，俄罗斯美学家鲍列夫作了精彩的阐述：

> 艺术文化建立在语言的基础上：文学对各门艺术施加决定性（体系性）的影响，其他艺术创造的艺术形象都需要通过文学语义场来理解。对任何艺术作品的欣赏都需有一定的文学修养和文学阅读量，都要求欣赏者具有为该种艺术的作品'附加'文学基础或判别这一基础或用这一基础去对照该种艺术所提供的艺术篇章的能力。①

在西方，古希腊神话传说和希伯来《圣经》为西方艺术提供了取之不尽、用之不竭的题材和灵感，从古希腊到文艺复兴，西方的建筑、雕塑、绘画艺术无不取材于此。今人对西方艺术传统的理解便离不开上述两大文学经典，离不开上述两大文学经典的"文学语义场"。一个没有古希腊神话、希伯来《圣经》知识的人，走进巴黎的卢浮宫，就会像刘姥姥进大观园，对满宫的稀世珍宝会形同陌路，视而不见。古人有两句诗："赏月有情情满怀，颂月无诗诗难觅"。这是说，一个没有文学修养的人，面对大自然的美只能哑口无言。其实，中国绘画艺术的欣赏和现代影视艺术的欣赏，同样离不开中国的"文学语义场"。古人有"诗中有画，画中有诗"之说。其实，只有心中有画，才能见出诗中之画；只有心中有诗，才能见出画中之诗。若面对一幅名画而"心中无诗"，就可能"赏画有情情满怀，颂画无诗诗难觅"了。"诗性"是一切伟大艺术的内在本性，要发现人生和艺术中的诗意，你必须首先成为一个有诗意和诗性的人。

第四，影视艺术是一次性消费，文学作品经得住反复欣赏。影视作品的生存是有时间性的，20世纪30年代的电影已被称为"老电影"，很难再

---

① 鲍列夫：《美学》，乔修业、常谢枫译，中国文联出版公司1986年版，第468页。

能引起当代人的兴趣；而且，影视艺术是一种"无深度的平面文本"，欣赏时又需借助必要的技术手段，因此很难随意欣赏，更经不住细致反复的品味。正如台湾作家陈映真所说："影像作品表现的是一种即时性的东西，没有阅读给人带来的快意，不能让人细致地品味作品的意念"。[①]而细致的品味过程，正是心灵的陶冶过程，这是艺术作品实现其审美价值必不可少的过程。文学作品的存在是超越时空性的。三千年前的《诗经》仍历久而弥新，一代代中国人将永远传唱下去；而且文学作品携带方便，每一个有记忆的大脑又都可以成为文学经典的储藏库，因此可以随意欣赏，反复品味，终身相伴。

"诗—文学"将永远是人类艺术中的主导门类，它不仅是传统艺术体系中的最高体裁，也是现代媒体艺术的艺术之母。文学是艺术文化的语言基础，文学素养又是一切艺术素养中的首要素养。当然，读书是人类独有的高贵的精神追求，必须认真教育，细心传授。有人说：一个人的精神发育史，实质上是一个人的阅读史；一个民族的精神境界，取决于全民族的阅读水平。诚哉斯言！

四、"诗是中国人的宗教"

让我们把目光转向传统，进一步探寻"腹有诗书气自华"的民族文化根源。西方有《圣经》，中国有《诗经》。林语堂在《吾国吾民》中为中国文化辩护时，提出了"诗是中国人的宗教"的精深命题，并作了生动而深刻的阐述：

> 如果说宗教对人类心灵起着一种净化作用，使人对宇宙、对人生产生一种神秘感和美感，对自己的同类或其他生物表示体贴的怜悯，那么依著者之见，诗歌在中国已经代替了宗教的作用。宗教无非就是

---

① 陈映真：《文学不能作为资本的奴隶》，《中华读书报》1998年12月2日。

一种灵感，一种活跃着的情绪。中国人在他们的宗教里没有发现这种灵感和活跃情绪……但他们在诗歌中发现了这种灵感和活跃情绪。

诗歌教会了中国人一种生活观念，通过谚语和诗卷深切地渗入社会，给予他们一种悲天悯人的意识，使他们对自然寄予无限的深情，并用一种艺术的眼光来看待人生。诗歌通过对大自然的感情，医治人们心灵的创痛；诗歌通过享受简朴生活的教育，为中国文明保持了圣洁的理想。……最重要的是，它教会了人们用泛神论的精神和自然融为一体。春则觉醒而欢悦；夏则在小憩中聆听蝉的欢鸣，感受时光的有形流逝；秋则悲悼落叶；冬则'雪中寻诗'。在这个意义上，应该把诗歌称为中国人的宗教。①

其实，当林语堂面对西方宗教为中国文化作辩护时，闻一多也在思考同样的问题，表达过相同的看法。闻一多在《文学的历史动向》一文中，比较了"四个古老民族"的文化后指出：在中国，"诗一出世，它就是宗教"。

诗似乎也没有在第二个国度里，像它在这里发挥过的那样大的社会功能。在我们这里，一出世，它就是宗教，是政治，是教育，是社交，它是全面的生活。维系封建精神的是礼乐，阐发礼乐意义的是诗，所以诗支持了那整个封建时代的文化。②

这充分表明：人类的文化既不同又相通，即宏观文化结构的相通，微观表现形态的不同。如斯而已。如西方有"史诗"，中国有"史记"；西方重"演说"，中国重"文章"；西方有《圣经》，中国有《诗经》；西方重思辨理性，中国重历史理性；西方以"超道德的宗教"拯救人心，中国以

---

① 林语堂：《中国人》，学林出版社1994年版，第240—241页。
② 闻一多：《闻一多全集》（第10卷），湖北人民出版社1993年版，第17页。

"超道德的美学"陶冶人性①，等等。

中国"超道德的美学"区别于西方"超道德的宗教"，就是以"诗"作为中国人的"心灵宗教"，通过"缀文者情动而辞发，观文者披文以入情"的情感交流和情感对话，抚慰心灵，陶冶情操，塑造人格②。诗的这种"心灵宗教"品格，既有深厚的文化渊源，又有现实的文化意义。

"诗"成为中国人的宗教，始于孔子之"诗教"。孔子重"诗教"，始而曰："不学《诗》，无以言"（《论语·季氏》）；继而曰："兴于《诗》，立于《礼》，成于《乐》"（《论语·泰伯》）；再而曰："小子何莫学夫《诗》？《诗》可以兴，可以观，可以群，可以怨。迩之事父，远之事君；多识于鸟兽草木之名。"（《论语·阳货》）夫子论《诗》之功效大矣！从语言学习，人格培育，怡情养性，社会交往，家族孝悌，政治伦理，以至"鸟兽草木"自然知识的学习，无不可以通过《诗》而获得；这一切的前提在于，"《诗三百》，一言以蔽之，曰：思无邪。"（《论语·为政》）孔子的"诗性教化"，就是通过诗美的玩味，诗情的涵咏，诗意的感发，达到诗心的培育。孔子的"诗教"，"始于美育，终于美育"，王国维把它称之为"孔子之美育主义"。从孔子的"诗教主义"到"孔子之美育主义"，王国维借现代西方的"新学语"，照亮了传统文化的"真精神"。

孔子之后，各个时代的文人、诗人和学者，以不同的方式延续着诗歌传统和诗教传统，说诗、写诗、评诗成为中国人精神生活不可缺少的内容。在三千年的中国文化史上，《诗经》如同《圣经》，起着感发性情、激发灵感、抚慰心灵的功能，中国人的心中始终葆有葱茏的诗意、敦厚的诗情。

---

① 李泽厚："儒家哲学没有建立超道德的宗教，它只有超道德的美学。它没有建立神的本体，只建立着人的（心理情感的）本性。它没有去归依于神的恩宠或拯救，而只有人的情感的悲怆、宽慰的陶冶塑造。"（《美学三书》，安徽文艺出版社1999年版，第418页）

② 绮君《四十年来的写作》说得好："至于历代大家诗词，选若干篇自己所喜爱的，时时默念背诵，则有陶冶性灵，拓展胸襟之功。于哀伤忧患中使我振奋，引导我走上人生正路。默诵诗词真如信徒们的祈祷一般。"

孔子"美育主义"诗教的直接继承者，是汉代儒家知识分子。汉代儒生借助"《诗》序"来实现"诗教"。他们在"《诗》序"的撰写中，经过"文学文本"—"历史文本"—"政治文本"—"伦理教化文本"，这一层层转化的阐释思路，实现了从《诗三百》到《诗经》的经典化；而其"用心"之所在，则是"籍序以明《诗》教"①。然而，汉儒"以诗为经"的文化用心和文化苦心，数百年来遭到多少人莫名的诟病和责骂！其实，这是一种多大的误解！这是一种非历史主义的苛责，一种缺乏"同情的理解"的误解。对于汉代儒家知识分子来说，"以《诗》为《经》"是手段，"以'诗'为'教'"是目的：既"教"普通百姓，也"教"君王贵胄，更是在教化和培育汉民族的一颗诗心。

《毛诗序》有曰："故正得失，动天地，感鬼神，莫近于诗。先王以是经夫妇，成孝敬，厚人伦，美教化，移风俗。"这段话今天听来不免有神秘夸张之感和过于理想主义色彩，然而在汉代以至整个古代社会，却是有"良心"的儒家知识分子的真心之言。其实，古希腊罗马思想家同样强调"以诗为教"。从柏拉图的"神灵"说、到亚里士多德的"净化"说、再到贺拉斯的"寓教于乐"说，无不如此。贺拉斯《诗艺》有曰："据传说，演奏竖琴，琴声甜美，如在恳求，感动了顽石，听凭他摆布。这就是古代诗人的智慧，他们教导人们划分公私，划分敬渎，禁止淫乱，制定夫妇礼法，建立邦国，铭法于木，因此诗人和诗歌都被人看作神圣的，享受荣誉和令名。"②试作比较，西方基督教之前的古典诗学，与中国儒家诗学的观念，何其相似！东西方的差异在于，确立神本体的西方进入中世纪以后，

---

① 晚年病痛中的徐复观，论及"《诗》序的价值问题"时特别强调："最重要的是应该看出作《诗》序者的用心所在……我在这里应首先点明的是，作《诗》序者的用心，乃在籍《诗》序以明《诗》教……每一《诗》序，都有教诫的用心在里面，此之谓籍序以明《诗》教……据《诗》序，应可知政治上向统治者的歌功颂德，是如何为中国《诗》教所不容。"（《徐复观论经学史二种》，上海书店出版社2005年版，第106—107页）徐复观的这一"学术遗言"，提醒我们当以"敬虔之心"和"同情的理解"去对待《诗》序，研究《诗》序，理解《诗》序作者的良苦"用心"。

② 贺拉斯：《诗艺》，杨周翰译，人民文学出版社1962年版，第158页。

便由基督教的"圣经"指引人生、拯救灵魂；坚守人本体的中国，则始终"以诗为经"，陶冶人心，诗成为中国人的心灵宗教。

"《诗》序"使《诗三百》获得了"经"的地位，这不仅延续了孔子审美主义的"诗教"传统，更重要的是把"诗"这一文体提高到中国文化的中心地位，从此中国文化真正成为以诗歌传统为中心的诗性文化。

初唐孔颖达完成了《五经正义》，但唐人并没有束缚于"诗教"，而以雄健的诗笔创造了辉煌的唐诗。唐朝成为"诗国高潮"，辉煌的唐诗让唐朝获得了"诗唐"的称号。闻一多在《诗的唐朝》中指出，他把"唐诗"和"唐朝"，称为"诗唐"或"诗的唐朝"，理由有二：从唐诗的艺术成就和影响看："（一）好诗多在唐朝；（二）诗的形式和内容的变化到唐朝达到了极点；（三）唐诗的体裁不仅是一代人的风格，实包含古今中外的各种诗体；（四）从唐诗分枝出后来的散文和小说等文体"；从唐诗对唐人生活的渗透看："唐人的生活是诗的生活，或者说他们的诗是生活化了的。……唐人作诗之普遍可说空前绝后，凡生活中用到文字的地方，他们一律用诗的形式来写，达到任何事物无不可以入诗的程度"[①]。"笔力雄壮而又气象浑厚"的"盛唐气象"，是唐人"盛唐精神"的体现；唐人的"盛唐精神"，又通过唐诗的"盛唐气象"得到升华。此所以"盛唐气象"不可及，"盛唐精神"也不可及。

宋代诗话大兴，蔚为壮观，元明清作者紧随其后，推波助澜。从此以后，诗歌创作和诗话写作，授受相随，双线并行，绵延相续，互为推进，成为中国诗歌史上独特的景观。元人有"诗话兴而诗亡"之说，明清两代不乏附和者。据我看来，宋代以后的诗话，实质是延续审美主义诗教传统的一种特殊形式。宋代以后的"历代诗话"有两大特点：一是在内容上，以弘扬先秦《诗》《骚》、汉魏古诗和盛唐气象为己任；从严羽的《沧浪诗话》到潘德舆的《养一斋诗话》，无不如此。《沧浪诗话》开宗明义曰："夫学诗者以识为主，入门须正，立志须高；以汉魏晋盛唐为诗，不作开

---

① 郑临川述评：《闻一多论古典文学》，重庆出版社1984年版，第83页。

元天宝以下人物"；以昌明"诗教"为己任的《养一斋诗话》更是直奔《诗三百》，曰："'诗言志'，'思无邪'，诗之能事毕矣……《三百篇》之体制、音节，不必学，不能学；《三百篇》之神理、意境，不可不学也。"二是在功能上，起到了延续诗歌传统，传播诗歌文化，让每一个中国人从小就能受到诗情诗意的滋润。传统依靠阐释延续，文化借助阐释传播。如果没有"历代诗话"以及历代各种诗选和诗评，中国以"诗"为中心的审美主义文化传统同样难以延续下来。

当然，孔子奠定的中国"诗教"传统，之所以具有"宗教"的品格，最终根源还在于中国文化自身的特性。中国文化的"情本体"，不同于西方的"神本体"；中国人文主义的"天地境界"，不同于基督教的"天国境界"；中国人需要的不是出世和超世的"终极关怀"，而是入世和现世的"人间关怀"。于是，"关关雎鸠，在河之洲，窈窕淑女，君之好逑"；"采菊东篱下，悠然见南山；山气日夕佳，飞鸟相与还；此中有真意，欲辨已忘言"；"春眠不觉晓，处处闻啼鸟；夜来风雨声，花落知多少"，中国诗歌所具有的人间的幸福和自然的亲和，生命的灵感和活跃的情绪，正满足了现实入世、温柔敦厚的中国人的心灵需求。

五、让诗心伴随人生

从孔子的"诗教"到王国维对"孔子之美育主义"的再阐释，"以诗为中心"的审美主义文化，两千五百年来一脉相承；从蔡元培的"以美育代宗教"到李泽厚对"以美育代宗教"的再发挥，"以美学为美育"的审美功利主义美学观，又成为20世纪中国美学的集体情结。

然而，纵然说一千道一万，一切的根源，一切的奥秘，都蕴涵在苏轼"腹有诗书气自华"的隽永诗句之中，都蕴涵在林语堂"诗是中国人的宗教"的精深命题之中。

联系这一文化渊源和文化背景，就更容易理解朱光潜美学为什么以

"诗"为中心，以"情趣"为中心，一生都强调"读诗与趣味的培养"。朱光潜认为，审美和艺术是通向艺术化人生的"源头活水"；但要取得最佳效果，还必须选择恰当的对象——"要培养纯正的趣味，须养成读诗的兴趣"。在《谈读诗与趣味的培养》这篇著名论文中，朱光潜指出："要养成纯正的文学趣味，我们最好从读诗入手"；进而对"读诗"与"趣味的培养"之间的关系作了深入具体的阐释

首先，读诗有助蕴涵纯正的文学趣味。朱光潜说："一个人不欢喜诗，何以文学趣味就低下呢？因为一切纯文学都要有诗的特质。一部好小说或是一部好戏剧都要当作一首诗看。诗比别类文学较谨严，较纯粹，较精微。"①如果对于诗没有兴趣，对于小说戏剧散文等的佳妙处也终不免有些隔膜。他们看小说和戏剧，不问他们的艺术技巧，只求里面有趣的故事，不是喜爱内心生活或者社会真相的作品，而是《福尔摩斯侦探案》之类的东西。把"诗的兴趣"视为纯正趣味的标志，也是西方美学的普遍看法。英国哲学家穆勒在《论诗及其变体》中就说："那最深沉而又最崇高的心灵和胸怀，通常从诗中获得最大乐趣；相反，那些最浅薄、最空虚的心灵和胸怀，无论如何，总最喜欢阅读小说。"②正因为如此，对于文学批评来说，诗歌研究又是一般文学研究的最好的入门训练。朱光潜明确指出："诗是文学的精华，真正文学都必有诗的特质。……小说戏剧的精妙处诗歌都有，诗歌的精妙处戏剧小说却不尽有；至少是懂得诗歌的人一定能懂得小说戏剧，懂得小说戏剧的人却不一定能懂得诗歌。所以我认为研究诗歌是研究一般文学的最好的入门训练，在诗歌里摸索得到门径，再进一步去研究其他种类文学，就都不难迎刃而解了。"③这确是经验之谈。

其次，诗境与对象保持着适宜的审美距离。这有两个方面。一是指同样是对人体美或本能行为的表现，诗的描写比散文的描写具有更适宜的审

---

① 《朱光潜全集》（第3卷），安徽教育出版社1987年版，第349页。

② 赫兹利特等：《十九世纪英国文论选》，盛宁等译，人民文学出版社1986年版，第219—220页。

③ 《朱光潜全集》（第9卷），安徽教育出版社1993年版，第204页。

美距离。所谓《关雎》"乐而不淫，哀而不伤"，就是这个道理。诗歌艺术具有形象的间接性和意象的含蓄性，于是那些具有感性刺激的情境，在诗的熔炉中一炼，本来的辣性就消净了。二是表现悲惨恐怖情节的悲剧，借助诗的形式和诗的音调也有助于造成适宜的审美距离。古代悲剧一般都以诗歌体写成，而诗的成分正是构成适宜的审美距离的重要因素。朱光潜说："它那庄重华美的词藻、和谐悦耳的节奏和韵律、丰富的意象和辉煌的色彩——这一切都使悲剧情节大大高于平凡的人生，而且减弱我们可能感到的悲剧的恐怖。情境越可怖，就越需要抒情的宽慰。"①与之相反，当下各种平面媒体和电子媒体上大量凶杀暴力的报道，并不能给我们像悲剧那样的美感，只能引起人们的反感厌恶。

其三，诗境可以激发丰富的审美想象。纯正而健全的审美趣味离不开丰富的想象力，而"寓无限于有限"的诗的境界最能激发和培养丰富的想象力。朱光潜说："真正的欣赏都必寓有创造，不仅是被动的接受。诗都以有限寓无限，我们须从语文所直示的有限见出语文所暗示的无限。这种'见'需要丰富的想象力。所谓'想象'就是把感官所接受的印象加以综合填补，建立一个整个的境界出来。最重要的是视觉想象，无论读哪一首诗，'心眼'须大明普照，把它的情景事态看成一个完整境界，如一幕戏或一幅画。有时单是'看'还不够，有气味时须能嗅，有声音时须能听，有运动时须能以皮肤筋肉去感触。"②例如欣赏杜甫《江畔独步寻花》："黄四娘家花满蹊，千朵万朵压枝低。流连戏蝶时时舞，自在娇莺恰恰啼。"如果在想象中眼睛没有看见那春天乡下百花盛开莺啼蝶舞的状况，鼻子没有嗅到花香和江边春天的新鲜空气，耳朵没有听见莺啼，皮肤没有觉得喧风丽日，筋肉没有体验到"压""舞""流连""自在"的风味，而且如果在想象中没有把这一切见闻嗅触综合成为恰如杜甫所经历的境界，我们对于那首诗决不能算达到真正的欣赏。诗的欣赏最需要想象，读诗也就最能激发和形成丰富的想象力，进而又可以用被激起的想象力去感受各种艺

---

① 《朱光潜全集》（第2卷），安徽教育出版社1987年版，第245—246页。
② 《朱光潜全集》（第9卷），安徽教育出版社1993年版，第207—208页。

术，感受实际人生。

其四，诗思可以启迪深邃的心灵智慧。纯正趣味的形成是长时段的精神性磨练的结果，要求诸心灵的玩味和孤独的冥想。诗的境界以精微深邃为特征，诗的欣赏需要一定的审美时间；读者通过内心的玩味和深沉的思虑，可以启发心灵的智慧。朱光潜指出："诗是最精练的情思表现于最精练的语文，所以比其它种类文学较难了解。有些诗难在情思深微，境界迷离隐约，词藻艰深，典故冷僻，本事隐晦。但是我一望而知其难，便知道要费一番苦心去摸索，不至把它轻易放过；费过一番苦心，总可以有豁然贯通的时候。"①纯正趣味的形成，正离不开这种"费一番苦心，费一番摸索"，然后"豁然贯通"的工夫。况周颐《蕙风词话》论"读词之法"，有一段深得读词奥秘之谈："读词之法，取前人名句意境绝佳者，将此意境缔构于吾想望中；然后澄思渺虑，以吾身入乎其中而涵咏玩索之。吾性灵与相浃而俱化，乃真实为吾有而外物不能夺。"②要使诗之佳趣化入我之性灵，正在于经历了"澄思渺虑，涵咏玩索"的工夫。

中国诗歌史上有三位伟大的诗人，有三颗伟大的诗心，这就是李白、杜甫和王维。他们被称为诗中的仙、圣、佛，诗中的天、地、人，诗中的真、善、美③。他们代表着三种生活态度，体现着三种人格精神：李白是飘然不群，傲岸不驯，蔑视权贵，恣意反抗的精神典范；杜甫是以使命感立世，以天下责任为行思原则，从而在此岸世界成就大我生命的精神典范；王维则体现了一种以一切本空为世界观，以自然适宜为人生哲学，以

① 《朱光潜全集》（第9卷），安徽教育出版社1993年版，第206页。

② 况周颐：《蕙风词话》，人民文学出版社1960年版，第9页。

③ 李、杜、王并称仙、圣、佛，始于何时、何人，待考。明末王思任《朱宗远定寻堂稿序》记朱氏语："甫何为而圣？白何为而仙？维何为而禅？"清初牟愿相《小澥草堂杂论诗》："杜子美集大成，譬则宣圣。李太白犹龙之伎，譬则老聃。王摩诘透彻之悟，譬则佛如来。"今人钱穆《谈诗》："拿黛玉所举三人王维、杜甫、李白来说，他们恰巧代表了三种性格，也代表了三派学问。王摩诘是释，是禅宗；李是道，是老庄；杜是儒，是孔孟。"可见至少明代以来，李、杜、王所代表的三种人生态度、人格境界、智慧形态已成定见，也已深入人心。

清净解脱为生活情趣的精神境界。同时，从诗仙、到诗圣、再到诗佛，又显示了个体生命历程的三个必然阶段：青春意气，向往浪漫的李白；中年深沉，认同博大的杜甫；渐入老境，回归淡泊的王维。

"腹有诗书气自华"，让诗心伴随我们的人生。人的一生中若有这些蕴涵着不同人格精神和生命情调的诗心伴随，就会化消沉为昂扬，转卑微为崇高，化虚无为充实，转烦恼为菩提。

[原载《美育学刊》2011年第5期]

后　记

　　这是我的第二本论文集。第一本是2008年被列入"安徽师范大学学术文库·第二辑"的《文学美学与接受史研究》，收入了自1988至2007年间发表的论文22篇，可视为始于1977年的前30年读书教学生活的学术收获。这里的15篇论文，除少数几篇，大多发表于2008至2012年五年间；所收论文，均未与第一本重复。这些论文有机会结集出版，实属幸运，我不愿错失机会，尽可能将未曾结集自感尚可的文章，收拾起来，公诸同好。

　　论文按论题性质，分为三组：第一组是文艺学基本理论问题的探讨，即从《三千年文学史，百年人生情怀咏叹史！》到《文学是人学，文论即人论》的六篇；第二组是诗歌接受史研究的理论与个案，即从《走出接受史的困境》到《为接受史辩护》的六篇；第三组是关于20世纪中国美学的思考，即最后的三篇。当然，这样划分是相对的。例如，《一个母题的诞生与旅行》一文，既可以作为"三千年文学史，百年人生情怀咏叹史"这一命题的实例，也可以作为接受史研究中"母题史"的一个个案。文学理论是文学研究的方法和工具，二者密不可分而虚实相生。

　　这三组论文，也是我迄今35年读书教学生活中，自觉不自觉形成的三个思考中心。我的本行是文学理论，从讲课、编教材到学术研究，是最自然不过的"学问三部曲"。今后，仍期望对20世纪以来文艺学论争中有价值、感兴趣的问题继续做一些探讨。20世纪80年代，作为一个文学读者，开始关注接受美学，随后又与兴趣颇浓的"历代诗话"相结合，开始了诗歌接受史的研究，并逐步成为一个兴趣中心。经典是永恒的，考察经典作品的生命史或"身后史"，永远是一项兴味无穷的工作。新世纪初，我在北京大学哲学系阎国忠教授的引导下，出版了可视为"20世纪中国美学史论"的《美学领域中的中国学人》一书。尽管书已出版，思考并未停止，当时细读的10多位美学家的美学原著，经过十多年的反刍，不断生发一些新想法。我感觉，迄今的20世纪美学家研究大都只是对既定的美学文本的孤立的研究，很少追问美学家的美学动机。其实，动机决定行动，学术动机决定学术研究的方向和目标。只有透过美学文本进而把握美学动机，才可能对美学家的美学思想或美学体系获得深入认识，作出准确评价。这可以说是思想家和思想史研究的一种主体发生视角。《一生与青年为友的美学家》一文，是"主体发生视角"在20世纪美学家研究中的一次初步尝试，今后尚想作继续探讨，如"王国维的美学动机与生命悲剧""宗白华的美学动机和艺境求索"等。

"修辞立其诚"，学问是神圣的。文集中每一篇论文，都抱着对自我负责、对学术负责、对读者负责的态度，在有话要说、有思想要表达的"学术冲动"下完成的。论文篇幅或长或短，写作时间或快或慢，论题的思考则无不回旋往复、思虑再三，大多数论题萦绕心胸数年或十几年，有的甚至纠缠得更长。如《论"文学自觉"的多元历史进程》，这篇近3万字的文章，几乎追踪了30年，思考了30年，30年之后方写成。俗话说，谈何容易？确实，"谈"不容易！这是我迄今读书教学生活的又一可贵收获。

《为接受史辩护》的书名，虽取自收入文集的一篇书评，却是盘旋于我心中的一个学术情结。以此命名，一者为了鲜明地表达我的学术立场，二者为了凸显文集的内容重心，三者也潜藏着我对"接受史"现状的内心焦虑。"焦虑"什么？一是焦虑研究者对接受史的学术认识，二是焦虑接受史著作的学术质量，三是焦虑接受史研究的学术地位。为此，我想要"为接受史辩护"：既要为接受史学术地位的合理性辩护，更愿为提高接受史学术质量而思考建言。接受史和创作史是文学史的两翼。然而，只有深化对接受史学术本质的认识，提高接受史研究的质量，才能在现代文学史格局中，真正为接受史赢得学术地位和学术荣誉。

在此，对"接受史"的学术性质与方法论意义，我愿再重申两点。关于接受史的学术性质，如前文所说，一部众声喧哗的经典接受史就是一个"思想史事件"，在众声喧哗的思想史事件的背后，必然包含着丰富的人生意义、审美意义和诗学意义。因此，真正的接受史研究，绝不能望文生义地把接受史仅仅视为排比文献资料的叙述方式，而应在梳理这部"众声喧哗的接受史"的基础上，深入探寻隐藏在这个"思想史事件"背后的人生意义、美学意义和诗学意义。换言之，必须从文献学深入批评学，从表层的文本接受史进入深层的精神文化史，从而发现新问题，提出新见解。与此相联系，接受史作为学术方法，具有相互关联的三层含义：一是搜集材料的接受史方法，即按历史线索对接受文本作全面系统的搜集整理；二是对待材料的接受史态度，即前人的理解不是我们理解的障碍，而是我们重新再思考的财富；三是研究问题的接受史意识，即一部经典的接受史是一部动态的心灵对话史，应当把它作为一个动态的微观思想史来研究。

近来，我常在心中默诵曾卓的《我遥望》：

> 当我年轻的时候
> 在生活的海洋中，偶尔抬头
> 遥望六十岁，像遥望一个远在异国的港口。
> 经历了狂风暴雨，惊涛骇浪
> 而今我到达了，有时回头
> 遥望我年轻的时候，像遥望
> 迷失在烟雾中的故乡。

"而今我到达了"，这是一个多么猝不及防的严峻事实！梁漱溟先生曰："我生有涯愿无尽！"确实，人生有涯，如白驹过隙；学无止境，似苦海无边。然而，梭罗说得好："我们都是终有一死的凡人，可是在研究真理之时，我们便不朽了。"

于是，"我期望"：期望下一个五年，再一个五年，又一个五年；期望在不断的"研究真理之时"，获得心灵的愉悦，精神的解放，生命的超越。

感谢我的老师，感谢我的学生，感谢我已经学习、工作、生活了将近40年的安徽师大文学院。感谢安徽师范大学出版社精心地策划，感谢编辑李克非付出的辛劳。

陈文忠

二〇一三年三月十日

安徽师大赭麓寓所

重印后记

月初，克非告诉我一个好消息：母校的安徽师大出版社准备把这本文集做成"精装本"重印。为慎重起见，让我在重印前把全书校读一遍，并不妨写一篇"重印后记"，谈谈这些年的"学术思考和生命感悟"。

"粉笔生涯"四十年，读书购书至少五十年。"精装本"三个字，立刻勾起了我对半个世纪购书经历的回忆。购书五十年，弹指一挥间，似可概括为"三步曲"：最初是囊中羞涩，看到急需的书，常在书架前犹豫再三，我常用"孔雀东南飞，五里一徘徊"来形容；继而是日常有余，看到心仪的书，可以从容地"该出手时就出手"；再后来是偶得资助，于是购书有了新企望，一心想得"精装本"。

读书人求购"精装本"，绝非富贵人要穿"金缕衣"，不为外表的富贵，而为阅读的方便。钱锺书的《管锥编》，我视为20世纪学术名著中的"第一奇书"，永恒的文化经典，从1979年中华书局初版，到2001年三联书店新版，我先后购买了三部。1979年中华书局初版全四册，装帧朴素典雅，但纸质不佳，捧读十年，便书页泛黄，书脊断裂，常为之叹惜。1991年中华书局重版全五册，纸质有提高，装订有改进，我喜而购之，惜乎版面依然局促，不便笔记。2001年三联书店出版了《钱锺书集》，包括《谈艺录》、《管锥编》在内共十种著作、十三巨册，且有"精装本"。我毫不犹豫，不惜重金，再购一套。展读三联版的《管锥编》，版面开阔，纸质精良，字体美观，天地有余，有一种赏心悦目之感，更有书写阅读心得的余地。有时我想，如果有人问我阅读《管锥编》40年有什么体会，我会毫不犹豫地告诉他：请读三联版的"精装本"！因为，这是一部照亮中西文化智慧，拓展学者文化心胸的书；但必须耐心细读，反复咀嚼，才能触发学术灵感，获得智慧启迪。

今天，这本文集也有机会做成"精装本"重印，对我可谓意外之喜，对读者至少增添了阅读的便利。

编这本文集之初，我已办理了退休手续，但对自己仍充满了"期望"："期望下一个五年，再一个五年，又一个五年"。这些年来，我确实没有懈怠，没有放弃阅读和思考。粗略说来，大致做了三件事，不妨用一、二、卅三个数字来概括。

"一"是指2016年又出版了一本文集，即《走向学者之路》。这是我的第三本文集，写作的动机来自教学中的困惑，写作的灵感来自与同学的交往，文集的内容，主要是本科教学和研究生教学中的一些体会。从深层看，则试图通过对人文学本质特征、功能价值、思维方式、研究途径的探讨，阐述大学之道，阐述止于至善的大学人文之道，从而为人文学辩护。文集分"走向学者之路"和"走向至善之路"两部分，最后以"课堂教学的艺术"结束。在我看来，从"走向学者之路"，到"走向至善之路"，再到追求"教学的艺术境界"，正是一个人文学者学问人生的三部曲。

"二"是指从2016年至2019年完成了两部书稿的撰写。说来话长，长话短说。2006年至2009年，我应国务院侨办"中国海外交流协会"邀请，参加"海外讲学交流团"，分赴美国、缅甸、马来西亚诸国，行走十几个城市，为当地华文教师讲授"中国文化"课程；2010年至2017年，我又多次在国内，为受邀到中国参加"华文教师培训班"的泰国、印度尼西亚以及欧洲诸国的华文教师讲授"中国文化"课程。讲课的内容超出了我的专业范围，却大大开阔了我的知识视野，并积累了10多万字的讲义、提纲和讲稿。2015年，一个偶然的机缘，我应约接受了广西教育出版社《中国语文教育研究丛书》中《中华传统文化与语文教学》一书的撰写任务。当时贸然接受这一挑战，自恃有以上的教学经历和讲课积累。然而，写作的难度远远超出我的预料。根据合同，经过一年的奋战，连滚带爬，完成了近35万字的书稿。但出版社对书稿并不满意，分歧潜藏在"中华传统文化与语文教学"这个由两个并列短语组成的书名中：我侧重于"传统文化"，出版社更强调"语文教学"。书稿删掉近半，海外讲学内容几乎荡然无存。我一时有点手足无措。好在后与母校师大出版社的总编辑侯宏堂教授商议，事情有了柳暗花明的转机。我得到他的指点和支持，索性将书稿一分为二："语文教学"部分遵照原出版社要求予以充实完善，仍以《中华传统文化与语文教学》书名出版；"传统文化"部分则以"中国传统人文学"为主题予以充实完善，争取由师大出版社出版。近日，《中华传统文化与语文教学》的"纸质样稿"终于寄到；通过"中国传统人文学"这一论题的系统思考，进一步深化了对传统文化人文品格的认识。简言之，经史子集、诗文书画，是传统人文学的主体，通过经史子集、诗文书画的熏陶，让每一个人成为具有人文品格和人文情怀的人，是传统人文学的本质，也是现代人文学的价值。在全部造物中，人是终极目的；在全部学问中，人文学则是终极学问。

"卅"是指这几年我应邀在校内外、省内外作了三十多场讲座和讲演。讲演的题目，除我的专业，较多的是传统文化、语文教学、经典阅读以及"教学艺术"等等；讲演的听众，包括大学生到中小学生、大学青年教师到中小学教师等等；行走的地方，除本省的多个城市，多次到湖北武汉、广西桂林、云南昆明以及我的老家上海等地。教学相长，听讲者都是我的老师。影响最深的，当是2017年夏天，应商务印书馆之邀，在上海书展上与于漪老师和上海市北中学陈军校长的同台讲演。于漪老师时年88岁，我和陈军校长都是她的学生辈，虽同座，实听众。于漪老师，蔼然长者之风，学识渊博，态度谦和，经历丰富，娓娓道来；讲读书，讲经典，讲语文，讲人生；八八高龄，出口成章，全场听众，如沐春风。不久，于漪老师的讲演便以《语文教师应当读点'磨脑子'的书》为题发表在《中国教育报》上。于漪老师有句名言："做了一辈子教师，一辈子学做教师！"她年事虽高，仍好学不已，孜孜不倦地研读"磨脑子"的书。于漪老师的身体力行，对于我这个老学生，是一个极大的激励。

这几年，除上述三件事，更多的时间是陪伴我的两个上小学的外孙，并每天为他们写一篇"成长日记"。出生至今，他们的成长日记已写了12册，而我自己的日记迄今只写到第9册。与他们的朝夕相处，让我再一次感受生命，体验生命。我发现，人的一生，至少可以有三次生命经历的体验：第一次是自己的，往往是茫然的，因为即使一个七十岁的老人，对于他的明天，依然可能像一个一无所知的孩子；第二次是儿女的，大多是功利的，因为父母们无不望子成龙，于是没有"虎爸"，便有"虎妈"；第三次是孙辈的，进入审美心态的，因为爷爷奶奶们已超越了功利，只希望儿孙们享受天趣，快乐成长。儿女对父母的"叛逆"，或许就因为父母们"太功利"了；祖辈对孙辈的"隔代亲"，或许就因为爷爷奶奶们有一颗"审美的心"！这便是我近年的一点生命感悟。

最后，感谢李伟教授和他的研究生，感谢我当年的研究生苏阳，文集的校读，是他们在繁忙的教学和紧张的学习中抽出时间帮我完成的。我做了最后的复核。感谢责任编辑李克非为重印本付出的辛劳！

陈文忠

二〇一九年十二月十八日

上海浦东"碧云居"